KNAUR

Im Knaur Verlag sind bereits folgende Bücher der Autorin erschienen:

Nibelungenmord (Jan Seidel 1)
Loreley singt nicht mehr (Jan Seidel 2)
Die Lügen jener Nacht

Über die Autorin:

Judith Merchant studierte Literaturwissenschaft und unterrichtet heute an der Bonner Universität Creative Writing. Für ihre Kurzgeschichten wurde sie zweimal mit dem Friedrich-Glauser-Preis ausgezeichnet. 2014 erschien »Die Lügen jener Nacht«, Judith Merchants erster psychologischer Spannungsroman. »Rapunzelgrab« ist der dritte Kriminalroman in der Serie um Kommissar Jan Seidel aus Königswinter.

Judith Merchant

RAPUNZELGRAB

Kriminalroman

KNAUR

Jede vermeintliche Ähnlichkeit der Figuren des Buches mit lebenden oder verstorbenen Personen wäre rein zufällig und nicht beabsichtigt.

Besuchen Sie uns im Internet:
www.knaur.de

FSC
www.fsc.org
MIX
Papier aus verantwortungsvollen Quellen
FSC® C083411

Originalausgabe September 2015
Knaur Taschenbuch

Ein Imprint der Verlagsgruppe Droemer Knaur GmbH & Co. KG, München

Dieses Werk wurde vermittelt durch die Verlagsagentur von Dobschütz, München.
Redaktion: Birgit Förster
Covergestaltung: ZERO Werbeagentur, München
Coverabbildung: © Peter Wenz / FinePic®, München
Satz: Adobe InDesign im Verlag
Druck und Bindung: CPI books GmbH, Leck
ISBN 978-3-426-51463-4

2 4 5 3

Für alle Romanschreiber –
und solche, die es werden wollen.

Prolog

Um ihn herum war es totenstill im Wald, die Vögel schwiegen, kein Ast knackte oder ächzte, und selbst die Blätter wagten nicht zu rascheln. Es war, als wäre er ganz allein, doch er wusste, dass dieser Eindruck trog. Vorsichtig verlagerte er seine Position, darauf bedacht, nicht vom Baum zu fallen. Er war in Gefahr. Sein Atem ging vor Angst schnell, obwohl er versuchte, ihn zu zügeln. Er musste sich konzentrieren. Er musste die Ohren spitzen, damit er hörte, wenn sie kam. Schon der Gedanke daran ließ erneut Angst in ihm aufsteigen. Sein Körper mahnte ihn zur Flucht, aber er würde ihm nicht gehorchen. Er würde nicht fliehen. Es ging hier nicht nur um ihn. Es ging auch um das Mädchen.

Das Mädchen hoch oben im Turm.

Der Königssohn duckte sich erneut, um unter den Blättern hindurchzuspähen, aber sein Platz im Baum war schlecht, um den Überblick zu behalten, nicht deswegen hatte er ihn gewählt, sondern nur, weil er ihn zuverlässig vor fremden Blicken verbarg. Ob er ihn auch vor den Blicken der Alten schützen konnte, würde sich zeigen, wenn sie endlich kam. Dass sie kommen würde, das wusste der Königssohn. Doch wann?

Seit zwei Wochen war sie nicht erschienen. So lange schon harrte er hier aus. Er hatte sein normales Leben ganz und gar aufgeben müssen, gegen seinen Willen fast, unweigerlich führten ihn seine Schritte immer wieder in die Mitte dieses Waldes an den Turm, in dem, wie er wusste, das Mädchen hauste, und unweigerlich hefteten sich seine Blicke jedes Mal auf das winzige Fenster, in dem er sie ab und an sah, schemenhaft nur. Der Königssohn war in dieser Zeit des Wartens und Lauerns hager geworden, Bartstoppeln überwucherten längst sein einst jugendlich glattes Gesicht. Er aß Nüsse und Beeren, die er fand, und trank den Morgentau von den Blättern. Längst schon gehorchten seine Schritte seinem Verstand nicht mehr, alles in ihm war einzig darauf konzentriert, an das Mädchen zu gelangen.

Doch dafür musste er erst das Geheimnis des Turms lösen.

Und deswegen wartete er hier auf die Alte, tagein, tagaus.

Manchmal drang ein lieblicher Gesang aus dem hohen Turm, und dann hatte der Königssohn immerhin die Gewissheit, dass das Mädchen noch da und am Leben war. Er wusste nicht, was er mehr fürchtete: dass sie, die offensichtlich gefangen war, dort oben verhungerte? Dass sie, des Wartens auf Rettung überdrüssig, ihr Schicksal in die Hand nahm und sich aus dem Fenster stürzte? Oder dass jemand anders erschien, ein Ritter, der tapferer war als er, oder ein schönerer Königssohn und ihm zuvorkam? Ein Klügerer, einer, der wusste, was zu tun war?

Er wäre gern schnell und mutig gewesen, hätte ein Pferd gezäumt, ein Schwert gezückt und wäre für das Mädchen in die Bresche gesprungen, ganz so, wie es sich für einen tapferen Retter gehörte. Doch leider war da nichts, wogegen er kämpfen konnte, nur ein Turm, dreißig Fuß hoch, ein Turm aus rauhem grauem Stein, sauber verfugt, ohne Treppe, ohne Tor. Vermutlich gab es eine Geheimtür, die hinauf in den Turm führte, doch sosehr der Prinz jeden Zentimeter des glatten grauen Baus abgesucht hatte, er konnte keine Öffnung, keine Spalte, keinen verborgenen Knauf entdecken.

Es gab nur eine Erklärung, und die ließ den Prinzen erzittern.

Magie.

Es musste Magie sein.

Und das machte ihm Angst. Dagegen war er machtlos.

Magie musste es auch sein, die das Mädchen mit Lebenswichtigem versorgte und am Leben hielt. Der Königssohn kannte sich mit Mädchen nicht aus, aber auch ein Mädchen musste doch essen und trinken. Oder?

Der Königssohn seufzte erstickt auf, als ein Geräusch ihn zusammenfahren ließ. Direkt unter ihm knackte es, und er erstarrte.
Sie war es.
Die Hexe.
Sie befand sich direkt unter dem Ast, auf dem er saß.
Der Königssohn kniff die Augen zusammen und hielt den Atem an. Vielleicht hätte er hinunterspringen und um sein Leben und das des Mädchens kämpfen müssen, doch er war wie gelähmt, einzig seine Ohren waren gespitzt.
Vorsichtig öffnete er die Augen, darauf gefasst, dass die Hexe direkt vor ihm auf dem Ast sitzen und ihm höhnisch entgegengrinsen würde, da hörte er erneut das Knacken von Ästen, und vor Erleichterung entfuhr ihm der Atem wie ein Wimmern. Die Schritte entfernten sich.
Tief schnappte der Königssohn nach Luft, unfähig zu begreifen, was das zu bedeuten hatte.
Konnte es sein, dass die Alte ihn nicht gesehen hatte? Was sagte das über ihre magischen Kräfte aus?
Oder war es ein besonders perfides Spiel von ihr, ihn in falscher Sicherheit zu wiegen?
Vorsichtig spähte der Königssohn zwischen den Blättern hindurch, als er ihre Stimme hörte.
»Rapunzel!«, rief sie.
Er sah, wie sie vor dem hohen grauen Turm stand und zum Fenster hinaufrief. Rapunzel? War das der Name des Mädchens? »Rapunzel«, flüsterte der Königssohn verzückt.
Da hörte er die Alte wieder. »Rapunzel, lass dein Haar herunter!«
Durch das dichte Blätterdach sah der Königssohn, wie das Mädchen im Fenster erschien und etwas hinunterwarf. Eine Leiter?
Er beugte sich vor, um etwas zu erkennen, aber zu weit, der Ast unter ihm neigte sich bedenklich, dann brach er. Noch im Fall sah er, wie die Hexe sich umdrehte. Der Blick ihrer grünen Augen traf

den Königssohn mitten ins Herz wie ein giftiger Dolch. Es ist aus, dachte er noch, dann erst prallte er unsanft auf dem weichen Waldboden auf. In Todesangst rappelte er sich auf, konnte kaum glauben, dass die Schmerzen das zuließen, dass seine Beine ihm gehorchten. Und dann lief der Königssohn, lief um sein Leben. Keinen einzigen Blick wagte er zurückzuwerfen, jederzeit erwartete er den eisigen Griff der Hexe im Nacken, er rannte und rannte, wie er noch nie zuvor gerannt war. Erst als er den Wald hinter sich gelassen hatte, wurde ihm klar, dass die Hexe ihm nicht gefolgt und dass er am Leben war.

Vorläufig.

Erschöpft legte er sich am Waldesrand in die Büsche und schlief. Und schon am nächsten Tag bei Sonnenaufgang ging er wieder in den Wald. Er hatte keine Wahl gehabt. Bei jedem Schritt hatte er sich gefragt, ob ihn die Hexe bereits erwartete. Und was sie mit ihm machen würde.

Doch als er jetzt am Fuße des grauen Turms stand, war weit und breit niemand zu sehen. Auch das Mädchen sang nicht. War sie vielleicht tot? Hatte er sie mit seinem Sturz in Gefahr gebracht?

»Rapunzel!«, rief er ängstlich und fixierte in banger Erwartung das Fenster. Doch nichts geschah.

Er dachte an das, was die Alte gerufen hatte, und obwohl er fürchtete, dass dies ein böser Zauberspruch sein mochte, der sein Schicksal endgültig besiegeln würde, nahm er all seinen Mut zusammen und rief, so laut er konnte: »Rapunzel, lass dein Haar herunter!«

Sein Atem stockte, als etwas geschah, was er kaum zu hoffen gewagt hatte. Im Fenster erschien der Schatten des Mädchens. Sie sah zu ihm hinunter, und dann warf sie etwas aus dem Fenster, die helle, schimmernde Leiter. Erst als sie wenige Zentimeter vor seinen Augen baumelte, erkannte er, dass es gar keine Leiter war. Es war ein Zopf. Ein seidiger, goldblonder Zopf. Das Haar von

Rapunzel. Ungläubig griff der Königssohn zu, berührte es mit zitternden Fingern, es war glatt und kühl wie eine goldene Schlange. Ein Beben durchfuhr den Prinzen. Jetzt kannte er kein Halten mehr. Er griff nach dem Zopf und kletterte hinauf, Zoll um Zoll griffen seine Hände das seltsame Seil ab, während seine Füße Halt in dem rauhen Mauerwerk suchten. Vergessen war die Hexe und ihr böser Blick, vergessen alle Gefahr. Das goldene Haar rann durch seine Hände, als liebkose es ihn, ein seidiges Versprechen dessen, was ihn oben erwartete. Endlich erreichte er die Fensteröffnung, zog sich mit letzter Kraft hindurch und stand dann schwer atmend in der winzigen steinernen Kammer. Ungläubig sah er sich um, und da war sie.

Ihm gegenüber auf einer schmalen Pritsche saß das Mädchen und schaute ihn an. In ihrem Blick war kein Erkennen. Nächtelang hatte der Königssohn sich ausgemalt, wie er endlich in die Turmkammer dringen, wie das Mädchen dann ihm, seinem Retter, um den Hals fallen, ihm unter Tränen danken würde, doch nichts davon tat sie, stattdessen wandte sie sich ab. Vornübergebeugt hockte sie, die Hände in Bewegung, und auch ihre Schultern zuckten. Was tat sie da?

Der Königssohn trat näher und sah, wie ihre Kiefer sich bewegten, als ob sie äße.

Dann erst erkannte er, was sie tat.

Und er stürzte zum Fenster und machte, dass er wieder hinunterkam.

* * *

Schreck saß im Großraumwagen auf einem Innenplatz, was natürlich ärgerlich war. Er hatte seinen reservierten Platz fluchtartig verlassen müssen, als er begriffen hatte, dass die Frau ihm gegenüber ihn interessiert musterte. Sie hatte ihn erkannt, und er wollte nicht erkannt werden. Nicht jetzt. Vor Lesungen war er empfindlich.

Lesungen gehörten zum Schriftstellerjob einfach dazu. Es war sinnlos, sich dagegen aufzulehnen. Ebenso sinnlos, wie sich über die vielen Verspätungen der Deutschen Bundesbahn aufzuregen. Verspätungen gehörten zur Bahn, und Bahnfahren gehörte zu Lesungen. Zumindest wenn man wie Schreck auf sie angewiesen war, weil man wegen Trunkenheit am Steuer keinen Führerschein mehr besaß.

»Einen Kaffee für Sie?«

»Gern.« Er nahm dem Bahnmitarbeiter, der in seiner schlechtsitzenden dunkelblauen Uniform erbärmlich schwitzte, den Kaffee ab. Kaffee gehörte zum Service der ersten Klasse, und Schreck wollte nicht auf dieses Privileg verzichten, nur weil es eigentlich zu heiß für Kaffee war. Außerdem brauchte er den Kaffee wegen des Bechers. Hätte er direkt aus der Flasche getrunken, hätte er ausgesehen wie ein Penner. Oder wie bei einem Junggesellenabschied, was eigentlich noch schlimmer war. Den Inhalt der Fläschchen in Kaffeebecher zu füllen war stilvoller, auch wenn es im Großraumwagen nicht ganz so diskret zu bewerkstelligen war wie sonst.

Erneut griff Schreck in das vorderste Fach seines Koffers, in dem die Fläschchen aus der Minibar klimperten. Aus jeder Minibar in jedem Hotel nahm er grundsätzlich alles mit, was mehr Prozent als Sekt hatte. Bezahlt hatte er noch nie dafür, denn die Hotelrechnungen übernahmen die Veranstalter, die ihn buchten, damit er aus seinem Buch vorlas.

Schreck hatte kein Alkoholproblem. Aber er hatte ein Problem

damit, all die schönen Fläschchen, die er sich früher hatte verkneifen müssen, ungetrunken zurückzulassen.
Er klappte sein MacBook auf und rief die Seite von Amazon auf, um sich durch seine Rezensionen zu klicken. Fast alles waren euphorische Fünf-Sterne-Rezensionen. Und die wenigen anderen waren von Neidern. Zumindest hatte Walli das gesagt, als er ihn angerufen und sich deswegen beschwert hatte. Walli war sein Agent.
Eine Stimme verkündete durch den Lautsprecher, dass man in wenigen Minuten Bonn Hauptbahnhof erreichen werde.
Schreck trank den Becher leer, knüllte ihn zusammen und sah sich nach einem Papierkorb um. Da er keinen fand, ließ er das Pappknäuel auf dem Tisch liegen, griff seinen Koffer und zog ihn in Richtung Tür. Der Zug hielt. Er stieg aus. Der Bonner Hauptbahnhof erschien ihm klein und bedeutungslos dafür, dass dies einmal die Bundeshauptstadt gewesen war.
Auf dem Bahnsteig war es voll. Es war also kein Wunder, dass die Dame, die ihn abholen sollte, auf sich warten ließ. Schreck spazierte ein wenig auf und ab, umrundete den Süßigkeitenautomaten und betrachtete die Tauben, die gierig zwischen den Gleisen herumflatterten und erfolglos nach allem stießen, was essbar aussah. Die schwüle heiße Luft ärgerte ihn, seine Haare würden sich kringeln, und leider konnte er vor der Lesung nicht noch ins Hotel fahren und duschen, dafür hatte er seine Zeit zu knapp bemessen. Außerdem war das Hotel nicht am Lesungsort, sondern in Königswinter, wenn er das richtig im Kopf hatte, denn dort fand seine morgige Signierstunde statt.
Der Bahnsteig war jetzt leer bis auf eine Traube Teenager, die aus unerfindlichen Gründen kichernd den Schaukasten mit dem Wagenstandsanzeiger umrundeten.
Schreck drehte sich um, halb erwartete er, dass eine dickliche ältere Dame die Rolltreppe heraufhasten und sich ihm unter

gemurmelten Entschuldigungen nähern würde. Oder eine magere mit grauem Pagenkopf, die als Erkennungszeichen sein Buch in die Höhe reckte. Aber nichts geschah, er blieb allein, ein gutaussehender erfolgreicher Autor, der eben noch vor einem mutmaßlichen Fan ins Großraumabteil hatte flüchten müssen, jetzt aber verloren auf dem Bahnsteig stand wie bestellt und nicht abgeholt. Was sollte er tun? Und wo war dieses Kaff, in dem er lesen sollte, überhaupt?

Schreck stellte den Koffer ab und holte sein Smartphone heraus. Die Nummer seines Berliner Agenten war inzwischen die, die er am häufigsten wählte.

»Ich stehe hier in Bonn am Hauptbahnhof, und niemand holt mich ab«, sagte er und bemühte sich nicht, seine Entrüstung zu dämpfen.

»Sicher steckt sie im Stau.«

»Aber der Zug hatte Verspätung. Ich hätte schon vor einer Viertelstunde ankommen müssen. Und die Verspätung ist angeschlagen, also … Wahrscheinlich hat die Buchhändlerin mich vergessen.« Er sagte es beinahe scherzhaft, denn es war in der Tat ein Witz – als ob eine Buchhändlerin ihn, Schreck, vergessen könnte!

»Das ist keine Buchhändlerin, sondern die Vorsitzende eines Literaturclubs. Ruth Grosche. Warte, ich rufe Ruth Grosche kurz an, ich habe ihre Handynummer. Ich melde mich bei dir, wenn ich Frau Grosche erreicht habe.«

Walli legte auf, und Schreck wartete, das Telefon in der Hand. Er wusste, dass sein Agent den Namen der Frau extra wiederholt hatte in der Hoffnung, dass er ihn sich merkte. Schreck war völlig außerstande, sich Namen zu merken, auch wenn das unhöflich war.

»Du kannst es dir leisten, unhöflich zu sein, also stress dich nicht«, hatte Walli ihm auf der Buchmesse gesagt, als er hartnäckig alle

Verlagsmenschen falsch angesprochen hatte. Aber Schreck war sehr wohl aufgefallen, dass Walli seitdem jeden Namen mehrfach nannte.

Es klingelte. »Ja?«

»Ruth Grosche geht leider nicht an ihr Handy. Ihre Vertretung auch nicht. Vermutlich haben sie mit der Vorbereitung der Lesung zu tun, oder die Presse hält sie auf Trab. Sie kommt bestimmt gleich, aber es ist trotzdem besser, du nimmst dir ein Taxi und fährst selbst zum Veranstaltungsort. Ich habe Ruth Grosche auf die Mailbox gesprochen, dass wir es so machen.«

»Ich sehe hier aber kein Taxi«, sagte Schreck und blickte den Bahnsteig hinunter.

»Geh zum Haupteingang des Bahnhofs, da ist ein Taxistand. Und dann lässt du dich nach Rheinbach fahren, zum Hexenturm. Da findet die Lesung statt. Frau Grosche ist sicher schon dort. Und später hast du dann dieses Interview mit der Journalistin, die das Porträt über dich schreiben will.«

»Rheinbach. Hexenturm«, wiederholte Schreck folgsam. Den Namen der Veranstalterin zu wiederholen, sträubte er sich, auch wenn er wusste, dass das Walli beruhigt hätte. Er verstaute das Handy, nahm seinen Koffer und ließ sich von der Rolltreppe abwärtsbringen.

Lesungen, dachte er, während der Bahnsteig vor seinen Augen erst immer höher stieg und dann verschwand. Lesungen sind wirklich die Pest.

* * *

Der Taxifahrer sprach fast kein Deutsch, und das war Schreck recht so. Er presste sein Gesicht an die Scheibe, während er im Geiste durchging, was er seinem Publikum sagen wollte.

»Hexenturm«, nuschelte der Fahrer mürrisch.

Schreck blickte ungläubig aus dem Fenster. Er sah Reste einer Stadtmauer, schmucke Fachwerkhäuser und einen hohen Turm. Mittelalterlich, vielleicht, Schreck kannte sich da nicht so aus. Allerdings kannte er sich mit Lesungen aus, und ein großer, erfolgversprechender Veranstaltungsort sah anders aus. »Sind Sie sicher?«

Der Fahrer schaute ihn stur an und hielt die Hand auf. Schreck zahlte und stieg aus. Mit dem Koffer in der Hand ging er langsam auf den Turm zu und ließ dabei misstrauisch den Blick umherwandern. Nein, hier sah es wahrlich nicht so aus, als sollte in wenigen Stunden der Bestsellerautor Schreck lesen. Kein Schild wies auf die Veranstaltung hin.

Wobei – das war möglicherweise auch ein gutes Zeichen, vermutlich war die Veranstaltung ausverkauft. Oder ohnehin nur für geladene Gäste, Lokalprominenz und Presse. Eine exklusive, kleine Lesung, anders als die Massenveranstaltungen in den Filialbuchhandlungen. So war es, ganz bestimmt. Es *musste* einfach so sein.

Schreck fuhr sich mit dem Taschentuch über die Stirn. Es war heiß, ein richtiger Sommertag, aber es lag nicht allein daran, dass er schwitzte. Er merkte, dass etwas nicht stimmte. Inzwischen hatte er ein ausgeprägtes Gespür dafür entwickelt, was für eine Art Lesung ihn erwartete. Und hier war etwas seltsam. Aber was? Er sah sich schon mit zwei Handvoll Gästen und einem aufgeregten Volontär vom Lokalradio in einem kleinen Raum ohne Mikrofon. Das war unmöglich. Er würde sofort Walli anrufen. Oder Kopfschmerzen vortäuschen und in sein Hotel flüchten, wo eine warme Dusche und eine wohlgefüllte Minibar auf ihn warteten.

Die Tür des Turms knarrte leise, als er sie öffnete. Rechts an der roh verputzten Wand spürte er einen Schalter. Etwas stimmte nicht. Etwas stimmte ganz und gar nicht. Er spürte Angst in sich, kalt und hart. Angst vor dem, was ihn dort oben erwartete.

»Herr Schreck! Da sind Sie ja!« Als eine Frau mit ausgestreckter Hand durch den runden Raum auf ihn zukam, überlegte Schreck kurz, ob er sich ihren Namen gemerkt hatte. Frau Kosche? Kusche? Er wusste es nicht mehr.

Die Veranstalterin sah genau so aus wie die meisten ihrer Art. Eine Kulturtussi, die ihn routiniert begrüßte, nach seinen Wünschen fragte – kaltes Wasser oder lauwarm? Mit Sprudel oder ohne? – und der man eine gewisse Aufregung anmerkte. Sie geleitete ihn durch einen engen Gang im rauhen Gemäuer bis hoch unters Dach, bis in den obersten Raum des Turms, er war ebenso rund wie die anderen. »Ich hole Sie dann ab, wenn es Zeit ist«, sagte sie. »Die Lesung findet in dem Raum unter uns statt. Brauchen Sie noch etwas?«

Schreck ließ den Blick über den Tisch wandern, auf den er sein Buch neben einen Stapel Werbezettel, ein sauberes Wasserglas und eine Auswahl an alkoholfreien Getränken gelegt hatte. »Nein.«

»Dann bis gleich.« Sie machte eine Pause. »Wir freuen uns schon!«

Er lächelte höflich und wartete, bis sie draußen war, ehe er seine Tasche öffnete und die Miniaturflaschen aus der Minibar herausholte, um die erste davon in das Wasserglas zu leeren.

Nach etwa einer halben Stunde hatte sich seine Aufregung etwas gelegt, was nicht zuletzt an den jetzt leeren Flaschen lag. Er hörte, wie die Veranstalterin – Bosche? Busche? – die Treppe hochkam.

»Wir wären dann so weit, Herr Schreck.«

»Okay.« Er nahm sein Buch und folgte ihr. Etwas war komisch an ihr. Es war nicht nur der Lesungsort, sondern auch diese Frau. Etwas in ihm prickelte wie eine leise Warnung. Aber wovor?

»Dann also …«, sagte sie und drehte sich zu ihm um, ehe sie die Tür öffnete. Der runde Raum dahinter war vollgestopft mit Zuhörern, die auf groben hölzernen Stühlen saßen und die Köpfe nach ihm reckten wie gierige Möwen. »Bitte, nehmen Sie Platz«, sagte die Veranstalterin leise, und als sie ihm ins Gesicht sah, wusste Schreck, was ihn irritierte. Ihr Blick war anders als die Blicke der Veranstalterinnen, die er bisher kennengelernt hatte. Es fehlte etwas darin.

»Ich würde sagen, wir fangen dann gleich an«, flüsterte sie, und da erkannte Schreck schlagartig, was fehlte. Bewunderung. Und Neugierde. Die Dinge, die jeder Frau und jedem Mann normalerweise ins Gesicht geschrieben standen, mit denen er zu tun hatte. Stattdessen witterte er etwas anderes.

Gefahr.

Die Frau, deren Namen er sich nicht merken konnte, lächelte. Ihr Lächeln war nicht echt, das spürte er jetzt ganz deutlich. »Ich stelle Sie dann vor, sage etwas zu Ihren bisherigen Preisen, dann ein bisschen was zu Ihrem Werdegang. Geburt und Studium in Greifswald, längerer Aufenthalt in Brasilien, London, München und Ahrweiler. Und Sie erzählen dann etwas zu Ihrer Arbeit an Ihrem nächsten Roman.«

Etwas in ihm erstarrte. »Was?«

»Oh, da ist schon die Dame vom General-Anzeiger.«

In ihm blinkte es rot, während er der jungen Frau die Hand reichte und mechanisch ihre Fragen beantwortete. Zum Glück waren es Fragen, die er schon in- und auswendig kannte, so dass er nur den Mund öffnen musste, um die Antworten herausfließen zu lassen.

Und während die Worte aus seinem Mund drangen, arbeitete es hinter seiner Stirn fieberhaft.

Das, was die Veranstalterin da eben gesagt hatte, konnte nicht sein, es konnte nicht sein, weil es unmöglich war, aber auch, weil es einfach nicht sein durfte. Er hatte diese Frau noch nie zuvor gesehen. Wenn sie das gesagt hatte, was er gehört hatte, dann bedeutete das …

Schreck schluckte. Es war egal, was es bedeutete. Er würde abhauen. Sofort.
Schreck erhob sich, sein Buch fiel zu Boden. Instinktiv bückte er sich danach, und dabei traf sein Blick den eines Mannes, der in der ersten Reihe saß. Die beiden sahen sich an, einen Moment nur. Dann lächelte der andere, höflich, erfreut vielleicht, es war das Lächeln eines Lesers. Er hob die Hände und begann zu klatschen, und die Leute um ihn herum fielen ein, alle Augen richteten sich auf ihn, ein Applaus brandete auf und begrüßte den Bestsellerautor Niklas Schreck in Rheinbach. Und dieser begriff, dass Flucht jetzt unmöglich war.
Sein Puls jagte hoch, er spürte, wie ihm der Schweiß ausbrach. Der Applaus des Publikums klang in seinen Ohren, als galoppiere eine Herde wilder Tiere vorbei. Er nahm den Lichtkegel wahr, der auf ihn gerichtet war, hörte durch die Lautsprecher sein eigenes hastiges Atmen, das leichte Keuchen, wenn er die Luft einsog, und er begriff, dass jemand das Mikrofon eingeschaltet hatte und dass alle ihn hörten. Und sahen. Und vermutlich seinen Angstschweiß rochen.
Und er begriff, was los war.
Und auch, dass er nicht würde entkommen können.
Also öffnete er sein Buch und begann zu lesen.

Tag 1

Jan legte den Kopf in den Nacken. Gegen den blitzblauen Sommerhimmel ragte der Rheinbacher Hexenturm drohend auf, das einzige von hier aus sichtbare Fenster stand offen, ringsum konnte Jan Schießscharten erkennen, oder waren es Lüftungsschlitze? Egal, dachte Jan. Jedenfalls war die Frau weder aus dem Fenster gesprungen noch gestoßen worden. Dafür war der Körper, der am Fuße des Turms lag, zu unversehrt.
»Liane Riefers, 25 Jahre, wohnt in Rheinbach«, sagte Metzel, der blonde Kollege von der Schutzpolizei, der als Erster am Tatort eingetroffen war. Er war etwa so alt wie Jan, trug aber einen Vollbart, der ihn deutlich älter aussehen ließ. »Personalausweis und Handy trug sie in der Hosentasche bei sich. Merkwürdig, dass man sie ausgerechnet hier abgelegt hat. Das ist ja eine geradezu öffentliche Stelle.«
»Er sieht nicht gerade bewohnt aus«, sagte Jan und warf erneut einen Blick auf den Turm.
»Das ist er auch nicht«, sagte Metzel, »aber man kann ihn mieten. Für Veranstaltungen. Meine Nichte hat dort ihren Kindergeburtstag gefeiert. Der Turm gehört der Stadt Rheinbach.«
»Kindergeburtstag?« Jan runzelte die Stirn. Für einen Kindergeburtstag konnte er sich etwas Stimmungsvolleres vorstellen als ein Gemäuer, in dem im 17. Jahrhundert Hunderte von Hexen eingekerkert waren und unter dem rostigen Gitter auf ihren qualvollen Tod gewartet hatten. Das zumindest waren so ungefähr die einzigen Informationen über Rheinbach, die sein Gedächtnis auf der Fahrt hierher hatte zutage fördern können. »Und? Ist er zurzeit vermietet?«
»Ich bin dran. Der Kerl vom Stadtarchiv ist informiert, er müsste jeden Moment eintreffen.«

»Das ist gut.«
Zwischen den Resten der alten Stadtmauer und dem Turm wucherte Unkraut. Die Leiche lag zwischen blühenden Ackerwinden, Hirtentäschel und Löwenzahn. Dem Gesicht der jungen Frau, ein Mädchen beinahe noch, hatte der Tod nicht nur die Farbe, sondern auch jeden Ausdruck geraubt. Bekleidet war sie mit einem hellen Shirt und Jeans, die Füße steckten in rosafarbenen Ballerinas, die ihr etwas Kindliches gaben. In erster Linie aber kam dieser Eindruck von den Haaren. Lange blonde Zöpfe lagen links und rechts über ihre Schulter gebreitet, als habe man sie arrangiert. Die Wirkung war verblüffend, Jan fühlte sich an irgendeine Szene erinnert, die er kannte, aber ihm wollte nicht einfallen, woher. Ein Film vielleicht? Die eine Hand lag locker auf dem Bauch der Toten, die andere hielt sie zur Faust geballt an die Brust gezogen.
Jan beugte sich nieder. Dort, wo die Arme auflagen, waren bereits dunkel schattierte Totenflecken zu erkennen, auch an den Unterschenkeln erkannte er das charakteristische Muster. Die Frau war sicher schon über zwölf Stunden tot, für die präzisere zeitliche Bestimmung des Todeszeitpunkts würde man auf den Rechtsmediziner warten müssen. Vorerst reichte es ihm, den kritischen Zeitpunkt grob einzuordnen. Ein smaragdgrüner Käfer wanderte über die blasse Wange der Toten, verharrte für einen Moment an ihrem Nasenflügel. Jan hielt den Atem an. Am liebsten hätte er ihn verscheucht. Der Käfer setzte seinen Weg fort, um dann im Unkraut zu verschwinden.
Ein Ruf von der anderen Seite des Turms riss ihn aus seiner Betrachtung. »Jan?« Es war seine Kollegin Elena Vogt. »Der Kerl vom Stadtarchiv ist da.« Sie trat hinzu und sah zu ihm herunter. Elena war riesengroß. Nun ja, zumindest neben ihm. Wegen der Hitze hatte sie ihre dicken dunkelblonden Pferdehaare hochgebunden.

»Wir sind hier!« Jan trat die wenigen Schritte zur Seite und sah einen Mann die Stufen zum Turm hochsteigen. Er war vielleicht fünfzig Jahre alt, aber die wehenden weißen Locken und die halbmondförmige Brille ließen ihn wesentlich älter erscheinen. Er streckte schon von weitem die Hand aus, und als Jan sie ergriff, spürte er einen Händedruck, der nicht enden wollte. Offenbar war der Archivar einigermaßen aufgewühlt. »Manfred Hohl ist mein Name, Stadtarchiv Rheinbach, ich sollte sofort kommen.« Der Mann wirkte verwirrt, er blieb wie angewurzelt stehen, schüttelte dann Elenas Hand und verrenkte den Kopf, um das rot-weiße Flatterband zu betrachten.
»Sie sind zuständig?«
»Gewissermaßen, ja. Der Turm ist seit langem im Stadtbesitz.«
»Die Tür ist verschlossen.«
Der Mann hatte Elena endlich losgelassen und griff jetzt nach seiner Brille. »Das ist sie immer. Wir geben den Schlüssel nur den Mietern heraus. Also, der aktuelle Mieter hat einen, aber natürlich habe ich einen Ersatzschlüssel.«
»Haben Sie den dabei?«
»Den müsste ich holen. Aber das Archiv ist direkt hier in der Polligstraße.«
»Was war denn gestern hier los?«
»Gestern?« Hohl sah von einem zum andern, als warte er auf das richtige Stichwort, dann hellte sich sein Gesicht auf, so, als begriffe er jetzt erst, worum es ging. »Gestern war der Turm vermietet, für eine Abendveranstaltung. Eine Lesung. Dafür eignet er sich wunderbar, wegen des ganz besonderen Ambientes.«
»Eine Lesung«, wiederholte Jan. »Was für eine Lesung? Von wem?«
Der Archivar hob die Schultern und ließ sie dann urplötzlich wieder fallen. »Dieser Bestseller-Autor.«
»Ich brauche Namen und Anschrift der Veranstalter«, sagte Jan. »Am besten sofort.«

»Ruth Grosche. Sie gehört zum Lesezirkel des Rhein-Sieg-Kreises. Ich kopiere einfach den Mietvertrag für Sie. Gleich, wenn ich den Schlüssel hole.«

»Machen Sie das.«

Hohl nickte. Dann sah er zu Boden. »Ich … Darf ich das sagen? Die Tote sieht so aus wie eine Frau auf der Lesung gestern«, sagte Hohl und wies auf die Leiche. Sein Gesicht war blass, der Blick ausweichend. »Also, ob sie auf der Lesung selbst war, weiß ich nicht, aber sie hat den Schlüssel dafür abgeholt. Im Auftrag von Frau Grosche. Diese Schuhe in Rosa … Die sind mir aufgefallen. Aber ihre Haare waren anders.«

»Anders?«, fragte Jan. »Inwiefern anders?«

»Braun.«

»Sie war nicht blond?«

»Nein, und sie trug auch keine Zöpfe. Die Haare waren irgendwie kürzer. Und eher wellig.« Der Mann sah verlegen aus, ganz so, als befürchte er, aufgrund seines Wissens über die Frisur der Toten zu den Verdächtigen zu zählen.

»Wenn Sie dann den Schlüssel holen könnten – das wäre hilfreich«, sagte Jan.

Der Archivar nickte so heftig, dass seine weißen Locken flogen, dann eilte er zu den Treppenstufen. Elena sah ihm nach. »Komischer Kauz«, murmelte sie.

Jan zuckte die Achseln. »Vor seinem Turm wurde eine Leiche gefunden, das gefällt ihm möglicherweise nicht.«

»Hast ja recht.«

Erst als der Archivar nicht mehr zu sehen war, hockte Jan sich neben die Tote. Jetzt, aus der Nähe, sah er, dass die blonden Zöpfe etwas zu blond waren. Gefärbt? Jan kniff die Augen zusammen. Sie erschienen ihm übertrieben dick und strohig. »Haben wir das?«, vergewisserte er sich bei dem Mann der Spurensicherung, der die Fotos machte.

Dieser nickte. Jan streifte einen durchsichtigen Einmalhandschuh über und fasste vorsichtig nach dem Zopf. Er fühlte knisterige, strohige Textur. Künstliches Haar. Eine Perücke. Und keine besonders gute. Elena neben ihm pfiff durch die Zähne.
Jan zog, und das leuchtende Blond glitt vom Kopf der Toten und gab einen glänzenden kahlen Schädel frei. Verblüfft starrte Jan auf die Perücke in seiner Hand, dann auf den nackten Kopf des Mädchens.
»Sie wurde rasiert«, sagte Elena leise.
Jan ging in die Knie. Kurz musste er einen Schauder unterdrücken, dann zwang er sich zu professioneller Distanz und musterte die blicklosen blauen Augen, die gerade Nase, den Schwung der Wangenknochen. Etwas sah seltsam aus.
»Der Täter hat ihr die braunen Haare abrasiert und stattdessen diese Perücke aufgesetzt«, sagte Elena, aber es klang wie eine Frage, so, als wolle sie sich von Jan bestätigen lassen, dass das unsinnig war. »Kann das sein?«
»Mehr noch«, sagte Jan und deutete auf das Gesicht der Toten. »Ihre Augenbrauen sind nur aufgemalt, und sie hat keine Wimpern mehr. Sie ist komplett kahl.«
»Vielleicht eine Chemotherapie?«, sagte Elena, und in ihrer Stimme klang beinahe Hoffnung mit, so, als sei Chemotherapie weniger schlimm als das, was sie beide längst befürchteten, ohne es auszusprechen.
Jan schüttelte den Kopf. »Nein, eher rasiert.«
»Scheiße«, sagte Elena. »Dann ist diese Zopffrisur für den Mörder Teil der Inszenierung. Ein Fetischist. Ein sexuelles Motiv.«
»Schlimmstenfalls.«
Sie sahen sich an. Täter mit einem fetischistischen Motiv waren häufig Serientäter.
»Es ist zu früh für solche Spekulationen«, warnte Jan. »Warten wie erst einmal, was Frenze sagt.«

»Vielleicht ist alles ganz anders«, stimmte Elena zu, aber sie sah ihn dabei nicht an.
»Anders als was?« Jan hockte sich wieder neben die Tote. Die Faust auf ihrer Brust, fest geballt, schien ihm etwas zu versprechen. »Ihre Hand«, sagte er. »Es sieht fast aus, als hielte sie etwas umklammert.«
»Meinst du?«
Jan nahm einen Kugelschreiber aus seiner Jackentasche und schob ihn vorsichtig zwischen die Finger der Leiche. »Die Leichenstarre hat schon eingesetzt«, sagte er. »Wir müssen wohl auf Frenze warten.« Er hasste den Gedanken an Frenze. Das lag an Jans Ex-Freundin Nicoletta, die durch eine seltsame Verkettung unglücklicher Umstände und irregeleiteten Geschmacksempfindens ihr Herz an den Rechtsmediziner verloren hatte. Damit hatte Jan gewaltig zu kämpfen. Nicht, weil er der Sache mit Nicoletta noch eine Chance gegeben hätte, sondern weil die Wahl eines neuen Partners immer automatisch ein Licht auf den alten Partner warf, und das war in diesem Fall er. Und wie er im Schein dieses Lichtes aussah, das wusste er nicht. Was vielleicht ein Glück war.
»Frenze kann erst am frühen Nachmittag«, sagte Elena, das Handy am Ohr. »Er sagt, die Leiche soll sofort in die Rechtsmedizin, wegen der Kühlung. Bei dem Wetter ist sie sonst in Windeseile – du weißt schon.«
Jan kniff die Augen zusammen und blinzelte in die Sonne. Dann zuckte er die Achseln und griff vorsichtig nach der Hand der Toten. Sie fühlte sich kühl an, und für einen Moment schauderte ihm, als ob diese Kühle die Temperatur des heißen Augusttages um einige Grad gesenkt hätte.
»Eigentlich muss das Frenze machen«, sagte Elena leise.
Jan schüttelte den Kopf. »Aber wir müssen wissen, was sie in der Hand hält. Was, wenn es ein direkter Hinweis auf den Täter ist? Dann ist Eile geboten.«

Elena zögerte, dann nickte sie. »Du hast recht.«
Jan hielt den Atem an, bog mit Gewalt die Finger der Toten auf und ließ das, was darin war, hinausgleiten.
Elena stieß einen erstaunten Ausruf hervor und beugte sich vor.
»Das glaub ich jetzt nicht!«, rief sie.

* * *

In der Nacht waren sie zu betrunken gewesen für anständigen Sex oder überhaupt für etwas, das den Namen Sex verdiente. Darum war Schreck erfreut, dass er, als er erwachte, erstens einen warmen Körper neben sich und zweitens keinen Hauch eines Katers in sich spürte. Das war eine erfolgversprechende Kombination. Es hätte auch sein können, dass sie längst weg war. Oder dass er die Kopfschmerzen hatte, die er eigentlich verdiente.
Sie war Journalistin, wenn er sich richtig erinnerte. Er griff nach ihr und strich ihr über die Hüfte, dann rückte er näher und ließ sie seine Morgenlatte spüren.
»Hi«, murmelte er.
»Hi!«, kam ihre Antwort.
Er biss ein wenig in ihre Schulter und stieß auf gut Glück zwischen ihre runden Pobacken.
Sie drehte sich um, rollte sich praktisch augenblicklich auf ihn und begann ihn zu küssen. Das war kein schlechter Anfang.
Der Geschmack auf seiner Zunge hatte vermutlich gleichzeitig etwas von Verwesung, kalter Asche und Chemie des Todes – während ihm das durch den Kopf ging, beglückwünschte er sich zu diesem kreativen Vergleich und nahm sich vor, ihn nachher, wenn diese Karla gegangen war, zu notieren.
Oder hieß sie Karina? Jedenfalls ließ sie sich von seinem Aroma nicht abschrecken.
Schreck mochte es ohnehin, mit ungeputzten Zähnen zu küssen.

Das kommunizierte in gewisser Weise seinen Status, noch ehe es richtig zur Sache ging, es sagte, was er sich leisten konnte, dass er sich um derlei Maßnahmen keinerlei Gedanken machen musste, und es versprach gleichzeitig auf männlich dominante Weise, dass ihr in wenigen Minuten ohnehin sämtliche Gedanken an Zähneputzen aus dem Kopf fliegen würden.

Sie seufzte über ihm, die Augen geschlossen, und richtete sich auf, vielleicht auch, um seinem Kuss zu entgehen. Ihre Brüste konnten sich selbst in dieser Position sehen lassen, das war eine Seltenheit bei Frauen ihres Alters. Ob sie überhaupt echt waren?

»Stopp«, flüsterte er.

Sie öffnete die Augen und schaute ihn fragend an.

»Ich muss dir noch etwas sagen«, begann er.

»Dann sag es.« Sie sah etwas verwirrt aus.

Er griff nach ihrem weichen Oberschenkel und kniff sanft hinein. »Es ist nur, damit … Ich möchte nicht, dass du dich nachher irgendwie ausgenutzt fühlst.«

»Oh«, sagte sie. Sie runzelte die Stirn, offensichtlich war es ihm gelungen, sie zu überraschen. »Nein, natürlich nicht.«

»Sicher?«, fragte er.

»Ich habe einen Freund.« Jetzt errötete sie sogar ein winziges bisschen, das stand ihr gut.

»Es wäre ein Wunder, wenn du keinen hättest, Karla. Du bist … heiß.«

»Ich heiße Kristina«, sagte sie. Es klang verärgert, und so sah sie jetzt auch aus.

»Natürlich heißt du Kristina«, beeilte er sich zu sagen und griff nach ihrer Brust. Wow! Sie war ganz unzweifelbar echt. »Aber deswegen erkläre ich dir das ja.«

»Hä?«, sagte sie.

Er legte eine kleine Spannungspause ein. »Du weißt ja, dass ich Schriftsteller bin.«

»Klar.« Sie sah ihn verständnislos an, ihre Schultern sanken vor, und aus ihrem Körper wich die Spannung.
»Und du erinnerst mich an die … Karla. Die Protagonistin aus meinem nächsten Roman.«
Die Frau, die offensichtlich Kristina hieß, riss die Augen auf. »Echt?«, fragte sie. Und wiederholte gleich noch einmal: »Echt?«
Er nickte ernst. »Und darum sage ich dir das vorher. Ich weiß nie, welche von den vielen Dingen, die mir so passieren, in meinen nächsten Roman einfließen. Und falls du dich dadrin wiederfindest, eines Tages, wenn er in den Buchläden liegt, dann möchte ich nicht, dass du dich ausgenutzt fühlst, Karla. Oh, jetzt hab ich euch schon wieder verwechselt!« Er klatschte sich an die Stirn.
Sie schüttelte heftig den Kopf. »Quatsch! Schreib einfach, was du willst!«
Er sah, wie es in ihr arbeitete. Er nickte wieder. »Ja, das muss ich eh. Ich kann gar nicht anders. Leben und Schreiben, das ist bei mir dasselbe, es fließt alles ineinander, verstehst du.«
Karla-Kristina war von ihm heruntergerutscht und schien auf weitere Erklärungen zu warten, vielleicht auch auf Anweisungen. Er streichelte ihre Wange, zog ein bisschen an ihren langen dunklen Haaren und schob ihren Kopf dann mit sanftem Druck abwärts. Sie schien ohnehin zu verstehen, was sie tun sollte.
»Du bist so was von heiß«, flüsterte er und schloss die Augen, als sie endlich anfing.
Wieder eine Leserin fürs Leben gewonnen, dachte er zufrieden. Und diese Leserin würde sich jetzt ganz gewaltige Mühe geben, um ihre einmalige Chance auf ein literarisches Denkmal zu nutzen.

* * *

Der Archivar war einer der Männer, die sich neben großen Frauen aufblasen mussten, das merkte Elena sofort. Eben, neben der Leiche, war er ein verschüchterter, beinahe vertrottelter Bücherwurm gewesen, aber jetzt, in seinem Turm, wuchs er mit jedem Schritt.

Er lächelte Elena stolz an, als er den Schlüssel im Schloss der alten Holztür umdrehte, und ließ ihr dann galant den Vortritt. Direkt links hinter dem Eingang befand sich ein steinernes Podest zweifelhaften Zweckes, auf das der Archivar mit ausgestrecktem Arm wies. »Wenn Sie mal müssen«, sagte er und genoss Elenas irritierten Gesichtsausdruck. »Das war hier früher das Plumpsklo.«

Offenbar sagte er das an der Stelle immer. Wortlos folgte ihm Elena in den runden Raum.

»Dort unten ist das Verlies«, fuhr der Archivar fort und deutete auf eine Luke im Boden. »Durch diese Luke warf man den Gefangenen, die dort schmorten, jeden Tag ihr Brot. Aber keine Sorge, wir haben schon lange keine Touristen mehr eingesperrt.«

»Sie scheinen das hier ja total witzig zu finden«, sagte Elena, ohne das Gesicht zu verziehen.

Das Lachen des Archivars erlosch augenblicklich, und Elena tat ihre Schroffheit beinahe leid. Offenbar war er angesichts des vertrauten Ortes in einen automatischen Touristenführer-Modus verfallen, den er nicht abstellen konnte.

Hastig schob sie hinterher: »Ich möchte in das Zimmer, in dem die Lesung stattgefunden hat.«

Der Archivar nickte knapp und ging voran. »Da müssen wir durch den Wehrgang. Folgen Sie mir einfach.«

Der Wehrgang, der in die oberen Räume führte, war eng. Nur wenige Schießscharten ließen Licht hindurch. Es schien Elena, als ob die rauhen Steine sie von allen Seiten bedrängten. Undenkbar, dass jemand eine Leiche hier hochgeschleppt hatte. Und wenn

doch, dann hätte er sicher beim Passieren des Weges massenhaft Spuren an den Wänden hinterlassen.
»Gibt es hier kein Licht?«, fragte Elena.
»Doch«, entgegnete der Archivar.
»Aber?«
»Vorsicht, achten Sie auf Ihren Kopf«, sagte der Archivar. Zu spät, denn in diesem Moment stieß Elena schmerzhaft an die Decke, und für einen Augenblick sah sie Sternchen. Sie rieb sich die Stirn und fluchte.
»Hier wären wir.«
Die Lesung hatte im Kaminzimmer stattgefunden. Ein riesiger offener Kamin dominierte den kreisrunden Raum, in Reihen davor standen Stühle aus rohem Holz. Eine Leselampe und ein niedriger Tisch verrieten, wo der Autor gesessen hatte. Linker Hand befand sich ein bodentiefes Sprossenfenster, kreuz und quer im Raum verteilt lagen Flyer.
Elena hob einen auf. Der Literaturkreis Rhein-Sieg bat um Spenden und informierte über seine Homepage und den Newsletter. Sie steckte den Zettel ein.
Der Archivar hatte bereits begonnen, das herumliegende Papier aufzusammeln. »Die hätten längst aufräumen sollen, der Raum sollte schließlich besenrein übergeben werden. Und das Fenster haben sie auch offen gelassen. Typisch, oder?«
Elena antwortete nicht. Sie trat an das Fenster und blickte hinaus. Sah Kastanienbäume, die alte Rheinbacher Stadtmauer, einen Schulhof und direkt unter sich Jan. Von hier oben sah er noch kleiner und schmaler aus als sonst. Er hockte neben der Leiche. Das Sonnenlicht ließ die blonden Zöpfe aufleuchten.
»Das Anbringen von Plakaten war nicht abgesprochen«, brummte der Archivar und machte sich daran, ein großformatiges Poster von der Wand zu reißen.
»Was haben Sie da?«, rief Elena.

»Ich?« Verdutzt sah der Archivar auf das Plakat. Darauf blinzelte ein gutaussehender Schriftsteller durch eine markante Brille, doch nicht das war es, was Elenas Aufmerksamkeit gefangen nahm. Unter dem Bild prangte ein Schriftzug. »Schreck liest aus seinem Bestseller *Rapunzelmord.*«

Elena starrte das Plakat sekundenlang an, dann riss sie es ab. Eine Leiche mit Zopfperücke vor einem Turm. Eine Lesung und ein Buch über Rapunzel. Erneut sah sie aus dem Fenster und erkannte Jan, der neben der Leiche kniete.

»Rapunzel, lass dein Haar herunter«, flüsterte Elena. Dann zwängte sie sich wieder durch den Wehrgang. Aber diesmal achtete sie sehr genau auf ihren Kopf.

* * *

Es war gefährlich im Steinbruch. Zwei andere Männer waren in den letzten beiden Tagen von plötzlich herabfallenden Steinen zerquetscht worden, und der feine Staub, der in der Luft hing, brannte in den Lungen und legte eine helle Puderschicht auf die schweißnassen nackten Oberkörper.

Gerade wollte Johannes nach einem geeigneten Fluch suchen – es fiel ihm nur schwer, weil in seinem Wörterbuch keine Flüche des zwölften Jahrhunderts standen und er diese erst einmal recherchieren musste –, als ihn das Klingeln der Haustür aus seiner Geschichte herausriss. Post, vermutlich. Warum kam die immer dienstags?

Er verharrte. Von Gundel war nichts zu hören, also stand er verärgert auf, trat in den Flur und öffnete. Vor ihm stand ein Paketbote und strahlte ihn an.

Johannes ließ ihn den schweren Karton im Flur abstellen und quittierte den Empfang. Der Paketmann allerdings machte keine Anstalten zu gehen.

»Ich habe Sie bestimmt beim Arbeiten gestört«, sagte er und strahlte weiter.

»Oh, kein Problem!«

»Ihre Frau hat gesagt, Sie schreiben Romane.«

»Ja.« Johannes räusperte sich. »Aber nur nebenbei.«

»Nebenbei?« Der Paketmann starrte ihn so ungläubig an, als habe er etwas ganz und gar Ungeheuerliches gesagt. »Also, Schreiben stelle ich mir schwierig vor.«

»Nun ja, es gibt bestimmt Leichteres.« Zum Beispiel Pakete austragen, schoss es Johannes durch den Kopf, aber das hätte respektlos geklungen, und außerdem wusste er nicht einmal, ob es stimmte.

»Was haben Sie denn da in der Hand?«, fragte der Paketmann neugierig. Sein rotes Gesicht glänzte. Er sah zufrieden aus. Doch, dachte Johannes, auf jeden Fall war sein Job einfacher.

»Bitte was?«

»Was Sie da in der Hand halten, hab ich gefragt. Sieht gefährlich aus.«

Johannes sah auf seine Hand. Sie hielt einen Steinbrocken. »Das ist nichts. Nur ein Stein.«

Endlich war der Paketmann bereit zu gehen. Zurück im Arbeitszimmer, nahm Johannes als Erstes sein Handy. Keine Nachricht. Er seufzte. Dann legte er den Stein vor sich hin. Dies war keineswegs nur ein einfacher Stein. Er war ein Trachyt, und ein wunderschöner dazu. Aus der hellgrauen feinkörnigen Oberfläche wuchsen ungewöhnlich große gelbliche Feldspatkristalle, deren Flächen im Licht glänzten.

Nachdenklich betrachtete Johannes den Trachyt, der einen Stapel jungfräulich weißen Papiers beschwerte. Er hatte ihn voriges Jahr bei einem Spaziergang gefunden und mitgenommen. Ein Talisman sollte er werden. Trachyt. Keineswegs war Trachyt nur ein Stein, nicht hier, im Siebengebirge, und genau darum ging es in seinem Roman. Trachyt hatte die Drachenfelsgrafen damals reich gemacht.

Es war einmal ein Burggraf, der lud seine Freunde zu einem großen Fest. Sie erschienen allesamt, denn die Festmahle des Grafen waren berühmt und sein Weinkeller stets voll.
Als alle beisammensaßen, hob der Burggraf seine Hand. Daran war ein schlichter Ring mit einem noch schlichteren Stein. »Mein Ring«, sagte der Burggraf, »hat einen ganz besonderen Stein. Es ist Trachyt vom Drachenfels. Er ist mehr wert als all Euer Schmuck zusammen!«
Alle, die versammelt waren, brachen in Raunen und Flüstern aus und dachten, dass der Burggraf irre sprach. Sah er denn nicht, dass sein Stein nur grau und unscheinbar war, während es an allen anderen Händen und Hälsen glitzerte und funkelte?
Endlich sprach der Burggraf: »Eure Steine haben Euch Geld gekostet und nur die Händler reich gemacht. Mein Trachyt aber wird mich reich machen und die sieben Berge um mich herum dazu.«
Und so geschah es. Der Stein vom Drachenfels machte den Drachenfelsgrafen nicht nur reich, er brachte der Region Arbeit und Geld und Berühmtheit, während auf seinen Hängen der Wein wuchs und Jahr um Jahr die Keller füllte, und so lebten er und seine Nachkommen glücklich und zufrieden bis – ja, bis jetzt.
Im neuen Jahrtausend hatte sich das Blatt gewendet. Trachyt brachte keinen Segen mehr, längst schon wurde er nicht mehr abgebaut, dort, wo er ehemals gewesen war, klafften jetzt riesige offene Wunden inmitten der Landschaft. Königswinter war einst bekannt gewesen für seinen Wein, doch nun war ausgerechnet der Trachyt im Begriff, diese Tradition zu zerstören. Der Siegfriedfelsen spie Steine auf den Weinberg, und deswegen durfte der Wein dort nicht mehr abgebaut werden. Dabei hatte die Sonne in diesem Sommer überreich geschienen. Die Trauben hingen prall an den Reben,

doch die Winzer durften keine Reben schneiden, und jeder Spaziergänger heftete den Blick ängstlich auf den Siegfriedfelsen in Erwartung der tödlichen Brocken, mit denen er um sich warf. Der Fels hatte sich in ein feindliches Katapult, der ehemals glückbringende Trachyt in ein bösartiges Wurfgeschoss verwandelt.
Und was früher Reichtum gebracht hatte, brachte jetzt nur noch Unglück.

Johannes verspürte Hunger, aber er unterdrückte den Drang, zum Kühlschrank zu gehen. Dort war ohnehin nicht mehr viel zu finden, seit Gundel und er mit der Basendiät begonnen hatten.
Er runzelte die Stirn und klickte in seinen wenigen Seiten herum. Trachyt war ein gutes Thema. Und regional dazu. Regional war wichtig, sagte Nessi, und die kannte sich aus.
Nessi.
Er wollte nicht an Nessi denken, zu nah lag dann der Gedanke an gestern. Und an gestern konnte er nicht denken. Durfte er nicht. Nicht, wenn er sich konzentrieren wollte. Und das musste er.
Es war schließlich Dienstag.

* * *

Das Haus lag am Ende eines Wendehammers am Ende einer Häuserreihe am Ende einer Siedlung. »Ende von allem«, sagte Elena.
»Was?« Verständnislos sah Jan sie an.
»Ach, nichts. Ich hasse diesen Teil.«
Jan nickte. Einer Mutter die Botschaft vom Tod ihrer Tochter zu überbringen, war so ziemlich das Schlimmste, was ihr Beruf mit sich brachte. Für Christine Riefers würde nach ihrem Besuch nichts mehr so sein wie zuvor. Jan war beinahe froh, dass die näheren Umstände des Todes von Frenze noch nicht geklärt

waren. Der Verdacht, der im Raum stand – ein Sexualdelikt, vielleicht ein Serienmörder –, war etwas, was man guten Gewissens verschweigen konnte, ja, musste, solange er nicht bestätigt war.

»Ja, bitte?«

Christine Riefers' Mund war rosa, auf dem Kopf zitterten schwarze, exakt gedrehte Löckchen, die sehr künstlich aussahen. Die Farben Rosa und Schwarz wiederholten sich auf ihrer geblümten Bluse.

»Seidel ist mein Name, Kriminalpolizei, und das ist meine Kollegin Vogt. Können wir reinkommen?«

Christine Riefers' Blick ging von einem zum anderen, sie schien ungläubig. Offenbar fand sie nicht, dass Jan wie ein Polizist aussah. Er war zu klein, zu schmal und zu schick, behauptete Elena immer, um dann gern hinzuzufügen, er sehe aus wie ein Kellner. Ein italienischer, wohlgemerkt.

Wortlos zückte Jan seinen Ausweis und hielt ihn der Frau entgegen. Sie musterte ihn ausdruckslos, das Lächeln auf ihrem Gesicht wollte nicht weichen. »Reinkommen? Warum?«

»Es geht um Ihre Tochter.«

»Liane.« Mehr sagte sie nicht, nur den Namen. Dann trat sie beiseite und machte eine einladende Geste. »Bitte, kommen Sie herein. Hier entlang. Ins Wohnzimmer, ja? Sie möchten bestimmt etwas trinken«, sagte sie und lächelte starr. »Kaffee? Tee? Wasser?«

»Wasser ist gut«, sagte Elena und nahm auf dem hellen Sofa zwischen zwei gelben, exakt gekniffenen Dekokissen Platz. Um sie herum wuchs ein Dschungel aus grünen Topfpflanzen. Hydrokultur. Dazwischen standen zahlreiche von diesen Sprühflaschen aus Plastik, deren Namen Elena nicht wusste. Offenbar machte Riefers eifrig davon Gebrauch, denn die Luft war feucht wie in den Tropen.

Als sie sich ihnen gegenüber hingesetzt hatte, lächelte Riefers immer noch. Wusste sie, was auf sie zukam? War dieses Lächeln ein hilfloser Versuch, die entsetzliche Nachricht abzuwehren?

»Wir müssen Ihnen leider eine traurige Mitteilung machen«, sagte Jan. »Man hat Ihre Tochter Liane heute Morgen tot in Rheinbach aufgefunden. So, wie es aussieht, ist sie Opfer eines Verbrechens geworden.«

Riefers ruckelte mit dem Kopf wie eine Taube. »Ja?«, fragte sie und fuhr fort zu lächeln.

»Es tut uns sehr leid«, sagte Jan. »Das ist eine schreckliche Nachricht für Sie. Möchten Sie jemanden anrufen?«

Riefers lächelte. »Wen sollte ich anrufen wollen?«

Jan und Elena wechselten einen Blick. »Jemanden, der Ihnen beisteht.«

Riefers' Lächeln wirkte auf Jan inzwischen wie eine Grimasse. »Ich bin alleinstehend. Ich muss alles allein schaffen, immer.«

Jan schaute zu Elena. Seine Lippen formten die Worte »ambulanter Notdienst«, und sie nickte, offenbar war ihr derselbe Gedanke gekommen. Diskret erhob sie sich und trat in den Flur, um die Nummer zu wählen.

»Frau Riefers«, sagte Jan langsam und deutlich. »Gleich kommt jemand und kümmert sich um Sie. Aber zuvor müssen Sie uns noch einige Fragen beantworten, auch wenn es Ihnen schwerfällt.«

Keine Tränen, nichts, nur der starre Blick. »Wo ist meine Tochter jetzt?«, fragte sie dann unvermittelt.

»In der Rechtsmedizin.«

»Natürlich«, murmelte Riefers. Dann griff sie neben den gelben Sessel, es war eine merkwürdige Bewegung, für einen Moment befürchtete Jan, sie würde eine Waffe ziehen, aber stattdessen zog sie eine Sprühflasche hervor und gab einige Stöße Wasser auf die Blätter einer wachsig aussehenden Grünpflanze ab. Das schien sie zu beruhigen.

Elena trat zurück ins Wohnzimmer und nickte Jan zu.
Riefers sah zu ihr hoch. »Liane ist mein einziges Kind. Und jetzt liegt sie in der Rechtsmedizin, sagt Ihr Kollege.«
Elena beugte sich vor und berührte die Frau sanft am Arm. »Möchten Sie Ihre Tochter sehen?«, fragte sie dann leise.
Riefers ließ sich Zeit mit der Antwort. Sie drehte am Verschluss der Sprühflasche herum, dann richtete sie ihre starren Augen auf Elena und schüttelte kurz den Kopf. »Meine Tochter war nicht mehr sie selbst«, sagte sie dann. »Nicht mehr mein kleines Mädchen, nein. Dafür hat er gesorgt.«
»Er?«, fragte Jan. »Wen meinen Sie?«
»Er«, wiederholte Riefers und lächelte. Dann sprühte sie noch einmal in die Luft.
»Wer?«, wiederholte Jan.
Wieder ruckelte Riefers' Kopf wie der einer Taube. »Können Sie jetzt bitte gehen?«
Jan warf Elena einen warnenden Blick zu. Die Frau wirkte psychisch deutlich angeschlagen, war dies ein Schock infolge der Nachricht – oder war sie vorher schon so seltsam gewesen? Jedenfalls wäre es fatal, wenn sie zu diesem Zeitpunkt auf die Befragung verzichten müssten.
Elena beugte sich vor, als wolle sie erneut den Arm der Frau berühren, aber dann unterließ sie es. »Es ist wirklich wichtig, dass Sie uns weiterhelfen«, sagte sie behutsam.
Riefers schüttelte den Kopf, die steifen Löckchen zitterten. Dann griff sie mit mageren Fingern in den grünen Dschungel, bis sie ein Blatt zu fassen bekam.
»Nicht jetzt«, murmelte sie. »Nein, nicht jetzt. Jetzt kann ich wirklich nicht.«

* * *

»War da gerade jemand an der Tür?«, fragte Gundel. Sie trug ihren Bademantel und hatte ein Handtuch wie einen Turban um den Kopf gewickelt, ihre Haut glänzte fettig von der Hautcreme, die sie offenbar reichlich aufgetragen hatte.
»Nur der Paketmann.«
»Bist du weitergekommen?«
»Die Klausuren sind durch.«
»Ich rede nicht von den Klausuren.«
Johannes spürte ihren Blick, wohlwollend, liebevoll, und er fragte sich, woher ihr grenzenloser Optimismus kam. »Es geht so«, sagte er. »Die Geschichte klemmt ein bisschen.«
Sie schob sich zwischen ihn und den Schreibtisch und ließ sich auf seinen Schoß sinken, dann setzte sie ihre Lesebrille auf und las. Er sah an der Bewegung ihrer Augäpfel, wie sie den Text durchpflügte. Die Geschwindigkeit deprimierte ihn. Wie lange hatte er gebraucht, um das zu schreiben, was sie jetzt hinunterstürzte wie ein Glas Wasser an einem heißen Tag? Drei Dienstage, vier? Auf jeden Fall stand es in einem krassen Missverhältnis. Als sie fertig war, setzte sie die Lesebrille wieder ab, die leuchtend rot mit kecken weißen Punkten war. Seit einiger Zeit trug sie sie an einer Kette um den Hals, so dass sie auf ihrem Busen schaukelte, während sie sprach. Das verlieh ihr eine Betulichkeit, die ihn nervte. Die Kombination mit dem Bademantel war besonders unvorteilhaft, aber das schien Gundel nicht bewusst zu sein, oder es war ihr egal.
»Ich finde es toll«, sagte sie. »Überhaupt finde ich die Idee großartig, die Geschichte Königswinters anhand dieser Familie zu erzählen.«
So hatte er es ihr erklärt. Die Geschichte des Siebengebirges aus der Sicht des Trachyts, gewissermaßen. Wie der Stein zur Zeit des Dombaus erst Reichtum und Arbeitsplätze schafft, dann beinahe in Vergessenheit gerät und schließlich durch Steinschlag

den Weinbau ausrottet und das Siebengebirge damit um den letzten Rest dessen bringt, was es irgendwie relevant machte. Natürlich war das etwas übertrieben, aber nur so bekam er den erzählerischen Bogen hin, der ihm vorschwebte.

»Guck doch nicht so, Johannes! Dein Roman gefällt mir wirklich!«

»Aber es ist kein Roman. Es ist nicht einmal ein echtes Kapitel oder eine Szene, es ist einfach nur ein Text.« Entschlossen klappte er das Laptop zu. Am liebsten hätte er sie auch von seinem Schoß geschüttelt. Sie war zu schwer, seine Beine taten bereits weh, vor allem das rechte. Aber das konnte er nicht sagen, ohne dass es Streit gab, so lange, bis er ihr versicherte, dass sie keinesfalls schwerer geworden war, sondern er lediglich nicht mehr so kräftig war wie vor dreißig Jahren, als er sie liebend gern auf den Schoß genommen hatte, ständig.

»Aber es wird ein Roman! Der Anfang ist gemacht.«

»Manchmal glaube ich nicht daran.«

»Das musst du.«

»Warum?«

»Weil ich es tue. Ich glaube fest daran!«

»Ich weiß nicht.« Er starrte auf den Bildschirm, auf die Buchstaben, die ihm plötzlich keinen Roman mehr versprachen, ganz anders als letzte Woche noch.

»Gestern warst du noch ganz überzeugt. Was ist denn plötzlich los mit dir?« Sie stupste ihn an. »Du bist heute ganz komisch, weißt du das?«

»Ich bin gar nicht komisch«, wehrte er ab. »Es ist die Geschichte. Schwierig zu schreiben, weil die Handlung sich über fast neunhundert Jahre erstreckt. Darin besteht der Denkfehler.«

Gundel runzelte die Stirn und richtete sich auf. »Ich dachte, das wäre gerade das Gute daran!«

»Ja und nein. Überleg doch mal! Da tragen die nur noch densel-

ben Namen. Es lebt nicht einmal eine Oma oder so, die damals schon auf der Welt war. Und wenn ich den verwandtschaftlichen Bezug herstelle, dann geht es um die Ur-Ur-Ur-Ur-Ur-Ur …« Er kam ganz durcheinander, weil er vergessen hatte zu zählen.
»Du schaffst das schon.« Sie gab ihm einen Kuss auf die Wange, der nach Hautcreme roch, und er spürte, wie sich Ärger in ihm regte.
Du schaffst das schon.
Das sagte sich immer sehr leicht für die, die es nicht schaffen mussten. Für die, die dachten, er müsse sich nur vor den PC setzen, eine Idee haben und dann die Finger über die Tastatur flitzen lassen. »Ich glaube nicht.«
»Natürlich schaffst du das!«
»Es ist nicht so leicht, wie es klingt.«
»Aber deine Idee ist gut.« In ihrer Stimme lag Optimismus, es war der gespielte Optimismus einer Krankenschwester, dachte er. »Sonst frag eben deine Kollegin um Hilfe.«
»Nessi?«
»Ja. Die kennt sich doch aus mit so was. Überhaupt, wie geht es ihr eigentlich? Du hast noch gar nichts von gestern erzählt.«
Ihr Blick wurde forschend, wachsam. Er kannte diesen Blick. Gleich würde sie seine morgendliche Schweigsamkeit beim Frühstück kritisieren. »Erzähle ich später«, sagte er ausweichend.
»Hmmm. Du warst beim Frühstück schon so abwesend.«
»Das lag nur daran, dass Obst und Mandelmilch am Morgen irgendwie nicht so meins ist.«
»Du musst dich nur daran gewöhnen. Dann wird es dir wunderbar gehen, so wie mir. Es ist ein Großputz für den Körper, danach fühlen wir uns beide wie neu!« Ihre Stimme war umgehend ganz eifrig geworden, wie immer, wenn sie auf ihre gemeinsame Ernährungsumstellung zu sprechen kam.
»Hm«, machte er.

»Es fällt dir schwer, weil dein Körper von all diesen Säuren vergiftet ist. Wenn dir Obst morgens nicht reicht, solltest du einen basischen Riegel essen, ich habe extra welche gemacht. Aus Datteln und Mandeln. Sie sind im Kühlschrank, im Türfach, in Alufolie gewickelt.«

»Ach so«, sagte er. Jetzt ging ihm ein Licht auf. Naiv, wie er war, hatte er das Alufoliepäckchen für eine Frikadelle gehalten und mit in die Schule genommen, nur um dann im Lehrerzimmer festzustellen, dass es sich um eine faserige, pappsüße Masse handelte, die er im Papierkorb entsorgt hatte. Danach hatte alles um ihn herum geklebt, weil er in den Unterricht geeilt war, ohne sich die Hände zu waschen. Plötzlich war ihm, als müsse er augenblicklich schreien, wenn sie noch ein einziges Wort über Basendiät verlor.

»Ich bin nur müde«, sagte er, obwohl er wusste, dass das eine Provokation bedeutete. »Von gestern.«

Sofort sah sie ihn scharf an. »War denn gestern etwas Besonderes?«

Da!, dachte er. Und sagte: »Warum, was meinst du mit gestern?«

»Auf der Lesung.« Sie beobachtete ihn genau, das spürte er, obwohl er sich abgewandt hatte, um den Stapel Manuskriptseiten zurechtzurücken. Ihre Blicke brannten förmlich Löcher in seinen Rücken.

»Es war okay«, sagte er und drehte sich zu ihr um. Sie krümmte ihre Oberlippe leicht nach unten und atmete durch die Nase aus, stoßweise. Er kannte die Zeichen, es waren Zeichen des Einlenkens. Sie würde nicht weiter nachfragen.

Sie sagte: »Wie ärgerlich, dass es nicht läuft, heute. Ausgerechnet am Dienstag.« Dann warf sie einen Blick auf die Armbanduhr. »Oh, ich sollte mich fertig machen, ich muss bald los!«

Ich kenne sie in- und auswendig, dachte er. Es ist nicht zum Aushalten.

»Sei fleißig!«, mahnte sie zum Abschied, und er spürte, wie sich in ihm erneut Widerwillen gegen sie regte. Auch gegen ihren Bademantel und diese kindische Lesebrille und ihr cremeglänzendes Gesicht.

»Natürlich«, sagte er und wartete, dass sie ging. Aber das tat sie nicht. Prüfend betrachtete sie seinen Schreibtisch, die sauber gestapelten Manuskriptseiten, die er schon ausgedruckt und mit handschriftlichen Korrekturen versehen hatte, den Stapel weißes Papier, die Notizbücher und Post-its. Wonach suchte sie? Dachte sie, er verberge unter diesen Insignien ernsthafter Arbeit Disneys Lustige Taschenbücher?

In die Stille tönte laut das »Pling!« einer eintreffenden SMS. Für einen Moment sahen beide wie auf ein Kommando zu seinem Handy, das neben dem Laptop lag und dessen Display jetzt leuchtete.

»Da«, sagte Gundel, sie schien zu warten. Sie setzte sogar ihre rote Lesebrille wieder auf und sah ihn an. Wie eine Eule, dachte er. Als er nicht reagierte, zuckte sie die Achseln und beugte sich vor, um ihm diesen Abschiedskuss zu verpassen, den sie sich seit einigen Jahren angewöhnt hatte, einen Kuss, den sie bewusst auf seinen Lippen plazierte, aber gleichzeitig mit so spitzen Lippen ausführte, dass es ihm vorkam, als wolle sie dabei möglichst viel Abstand wahren. Es war ein typischer Ehefrauenkuss, besitzergreifend, exklusiv, aber gleichzeitig jede echte Körperlichkeit meidend.

Dann erst ging sie. Endlich. Es ist nicht so einfach, wie du dir das vorstellst!, wollte er ihr hinterherbrüllen. Es reicht nicht, sich zusammenzureißen und einige Seiten mit Buchstaben, Wörtern, Sätzen zu füllen. Es mussten die richtigen Wörter sein. Und die lagen an manchen Tagen außerhalb seiner Reichweite. Vor allem am Dienstag. An jedem verdammten Dienstag.

Erst als er die Haustür klappen hörte, trat er zum Schreibtisch und griff mit kaum unterdrückter Hast nach seinem Handy.

Er öffnete die SMS. Sein Mobilfunkanbieter informierte ihn darüber, dass seine Rechnung für Juli eingetroffen war und abgerufen werden konnte. Na toll.
Er brauchte dringend frische Luft. Hier drinnen war alles muffig und abgestanden. Und alt, dachte er. Und seufzte.
Er würde an seine Geschichte denken. An den Steinbruch. Daran, wie es weiterging mit den Familien. Und nicht an gestern Abend. Auch, wenn es ihm schwerfiel.

* * *

Im Präsidium sorgte die Klimaanlage für angenehme Kühle.
Während Elena die Tatortfotos an der Pinnwand befestigte, dachte Jan über das nach, was die Tote in der Hand gehalten hatte. Durch die Klarsichthülle hindurch konnte er das Fundstück sehr gut erkennen.
Es war ein Schmetterling. Etwas kleiner als die Tagpfauenaugen, die er kannte, mit sanft gerundeten Flügeln und verschiedenen Schattierungen von leuchtendem Azurblau, die Flügelränder waren wie mit schwarzer Tusche schuppenförmig verziert, ein breiter tintenschwarzer Trauerrand schloss das Muster ab, der äußerste Rand dagegen war reinweiß. Über das Blau zog sich ein Muster, das ihn an gebrochene schwarze Spitze erinnerte. Ein Teil des rechten Flügels fehlte.
»Er ist wunderschön«, entfuhr es Jan.
»Was denn?«, fragte Elena und trat näher. Stumm reichte Jan ihr den Beutel. Der Tod des Schmetterlings war nichts im Vergleich zu dem ermordeten Mädchen, das jetzt in der Rechtsmedizin auf Frenze wartete, und doch schien ihm, als ob die zarten Flügel, die nie mehr flattern würden, ihn trauriger machten.
Jan warf einen Blick zu den Tatortfotos an der Wand. Vielleicht, weil der Schmetterling so unscheinbar war, anders als das grell

bemalte Mädchen mit den unechten strohblonden, viel zu langen Zöpfen. Die Leiche war schrill und laut, der Schmetterling das genaue Gegenteil. Ob das der Effekt war, den der Mörder beabsichtigt hatte? Oder war der Schmetterling in der Hand der Leiche eine Laune des Zufalls, hatte sie im Moment des Sterbens danach gegriffen und ihn nicht mehr losgelassen?

Jan nahm erneut den Beutel in die Hand und wog ihn. Fast nichts. Er dachte an das, was er neulich gelesen hatte. Dass die Seelen von Verstorbenen 21 Gramm wogen. Exakt das war das Gewicht, das Sterbende im Augenblick des Todes verloren. Irgendwie erschien ihm der nahezu gewichtslose kleine Schmetterling sehr bedeutsam.

»Jan? Bist du so weit?«

»Ja.« Er folgte Elena in das Besprechungszimmer. Inzwischen war die Mordkommission vollständig versammelt.

»Unser Opfer heißt Liane Riefers, Studentin der Germanistik, 25 Jahre alt, wohnhaft in Rheinbach. Der Personalausweis steckte in ihrer Hosentasche. Ihre Mutter wohnt ebenfalls in Rheinbach, stand aber für eine Befragung noch nicht zur Verfügung. Die Wohnung ist auf Liane Riefers und einen gewissen Benedikt Völler angemeldet. Die Leiche weist keine sichtbaren Verletzungen auf, der Todeszeitpunkt liegt irgendwann zwischen gestern Abend und den frühen Morgenstunden, Näheres erfahren wir, wenn Frenze fertig ist.«

»Oder auch nicht«, rief Markus Reimann, den alle nur beim Nachnamen nannten, weil es im Präsidium zu viele Markusse gab. Zustimmendes Gelächter. Dass die Rechtsmedizin sich mit der Festlegung des Todeszeitpunktes so schwertat, war ein Dauerthema.

»Fundort der Leiche ist der Hexenturm in Rheinbach. Mit ziemlicher Sicherheit war das nicht der Tatort, die Spurenlage vor Ort gibt das nicht her. Da dort gestern Abend eine Lesung stattgefunden hat, können wir ziemlich sicher sein, dass die Leiche erst danach abgelegt wurde. Gelesen hat Niklas Schreck, ein aktueller Bestseller-Autor. Und sein Buch heißt, jetzt kommt's: *Rapunzelmord.*«

»Hui«, sagte Reimann.

»Dem ersten Augenschein nach ist die Leiche rasiert worden. Man hat ihr eine Perücke aufgesetzt und sie, so können wir erst mal vermuten, bewusst unter dem Turm drapiert.«

»Ein Sexualdelikt.«

»Wie gesagt, wir müssen die Obduktion noch abwarten, aber es sieht …« Elena zögerte.

»… komisch aus«, ergänzte Jan. »Das Opfer wurde als Rapunzel inszeniert, und zwar in enger zeitlicher Nähe zu der Rapunzellesung.«

»Das wäre ein schönes Pressethema«, sagte Pütz. »Wenn wir die Mithilfe der Bevölkerung wollen, ist so eine Story perfekt. Ein Rapunzelmord unterm Hexenturm!«

Jan schüttelte den Kopf. »Dann melden sich nur Spinner.«

»Aber wenn wir den Tatort suchen, können wir jede Hilfe gebrauchen.«

»Nein«, widersprach Jan. »Außerdem ist die inszenierte Auffindesituation zentral, wir würden möglicherweise zu früh Täterwissen der Öffentlichkeit preisgeben. Und es gibt noch ein Detail – in der Hand der Leiche wurde ein blauer Schmetterling gefunden.«

Pütz strahlte. »Wie in *Das Schweigen der Lämmer!* Daraus können wir auf jeden Fall etwas machen. Ich sehe die Artikel schon vor mir … Eine Abbildung vom Schmetterling. Einen Infokasten zu berühmten Serienmorden. Das gibt viel Presseresonanz. Und dann bekommen wir auch viele Hinweise.«

»Wir finden den Tatort auch so«, beharrte Jan.

Elena mischte sich ein. »Wo ist denn dieser Autor?«

»Er hat im Hotel Loreley übernachtet.«
»In Königswinter? Warum das?«
»Laut Homepage hat er dort in der Buchhandlung heute Nachmittag eine Signierstunde.«
Reimann verschränkte die Arme über der breiten Brust. »Dann sollten wir ihn schleunigst besuchen, ehe er auscheckt.«
»Ja. Außerdem nehmen wir uns einige Besucher der Lesung vor, wir fragen die Veranstalterin. Vielleicht ist auf den Fotos der Presse etwas Verwertbares. Laut Archivar ist unser Opfer ebenfalls bei der Lesung gewesen, allerdings mit anderer Frisur, wie er sagt. Wir können also davon ausgehen, dass sie erst nach der Lesung getötet und rasiert wurde.«
Für einen Moment sagte niemand etwas, die Bilder wogen schwer.
»Wir checken also die Besucher und versuchen herauszufinden, ob bei der Lesung etwas Ungewöhnliches vorgefallen ist. Entweder die Frau wurde unmittelbar danach an Ort und Stelle getötet, oder sie verließ erst den Turm und wurde dann später dorthin zurückgebracht. Oder kehrte selbst zurück.«
»Handydaten«, warf Reimann ein.
Jan nickte. »Wir sind dran. Glücklicherweise wurde ihr Handy gefunden. Und da ist noch etwas. Der Schmetterling, den die Tote in der Hand hielt.«
»Das kann Zufall sein«, meinte Pütz.
Elena schüttelte den Kopf. »Oder auch nicht. Vielleicht ist er Teil der Inszenierung und soll, ebenso wie die Zöpfe, eine Information transportieren. Der Schmetterling ist ein Wesen des Übergangs. Weil er erst Raupe, dann Puppe und dann Falter ist, sieht man ihn oft als Tier, das die Verwandlung symbolisiert. Möglicherweise ist der Täter ein Transsexueller, der damit seine Sehnsucht nach einem anderen Körper ausdrücken will.«
»Das klingt ein bisschen – puh!«, machte Jan. »Besuchst du seit neuestem Kurse in Psychiatrie?«

»Nein«, sagte Elena. »Ich habe nur *Das Schweigen der Lämmer* geguckt.« Er hätte gern gelacht, aber mit dem Bild der toten Frau an der Wand blieb ihm das Lachen in Halse stecken.

»Ich erinnere mich!«, rief Jan. »Dort steckt eine Puppe im Hals des Opfers. Und du denkst, das hat etwas mit unserem Fall zu tun?«

Elena zuckte die Achseln. »Vielleicht hat der Täter den Film ebenfalls gesehen.«

»Unser Schmetterling war ein Schmetterling und keine Puppe«, erinnerte Reimann. »Und außerdem steckte er nicht im Hals der Toten, sondern lag daneben. Und Anthony Hopkins im Rhein-Sieg-Kreis – ich weiß nicht.«

Jan musste sich vom Anblick des Schmetterlings förmlich losreißen. »Okay, konzentrieren wir uns erst einmal auf die eindeutige Inszenierung. Ein Täter, der sein Opfer wie Rapunzel drapiert. Einen Turm als Tatort wählt. Und dann ist da noch dieser Autor.«

»Die Rasur, die Perücke, der Turm … Der Täter hat sich intensiv mit dem Mädchen und dem Tatort beschäftigt«, sagte Elena nachdenklich. »Das war keine impulsive Tat, sondern ein sorgfältig geplanter und durchgeführter Mord. Hoffentlich finden wir verwertbare Spuren.«

»Gute Nachrichten!« Nina Treibel steckte den Kopf durch die Tür. »Frenze hat angerufen, er hat jetzt Zeit für die Obduktion. Er beginnt, sobald ihr da seid.«

»Na, dann mal los«, sagte Elena beinahe übermütig und griff nach ihrem Ringbuch.

Jan folgte ihr. Er wagte kaum zu hoffen, dass Frenze dieses Mal weniger schlimm war als sonst.

* * *

Während er den Spazierweg in Richtung Kloster Heisterbach einschlug, dachte Johannes über den Rat des Autors nach. Lange hatte er in der Signierschlange gestanden, nur um sich einen wertvollen Tipp für seinen eigenen Roman abzuholen, und was hatte dieser Schreck ihm gesagt? Er müsse eben an seinen Roman glauben. Das war alles! Dann hatte er sich lächelnd dem Nächsten in der Schlange zugewandt.

Dieser Schreck strotzte geradezu vor Selbstzufriedenheit, hatte Johannes gestern gedacht, als er den Autor von seinem Platz in der zweiten Reihe aus gemustert hatte. Dabei hatte er anfangs noch unsicher gewirkt, ängstlich sogar, beinahe panisch. Sein Blick war durch den Raum gehuscht, als suche er einen Fluchtweg. Dann aber hatte er zu lesen begonnen und war erst ruhig, dann geradezu hypnotisch geworden.

Johannes hatte ihn um diese Wirkung beneidet, mehr, als er sich eingestehen mochte.

Kunststück, dachte er, eine Lesung war ein Kinderspiel im Vergleich zu einer Unterrichtsstunde in der Mittelstufe. Die Leute kamen freiwillig, bezahlten sogar Geld dafür – kein Wunder, dass sie fest entschlossen waren, sich zu amüsieren. Und dann musste so ein Autor weder moderieren noch zur Mitarbeit anregen, ja, nicht einmal etwas an die Tafel schreiben, er brauchte einfach nur eine Dreiviertelstunde stumpf vorzulesen, und wenn er wollte, konnte er zwischendurch ein Schlückchen Wasser trinken aus einem Glas, das die aufmerksame Veranstalterin extra für ihn bereitgestellt hatte, während das Publikum in dem stickigen Raum mit trockenen Kehlen dasaß und bereit war, alles zu beklatschen, was der Kerl da vorn tat und sagte.

Es war unfair. Noch dazu bekam der Mann vermutlich eine Stange Geld dafür, zumindest hatte Ruth das angedeutet. Er hatte es sich nicht verkneifen können, sie direkt nach der Höhe des Honorars zu fragen. Als Antwort hatte sie die Augen verdreht.

»Unverschämt«, hatte sie geantwortet. »Aber verhandeln macht wohl keinen Sinn, solange er auf der Bestsellerliste steht.«
Und da stand Schreck schon lange. Absolut zu Unrecht, fand Johannes, aber darauf hatte er keinen Einfluss. Obwohl er Deutschlehrer war. Er hatte den Roman im Frühling gelesen und verächtlich geschnaubt angesichts dieser saloppen Sprache, der unordentlichen Form und des chaotischen Spannungsaufbaus. Umso ärgerlicher war er gewesen, dass die anderen im Literaturkreis ausgerechnet diesen Autor zu »Literatur im Turm« hatten einladen wollen. Trotzdem musste er nach der gestrigen Lesung widerwillig einräumen, dass das Buch etwas hatte. Und immerhin hatte Schreck sich Zeit für seine Frage genommen. Und ihm einen Rat gegeben.
»Guten Tag, Herr Dr. Schlosser«, sagte eine helle Stimme hinter ihm, er drehte sich um und sah das junge Mädchen auf dem Fahrrad.
»Verena«, sagte er anstelle einer Begrüßung. Er sah eine Flut hellen Haares, das sie mit einer anmutigen Bewegung aus dem Gesicht strich, viel zu lange braune Beine und eine viel zu knappe Jeans, die sie hoch oben – viel zu hoch oben – abgeschnitten hatte. Eigentlich erwartete er, dass sie weiterfahren würde, aber das tat sie nicht. Sie stellte den linken Fuß auf den Boden. Er sah Details, die er im Klassenraum nicht bemerkte. Dass sie Flipflops trug. Dass ihre Zehennägel in einem glitzernden Blau lackiert waren. Er war froh, dass ihre Hände den Lenker umklammerten. Verenas Finger waren es, die ihm Angst machten. Diese viel zu glatten schmalen Finger, die sie während des Unterrichts ständig über das Display ihres Smartphones gleiten ließ, eine Bewegung, die ihn zutiefst verstörte.
»Bekommen wir morgen die Klausur zurück?«, fragte sie. Ihr Rad kippelte, und für einen Moment fürchtete Johannes, sie werde umfallen und ihn unter sich begraben. Die Klausur. Sie hatte

eine unterirdische Arbeit abgeliefert, in der sie die Aufgabenstellung vollkommen durcheinandergebracht und sich anstelle einer Zusammenfassung auf ein absurdes Fazit beschränkt hatte. Eine glatte Fünf.

»Ja«, sagte er, aber seine Stimme versagte, also räusperte er sich und wiederholte es dann noch einmal: »Ja.« Diesmal klang es fest.

Sie lächelte, es war ein offenes, echtes Lächeln, passend zu dem Mädchen, das sie vorgab zu sein. »Dann bis morgen, Herr Dr. Schlosser.«

Sie klingelte noch einmal keck und fuhr davon. Jetzt erst fragte er sich, warum sie eigentlich um diese Zeit unterwegs war. Sollte sie nicht eigentlich im Unterricht sitzen?

Johannes seufzte. Morgen würde er die Klausuren zurückgeben. Und unter ihrer würde eine Drei stehen. Eine Drei minus. Er seufzte noch einmal und ging weiter, um über seinen Roman nachzudenken.

* * *

»Es liegt an diesem Freibadwetter. Sommer, Sonne, Sonnenschein – da setzt die Totenstarre schneller ein. Das reimt sich sogar«, freute sich Frenze.

Jan lachte nicht. Erstens, weil das unpassend gewesen wäre angesichts der Toten auf dem metallenen Präparationstisch, und zweitens, weil er aus Prinzip nicht auf Frenzes nervige Scherze einging. Erst recht nicht seit dem unangenehmen Gespräch, in dem Nicoletta ihm eröffnet hatte, sie und Frenze seien jetzt ein Paar. Und sie erwarte, dass er sich gefälligst darüber freue.

An den Präparationssaal hatte Jan sich nie gewöhnen können. Noch im Flur hatte er sich an Elenas Pinimenthol bedient, das ihm jetzt scharf in die Nase stieg.

»Ich habe mir erlaubt, schon einmal anzufangen, weil ich nachher noch einen Termin habe«, sagte Frenze, breitete die Arme aus und wackelte mit den Händen in seinen Handschuhen. »Kurzfassung der bisherigen Hypothesen gibt es hier und jetzt, Bericht folgt. Wie klingt das für euch?«

»Jaja«, sagte Elena ungeduldig. »Also?«

»Todesursache: Asphyktisches Ersticken. Da wir keine Abwehrverletzungen haben, tippe ich auf eine Plastiktüte oder einen Müllbeutel. Die Auswertung der Faserspuren gibt es dann aus dem Labor.«

Jan versuchte, sich die junge Frau mit den fröhlichen pinken Schuhen vorzustellen. Jemand hatte ihr von hinten einen Müllbeutel übergestülpt und sie dann vermutlich fest umklammert, so dass sie sich nicht wehren konnte. Je mehr sie strampelte, umso schneller verlor ihr Körper den verbliebenen Rest lebensnotwendigen Sauerstoffs.

»Keine Hinweise auf ein Sexualdelikt«, fuhr Frenze fort. »Das kann ich vorweg schon mal sagen. Weder vaginal noch rektal. Keinerlei Verletzungen, keine Spuren von Sperma.«

»Trotz der fetischistischen Auffindesituation?«

»Ich sagte doch: keine Hinweise.«

Jan und Elena wechselten einen überraschten Blick, dann traten sie näher. Die Tote lag auf dem metallenen Tisch. Es kam Jan immer wieder ungehörig vor, die nackten Körper von Frauen zu betrachten, die sich gegen seinen Blick nicht wehren konnten.

»Wir haben eine schöne Tätowierung auf dem linken Schulterblatt«, sagte Frenze. »Mit einer lateinischen Inschrift. Spes altera vitae. Die Hoffnung auf ein neues Leben.«

»Etwas morbide«, murmelte Elena. »Das würde prima zu einem Selbstmord passen, aber den können wir ja in diesem Fall ausschließen.«

»In der Tat«, sagte Frenze trocken. »Wäre es ein autoerotischer

Unfall gewesen, hätte sie Kohlendioxyd rückgeatmet. Die Tüte muss aber stramm über den Atmungsorganen gelegen haben, das macht niemand freiwillig. Ein sehr unangenehmer Tod.«

»Hoffnung auf ein neues Leben«, murmelte Jan. Er versuchte, den Satz mit Sinn zu füllen, der zu einem jungen hübschen Mädchen passte, doch es wollte ihm nicht gelingen.

»Der Satz wird gern als Grabinschrift verwendet«, sagte Frenze. »Aber vielleicht sollten wir erst mal hier weitermachen, ehe wir die Altphilologen bemühen. Eines kann ich schon mal verraten – der Kopf des Mädchens wurde nicht post mortem rasiert.«

»Nicht?«, fragte Elena überrascht. »Das bedeutet, der Mörder hatte sie schon vorher in seiner Gewalt? Er hat sie erst rasiert und dann getötet?« Jan sah, wie es hinter ihrer Stirn arbeitete.

Frenze schüttelte den Kopf, dann schob er überflüssigerweise seine Brille zurecht. »Nein, sie muss sich selbst rasiert haben. Wäre dies gegen ihren Willen geschehen, dann würde man zumindest kleinere Schnittverletzungen oder Abschürfungen erkennen. Und sie hat sich auch nicht erst seit kurzem rasiert – in diesem Falle würde man eingewachsene Haarbälge oder bucklige Stellen finden, denn die erste Rasur verzeiht der Körper nicht sofort, wenn ich mich da richtig an meine Jugendjahre erinnere.« Er lachte kurz und unpassend. »Unser Opfer war schlicht und einfach Glatzenträgerin, ohne dass es dafür einen erkennbaren medizinischen Grund gab. Ebenso rasierte sie sich die Augenbrauen.«

Jan und Elena schauten einander fragend an. »Warum sollte sie so etwas tun?«

Frenze rieb sich den eigenen spiegelglatten Schädel. »Manche finden Glatzen einfach schön. Ich selbst bevorzuge bei Frauen allerdings lange Haare.« Er warf Jan einen lauernden Blick zu, den dieser bewusst ignorierte. Kurz dachte er an Nicolettas volles dunkles Haar.

»Ich würde dann weitermachen«, fuhr Frenze fort. »Wir wollten uns gerade den Mageninhalt ansehen.« Er griff nach seinem Skalpell, und Jan versuchte, seinen Kopf mit angenehmen Bildern zu füllen. Wortlos reichte Elena ihm zum zweiten Mal das Pinimenthol, er nahm reichlich.

Frenze bedachte ihn mit einem herablassenden Lächeln, vermutlich hatte seine Nase längst jede Fähigkeit zum Riechen eingebüßt und hatte einzig die Funktion, von ihrem Besitzer so hoch wie möglich getragen zu werden. Schon immer war Frenze ein unangenehmer, überheblicher Kerl gewesen, der keine Gelegenheit ausließ, um der Polizei vor Augen zu führen, was er alles wusste und wie sehr sie auf seine Informationen angewiesen waren. Seit der Sache mit Nicoletta waren die Zusammentreffen erst recht qualvoll geworden. Es warf einen schlechten Schatten auf Nicolettas Männergeschmack und damit auch auf ihn selbst.

»Zum Teufel noch mal!«, entfuhr es Frenze, und Jan sah widerwillig auf. Er hatte noch nie erlebt, dass ein Detail einer Obduktion Frenze überraschen konnte, zu sehr war dieser bemüht, seine professionelle Überlegenheit zur Schau zu stellen, sich als den großen Wissenschaftler zu präsentieren, der alles schon gesehen hatte und bei dem jede menschliche Regung wie Ekel oder Furcht hinter seinem brennenden Forschungsinteresse zurückzustehen hatte.

»Was ist das?«, fragte Elena ungeduldig. »Etwas aus ihrem Magen? Die letzte Mahlzeit?«

Frenze antwortete nicht. Fasziniert betrachtete er das, was sich in der Nierenschale befand. Für eine Mahlzeit erschien dieses Etwas Jan allerdings zu groß. »Lupe«, befahl Frenze dem Präparationsassistenten, und dieser schwenkte den Teleskoparm zu ihm.

Jan konnte nichts erkennen.

»Das ist ganz und gar erstaunlich«, murmelte Frenze. Endlich sah er auf. »Voilà«, sagte er dann und präsentierte den Inhalt der

Edelstahlschale so stolz wie ein frischgebackener Vater den lange ersehnten Stammhalter. Dieser Inhalt besaß entfernte Ähnlichkeit mit einer etwas zu großen Aubergine.

»Was ist das?«, fragte Jan. Es erschien ihm ganz und gar unglaubwürdig, dass dieses riesige Gebilde in den Magen des Mordopfers gelangt war.

»Das«, sagte Frenze mit funkelnden Augen, »ist ein Trichobezoar.«

»Ein was?«, fragte Elena.

»Ein Trichobezoar. Das ist mir in meinen vielen Dienstjahren bisher noch nicht untergekommen.«

»Gut, dass wir uns hier in den Gebäuden der Universität Bonn befinden«, sagte Elena gereizt. »Hier wird sich sicherlich jemand finden, der den ermittelnden Beamten erklären kann, was ein Trichodings im Magen unseres Mordopfers zu suchen hat und wie es dort hineingelangen konnte. Und vor allem, was das ist.«

Frenze lachte auf, entzückt von seiner eigenen Wichtigkeit. »Ein Trichobezoar ist ein verfilzter Haufen Haare, die sich im Magen eines Lebewesens sammeln. Da Haare unverdaulich sind, können sie den Verdauungstrakt nicht passieren und verbleiben daher im Magen. Katzen entledigen sich dieser Haarballen, indem sie sie auswürgen. Täten sie das nicht, sähe es in ihnen etwa so aus wie hier. Wenn nämlich ständig Haare dazukommen, wächst dieser Trichobezoar stetig natürlich an. Schlimmstenfalls lässt er keinen Raum mehr für sonstigen Mageninhalt, so dass die betroffene Person zu verhungern droht.«

»Noch mal von vorn«, sagte Jan verwirrt. »Warum zum Teufel sollten sich solche Haarmengen im Magen des Mädchens befinden? Wie sind sie dort hineingekommen?«

»Das ist doch ganz einfach«, sagte Frenze. Er griff nach dem Teleskoparm der Lampe und richtete ihren Schein auf den kahl schimmernden Kopf des Mädchens. »Die Antwort liegt hier, im rasierten Schädel. Offenbar litt unser Opfer an Trichotillomanie, gepaart mit Trichophagie. Wir haben es mit dem äußerst seltenen Rapunzelsyndrom zu tun.«

»Rapunzel!«, rief Jan überrascht.

Frenze nickte. »Knapp gesagt, verspüren Patienten mit dieser Störung das unstillbare Verlangen, sich die eigenen Haare auszureißen und diese zu verschlingen. Wenn es ihnen nicht gelingt, diesen Drang zu unterdrücken, kommen die Betroffenen manchmal auf die Idee, sich die Haare komplett abzurasieren, um nicht mehr in Versuchung zu geraten.«

»Das ist ja furchtbar«, sagte Elena.

Frenze musterte sie überrascht. »Ich würde eher sagen, es ist ungewöhnlich. Etwas ungewöhnlicher als Nägelkauen beispielsweise, allerdings mit dramatischeren Folgen, eben wegen dieser Unverdaulichkeit.« Wie auf ein Stichwort sahen alle zu dem dunklen Filzgebilde in der silbernen Nierenschale.

Frenze schien beinahe trunken vor Forscherdrang, er griff nach der Schale und hielt sie hoch wie einen Pokal. »Manchmal bilden sich regelrechte Zöpfe, die bis tief in den Verdauungstrakt hineinreichen. Diese Gebilde sind extrem selten, eben weil man sie nur mittels einer Sektion zutage fördern kann. Im Mittelalter waren die Dinger höchst begehrt, sie wurden sogar in Gold gefasst.«

»Die Krankheit gab es schon damals?«, fragte Jan ungläubig.

Frenze nickte eifrig. »Aber ja! Wobei man Bezoare natürlich auch in Tiermägen finden kann.«

Jan fiel etwas ein, und er beugte sich über die Schale. »Dieser Haarknoten ist schwarz«, sagte er nachdenklich. »Hatte der Herr Hohl vom Stadtarchiv nicht gesagt, das Mädchen habe braune Haare gehabt?«

»Ja, das stimmt«, sagte Elena. »Wobei das ja ebenfalls eine Perücke gewesen sein muss, wenn sie schon lange eine Glatze trägt.«

Frenze schüttelte den Kopf. »Ganz egal, welche Naturhaarfarbe

unsere junge Dame hier hatte – Trichobezoare sind immer schwarz oder zumindest schwärzlich. Die Haare verfärben sich durch die Magensäure. Oh weh!«, rief er dann aus. »Ist es wirklich schon halb drei? Ich fürchte, dann muss ich die Herrschaften verlassen, ich habe heute noch etwas vor. Kulturprogramm in charmanter weiblicher Begleitung.«
Er warf Jan einen Blick zu, der verriet, dass es sich um Nicoletta handelte.
»Mitten am Tag?«, fragte Elena spitz.
»Ausnahmsweise«, entgegnete Frenze hoheitsvoll.
Sieh an, dachte Jan. Kulturprogramm? Mit Nicoletta, ausgerechnet? Nicoletta konnte mit Kultur etwa so viel anfangen wie er. Wenn Frenze sie jetzt auf Ausstellungen, Lesungen und Konzerte schleppte, würde sie sich entsetzlich langweilen und ihm bald den Laufpass geben. Der Gedanke erfüllte Jan mit einer gewissen Befriedigung. Also rief er fröhlich: »Viel Spaß«, und das meinte er sogar ernst.

* * *

Während Jan an Elenas Seite das Institut für Rechtsmedizin verließ, gelang es ihm nicht, das Bild des kahlen Schädels abzuschütteln.
»Was ist los?«, fragte Elena.
»Warum?«
»Du guckst so.«
Jan seufzte. »Kein Wunder bei dem, was Frenze uns da eben vorgesetzt hat, oder? Eins steht fest. Unser Täter hat einen ziemlich fiesen Sinn für Humor.«
»Oder ein riesiges Bedürfnis, eine Geschichte zu erzählen. Rapunzelsyndrom, ein hoher Turm und dazu die Rapunzelperücke«, sagte Elena stirnrunzelnd. »Das ist ein bisschen viel Märchen.

Fehlen nur noch ein paar Zwerge.« Sie grinste und sah auf ihn herab.

»Die Zwerge … Da müssen wir wohl mit dieser Truppe von Literaturbegeisterten vorliebnehmen. Die haben zusammen den Abend organisiert, kannten sich also. Nina soll uns eine Liste zusammenstellen, dann klappern wir die ab.«

»Und dann«, sagte Jan nachdenklich, »kommt als Nächstes der junge Königssohn. Wir sollten uns erst mal angucken, wer dafür in Frage kommt. Der Freund von Liane Riefers, würde ich sagen. Wenn sie einen hatte.«

»Das wird Nina herausfinden, darum kümmern wir uns. Und was sagt uns dieses Märchen noch?«

Jan dachte an die Märchenschallplatte, die er als Kind besessen hatte. An die knorrige Stimme des längst verstorbenen Sprechers. Und an seine Großmutter, die ihm die Platte gegen den Willen der Mutter mitgebracht hatte. Henny hatte behauptet, Märchen transportierten längst überholte patriarchale Herrschafts- und Familienmodelle und seien daher schädlich. Edith hatte dagegengesetzt, Kinder brauchten Märchen. »Rapunzel, Rapunzel, lass dein Haar herunter«, murmelte Jan.

»Sehr hilfreich, Jan.«

»Rapunzel wurde von einer Zauberin im Turm gefangen. Die Zauberin besucht sie, indem sie an ihren Zöpfen hochklettert, doch dann kommt der junge Königssohn und tut dasselbe.«

»Aber was will uns das sagen? War unser Opfer vorher gefangen?«

Jan antwortete nicht. Er überlegte kurz, wo sich seine Schallplatte heute wohl befand. Vermutlich war sie bei einem der zahlreichen Umzüge in seiner Kindheit irgendwo zurückgeblieben und lag jetzt dort auf dem Dachboden. Oder im Müll. Wer hatte überhaupt heute noch einen Plattenspieler? Er schüttelte den Kopf. »Wir müssen erst einmal mehr über die Frau herausfinden. Wer sie ist, ob sie eine Verbindung zum Turm hat, wie sie dorthin kam. Vielleicht hat der Mord gar nichts mit dem Märchen zu tun.«

»Doch«, beharrte Elena. »Die Verbindung von der Zopfperücke und dem Trichobezoar ist ziemlich auffällig.«

»Wow!«, sagte Jan. »Das Wort hast du dir aber gut gemerkt.«

Elena grinste. »Ich will schließlich nicht noch einmal von Frenze korrigiert werden. Aber im Ernst jetzt: Die Rapunzelperücke verrät uns zumindest eins.«

»Nämlich?«

»Unser Mörder wusste ganz genau, wie die Krankheit seines Opfers auf Deutsch hieß.«

In diesem Moment klingelte Elenas Handy. Sie ging dran, und ihr Gesicht hellte sich auf. Als sie es wieder wegsteckte, sah sie sehr zufrieden aus. »Das war Nina. Sie schickt mir jetzt Namen und Anschriften der anderen Literaturleute aufs Handy. Und vor allem: Unser Opfer hatte einen Freund. Benedikt heißt er und hat mit ihr zusammengelebt, die Adresse schickt Nina mir auch.«

»Der junge Königssohn«, entfuhr es Jan.

Elena grinste. »Schaun wir mal!«

»Dann fahren wir jetzt zu dem.«

»Nein, noch nicht. Bist du bereit für ein bisschen Kultur, Jan?«

»Kultur? Ich dachte, wir machen erst mal mit den Märchen weiter.«

»Später vielleicht. Schreck hat nämlich gleich eine Signierstunde in Königswinter. Da sollten wir dabei sein, meinst du nicht?«

* * *

Als endlich die imposante Ruine vor ihm auftauchte, hatte Johannes noch keinen einzigen Gedanken auf die Geschichte verwenden können. Normalerweise wirkte der Anblick inspirierend auf ihn, löste eine Kette von Ideen aus. Der düstere, halb verfallene Chorumgang inmitten von mächtigen Kastanien, zartrosa Schaumkraut und sattem Grün war ein Anblick, wie man ihn sonst nur von mystischen Gemälden kannte, inmitten der realen Landschaft des Siebengebirges wirkte er beinahe übertrieben. Und obwohl heute das Sonnenlicht so malerisch durch die Galeriebögen des ehemaligen Zisterzienserklosters Heisterbach fiel, als würde es dafür bezahlt, fand Johannes keinen Zugang zu der Vergangenheit des Ortes, die für seinen Roman so wichtig war. Stattdessen hatte er über Dienstage nachgedacht. Es hatte im Kollegium für einigen Unmut gesorgt, dass er seit dem vergangenen Schuljahr seine Stunden reduziert hatte. Wäre er eine Frau gewesen und hätte kleine Kinder, dann hätte man natürlich Verständnis für ihn gehabt, aber so schienen ihn alle für einen dekadenten Mittfünfziger zu halten, der aus einer Laune heraus beschloss, seinen Job als Lehrer nicht mehr allzu ernst zu nehmen, sondern stattdessen Seite um Seite zu füllen, was ihm nur durch die Tatsache gestattet war, dass seine Frau ausgezeichnet verdiente. Die blutjunge Kollegin Kreisler hatte das sogar ausgesprochen. »Was sich natürlich nicht jeder leisten kann«, hatte sie gesagt und mit ihren ungeschminkten Glubschaugen nach Fusseln auf ihrem Pulli gesucht. »Aber wenn deine Frau so viel verdient, gut.« Sie hatte die unangenehme Eigenschaft, immer in Halbsätzen zu sprechen. Dabei unterrichtete sie Deutsch wie er. Er verkniff es sich, sie darauf hinzuweisen, dass die Konjunktion »wenn« einen Nebensatz einleitete, dem der Vollständigkeit halber ein Hauptsatz zu folgen hatte.

Es war im Prinzip umgedrehter Sexismus, wenn man Männern die Möglichkeit versagte, ihr Berufsleben variabel zu gestalten. Zum Glück hatte er sich durchgesetzt. Gundel hatte ihm dabei sehr den Rücken gestärkt, das musste er ihr zugestehen.

Und darum hatte er jetzt diese freien Dienstage. Die Montage und Freitage bekamen offenbar nur junge Mütter frei, zumindest

hatte der Direktorstellvertreter, der den Stundenplan machte, das so erklärt. Aber schreiben konnte man auch am Dienstag. Theoretisch. So wie heute.
Beinahe ohne es zu merken, hatte Johannes den Friedhof der Cellitinnen betreten. Wie immer blieb er für einen Augenblick bei den drei kniehohen grauen Runensteinen stehen, die die letzte Ruhestätte der Nonnen markierten. Er nannte sie seine drei frommen grauen Lieblingsschwestern, die Steine strahlten eine asketische Würde und Schlichtheit aus, die er zu gerne mit Worten eingefangen hätte, aber daran scheiterte er. Wie schön wäre es, die drei frommen Schwestern in seinen Roman einzubauen! Und die Sage vom Mönch, natürlich. Das war für das regionale Publikum ein Muss, hatte Nessi erklärt, nur über den Regio-Aspekt schaffte man es als unbekannter Autor überhaupt in Buchhandlungen und Presse.
Es wäre wunderbar, wenn er sich hier und jetzt Gedanken um die drei Nonnen und den Mönch machen könnte. Aber Romanschreiben war kein Wunschkonzert, er musste vorne beginnen. Beim Dombau. Im Steinbruch. Mit Trachyt. Nur wie?
Johannes seufzte und sah auf die Uhr. In der Schule endete jetzt der Unterricht, und er hatte noch immer keinen Satz zu Papier gebracht, noch nicht mal einen flüchtigen Gedanken.
Johannes griff in seine Hosentasche und zog sein Handy hervor.
Kein Anruf.
Und keine SMS.

* * *

Das Schild schaukelte leicht im Wind.
Im Inneren der »Dollendorfer Bücherstube« war es so voll, wie Jan es nicht für möglich gehalten hätte. Annähernd hundert Leute drängelten sich, die Gesichter allesamt in dieselbe Richtung

gereckt. Ganz offensichtlich lag das an dem Autor, der im hinteren Teil des Ladens an einem Tisch thronte, auf dem Stapel über Stapel von ein und demselben Buch lagen. Das Cover des Buches zeigte einen glänzenden blonden Zopf, der vor einem gähnenden schwarzen Hintergrund baumelte wie ein Galgen. Das Motiv kannte Jan bereits von dem Plakat, das Elena im Hexenturm von der Wand gerissen hatte. Als Jan sich umsah, stellte er fest, dass dasselbe Plakat auch die Schaufenster und Wände der Buchhandlung zierte. Offenbar hatte die Buchhändlerin sich mächtig ins Zeug gelegt, um für die Autogrammstunde zu werben.

»Hey, Vordrängeln gilt nicht!«, schimpfte eine ältere Frau mit Schnittlauchhaaren, als er sich einen Weg durch die Menge bahnen wollte. Wortlos zückte er seinen Dienstausweis, und erschrocken fuhr die Frau zurück, als befürchte sie, er wolle sie verhaften.

Direkt vor ihr weigerte sich ein hochgewachsener Mann mit Rollkragenpullover und kahlrasiertem Schädel, zur Seite zu weichen. Jan wollte sich gerade Gehör verschaffen, da erhaschte er einen Blick auf das Profil des Mannes. Und auf die zierliche Frau mit dem dunklen Haar neben ihm.

»Jan!«, rief Nicoletta überrascht. »Was machst du denn hier?«

Bei der Nennung seines Namens drehte auch Frenze sich um und maß Jan mit Blicken. »Dreh dich nicht um, der Kommissar geht um«, leierte er dann albern und kicherte.

»Hallo«, sagte Jan verdattert. Richtig, Frenze hatte etwas von Kulturprogramm gesagt. Hatte er damit etwa eine Signierstunde in Niederdollendorf gemeint?

Nicoletta plazierte Küsschen auf Jans Wangen und strahlte. »Ich wusste gar nicht, dass du das Buch gelesen hast«, sagte sie dann.

»Das Buch?« Jetzt erst sah er es in ihren Händen.

»Ach so. Nein, hab ich nicht. Ich bin nicht zum Signierenlassen gekommen.«

»Nicht? Warum dann? Etwa …« Sie riss die Augen auf und sah sich um, dann entdeckte sie Elena.

»Rapunzel, natürlich«, murmelte Frenze. Jan sah, wie es hinter seiner Stirn arbeitete. Offenbar hatte der neunmalkluge Frenze bisher keine Verbindung zwischen dem Buch und der Leiche gesehen. Jetzt konnte Jan einen Blick auf den Autor erhaschen. Schreck sah jünger aus, als Jan ihn sich vorgestellt hatte, kaum vierzig. Er trug einen schwarzen Blazer zur schwarzen Hose, darunter ein verwaschenes T-Shirt. Seine dunklen Haare waren verstrubbelt, als sei er eben erst aus dem Bett gestiegen. Die Augen hinter der markanten schwarzen Brille blinzelten, das mochte aber auch dem Andrang der Leser geschuldet sein, die auf ihn einredeten, während er mit entspanntem Lächeln sein Buch signierte. Mit einem Scherz, dessen Wortlaut Jan nicht verstand, reichte der Autor das Buch zurück, der Leser ergriff es, lachte dankbar und entfernte sich, während er versonnen die Inschrift studierte, als handle es sich um einen Liebesbrief.

»Ach, so sieht also unser Bestsellerautor aus«, raunte Elena. »Hab ich mir irgendwie glamouröser vorgestellt.«

Jan warf ihr einen dankbaren Blick zu. Die Kombination aus Plakaten und Büchern schüchterte ihn ein, und Elenas Herabsetzung des offensichtlichen Stars führte dazu, dass er sich automatisch besser fühlte.

Die Signierschlange missachtend, stellte er sich direkt vor den Tisch.

Freundlich lächelnd sah ihm Schreck entgegen, den Kugelschreiber gezückt. Er wirkte erstaunt, als Jan ihm anstelle eines Buches die Visitenkarte überreichte.

Fünfzehn Minuten später saßen sie in der gegenüberliegenden Filiale einer Bäckerei um einen dunklen Holztisch. Jetzt, ohne den Signiertisch und die Schlange bewundernder Leser, sah

Schreck aus wie ein normaler, vielleicht etwas ungepflegter Mann in den Vierzigern. Die geschwollenen Augenlider hinter der Brille zeugten von schlechtem Schlaf, und da er ihm direkt gegenübersaß, nahm Jan schwach, aber deutlich die Fahne wahr, die das Duftwasser nicht überdecken konnte. Offenbar hatte der Schriftsteller ein kleines Alkoholproblem. Bestellt hatte er allerdings Kaffee. Schwarz. Passend zu Brille und Blazer, dachte Jan. Dann fiel ihm auf, dass mit der Brille etwas nicht stimmte.

»Nach Ihrer gestrigen Lesung in Rheinbach ist es dort zu einem Tötungsdelikt gekommen«, begann Elena ohne Umschweife.

Der Autor nickte ernst, seine Hand mit der Kaffeetasse zitterte. »Ich habe davon gehört. Schrecklich. Aber die Buchhändlerin sagte mir, es sei nicht sicher, ob die ermordete Frau auf meiner Lesung gewesen sei. Ich hoffe, das war sie nicht. Also – nicht, dass das einen Unterschied macht, aber … Sie wissen schon.«

»Jaja«, sagte Jan. Wenn ihn nicht alles täuschte, befand sich in der Brillenfassung des Autors Fensterglas.

Niklas Schreck trank einen Schluck von seinem Kaffee.

»Ich war ganz erschüttert, als ich davon gehört habe. Schlimme Sache mit dieser Frau.«

Er wiederholt sich, dachte Jan. »Offenbar nicht so schlimm, dass es Sie von Ihrer Signierstunde abgehalten hat.«

Die Erwähnung der Signierstunde schien dem Autor einen Teil der vorigen Arroganz zurückzugeben. »Es waren über hundert Leser erwartet, Sie haben ja selbst gesehen, was hier los war. Und meine Leser enttäusche ich nur ungern, besonders, da die Lesung gestern ja eine mehr oder weniger geschlossene Veranstaltung war und deswegen viele meiner Fans nicht kommen konnten.« In seiner Stimme schwang die Empörung darüber mit, dass man so vielen möglichen Besuchern seinen kostbaren Anblick böswillig vorenthalten hatte.

»Und?«, fragte Jan. »Hat es sich gelohnt?«

Für einen Moment schien Schreck nicht zu wissen, worauf Jan hinauswollte, dann fing er sich. »Nun ja«, sagte er. »Die Bücher habe ich beim Signieren nicht gezählt, da müssten Sie jetzt die Buchhändlerin fragen. Aber es ist immer schön, in Kontakt zu seinen Lesern zu kommen.«
»Wie sieht dieser Kontakt denn aus?«
Schreck zuckte die Achseln. »Signieren. Ein bisschen plaudern, ein paar Fragen beantworten.«
»Und haben Sie mit Liane Riefers an dem Abend der Lesung auch geplaudert?«
Jetzt sah Schreck aufmerksam aus. »Ist das der Name des Opfers?«
»Ja. Und so sieht sie aus.«
Schreck betrachtete das Bild, das Jan ihm hinhielt, dann schüttelte er den Kopf. »Nein, ich glaube nicht. Wobei ich natürlich sehr viele Menschen in sehr kurzer Zeit sehe, die kann ich mir gar nicht alle merken.«
Jan steckte das Bild wieder ein. »Was wollen die Leute eigentlich so von Ihnen wissen?«
Schreck lächelte. Es wirkte echt. »Wann das nächste Buch herauskommt. Woher ich meine Ideen habe. Und ob ich ihre Manuskripte testlesen und an meinen Verlag weiterleiten kann.«
»Und?«, fragte Elena. »Können Sie das?«
Schreck lachte. »Nein, natürlich nicht. Erstens fehlt mir die Zeit. Und dann schreiben die meisten Leute Gedichte, und dafür gibt es leider keinen Markt. Die Menschen schreiben ungefähr hunderttausendmal mehr Gedichte, als gelesen werden.«
»Wir mussten in der Schule aber oft Gedichte lesen«, hielt Elena entgegen.
»Ja«, sagte Schreck. »Von Dichtern, die tot sind.«
»Das stimmt«, gab sie nach kurzem Zögern zu.
»Wenn Sie mich fragen, hat jeder zweite Deutsche irgendwelche

schrecklichen Gedichte in der Schublade, von denen er heimlich denkt, dass sie veröffentlicht werden sollten«, sagte Schreck düster.

Seine Arroganz missfiel Jan. »Und ist das schlimm?«

»Nein. Aber ich würde lieber nicht derjenige sein, der den Leuten dann beibringen muss, dass sie nicht für eine Buchveröffentlichung taugen. Selbst preisgekrönte deutsche Gegenwartsdichter veröffentlichen eher in der *Zeit* als in einem richtigen Buchverlag.«

In diesem Moment klopfte es von außen gegen die Scheibe, und Nicoletta winkte wild. Jan hob die Hand zum Gruß, dann sah er, dass Nicolettas Winken Schreck und nicht ihm gegolten hatte. Dieser nickte freundlich durch die Scheibe, dann erkannte er Frenze daneben, und sein Gesicht erhellte sich. »Viel Glück mit Ihren Gedichten!«, rief er laut, obwohl man ihn jenseits der Scheibe mit Sicherheit nicht hören konnte.

»Wie jetzt?«, fragte Jan.

Elena prustete. »Ach, war das einer von denen? Von den hoffnungsvollen Poeten?«

Schreck sah von einem zum anderen. »Ja. Warum?«

Elena stieß Jan an. »Der, äh, Herr mit der Glatze? Der hat mit Ihnen über seine Gedichte gesprochen?«

»Genau der.«

Jan musste an die heutige Obduktion denken. »Sommer, Sonne, Sonnenschein, da setzt die Totenstarre schneller ein«, deklamierte er. In diesem Moment schnarrte sein Handy. Es war Nina. »Seid ihr schon bei dem Schriftsteller?«, fragte sie.

»So ist es.«

»Dann habe ich noch eine Info für euch. Ich habe ihn gecheckt – Fehlanzeige.«

»Was heißt das?«, fragte Jan und lächelte Schreck dabei gut gelaunt zu. Die Sache mit Frenzes Gedichten gefiel ihm sehr.

»Es gibt keinen Niklas Schreck, der in Greifswald geboren wurde.«
»Sicher?«
»Ja.« Langsam wurde es spannend.
Jan steckte sein Handy ein und musterte Schreck. »Fangen wir noch einmal von vorne an. Sie heißen?«
»Das wissen Sie doch.« Schreck wies auf das Buch, das neben seiner Tasse lag.
»Und wie heißen Sie richtig?«
»Ach so!« Der Autor lachte auf, es klang allerdings nicht so, als amüsiere er sich gerade. »Für die Veröffentlichung habe ich den Mädchennamen meiner Mutter genommen. Mein Vater hieß Meier. Das merkt sich doch keiner, und noch dazu wissen die Leute dann nicht, ob man es mit a oder e und mit i oder y schreibt. Das ist ganz schlecht im Buchladen.«
»Verstehe. Aber der Vorname stimmt?«
»Ja.«
»Eine Frage habe ich noch, Herr Schreck«, sagte Jan. »Ihre Brille.«
»Was ist mit meiner Brille?« Eine leichte Röte stieg Schreck in die Wangen.
»Brauchen Sie die?«
»Sie meinen – oh!« Schreck lachte erneut, diesmal ganz offensichtlich verlegen. »Nicht wirklich. Aber mein Agent meinte, eine markante Brille unterstreicht den feuilletonistischen Anspruch des Buches. Manche Bücher verkaufen sich eben besser mit Germanistenbrille als mit Hawaiihemd.«
»Ach«, sagte Elena. Sie sah verblüfft aus.
»Sie verleiht meinem Roman Tiefe und meinem Gesicht Schärfe. Oder umgekehrt.« Schreck sah von einem zum anderen, und dann erst hob er abwehrend die Hände und grinste. »Ich hab die Regeln nicht gemacht – so funktioniert der Literaturzirkus. Auf den Autorenfotos sehe ich spitzenmäßig intellektuell aus. Und es hat ja wirklich geklappt, wie Sie sehen.«

»Woran sollten wir das sehen?«, fragte Jan ohne ein Lächeln.
Schreck guckte ausgesprochen erstaunt. »Also, mit Bestsellerlisten kennen Sie sich offenbar nicht aus.«
»Nein«, sagte Jan. »Dafür sind wir viel zu sehr mit anderen Fragen beschäftigt. Zum Beispiel mit der Frage, weswegen eine junge Frau, die offensichtlich Besucherin Ihrer gestrigen Lesung war, am nächsten Morgen tot vor dem Turm liegt.«
Schreck zog die Augenbrauen hoch und griff nach seiner Kaffeetasse. »Und was soll ich Ihnen jetzt dazu sagen?«
»Ganz knapp: Es gibt Hinweise auf einen Zusammenhang zwischen der Toten und Ihrer Lesung. Nicht nur der Ort, auch eine Perücke scheint ein Hinweis auf Ihr Buch zu sein.«
»Sagen Sie doch einfach, was Ihnen wichtig erscheint. Aber fassen Sie sich kurz, in etwa einer Stunde geht nämlich mein Zug.«
»Ihr Zug? Den werden Sie wohl kaum nehmen können. Ich muss Sie bitten, vorerst hier in der Gegend zu bleiben.«
»Das ist unmöglich.« Schreck schüttelte entschieden den Kopf. »Ich muss heute noch meinen Zug nach Hamburg bekommen. Ich bin für einen Preis nominiert und habe dort morgen einige Termine wahrzunehmen.«
»Das tut mir dann natürlich leid für Sie.«
»Aber …« Schreck sah von einem zum anderen, langsam schien er zu begreifen. »Das ist ausgeschlossen. Ich muss dorthin.«
Jan lächelte. »Leider muss diese Preisverleihung ohne Sie stattfinden. Im Moment benötigen wir Sie hier. Und jetzt wüsste ich erst mal gerne, wo Sie gestern nach der Lesung waren.«
»Ich war bei einem Italiener in Rheinbach. Mit meinem Agenten, Steffen Walliczek. Ich habe ihn irgendwann vor Mitternacht in sein Hotel gebracht und bin dann hierhin gefahren. Also, nach Königswinter. In mein Hotel.«
»Ins Hotel Loreley«, sagte Elena.
Er nickte.

»Allein?«
Er schüttelte den Kopf und schien beinahe erleichtert, als er merkte, wie sehr das für ihn sprach. »Mit einer Journalistin. Sie hatte in der Hotelbar auf mich gewartet und war bis eben bei mir. Sie heißt Karla-Kristina.«
Stirnrunzelnd notierte Jan den Namen. »Und der Nachname?«
Schreck zuckte die Achseln. »Keine Ahnung. Aber morgen müsste der Artikel erscheinen, den sie vermutlich gerade schreibt.«
»Ein Artikel über Sie?«
Schreck sah verblüfft aus. »Natürlich über mich. Über wen denn sonst?«
»Ja, stimmt«, sagte Elena zu Jan und knuffte ihn in die Seite. »Über wen denn sonst?«

* * *

Schreck stand vor der Toilette in seinem Hotelbadezimmer und sah an sich herunter. Normalerweise bot ihm das, was er da sah, Anlass zur Freude, aber in letzter Zeit machte er sich Sorgen. Zwar hatte er ausgesprochen stabile Erektionen, glücklicherweise, aber das war nicht alles, was sein bestes Stück leisten musste. Es hatte schon vor längerer Zeit begonnen. Anfangs hatte er gedacht, dass er einfach zu wenig Flüssigkeit zu sich nahm. Inzwischen konnte er nicht mehr leugnen, dass da etwas nicht stimmte. Es lief nicht so, wie es sollte. Und es tat weh.
Er schüttelte den letzten Tropfen ab und griff nach seinem Handy. »Walli«, sagte er. »Diese kleine Journalistin von gestern, wie hieß die?«
»Die, die das Porträt über dich schreibt?«
»Genau. Karla-Kristina Irgendwas.«
»Ich bringe das in Erfahrung. Warum? Willst du sie wiedersehen?«

»Haha«, machte Schreck. »Nein, aber sie muss der Polizei bestätigen, dass sie noch bei mir war.«
»Warum sollte sie das tun?«
»Das wird sie schon. Sie war nämlich wirklich bei mir. Als ich in Königswinter ankam, wartete sie in der Hotelbar. Wir haben dann noch was getrunken und so weiter. Das soll sie alles der Polizei erzählen.«
»Verstehe«, sagte Walli anerkennend. »Eifrige Recherche. Keine Sorge, ich kümmere mich darum. Und sonst? Wie geht es dir?«
»Nicht so gut«, sagte Schreck und sah in Richtung Badezimmer.
»Nicht so gut? Was soll das heißen? Kater?«
»Nein.«
»Hey, du bist doch sonst nicht so mundfaul! Was ist denn los?«
»Es tröpfelt nur«, sagte Schreck.
»Es tröpfelt nur? Das macht nichts. Das kommt vor.«
»Das tut aber weh.«
Walli lachte. »Klar tut das weh, aber man kann nicht jeden Tag zehn Seiten schreiben. Hauptsache ist, du bleibst dran! Ehrlich gesagt, Tröpfeln klingt besser als das, was du vorher immer gesagt hast. Das bedeutet ja, es tut sich immerhin ein bisschen was. Und eines Tages sprudelt der Rest dann nur so aus dir raus.«
Sprudeln war irgendwie das falsche Stichwort. »Ich rede nicht vom Schreiben.«
»Nicht vom Schreiben? Wovon denn dann?«
Schreck schwieg.
»Oh«, sagte Walli überrascht. »Oh. Ich verstehe. Äh – wie kann ich dir helfen?«
»Das weiß ich doch nicht! Ich hatte das noch nie!«
»Mach dir keine Sorgen. Ich vereinbare einen Termin beim Urologen, okay?«
Schreck schwieg.
»Niklas?«

»Lieber bei einer Urologin. Ich will nicht, dass mich ein Mann da untersucht.«
»Wäre bei mir genau umgekehrt.«
»Bei mir aber nicht.«
»Okay«, sagte Walli. »Ehrlich gesagt, weiß ich gar nicht, ob es Frauen gibt, die diesen Job machen. Aber ich kümmere mich drum. Nur – das mit der Journalistin solltest du vielleicht selber regeln. Journalisten sind empfindliche Pflänzchen, das weißt du ja auch, und wenn ich sie jetzt anrufe und ihr sage, was sie tun soll, könnte sie das in den falschen Hals bekommen.«

* * *

Jan war froh, dass Elena ihn nicht auf das Zusammentreffen mit Nicoletta und Frenze ansprach. Die Tatsache, dass die beiden ein Paar waren, fühlte sich auf eine diffuse Weise an wie ein persönlicher Misserfolg.
»Eine falsche Brille«, murmelte Elena, während sie nach Rheinbach fuhren, vorbei an Apfelbäumen. »Ein falscher Name. Was kommt als Nächstes, ein falscher Schnurrbart?«
»Schreck trug keinen Schnurrbart, aber wenn, dann wäre der bestimmt falsch gewesen.«
Elena prustete. »Er würde auch keinen tragen, denn damit sähe er nicht so, wie nannte er es? So spitzenmäßig intellektuell aus.«
Sie parkten auf dem großen Parkplatz am Fuße des Hexenturms und gingen den Rest zu Fuß. Die Wohnung, in der Liane Riefers mit ihrem Freund wohnte, lag unweit der Hauptstraße. Es war ein gepflegter Altbau mit Erkern und sorgsam gewässertem Vorgarten, in dem der Sommerhitze zum Trotz bunte Blumen blühten.
»Drei Parteien«, sagte Elena mit Blick auf das Klingelschild und drückte den Knopf. »Sie wohnen oben.«

Doch niemand öffnete. Elena klingelte erneut. »Haben wir noch eine andere Anschrift von diesem Benedikt Völler? Eine Arbeitsadresse oder Handynummer?«
»Auf dem Handy, das auf ihn zugelassen ist, war er bisher nicht zu erreichen.«
Elena schüttelte den Kopf. »Was nun? Er sollte vielleicht nicht unbedingt von den Nachbarn erfahren, dass seine Freundin tot ist.«
Jan sah sie nachdenklich an. »Ich glaube, da täuschst du dich gewaltig, du Großstadtpflanze! In Rheinbach weiß vermutlich sowieso längst jeder, was hier passiert ist.« Er zog seine Visitenkarte aus der Tasche und kritzelte auf die Rückseite die Bitte, sich umgehend zu melden. Dann warf er die Karte in den Briefkasten. »So viel zum Königssohn. Der Königssohn ist ausgeflogen. Dann kommen jetzt die sieben Zwerge an die Reihe, oder? Zuerst die Veranstalterin.«
Elena zögerte, dann warf sie einen Blick auf die Uhr. »Ich würde sagen, für die Zwerge ist morgen noch Zeit. Feierabend.«
Jan dachte an seine Großmutter, die ihn zu Hause erwartete, an sein leeres Zimmer. An Nicoletta und Frenze wollte er nicht denken, das verbot sich von selbst.
»Erst zu Ruth Grosche und dann ein Feierabendbier?«, fragte er.
Elena nickte.

* * *

Ruth Grosche musste um die vierzig sein, aber ihre wüst auf jugendlich gesträhnte Mähne in mindestens vier verschiedenen Gold- und Kupfertönen, die engen Jeans und das frech bedruckte Shirt verrieten, dass sie mit dieser Zahl nicht einverstanden war. Ihre Haut hatte die stumpfe Bräune, die von ausgiebigen Sitzungen auf der Sonnenbank zeugte.

Am Ohr hielt sie ein Handy, doch als sie Jan und Elena sah, beendete sie wortlos das Gespräch und steckte es in die Gesäßtasche. Für einen Moment musterte sie die beiden ohne Regung, dann seufzte sie. »Sie sind wegen Liane da.«
»So ist es«, sagte er und folgte ihr durch einen engen, vollgestellten Flur in die Küche, in der Ruth Grosche Platz nahm. Jans vorherrschender Eindruck war der von Röte und Enge. Die Küche war viel zu rot, viel zu eng und viel zu dunkel. »Wir müssen Sie bitten, uns einige Fragen zu beantworten.«
»Ich sehe nicht ganz, wozu das nötig ist«, sagte Grosche angriffslustig und verschränkte die Arme vor der Brust.
Jan seufzte und sah sich um. Ein winziger Tisch mit zwei Stühlen, darauf eine Obstschale, die sich braune Bananen mit einem Stapel Rechnungen teilten. An der rotgestrichenen Wand die Kochnische, darüber aus Platzmangel Töpfe und Pfannen an einem Haken, was jedoch unpraktisch war, weil diese Stelle Fett und Schmutz magisch anzog. Auf dem Fensterbrett verkümmerte Basilikum vor sich hin, das Fenster ging nach Norden, da schaffte es selbst die grelle Augustsonne nicht, ausreichend Licht zu spenden. Unschlüssig blieb Jan zwischen Tisch und der roten Wand stehen, Elena lehnte sich an die Tür. Offenbar war Grosche nicht geneigt, ihnen einen Platz anzubieten, trotzdem setzte er sich ihr gegenüber an den Küchentisch. Elena blieb stehen.
»Herr Hohl sagte uns, dass Sie die Veranstalterin des gestrigen Abends waren. Zumindest sind Sie als Mieterin des Turms eingetragen. Deswegen wüssten wir gern Näheres zu der Lesung.«
Ruth Grosche lockerte die Arme. Ihr Blick wanderte aufmerksam in Jans Gesicht herum, als überlege sie, was sie preisgeben wolle. Dann griff sie nach einem ebenfalls roten Becher und trank entschlossen. »Das ist nur zum Teil richtig. Ich habe den Turm gemietet, ja, aber in meiner Eigenschaft als Vorsitzende des Literaturzirkels.«

Jan nickte, dann wartete er ab, bis sie weitersprach. »Unser Literaturzirkel besteht seit über zehn Jahren, aber natürlich hat sich im Laufe der Jahre einiges verändert, es sind Mitglieder abgesprungen und andere dazugekommen. Ursprünglich waren wir ein Lesekreis, dann haben wir mit Autorenlesungen angefangen, und einige lokale Autoren haben sich uns angeschlossen.«

»Und weiter?«

»Durch unseren jährlichen Bücherflohmarkt haben wir ein Budget, das wir für Autorenlesungen an interessanten Stätten der Region verwenden. Und so ein Abend war gestern.«

»Wer hatte denn die Idee zum gestrigen Abend?«

Ruth Grosche sah ihn überrascht an. »Johannes. Er ist Deutsch- und Geschichtslehrer, schreibt selbst auch und hat kürzlich an einer Führung im Hexenturm teilgenommen, seitdem liegt er uns damit in den Ohren, dass man dort mal eine Lesung veranstalten sollte. Und da bot sich Schreck einfach an, schon wegen des Themas. Rapunzel im Rapunzelturm, so in etwa. Das ist ein guter Titel, das zieht.« Sie befeuchtete ihre Lippen.

»Interessant«, sagte Elena mit süßer Stimme. »Von dem Titel habe ich gar nichts gelesen. Wenn ich das richtig gesehen habe, ist an Ankündigung aber nicht viel gelaufen. Die Lesung stand noch nicht einmal im Veranstaltungskalender.«

»Ja, das war dann das Problem. Deswegen wollten viele das auch nicht.«

»Was?«

»Die Turmlesung.«

Elena seufzte. »Erzählen Sie doch einfach von Anfang an.«

Ruth Grosche streckte ihren sehnigen, braungebrannten Arm nach der Kaffeekanne aus und schüttete sich nach. Auf die Idee, Jan und Elena etwas anzubieten, kam sie offenbar nicht, aber der Kaffee schien ohnehin kalt zu sein. Und außerdem, dachte Jan, würde sie niemals schlafen können, wenn sie um diese Uhrzeit noch so viel Kaffee trank. »Der Platz im Turm ist begrenzt. Es passen maximal sechzig Leute hinein, wegen der Fluchtwege und so. Und deswegen fanden einige von uns, dass es übertrieben ist, einen Bestsellerautor einzuladen, wenn ihn dann nur so wenige sehen können. Die einen schlugen vor, dass wir in einen größeren Raum ausweichen, andere wollten lieber einen anderen Autor.«

»Und Sie?«

Grosche zuckte die Achseln. »Unser Gründungsziel war es, nicht kommerzielle Veranstaltungen zu machen und die Region kulturell zu beleben. Das kann man so oder so auslegen. Mir gefiel der Gedanke, den Hexenturm zum Lesungsort zu machen. Ohne unser Engagement wäre er nicht für die Allgemeinheit geöffnet worden. Das Argument, dass man sonst viel mehr Leser erreicht, fand ich nicht so wichtig.«

»Wie kommen diese Entscheidungen bei Ihnen zustande?«

»Wir haben ein Mitgliedertreffen an wechselnden Orten. Wer kommt, hat eine Stimme. Und dann stimmen wir eben ab. Aber im Grunde sind wir nur vier, fünf Leute, die die Arbeit machen und wirklich immer erscheinen. Ehrenamt eben.« Sie zuckte erneut die Achseln, als wolle sie sagen: ganz normal eben.

»Was arbeiten Sie eigentlich im Hauptberuf?«

»Ich bin Sachbearbeiterin in einer Versicherung. Nicht gerade mein Traumjob. Zum Glück habe ich nur eine Dreiviertelstelle, sonst würde ich das alles gar nicht schaffen.«

»Hm«, machte Jan. »Wer hat denn letztlich die Lesung besucht?«

»Wir haben auf Werbung verzichtet und nur eine Anmeldeliste geführt. Natürlich sind die Teilnehmer unseres Literaturkreises gekommen, auch Ehemalige, und dann noch einige Kulturinteressierte aus Rheinbach. Wir haben auch viele Anfragen bekommen. Den Interessenten mussten wir dann leider absagen, aber sie haben sich alle für unseren Newsletter angemeldet.« Aus Grosches Stimme klang Stolz.

»Wie ist denn die gestrige Lesung verlaufen?«
»Mittelprächtig!« Sie sah von einem zum anderen. »Niklas Schreck schien etwas verstimmt. Offenbar hatte er mit mehr Publikum gerechnet, so ein Bestsellerautor füllt ja normalerweise Hallen.«
»Hat er darüber gesprochen?«
»Nein, er verhielt sich durchaus professionell, aber man merkte, dass er verärgert war. Anfangs wollte er gar nicht zu lesen beginnen, aber vielleicht ging es ihm auch nicht gut. Ja, und dann hat er gelesen. Fragen wollte er danach keine beantworten, was uns sehr enttäuscht hat. Er hat dann noch einige Bücher signiert. Das war es auch schon. Dann ist er mit einem Taxi in sein Hotel gefahren. Das war auf der anderen Rheinseite, wir werden das nicht bezahlen, zumindest war das nicht vereinbart.« Ratlos sah sie Jan an.
»Sie waren nicht essen?«
»Er war mit seinem Agenten zusammen. Kann sein, dass die noch etwas gegessen haben.« Ihr Blick verriet, dass ihr Interesse an einem Abendessen mit dem berühmten Schriftsteller nicht sehr ausgeprägt gewesen war.
Das fand Jan merkwürdig. »Ist Ihnen während der Lesung etwas aufgefallen? Irgendetwas Besonderes, an das Sie sich erinnern?«
Grosche überlegte einen Moment, dann schüttelte sie den Kopf. »Nein, nicht dass ich wüsste.«
»Und was war mit Liane Riefers?«
Grosches Blick wurde wachsam. »Wie meinen Sie das?«
»Sie kennen sie?«
»Ja, natürlich.« Sie sah an die rote Küchenwand, als ob sie da etwas suchte. »Wir sind befreundet.« Es klang beinahe trotzig.
»Und sie war gestern dabei?«
Grosche befeuchtete die Lippen. »Ja. Nein. Sie hatte den Aufbau beaufsichtigen wollen, während ich unseren Autor abhole, aber

dann ist sie erst später erschienen, kurz vor Beginn der Lesung. Und wenige Minuten danach ist sie aufgestanden und rausgegangen.«
»Warum?«
»Das weiß ich nicht.«
»Haben Sie sie angerufen?«
»Mehrmals. Ich hab sie nicht erreicht.«
»Und danach? Nach der Lesung?«
»Habe ich sie auch angerufen. Und ihr eine SMS geschrieben, aber sie hat nicht geantwortet.«
»Seit wann war Liane im Literaturkreis?«
»Noch nicht lange. Vielleicht zwei Jahre? Erst war ihr Freund dabei, Benedikt Völler. Der hat sie dann mitgebracht.«
»Können Sie sagen, wer aus Ihrem Literaturkreis gestern anwesend war?«
»Natürlich.« Verwundert sah sie Jan ins Gesicht, dann setzte sie an, um eine Frage zu stellen, überlegte es sich aber offenbar anders. »Da ist erst mal Johannes Schlosser. Das ist ein Lehrer aus Königswinter, der an einem historischen Roman schreibt. Dann ist da Nessi, Vanessa Zobel, sie ist Krimiautorin und wohnt in Bonn. Und eben Liane. Eigentlich gehört noch Benedikt Völler alias Sky Brandon dazu, das ist sein Pseudonym. Er schreibt Science-Fiction. Aber er war nicht da.«
Jan notierte die Namen. »Und was schreiben Sie?«
Ein Anflug von Röte stieg in das Gesicht der Frau. »Ich schreibe nicht. Ich lese nur. Ich liebe Literatur und kümmere mich um das Organisatorische. Solche Menschen braucht man auch.« Sie klang trotzig. »Außerdem sind wir ja kein Schriftstellerzirkel, sondern ein Literaturzirkel.«
Sie hat keine Ahnung, warum wir hier sind, dachte Jan. Aber warum hat sie uns dann schon beim Eintreten nach Liane Riefers gefragt? Etwas stimmte hier nicht. Er lehnte sich zurück und

betrachtete ihr Gesicht. »Können Sie sich vorstellen, wer einen Grund gehabt haben könnte, Liane umzubringen?«
Grosche stieß einen erstickten kleinen Schrei aus und schlug die Hände vor den Mund. Ihre Hände verrieten ihr Alter, sie wollten nicht so recht zu ihrer Aufmachung passen.
»Sagen Sie mir, weswegen Sie hier sind!« Ihre Stimme klang wie ein Wimmern.
»Wegen des Mordes am Hexenturm. Das wussten Sie doch, oder?«
Ruth Grosche nahm die Hände aus dem Gesicht, es war jetzt aschfahl unter der stumpfen Sonnenbankbräune. »Nein.«
»Aber Sie selbst fragten doch eben, ob wir wegen Liane hier sind!«
»Ich dachte, Sie wären gekommen, weil sie endlich den Mut hatte, dieses Schwein anzuzeigen.«
»Ihn?«, fragte Jan. »Wen meinen Sie damit? Benedikt Völler?«
Grosches Mund war ein Strich.
»Ich will jetzt wissen, was Sie glaubten, weswegen wir gekommen sind.«
Sie schwieg.
»Frau Grosche?«
»Ich sage jetzt gar nichts mehr«, sagte Grosche tonlos. »Kein einziges Wort.«

* * *

Ein Würstchen und ein Bier im »Tubak«. Das war Jans Abendessen.
Erst allmählich hatte er gelernt, Königswinter schön zu finden. Anfangs hatte er nur das gesehen, was fehlte – die Geschäfte, ein Kino, städtische Infrastruktur eben, wie er sie von Köln und Frankfurt gewohnt war. Aber als er diese Phase überwunden hatte, fiel es ihm wie Schuppen von den Augen, und er sah, was Königswinter alles hatte. Das Farbspiel des Rheins. Die sanften Hü-

gel des Siebengebirges, die es nicht nötig hatten, einander an Höhe zu übertreffen, und stattdessen mit Schlössern, Ruinen und Weinbergen prunkten. Vor allem aber mochte Jan die Kneipen. Und ganz besonders das »Tubak«.

Die richtige Dosis Geselligkeit, darauf kommt es an im Leben, dachte Jan, als er an Elenas Seite den niedrigen Raum betrat. Seit er bei Nicoletta aus- und bei seiner Großmutter Edith eingezogen war, hatte sich sein Bedürfnis nach Gesellschaft verändert. Er wollte sich nicht verabreden. Er wollte keine Freunde, an deren Geburtstage er denken musste. Er wollte einfach nur in Ruhe sein Bier trinken, ein paar Banalitäten und Scherzworte wechseln. Oder aber wie heute mit Elena außerhalb des Präsidiums den Tag ausklingen lassen und dabei noch einmal die wesentlichen Aspekte des neuen Falls durch den Kopf ziehen lassen. Zum Beispiel die Frage, wovon Ruth Grosche eben wohl gesprochen hatte.

Sie bestellten an der Theke Wurst und Kölsch und entschieden sich dann, nach einem Blick auf das Gedränge an der Theke, einen ruhigen Tisch zu suchen.

Jan nahm unter dem Buntglasfenster Platz.

»Er«, sagte Elena. »Er. Das hat sowohl die Mutter gesagt als auch Ruth Grosche. Wahrscheinlich ist das ja der Freund von Liane, dieser Benedikt Völler. Aber warum will uns das keiner sagen? Stattdessen machen sie nur düstere Andeutungen. Und wo steckt Völler nur? Das ist schräg.«

Jan nickte. »Grosche hatte während des ganzen Gesprächs keine Ahnung, dass das Mädchen tot ist. Aber sie glaubte trotzdem zu wissen, weswegen wir zu ihr gekommen sind.«

»Die Sache war offensichtlich«, sagte Elena, warf eine Erdnuss in die Luft und fing sie mit dem Mund auf. »Sie dachte, wir würden Lianes Anzeige nachgehen. Der Anzeige gegen *ihn*. Offenbar glaubte sie, dass eine vorliegt.«

»Ist das geprüft?«

Elena nickte. »Fehlanzeige. Sie hat weder gegen ihren Freund noch gegen den Deutschlehrer oder Schreck oder sonst wen Anzeige erstattet und auch nicht die Polizei gerufen.«
Jan seufzte. »Immerhin haben wir damit ein ziemlich klares Motiv. Unser Opfer wollte jemanden anzeigen, aber der verhindert das, indem er Liane Riefers umbringt, ehe sie zur Polizei gehen kann.«
»Und das Rapunzel-Styling hat nichts damit zu tun?«, fragte Elena. »Die Perücke? Der ausgewählte Fundort am Turm?«
»Das passt nicht«, räumte Jan ein. »Außer es geht um ein Ablenkungsmanöver. Allerdings wäre das ein sehr aufwendiges Ablenkungsmanöver, immerhin geht der Täter durch den exponierten Fundort ein viel höheres Risiko ein, Spuren zu hinterlassen oder gesehen zu werden.«
»Wo bleiben denn die Würstchen?« Elena sah zur Theke, hinter der der Wirt lautstark mit zwei Gästen debattierte. »Grosche sagte ›dieses Schwein‹. Vielleicht geht es um sexuelle Belästigung oder Vergewaltigung.«
»Frenze hat nichts Auffälliges entdeckt«, erinnerte Jan. »Aber es kann natürlich auch sein, dass der Fall lange zurückliegt.«
Die Würstchen kamen. Jan tat Ketchup und Senf auf seinen Teller und wartete, bis der Wirt, der sie neugierig musterte, sich entfernt hatte. Dann sagte er: »Und was fangen wir jetzt mit dem Rapunzelmärchen an?«
»Na ja, der Zusammenhang ist ja offensichtlich – die Lesung, der Turm, das Rapunzelsyndrom. Das schreit förmlich nach Rapunzel. Und das Zentrum des Ganzen ist unser Opfer. Eine Frau, die sich die Haare ausreißt und verschlingt – das ist echt schräg. Vielleicht hat unseren Mörder diese Störung provoziert. Weil er es vorzieht, wenn Menschen in sein Weltbild passen.«
»Wenn zu seinem Weltbild gehört, dass Mädchen ihre Haare nicht ausreißen und verschlingen, dann teile ich das«, sagte Jan.

»Ich hatte keine Ahnung, dass diese Krankheit überhaupt existiert.«
Elena sah ihn nachdenklich an. »Die Störung ist befremdlich für dich, okay. Aber greift es dich an, wenn Frauen so etwas tun? Macht es dich aggressiv?«
»Nein, das macht mich nicht im Geringsten aggressiv. Ich finde es verstörend. Und entstellend. Ich meine – sie war doch ein hübsches Mädchen.«
»Eine Frau«, korrigierte Elena.
»Eine Frau, meinetwegen. Eine attraktive Frau sogar. Mit langen Haaren wäre sie sogar noch attraktiver gewesen.« Er erschauderte in Erinnerung an die Glatze.
»Dass du das findest, ist klar, Jan. Dein Geschmack ist total nullachtfünfzehn. Aber manche Leute stehen nun mal auf Glatze.«
Ohne es zu wollen, musste Jan wieder an Frenze denken. An dessen kahlen Schädel und an Nicoletta, dem dieser vermutlich gefiel. »Glatzen bei Männern, okay, das ist häufig.« Mit einer gewissen Häme fügte er hinzu: »Vermutlich kaschieren sie damit ihre Geheimratsecken. Sie rasieren sich kahl und versuchen, aus der Not eine Tugend zu machen. Aber Frauen?«
Elena grinste ihn über den Rand ihres Bierglases an. »Wo wir schon beim Thema sind – ich glaube, du brauchst auch mal wieder eine Frau, Jan.«
»Wo ist eigentlich Reimann?«
»Beim Sport. Lenk nicht ab, Jan. Ich hab das ernst gemeint.«
»Sei nicht albern«, entgegnete Jan ärgerlich.
»Im Ernst – die Sache mit Nicoletta ist doch nun schon eine Weile her. Und wie wir beide wissen, hat sie jetzt einen Nachfolger für dich gefunden. Hattest du inzwischen mal eine Verabredung?«
»Das geht dich nichts an.«
»Also nicht! Du solltest dich langsam mal um weibliche Begleitung bemühen, ehe du wunderlich wirst.«

»Ich glaube nicht, dass ausgerechnet du mir Beziehungstipps geben kannst«, sagte Jan.

Elena nickte belustigt. »Da hast du wohl recht. Aber wenigstens habe ich Sex.«

»Hör auf, Elena!« Jan wollte an nichts weniger denken als an Elena beim Sex. »Wo waren wir noch mal stehengeblieben?«

»Bei Glatzen.« Elena erhob sich und trank ihr Glas aus. »Jetzt nehmen wir uns erst mal die Leute dieses Literaturzirkels vor.«

Jan kramte sein Geld hervor und legte es neben den Bierdeckel. »Ich besuche morgen als Erstes die Krimiautorin. Obwohl mir Krimiautoren, ehrlich gesagt, sehr suspekt sind.«

Tag 2

Dass er mindestens ein Kölsch zu viel getrunken hatte, merkte Jan erst beim Aufwachen. Er duschte und fuhr ins Präsidium, ohne mit seiner Großmutter gesprochen zu haben. Inzwischen hatte sich aus der ursprünglich improvisierten Wohnsituation eine Art Oma-Enkel-WG entwickelt. Normalerweise tranken sie morgens einen Tee zusammen, aber dafür blieb heute keine Zeit. Im Präsidium erfuhr Jan, dass der Tatort immer noch nicht gefunden worden war.

Elena saß mit Reimann und Nina im Besprechungsraum und trank Tee aus ihrer Thermoskanne, auch sie sah etwas übernächtigt aus. Nur Nina Treibel wirkte frisch und munter, was aber auch an ihrem beinahe übertrieben sommerlichen Kleid mit den bunten Streifen liegen konnte. »Die Perücke ist absolute Massenware. Ein Billigartikel aus dem Karnevalsladen«, erklärte sie. »Im Februar ging sie tausendfach über die Ladentheken, seitdem wurde sie kein einziges Mal verkauft, zumindest nicht bei Deiters in Bonn.«

Jan warf einen sehnsüchtigen Blick auf Reimanns Kaffee, war aber zu faul aufzustehen. »Und sonst?«

»Die Daten von der Telefongesellschaft sind da«, sagte Nina. »Allerdings werdet ihr damit viel zu tun haben. Liane Riefers hat an diesem Tag praktisch ununterbrochen telefoniert und insgesamt 21 Kurznachrichten bekommen.«

»Wow«, sagte Jan. »Von ihrem Freund?«

»Nein, von fünf unterschiedlichen Nummern. Ich habe die in verschiedenen Farben markiert, zuordnen müsst ihr die Nummern selber.«

Jan griff nach dem Ausdruck und runzelte die Stirn. »21 SMS? Dann muss etwas Außergewöhnliches passiert sein an dem Tag.«

Nina sah ihn fragend an. »Wegen der vielen SMS? Hast du eine Ahnung, wie viele ich an einem Tag bekomme?«

»Nein«, sagte Jan.

Elena unterbrach. »Sie war in die Organisation der Lesung involviert. Klar, dass es da viel zu tun gab. Wie sieht es denn mit Anrufen um den Todeszeitpunkt herum aus – also, sagen wir, nach 20 Uhr?«

Nina nahm Jan den Ausdruck wieder weg. »Steht hier alles. Mehrere SMS und Anrufe von drei verschiedenen Nummern, kurze Verbindungszeiten, kann also auch sein, dass man ihr nur auf die Mailbox gesprochen hat. Die Nachrichten darauf sind allerdings gelöscht.«

»Mist«, sagte Jan. »Und die SMS?«

»Die auch. Die Techniker versuchen, das wieder hinzukriegen.«

»Wir werden die Handynummern der anderen Gäste sammeln«, sagte Reimann.

Jan nickte. »Ich fange schon mal bei dieser Krimiautorin an.«

* * *

Schrecks Interesse an einem Wiedersehen mit Karla-Kristina hielt sich in Grenzen. Dass sie auf einen Anruf von ihm hoffte, ungeachtet der Tatsache, dass sie ja angeblich einen Freund hatte, daran hatte sie keinen Zweifel gelassen: Sie hatte einen Zettel mit ihrer Handynummer auf dem Nachttisch zurückgelassen, war aber zu vernünftig gewesen, um ihn nach seiner zu fragen. Schreck hatte die Nummer achtlos weggeworfen, und das Zimmermädchen hatte den Papierkorb geleert. Darum war die Nummer weg. Und jetzt brauchte er sie.

Er griff nach dem Hörer und rief bei der Rezeption an. »Mein Papierkorb ist geleert worden«, sagte er, »obwohl dort wichtige Unterlagen drin waren, die, äh, aus Versehen hineingeraten sind.«

»Das tut mir leid«, sagte die Dame vom Empfang bedauernd. »Aber die Zimmer werden jeden Tag gereinigt, und das Leeren der Papierkörbe gehört dazu.«
»Schon klar«, sagte Schreck ungeduldig. »Aber das hilft mir jetzt auch nicht weiter. Ich hatte nicht darum gebeten! Wenn Sie bitte dafür sorgen könnten, dass ich meine Unterlagen wiederbekomme.«
Schweigen. Dann sagte die Dame, und ihre Stimme klang sehr verblüfft: »Dafür müsste man die Mülleimer durchsuchen.«
»Es ist mir ganz egal, wie Sie die Sachen auftreiben. Ich brauche sie.«
Jetzt hatte die Frau ihre Stimme wieder unter Kontrolle. »Wonach genau suchen Sie denn, Herr Schreck? Um was für Unterlagen handelt es sich? Damit wir wissen, wonach wir suchen müssen.«
»Um einen Zettel mit einer Telefonnummer. Ich glaube, er war gelb.«
Ungeduldig legte Schreck auf. Das Leben in Hotels war wirklich nervig. Sicher, die Hotelangestellten waren nicht wild darauf, im Müll zu wühlen, aber es war schließlich nicht seine Schuld, dass er die ganze Zeit unterwegs war und auf sein Zuhause verzichten musste. In seiner eigenen Wohnung hätte er die blöde Telefonnummer selbstverständlich selbst suchen können, aber wenn man hier ungefragt den Papierkorb leerte, musste sich niemand wundern, wenn er sich beschwerte.
Es dauerte ziemlich lang, bis es leise an der Zimmertür klopfte und man ihm den Zettel brachte. Schreck gab ein Trinkgeld und wartete, bis er wieder allein war.
Dann zog er sein Handy hervor, zögerte. Es wäre blöd, wenn Karla-Kristina seine Nummer hätte, möglicherweise wurde er sie dann nie wieder los. Also griff er nach dem Hörer des Hoteltelefons. Entschlossen tippte er die Nummer. Sie nahm nach dem ersten Klingeln ab. »Hallo?« Ihre Stimme klang atemlos.

»Niklas Schreck hier.«
»Ich weiß.«
»Warum weißt du das?«
»Königswinterer Nummer.«
»Ach so.«
Sie lachte etwas unmotiviert, anscheinend war sie ein bisschen aufgeregt. »Rufst du wegen des Artikels an?«
»Äh«, machte Schreck.
»Er ist heute erschienen. Ich dachte, du rufst deswegen an, aber …« Ihre Stimme klang enttäuscht, dann erfreut, als fiele ihr ein, dass er dann ja einen anderen Grund für seinen Anruf haben musste.
»Ich rufe wegen der Polizei an. Die wollten wissen, mit wem ich die Nacht verbracht habe, in der der Mord geschehen ist.«
Jetzt schien ihr ein Licht aufzugehen. »Der Mord«, sagte sie. »Klar. Der war ja nach deiner Lesung.«
»Genau.« Ihre Begriffsstutzigkeit ärgerte ihn. »Und? Hast du schon mit der Polizei gesprochen?«
»Nein.« Jetzt klang sie einsilbig.
»Die werden sich bei dir melden, denke ich.«
»Du hast denen meinen Namen gesagt?«
»Karla«, sagte er. »Es geht um Mord. Die müssen ihre Arbeit machen. Und deshalb habe ich gesagt, wo ich gewesen bin. Und wer dabei war. Basta.«
»Schon klar«, sagte sie. »Wenn die mich fragen, werde ich sagen, was gewesen ist.«
In diesem Moment klingelte sein Handy. Es war Walli, sagte das Display. »Ich wünsche dir einen schönen Tag«, sagte Schreck zu Karla-Kristina. »Ich melde mich, wenn ich mal wieder in der Gegend bin, ja? Mach's gut!« Er legte den Hörer des Hoteltelefons auf, ehe sie noch etwas erwidern konnte, und griff hastig nach seinem Handy.

»Schöner Artikel ist das geworden. Hast du ihn schon gesehen?«
»Nein.«
»Die Presse liebt dich eben«, sagte Walli. »Ich frage mich, wie du das immer machst.«
»Tja«, sagte Schreck. Dann nahm er den Zettel mit Karla-Kristinas Nummer und riss ihn in kleine Fetzen.

* * *

In der Bonner Altstadt kannte Jan sich absolut nicht aus. Es dauerte eine Weile, bis er sich durch das Labyrinth aus Einbahnstraßen gekämpft hatte. Endlich fand er einen Parkplatz und machte sich zu Fuß auf, die Dorotheenstraße zu finden. Ein türkischer Ladenbesitzer saß auf einem Klappstuhl, neben ihm wetteiferten rote Tomaten, glänzende Auberginen und gelbe Zucchini um Aufmerksamkeit, doch anstelle von Kunden umsirrten nur gierige Wespen eine aufgeschnittene Wassermelone und erinnerten Jan daran, dass er dringend etwas zu essen kaufen musste.
Das Haus, in dem Nessi Zobel wohnte, war ein unrenovierter Altbau, dessen schmutzig gelbe Fassade einen neuen Anstrich gebraucht hätte. Auf einem der zahlreichen Klingelschilder standen gleich mehrere handgeschriebene Namen, er musste die Augen zusammenkneifen, um »Zobel« darauf zu entdecken. Die Haustür stand einen Spalt offen, also trat er ein. Im Treppenhaus roch es nach Essen. Jan ging die knarrenden Stufen hinauf. Kaum war er im ersten Stock angelangt, wurde die Wohnungstür heftig aufgerissen, und ein junger Mann kam herausgestürmt. Eigentlich war er etwa so alt wie Jan selbst, aber seine ausgelatschten Turnschuhe und die langen Dreadlocks, die unter der Strickmütze hervorschauten, ließen ihn für Jan sehr viel jünger erscheinen.
»Willst du hier rein?«, fragte der Mützenmann. Im Gesicht trug er ein Piercing, das Jan schmerzhaft zusammenzucken ließ.

»Ich möchte zu Nessi Zobel«, sagte Jan. Es missfiel ihm, dass er ungefragt geduzt wurde.
»Die ist drinnen. Aber Vorsicht«, sagte der Mann, hielt Jan die Tür auf und grinste vielsagend. Dann setzte er sich ein Paar überdimensionierter Kopfhörer auf und trampelte die Treppe herunter.
Vorsicht?, dachte Jan. Außerdem fragte er sich, warum der Kerl im Hochsommer eine Mütze trug, in Königswinter setzte man die lediglich auf, wenn es kalt war. Er fragte sich außerdem, was ihn im Innern der Wohnung noch erwarten mochte, wappnete sich und trat ein.
Im Flur herrschte Chaos. Berge von Schuhen türmten sich hinter der Tür, eine Garderobe, die aussah, als käme sie vom Flohmarkt, ächzte unter einem Haufen Jacken. Auf einem schmalen Regal waren Zettel und Briefe gestapelt, an der Pinnwand darüber erkannte Jan zahlreiche Schnappschüsse und Zettel vom Pizzaservice. All dies aber wurde getoppt von dem Geschrei. Hinter einer Tür brüllte eine Frau, offenbar ins Telefon. »Du glaubst doch nicht im Ernst, dass ich mit so was gerechnet habe! Niemand rechnet mit so etwas! Und wenn überhaupt, dann hätte ich erwartet, dass du mit mir darüber sprichst, meinst du nicht, dass ich das verdient habe? Aber nein, mit Nessi kann man es ja machen!« Ganz offensichtlich stritt sich die Krimiautorin gerade mit jemandem. Die Tür stand einen Spalt offen, und als Jan dahinter eine Bewegung erkennen konnte, wich er peinlich berührt in die Küche aus und setzte sich auf einen der Stühle. Er würde warten, bis sie zu Ende gestritten hatte. Das gekippte Fenster ging in einen engen Innenhof. Über den Dächern konnte er die hässliche Fassade des Stadthauses sehen.
Hinter der Zimmertür setzte sich der Streit fort. »Meinst du, ich hätte euch sonst einander vorgestellt? Ich hätte dich nie mitgenommen, wenn ich gewusst hätte, dass du dich gleich an ihn ran-

machen würdest! Und das, obwohl du genau weißt, wie knapp meine Zeit mit ihm ist!«

Jan überlegte, ob er lieber wieder gehen sollte. Ganz offensichtlich war es ein ungünstiger Moment für ein Gespräch, aber inzwischen hatte er zu viel von dem Telefonat mitbekommen, um ohne Peinlichkeit zu verschwinden. Außerdem war er neugierig, was aus der Geschichte mit dem Freund und der baggernden Freundin geworden war. Dann verstummte das Geschrei, jemand riss die Tür auf, und eine junge Frau kam schwer atmend in die Küche, das Telefon in der Hand.

»Du kannst mich mal, Arschloch!«, schrie sie, und einen Moment dachte Jan, sie spräche mit ihm, aber sie feuerte das Telefon auf den Tisch, ging, ohne ihn zu bemerken, zu dem abgestoßenen, mit Post-its und Fotos vollgeklebten Küchenschrank, riss ihn auf und holte eine Flasche heraus. Dann drehte sie sich um, und jetzt erst entdeckte sie Jan.

»Hoppla«, sagte sie, atmete tief ein und schloss für einen Moment die Augen. »Da ist ja jemand!«

Damit meinte sie ganz offensichtlich Jan, und dieser nickte zögernd.

Nessi Zobel war schrecklich jung. Das war das Erste, was ihm auffiel. Er hatte gar nicht daran gedacht, im Internet nach Informationen zu suchen, wie ihm jetzt auffiel. Eine Krimiautorin hatte er sich irgendwie alt vorgestellt oder zumindest älter, aber diese Frau, die ihn da mit eisblauen Augen neugierig musterte und dabei die Flasche aufschraubte, war höchstens Ende zwanzig. Außerdem war sie sehr hübsch. Sie hatte langes helles Haar, trug ein blaues Sommerkleid und hatte nackte, entzückende Füße. Sie sah keineswegs so aus, wie er nach der Inspektion dieser Wohnung vermutet hätte.

»Hallo«, sagte Jan unbeholfen.

Mit einer lässigen Bewegung schüttelte die Autorin ihr langes blondes Haar zurück, während sie die bernsteinfarbene Flüssigkeit in ein Wasserglas gluckern ließ. Dann lächelte sie. »Sorry, dass ich so rumgeschrien habe, ich wusste nicht, dass jemand hier ist. Wobei, ich hätte auch sonst rumgeschrien, dieser Arsch, echt …« Sie lachte leise, hob das Glas, warf einen Blick hinein und trank dann. Er konnte sie schlucken hören. Vielleicht kam es ihm aber auch nur so vor.

»Die Tür stand off–«, sagte Jan oder eher: wollte er sagen, denn er kam nicht zu Wort.

»Trinkst du auch einen? Ist ein guter!«, sagte sie, und schon griff sie in dem zweifelhaft sauberen Küchenschrank nach einem weiteren Wasserglas.

»Nein danke«, sagte Jan, trotzdem stellte sie das Glas vor ihn und füllte es einen Fingerbreit.

»Aber du musst! Sonst fühle ich mich schlecht, weil du mich dabei erwischt hast, wie ich mir am helllichten Tage einen genehmige. Und du willst doch nicht, dass ich mich schlecht fühle, oder?« Zwischen ihren Schneidezähnen hatte sie eine Lücke.

»Nein«, sagte Jan, und das war die Wahrheit. »Aber es ist Vormittag. Da kann ich nichts trinken, sonst wird mir schlecht.« Er verdrängte den Gedanken an das gestrige Kölsch, das ihm immer noch ein flaues Gefühl bereitete.

»Ich bin übrigens Nessi«, sagte sie. Jetzt wäre der Moment gewesen, um »Jan Seidel, Kriminalpolizei« zu sagen, aber Nessi redete einfach weiter. »Es ist ein Glenmorangie, und eigentlich wollte ich ihn für einen wirklich guten Moment aufheben. Für den Tag, an dem mal jemand wegen einer Filmoption anfragt. Oder wenn *Knochen für Elise* endlich in die zweite Auflage kommt. Aber stattdessen muss das gute Zeug eben als Trösterchen her.« Sie trank erneut und seufzte genießerisch. »Wahrscheinlich wird das ohnehin nie etwas werden mit der zweiten Auflage.«

Jan schaute verständnislos.

Nessi musterte ihn aufmerksam. »Du hast keine Ahnung, wovon ich rede, oder?«
Er schüttelte den Kopf.
Sie seufzte. »Ist auch egal. Stoßen wir an auf – sag mal, wie heißt du überhaupt?«
»Jan«, sagte Jan gegen seinen Willen.
»Jan«, wiederholte sie. Aus ihrem Mund klang das irgendwie besonders.
»Dann also prost, unbekannter Jan. Auf die vielen schlimmen Dinge, die einem passieren können!«
Das war ein komischer Trinkspruch, aber ehe Jan darauf hinweisen konnte, klirrte ihr Glas an seins, und gegen seinen Willen setzte er an und trank.
»Das tut gut«, sagte sie und schloss die Augen. »An manchen Tagen ist einfach alles scheiße. Es kommt immer alles zusammen. Erst diese blöde Lesung mit dem Wichtigtuer, und dann …«
In diesem Moment ertönte Getrampel im Treppenhaus, dann flog erst die Wohnungstür, danach die Küchentür auf, und der Mann mit der Strickmütze erschien in der Türöffnung.
»Hast du dich abgeregt, Nessi?«, fragte er mit einem Grinsen.
Sie nickte. »Ja, danke der Nachfrage. Ich hab mir die Freiheit genommen, Jan schon ein bisschen abzufüllen.«
»Wen?«, fragte der Typ.
Nessi rümpfte die Nase, was ihr sehr gut stand. »Na, Jan hier. Deinen Freund.«
»Meinen was?« Jetzt sahen beide Jan an, und der begann sich unbehaglich zu fühlen.
»Ach!« Nessi nahm eine Strähne ihres hellen Haares und begann es zwischen den Fingern zu drehen. »Du bist gar kein Freund von Timo?«
»Nein«, sagte Jan.
»Aber – wer bist du dann?«

»Mein Name ist Jan Seidel, ich bin von der Kriminalpolizei.«
»Ein Bulle!«, rief Strickmützen-Timo. Es klang empört.
»Kripo?« Nessis blaue Augen wurden riesig. »Cool!«

* * *

Ruth Grosche fand einen Parkplatz an der Promenade und ging von dort aus zum Hotel Loreley. Unter den Sonnenschirmen saßen Tagestouristen und Hotelgäste mit erschöpften Gesichtern und erholten sich bei einem Eiskaffee von den Strapazen des Tages. Sie warf einen Blick auf die prunkvolle Fassade. Bescheiden hauste Schreck nicht. Aber vielleicht hatte er das Hotel gar nicht selbst gebucht, sondern der Verlag, der ihn bei Laune halten wollte. Oder die Buchhandlung, die ihn für die Signierstunde gebucht hatte.
Ruths Magen brannte. Sie hatte immer weiter Kaffee in sich hineingeschüttet, als könne das Brennen in ihren Eingeweiden den Schmerz darüber betäuben, was passiert war. Während sie die Treppenstufen zur Lobby hinaufstieg, dachte sie über ihr weiteres Vorgehen nach. Vor der Lesung war sie Schreck mit ausgesuchter Höflichkeit begegnet, ganz so, wie die Vorsitzende eines Literaturzirkels sich einem geladenen Autor gegenüber verhalten würde. Dabei hatte sie mit leisem Vergnügen registriert, wie Schreck immer nervöser geworden war. Viele Kleinigkeiten hatten ihm verraten, dass dieser Lesungsabend nicht das Standardprogramm werden würde, das er gewohnt war. Ruth hatte die ganze Zeit geglaubt, dass der Showdown noch bevorstand. Dass Liane in letzter Minute, kurz vor Ende erscheinen und endlich auspacken würde. Dass all die geladenen Pressevertreter erfahren würden, was für ein Schwein dieser gefeierte Autor tatsächlich war. Doch Liane war nicht erschienen.
Lass es mich auf meine Weise tun.

Das hatte in der SMS gestanden, die Ruth kurz vor der Lesung erhalten hatte. Was hatte das zu bedeuten? Gestern noch hatte sie gerätselt. Ihre Vermutung war gewesen, dass Rapunzel die Öffentlichkeit scheute und ihn erst am späteren Abend aufsuchen und zur Rede stellen würde und nicht, wie vereinbart, in der Fragerunde nach der Lesung. Offenbar hatte sie genau das getan. Und hatte nicht bedacht, dass die Öffentlichkeit des Hexenturms ihr zugleich auch Schutz gewährt hätte, anders als ein privates Treffen in einem Hotel, einer Bar, irgendwo am Rhein. Und so hatte sie sich arglos, wie sie war, in die Hand ihres Mörders begeben.
Ruth wischte sich mit dem Handrücken die Tränen aus dem Gesicht, die schon wieder zu fließen begonnen hatten.
»Kann ich Ihnen helfen?« Der Portier musterte sie besorgt.
»Nein, alles in Ordnung. Ich würde gern zu Niklas Schreck. Ist der auf seinem Zimmer?«
»Einen Moment, ich schaue nach.«
Ruth hatte keine Angst. Sie hatte Vorsorge getroffen. Hatte alles genau aufgeschrieben und Kopien an verschiedenen Orten deponiert. Falls ihr etwas zustieß, war Schreck geliefert. Das würde sie ihm gleich zu Beginn des Gesprächs mitteilen.
Die dicken Teppiche auf den Gängen des Rheinhotels schluckten ihre Schritte. Als sie an Schrecks Zimmertür angekommen war, hob sie die Hand zum Klopfen, aber die Tür ging auf, offenbar hatte man sie angekündigt. Schreck erkannte sie sofort wieder, das sah sie an seinem Gesicht.
»Ich habe gehört, was mit Ihrer Freundin geschehen ist«, sagte er mit angemessen gesenkter Stimme. »Es tut mir entsetzlich leid.«
»Deswegen bin ich hier«, sagte sie knapp und drängte sich an ihm vorbei ins Zimmer.
»Ich habe Sie nicht hereingebeten, Frau … Bosche.« Er schien verärgert.

»Das Sie können wir lassen«, zischte sie. Die Wut, die sie durchflutete, war selbst für sie überraschend. Sie ging zum Fenster und drehte sich mit verschränkten Armen zu ihm. »Wenn du mir etwas antun willst, lass es lieber, ich habe alles Notwendige veranlasst. Wenn ich in einer Stunde nicht zurück bin, schicken zwei Bekannte von mir etwas an die Polizei.«
Schreck sah verwirrt aus. »Wovon sprechen Sie?«
»Wovon ich spreche?« Sie spürte, wie alles an ihr vibrierte. »Du wirst bezahlen, Niklas Schreck. Für das, was dein verdammtes Buch bei meiner Freundin angerichtet hat. Und für das, was du mit ihr gemacht hast.«
Er wich zurück. Selbst jetzt sah er gut aus, auf eine verkommene Schriftstellerart, registrierte sie. Zerknittertes weißes Hemd, Bartstoppeln, ein leicht erschöpfter Zug um den Mund, er wirkte wie der Prototyp eines verwegenen, an der Welt leidenden Künstlers.
»Sie sind doch vollkommen durchgeknallt, Frau Bosche!« Er trat zum Nachttisch und nahm den Telefonhörer ab. »Hallo?«, sagte er in den Hörer. »Ich habe hier ungebetenen Besuch. Anscheinend eine verrückte Stalkerin.«
Ruth lächelte. »Die verrückte Stalkerin freut sich schon, wenn jemand dazukommt und unser kleines Gespräch mit anhört. Vielleicht solltest du gleich die Polizei rufen. Dann sage ich, was ich alles weiß. Von Liane. Über dich. Über euch. Ist auch alles an sicherer Stelle hinterlegt, nur für den Fall, dass du mich auch umbringen willst.«
Er drehte sich zu ihr um, den Hörer in der Hand, und musterte sie. Sie glaubte, Begreifen in seinem Blick zu erkennen. »Entschuldigen Sie«, sagte er in den Hörer. »Alles ist gut.« Dann legte er auf.
»Sehr schön«, sagte sie.
Schreck war etwas blass geworden. Sie nahm den leicht stechenden Geruch von Alkohol wahr, der nicht in seinem Atem lag,

sondern aus seinem Körper sickerte. »Ich habe sie wirklich nicht getötet«, sagte er leise. »Warum sind Sie hier, Frau Bosche?«
Sie setzte sich auf sein Doppelbett, strich prüfend über das weiße Laken. »Ich war ihre Freundin«, sagte sie. Überrascht merkte sie, dass ihre Augen trocken waren. »Ich habe alles getan, damit es ihr bessergeht. Und sie war auf einem guten Weg. Sie hat ihre Krankheit in den Griff bekommen, hat mit dem Schreiben begonnen, sich von ihrem Freund getrennt. Sie war auf dem Weg in ein neues Leben, und daran hat sie ganz fest geglaubt. Sie hat es sich sogar eintätowieren lassen, damit sie nicht vergisst, dass das möglich ist. Und dann liest sie dieses verdammte Buch, und alles bricht wieder aus.«
Schreck beobachtete sie. Er hatte sein Gesicht jetzt unter Kontrolle.
»Ich bin schuld!« Ruth vernahm ihre eigene Stimme erst, als sie zu sprechen aufhörte, ein lautes, hysterisches Kreischen. Ob Schreck ihr zuhörte, wusste sie schon gar nicht mehr, es war ihr auch egal, sie sprach nicht mehr zu ihm, sondern für sich selbst, vielleicht auch für die Tote, die sie jetzt nicht mehr hören konnte. Sie flüsterte. »Ich wollte immer, dass sie mit dieser verdammten Haareausreißerei aufhört und endlich den Leuten eins in die Fresse schlägt, die es verdient haben, statt alles auf sich zu beziehen und sich selbst zu bestrafen. Dass sie nicht mehr passiv an der Welt leidet und sich bestraft, sondern lernt, sich zu wehren. Ich habe die Idee mit der Lesung gehabt. Ich dachte, es wäre gut, wenn sie dich sieht und dir vor allen Leuten ins Gesicht sagt, was du ihr angetan hast. Wir hatten vor, dich so richtig zu grillen. Und es fing gut an – ich hab dir angesehen, wie dir der Angstschweiß ausgebrochen ist. Du hast es gewusst, als ich deine Stationen aufgezählt habe, richtig?«
»Ahrweiler«, sagte Schreck matt.
Sie nickte. »Ja, Ahrweiler. Die Klinik. Von der niemand weiß. Da

erkanntest du, was auf dich zukommt, richtig? Aber du konntest nicht weg, nicht vor all den Presseleuten. Wir hatten dich da, wo wir dich haben wollten. Und dann verliert Liane die Nerven und haut ab. Ich hab gehofft, dass sie dich danach zur Rede gestellt hat, privat. Wehr dich, hab ich ihr eingeimpft. Und so, wie es aussieht, hat sie dies zum ersten Mal getan, sie hat auf mich gehört, und jetzt ist sie tot. Und dann bin doch eigentlich ich schuld daran, oder?«

Schreck sah sie an, als wolle er abwarten, wie viele weitere Worte noch aus ihr herausplatzen würden.

»Hat sie es getan? Dir die Meinung gesagt, vielleicht gedroht? Hat sie das gemacht, was ich ihr geraten habe? Ich muss das wissen. Bitte.«

Schreck sagte immer noch nichts.

»Bitte«, wiederholte sie, tonlos, stockend. Und dann begannen sie zu fließen, die Tränen, es war beinahe eine Erleichterung.

Schreck stand auf und sah auf sie hinunter. »Sie sind ja komplett verrückt«, sagte er.

Sie schüttelte den Kopf. »Nichts weniger als das«, sagte sie leise und zog die Nase hoch. »Ich bin sogar sehr vernünftig. Ich sehe, dass weder ich noch du jetzt noch etwas für Liane tun können. Ihre Chance auf ein neues Leben ist dahin. Aber meine nicht. Und ich kann ein bisschen Hilfe durchaus gebrauchen.«

»Sie wollen Geld von mir? Warum sollte ich auf so etwas eingehen?«

Ruth zog ein Taschentuch aus der Hosentasche und putzte sich sehr langsam und sehr sorgfältig die Nase. »Weil«, sagte sie dann, »weil du der Einzige bist, der an diesem Abend richtig etwas zu verlieren hatte. Und wenn ich das der Polizei erzähle, dann ist es aus mit dir.«

* * *

Dass die Kriminalpolizei wegen eines Mordes gekommen war, fand die Krimiautorin dann plötzlich doch nicht mehr so cool. Im Gegenteil, die Nachricht von Lianes Tod machte sie so betroffen, dass sie sichtlich um Fassung ringen musste. Jan hatte darauf bestanden, in ihr Zimmer zu gehen. Das war ihm wie ein Einbruch in ihre Privatsphäre vorgekommen, aber er hatte vor diesem Strickmützen-Timo nicht über den Mord an Liane Riefers reden wollen.

»Ich kann es nicht fassen«, sagte Nessi und zerknüllte ein Papiertaschentuch zwischen den Fingern, um es dann wieder zu entfalten. »Das klingt jetzt doof, wenn ich das sage – aber ich habe sie doch gerade noch gesehen! Und da war sie noch lebendig. Oh Gott, so was sagen die Leute im Fernsehen immer, aber ... Es tut mir leid, ich bin ganz ... Oh Gott!« Ihre eisblauen Augen wurden blank, und sie holte tief und zitternd Luft.

»Ist schon gut«, sagte Jan. Am liebsten hätte er sie in den Arm genommen, aber das verbot sich, also sah er sich um und gab ihr damit Gelegenheit, sich zu fassen.

Ihr Zimmer sah ganz anders aus als der Rest der Wohnung. Es gefiel ihm. Hier herrschte Ordnung. Weiße Ikea-Regale zogen sich die eine Wand entlang, die Bücher darin waren sorgsam geordnet. Ein aufgeräumter, fast leerer Schreibtisch unter dem Fenster, in einem kleinen Regal daneben zahlreiche Ordner, rechts davon ein buntlackierter Raumteiler, der asiatisch aussah. Über der Tür befand sich ein Hochbett, das wiederum kam ihm dann doch sehr studentisch vor. Er vermied den Blick darauf, es war ihm irgendwie peinlich, eine junge Frau zu befragen, während er ihr Bett im Blickfeld hatte. Also drehte er sich zum Fenster.

»Erzählen Sie mir von gestern Abend«, sagte er.

»Okay.« Sie nahm sich sichtlich zusammen. »Wir waren alle mächtig aufgeregt wegen der Lesung. Also ich nicht so, ich mache ja selber auch viele Lesungen, aber die anderen. Bisher hatten wir immer nur welche mit lokalen Autoren gehabt, aber dieser Schreck ist ja ein richtiger Star. Deswegen gab es auch vorher ziemlich viel Aufruhr.«

Sie verstummte, auf ihrer glatten mädchenhaften Stirn erschienen Falten.

»Weswegen?«, hakte Jan ein.

»Na ja, wir hätten locker hundertfünfzig, zweihundert Besucher zusammenkriegen können für diesen Abend. Aber die Sache sollte im Turm stattfinden. Literatur im Hexenturm, so heißt unser Zirkel. Und jetzt ging es heiß her bei der Frage, ob wir in einen größeren Veranstaltungsort ausweichen wollen, um viele Leser zu erreichen, oder ob wir den Charakter der Veranstaltung wahren und in den Turm gehen.«

Jan dachte nach. Für die Inszenierung des Rapunzelmordes war der Turm als Veranstaltungsort natürlich vonnöten. »Was wäre denn die Alternative gewesen?«

»Die Stadthalle. Aber im Grunde waren die meisten dafür, dass wir im Turm bleiben. Vor allem Ruth und Johannes.«

»Und Sie selbst?«

Zu seiner Überraschung wurde sie rot. »Ich auch, ja.«

»Und warum?«

»Na ja«, ihre Stimme klang jetzt beinahe trotzig. »So ein Bestsellerautor verkauft doch eh schon genug. Da müssen wir ihm nicht auch noch helfen, hundertfünfzig Bücher mehr zu verkaufen, finde ich.«

»Das verstehe ich nicht.« Jan war verwirrt.

»Musst du auch nicht. Ich bin einfach ein niedriger, neidischer Mensch. Ich gönne es ihm nicht, dass er schätzungsweise hundertfünfzig Bücher verkauft hätte, wenn mehr Leute gekommen wären. *Knochen für Elise* hat sich bisher nur tausend Mal verkauft! Da ist das ja wohl verständlich!«

»Ich fürchte nein. Erklären Sie es mir.«
Sie seufzte, und ihre schmalen Schultern sanken nach vorn. »Mein Debütroman. Er spielt hier in Bonn. Es geht um einen Serienkiller, der auf seine Opfer mit Blut die Noten von *Für Elise* schreibt. Er hat nämlich seine Mutter über alles geliebt, die Beethoven-Fan war, und als Junge wollte er *Für Elise* für sie üben. Leider hat der Vater die Mutter umgebracht, ehe der Junge sie damit überraschen konnte. Er hat es sogar mit ansehen müssen! Deshalb ist er ein Serienkiller geworden. Er ist pervers.«
»Wow«, sagte Jan ehrlich verblüfft. »Das klingt, äh, spannend!«
»Es ist auch sehr spannend«, sagte sie unbescheiden. »Leider hat der Verlag zu wenig Werbung gemacht, darum ist die erste Auflage immer noch nicht verkauft. Und im Beethovenhaus wollten sie keine Lesung mit mir machen, obwohl ich sogar auf mein Honorar verzichtet hätte!«
Sie sah niedergeschlagen aus, und Jan hatte das dringende Bedürfnis, etwas Nettes zu ihr zu sagen. »Sie kommen mir noch so jung vor, ich kann gar nicht glauben, dass Sie schon ein ganzes Buch geschrieben haben.«
»Drei«, korrigierte sie ihn.
»Drei? Das ist – wow«, wiederholte Jan und überlegte. Er selbst hatte vermutlich in seinem bisherigen Leben kaum drei Bücher gelesen, obwohl Edith ihm unermüdlich jedes Jahr einen Krimi unter den Weihnachtsbaum legte. Nur für die Schule hatte er lesen müssen. Glücklicherweise war damals der Handel mit Inhaltsangaben auch ohne Internet schon sehr fortgeschritten gewesen.
Er sagte: »Leider habe ich, äh, *Knochen für Elise* noch nicht gelesen. Aber das werde ich nachholen.« Er würde den Roman kaufen, beschloss er. »Sicher ist es komisch für Sie, wenn Leute gar nicht lesen«, sagte er mit einem Anflug von Reue.
»Hm«, machte sie und lächelte. »Aber das können die Leute ja ändern.« Sie betonte *die Leute*.

»Das stimmt.«
»Als ich meinen zweiten Roman geschrieben habe, war ich 26. Der heißt *Knochen-Staffelei.* Es geht um einen Serienkiller, der seine Opfer nach August-Macke-Gemälden arrangiert.« Ihre Stimme verdunkelte sich, und sie sah starr geradeaus. Jan spürte, dass das, was sie sagte, ihr sehr wichtig war. »Denn die Mutter hatte August Macke sehr verehrt, und er wollte immer ein Maler wie August Macke werden, um sie glücklich zu machen, aber leider ist sie vorher gestorben.«
»Ermordet vom Vater?«
Nessi lächelte. »Genau! Es war traumatisch für den Sohn, denn er musste es mit ansehen. Darum ist er auch pervers geworden. Das Buch hat sich richtig gut verkauft. Na ja, besser als das erste zumindest. Trotzdem immer noch in der ersten Auflage.«
Eine Pause entstand, und Jan fiel auf, wie sehr er sich das Gespräch hatte aus der Hand nehmen lassen.
Das lag nicht nur daran, dass er und Nessi einen merkwürdigen Start gehabt hatten, sondern auch daran, dass sie ihn unbeirrt duzte. Und vielleicht auch ein bisschen daran, dass er sich gerne mit ihr unterhielt.
»Wie war Liane denn so?«, fragte er.
»Liane?« Für einen Moment starrte die Krimiautorin ihn an, als wisse sie nicht, wovon er sprach. Dann seufzte sie. »Ich mochte sie. Sehr. Sie war … Na ja. Eigentlich hat sie vor allem mit Ruth herumgehangen, seit ungefähr zwei Jahren. Die beiden haben sich, glaube ich, auch viel privat getroffen, also, ich meine, außerhalb unserer Literaturkreissache.«
»Und Sie? Waren Sie auch eng mit ihr befreundet?«
Nessi runzelte die Stirn. »Könnte man meinen. Wir waren beinahe gleich alt. Die anderen aus dem Zirkel sind viel älter. Aber trotzdem …« Sie zuckte die Schultern.
Jan wartete.

»Ich mag sie. Mochte sie. Wirklich. Aber sie war so ein bisschen, ich weiß nicht. Sie kam auch nicht von hier.«

»Was heißt das?«

»Ich bin eben Rheinländerin. Und Liane war so, ach, unlocker. Nicht mein Fall eben. Verrät fast nix. Geht nie aus sich heraus. Nimmt alles schrecklich ernst. Sie feiert noch nicht mal Karneval!« Es klang beinahe anklagend.

»Oh«, sagte Jan verblüfft.

Nessi schlug sich erschrocken mit der Hand auf den Mund. »Man soll ja über Tote nichts Schlechtes sagen. Oh Gott, irgendwie checke ich immer noch nicht, dass sie …«

Jan fragte sich für einen Moment, was an Nessis Aussage jetzt schlecht gewesen war. Dass Liane keinen Karneval feierte?

»Sie war also nicht von hier«, wiederholte Jan, damit sie weiterredete.

Nessi nickte. »Das allein war natürlich nicht der Grund. Wir hatten eben nicht so die gemeinsamen Themen. Liane hat ja gar nicht richtig geschrieben, zum Beispiel. Sie hatte wohl vor Jahren mal einen Kurs im Kreativen Schreiben besucht, und seitdem überlegt sie, ob sie noch mal was schreibt oder nicht. Also, sie hat ständig irgendwelche Geschichten angefangen, ganz viel darüber geredet, und nach drei Seiten ist ihr dann nix mehr eingefallen, und dann hat sie darüber geredet, dass ihr nichts mehr eingefallen ist. Was soll ich denn zu so was sagen? Entweder man schreibt, oder man lässt es bleiben!«

»Äh – ja!«, bestätigte Jan verblüfft.

Nessi nickte heftig, als habe sie auf diese bahnbrechende Antwort gewartet. »Sie war eben eher eine Leserin.«

»Was heißt das?«, erkundigte Jan sich vorsichtig.

»Es gibt Leser und Schreiber. Leser wollen meckern. Schreiber wollen selber machen.«

Jan dachte nach. Edith war definitiv eine Leserin. Aber sie meckerte seines Wissens nicht. Die Weltsicht der Krimiautorin erschien ihm irgendwie vereinfacht. »Lesen Sie selbst nicht?«, fragte er.

»Nö. Dazu habe ich keine Zeit. Außerdem möchte ich mir meinen eigenen Stil nicht verderben. Man wird so leicht von anderen Künstlern beeinflusst. Auch passiv, verstehst du?«

Er nickte der Einfachheit halber. »Noch mal zu der gestrigen Lesung«, erinnerte er sie.

Nessis Lächeln verschwand. »Die Lesung, richtig. Es waren sechzig Leute da, so viele passen in den Turm. Mindestens zehn davon gehörten zur Presse. Wir haben im Prinzip nur ausgewählte Freunde und Lokalprominente eingeladen. Es gab eine Reservierungsliste, auf die wir die Angemeldeten eingetragen haben.«

»Wen hat Liane denn auf die Liste gesetzt?«

Nessi zuckte die Achseln. »Das weiß ich nicht. Sie selber war jedenfalls nur am Anfang kurz da und ist dann verschwunden, noch ehe der Autor begonnen hat. Bene war nicht da. Ich glaube, die haben sich getrennt.«

»Moment«, sagte Jan. »Liane hat sich von ihrem Freund getrennt? Oder er sich von ihr?«

Nessi zuckte die Achseln. »Eher sie sich von ihm. Sie sagte so was. Aber ich hab nicht nachgefragt. Ehrlich gesagt, war ich an dem Abend etwas abgelenkt.«

»Warum?«

»Ach, es gab Streit. Das hast du ja eben wahrscheinlich mitbekommen.«

Jan bemerkte, dass er das belauschte Telefonat plötzlich mit anderen Augen sah. Worum war es tatsächlich gegangen? Um eine Freundin, die sich an Nessis Freund rangemacht hatte? Was für ein Kerl war ihr Freund wohl? Auch ein Schriftsteller? Vermutlich waren Schriftsteller meistens mit anderen Schriftstellern zusammen. »Nicht wirklich«, log er.

Sie nahm ihr Glas und knallte es auf den Tisch. »Johannes ist einfach …« Sie verstummte.

»Johannes?«, fragte er. »Johannes Schlosser?«

Sie nickte.

Jan musste überlegen. Johannes war der Deutschlehrer, der ebenfalls schrieb und der, wenn er es richtig im Kopf hatte, mindestens fünfzig Jahre alt war. Konnte es sein, dass diese lebendige junge Frau einen so alten Knacker hatte? Und dass der dann noch dazu von ihrer vermutlich ebenfalls blutjungen Freundin angebaggert wurde? Künstlerkreise, dachte er verständnislos. Er unterdrückte einen Anflug von Neid.

»Worum ging es denn bei dem Streit?«, fragte er betont sachlich, dabei brannte er auf Details.

Nessi lachte, und er fühlte sich plötzlich ertappt. »Ich werde doch meine Kollegen nicht bei der Polizei anschwärzen!«

»Von Anschwärzen kann keine Rede sein. Es geht nur um eine Aussage, immerhin ist ein Mord passiert, da brauche ich ein vollständiges Bild.« Er kam sich lächerlich vor.

Nessi seufzte, nahm eine Strähne ihres hellen Haares zwischen die Finger und zeigte neckisch ihre Zahnlücke. »Dann könnte ich vielleicht eine Ausnahme machen und dir die ganze lange Geschichte erzählen. Aber nur unter einer Bedingung.«

»Unter welcher?«

Ihre blauen Augen blitzten übermütig. »Dass du mit mir essen gehst.«

* * *

Schreck hatte sich gut im Griff gehabt. Es war ihm gelungen, die völlig durchgeknallte Veranstalterin aus seinem Hotelzimmer zu bugsieren, ohne dass sich in seiner Fassade der kleinste Riss gezeigt hätte. Er hatte einfach alles abgestritten und so getan, als wäre ihm vollkommen egal, was sie tat. Und dann hatte sie wieder geheult und war hysterisch geworden, hatte nur noch von ihrer Freundin und deren Geschichten geredet und die Polizei nicht mehr erwähnt.

Erst als er die Zimmertür hinter ihr schloss, hatte er begonnen zu zittern. Er öffnete die Tür des kleinen Kühlschranks, er war leer. Mit einem Schritt war er beim Schrank, riss seinen Koffer so heftig heraus, dass er ihm entgegenfiel, und öffnete den Reißverschluss zu dem Fach, in dem die Flaschen klimperten.

Als das Freizeichen ertönte, schloss er für einen Augenblick die Augen.

»Walli«, sagte er dann.

»Ja?«

»Walli«, wiederholte er.

»Pass auf, Niklas, ich habe den Termin bei der Fachärztin für Urologie gemacht. So nennt man das nämlich! Frau Dr. Wimmer. Nächste Woche, wenn du für zwei Tage in Frankfurt bist. Elf Uhr dreißig, ganz in der Nähe von deinem Hotel. Frau Dr. Wimmer hat einen ausgezeichneten Ruf als Spezialistin für Prostatakarzinome. Aber hey, mach dir keine Sorgen, alles ist in Ordnung mit dir, darauf wette ich!«

»Danke«, brachte Schreck heraus.

Walli schien zu zögern. »Hm«, sagte er dann. »Geht es denn, nun ja, besser? Körperlich?«

»Also«, sagte Schreck.

Walli seufzte. »Das muss ja nichts Schlimmes sein. Das kann alles sein, hörst du?«

»Ja?«

»Klar. Ich hab das gegoogelt. Und außerdem, Frau Dr. Wimmer wird dir helfen können. Ich bin da nicht so der richtige Ansprechpartner, ehrlich gesagt.«

»Danke.«

»Hast du mit der Journalistin gesprochen?«
»Hm«, machte Schreck.
»Hey, was ist los? Du bist doch sonst nicht so wortkarg, wenn es um Journalistinnen geht!« Walli lachte.
»Hm.«
»Ist es wegen, also, deiner Beschwerden?«
»Nein.«
»Was dann?«
Mit einer Hand versuchte Schreck, ein Wodkafläschchen aufzudrehen. »Walli, ich brauche einen Anwalt. Sofort.«
»Was ist denn passiert?«
Schreck holte tief und zitternd Luft. Die Flasche wollte sich nicht öffnen lassen. Er stellte den Anruf auf laut und nahm die rechte Hand zu Hilfe.
»Es ist doch nicht etwa wegen dieses Mordes?« Die Stimme seines Agenten klang viel zu laut durch den Raum, als Schreck endlich die Flasche geöffnet hatte. Es wäre irgendwie asozial gewesen, sie direkt an die Lippen zu setzen, er nahm ein Glas und füllte es. Nach dem ersten Schluck atmete er tief durch. Ganz tief.
»Walli«, sagte er. »Nehmen wir mal an, ich hätte mir da mal etwas zuschulden kommen lassen. Nehmen wir es nur mal an.«

* * *

Nessis SMS las Johannes, während er die Klassenarbeit der 8 a beaufsichtigte. Zuerst dachte er, er habe sich verlesen. Deshalb las er die wenigen Worte noch mal und noch mal. Dann stand er so abrupt auf, dass er schmerzhaft gegen den Tisch stieß.
»Ich komme gleich wieder«, sagte er. »Ich, äh, bin gleich wieder da.«
Vierundzwanzig Augenpaare starrten ihn ungläubig an, als er aus dem Klassenzimmer stolperte. Selbstverständlich war das

Telefonieren mit Handy im gesamten Schulgebäude verboten, mit Ausnahme des Lehrerzimmers, aber das war ihm egal. Noch auf der Treppe wählte er Nessis Nummer. Sie ging sofort dran.
»Was ist passiert?«, fragte er.
»Die Polizei war bei mir. So ein junger Typ. Er sagt, Liane ist tot. Man hat sie am Morgen nach der Lesung vor dem Hexenturm gefunden.«
»Das kann nicht wahr sein«, sagte Johannes. Er blieb stehen, mitten im Treppenhaus. Schritte näherten sich ihm, doch er achtete nicht darauf.
»Ich kann es auch nicht fassen.«
»Was hat der Polizist gesagt? Wie ist es passiert? Und weiß man schon, wer es war? Ich meine …« Seine Stimme hallte viel zu laut im Treppenhaus, und kurz überlegte er, ob er besser von woanders weitertelefonieren sollte.
»Sorry, Johannes, ich hab Bene auf der anderen Leitung. Lass uns später mal reden, ja?«
»Natürlich«, sagte Johannes. »Klar. Danke, dass du mich informiert hast.« Er steckte das Handy weg, und beinahe im selben Moment hörte er eine Stimme hinter sich.
»Ist alles in Ordnung?«
Die Stimme gehörte zu Direktor Jarren. Ausgerechnet.
»Nein«, sagte Johannes. »Gar nichts ist in Ordnung.«
»Bist du krank? Du zitterst ja.«
»Eine Freundin von mir ist ermordet worden. Ich muss nach Hause, sofort.«
»Das ist ja furchtbar!« Etwas ungläubig starrte Theo Jarren ihn an.
»Ich habe Aufsicht in der 8 a«, sagte Johannes. »Und … Ich muss meine Tasche holen.«
»Selbstverständlich«, sagte Jarren. »Ist doch klar.«
Johannes konnte auf dem Weg nach Hause keinen einzigen kla-

ren Gedanken fassen. Wie in Trance fuhr er die Strecke, ohne nach links und rechts zu sehen.
Erst als er an seinem Schreibtisch saß, sortierten sich die Dinge ein wenig. Er starrte auf den Trachytbrocken. Vielleicht auch auf sein Handy, das direkt danebenlag, genau konnte er es nicht sagen, jedenfalls starrte er schon eine ganze Weile vor sich hin, als die Tür seines Arbeitszimmers aufgerissen wurde.
»Johannes?«
»Hallo.«
»Johannes, du bist ja gar nicht in der Schule!«
»Was ist denn?«
Gundel fixierte ihn, dann trat sie zu dem Sessel in der Ecke, räumte den daraufliegenden Bücherstapel beiseite und setzte sich. »Es ist etwas passiert.« Ihre Stimme war jetzt ganz ruhig, beinahe samtig. Es war die Stimme, die er noch kannte aus der Zeit, als Lisa und Marina klein gewesen waren. Wenn sie sich das Knie aufgeschlagen, schlechte Noten geschrieben, später dann Liebeskummer hatten – immer dann hatte Gundel diese ganz besondere Stimme gehabt. Ihm war, als ob die ganze Kindheit und Jugend der Mädchen, die ganzen letzten zwanzig Jahre, an ihm vorbeirauschten, während er diese Stimme hörte. Knie. Eis. Zeugnisse. Liebeskummer.
»Hör mir zu, Johannes! Es ist etwas wirklich Schreckliches passiert.«
Er sagte: »Liane ist tot. Ich weiß. Deswegen bin ich hier.«
»Oh, Johannes ...« Sie hob die Hand, als wolle sie ihn berühren, aber das ging ja nicht, da sie in der einen Ecke des Zimmers saß und er an seinem Schreibtisch. Sie erhob sich, und er erkannte, was sie als Nächstes tun würde – sich auf seinen Schoß setzen und ihm durch die schütteren Haare streichen. Alles, dachte er, aber nicht das. Nicht jetzt.
»Ich kann jetzt nicht«, sagte er brüsk.

»Johannes …«

»Ich muss schreiben. Ich hab gestern beinahe nichts geschafft. Bitte, lass mich allein.«

Sie nickte wortlos. Er sah, dass sie gekränkt war, weil er ihren mütterlichen Trost verweigerte.

»Bitte«, sagte er, »geh.«

Die Tür fiel hinter ihr zu.

* * *

Es war dieselbe Küche wie immer, eng, unpraktisch, vollgerümpelt. »Deine rote Küchenhöhle«, hatte Liane immer gesagt. »Man fühlt sich beinahe wie in einer Gebärmutter.«

»Iiiieh, bitte nicht«, hatte Ruth entgegnet und Kaffee gekocht. Und Liane hatte gesagt: »Also als ich noch in ihrem Bauch war, hatte ich die wenigsten Probleme mit meiner Mutter. Das war unsere beste Zeit!« Ein typischer Liane-Satz.

Liane hatte sich hier immer wohl gefühlt, hatte ihre Schuhe und im Sommer sogar ihre Strümpfe ausgezogen und sich auf dem harten Küchenstuhl zusammengerollt wie eine Katze. Manchmal hatte sie sogar ihre Perücke abgenommen, »damit Luft dran kommt«, hatte sie gesagt.

Es war dieselbe Küche wie vorher, und doch war alles anders. Es tat weh, allein am Küchentisch zu sitzen, gegenüber von dem leeren Stuhl, auf dem sonst Liane gesessen hatte.

Liane hatte es in letzter Zeit nicht leicht gehabt, wirklich nicht, und Ruth hatte ihr beigestanden. Ungeachtet der fünfzehn Jahre Altersunterschied hatten sie hier in Ruths Küche gesessen und Kaffee getrunken, bis ihre Hände zitterten. Manchmal dachte Ruth, dass Liane beinahe wie die Tochter war, die sie nie bekommen hatte und auch nicht mehr bekommen würde. Eigentlich war es blöd, dass sie nicht in Lianes schöner großer Küche geses-

sen hatten, die sogar einen Balkon hatte. Aber in Lianes Wohnung hockte Bene wie eine Spinne und hörte seine entsetzliche Musik oder verbreitete aggressive Stimmung. Ruth hatte nie begriffen, warum Liane ihn nicht einfach rauswarf, aber aus irgendeinem Grund schien Liane das Hin und Her mit ihm zu brauchen. Sie sprachen viel über Bene und seine zahlreichen Fehler, aber nie darüber, weswegen Liane eigentlich bei ihm bleiben wollte. Regelmäßig gab es eine Trennung, ebenso regelmäßig kamen sie wieder zusammen. Jedes Mal behauptete Liane, diesmal sei es ernst mit der Trennung. Das hatte sie auch dieses Mal behauptet.
Manchmal hatte Ruth sich gefragt, ob Lianes Krankheit etwas damit zu tun hatte. Es war, als ob Bene mit all dem, was er an Liane auszusetzen hatte, mit all den Streitereien, die er vom Zaun brach, irgendwie dazu beitrug, dass ihre Krankheit unsichtbar wurde. Vielleicht, hatte Ruth überlegt, war es Liane lieber, die zänkische Normalität einer Beziehung mit Bene auszuhalten, als sich auf etwas Neues einzulassen, auf etwas, bei dem die Tatsache, dass sie unter ihrer Perücke kahl war und wegen ihrer merkwürdigen Magengeschichte nur winzige Mengen essen konnte, möglicherweise für Aufsehen sorgen würde.
Aber vielleicht spielte das auch gar keine Rolle. Vielleicht liebten die beiden einander auch einfach und stritten gern. Hatten einander geliebt, dachte Ruth und spürte, wie ihr erneut Tränen in die Augen stiegen.
Liane war tot. Sie würde niemals wiederkommen. Nie mehr würde sie in dieser Küche sitzen und über ihre Mutter sprechen oder ihre Geschichten oder darüber, wie Bene sie nervte.
Und dann waren plötzlich die Schuldgefühle wieder da. Nein, sie waren nicht einfach da, sie fielen sie an wie wilde Tiere, gruben Zähne und Klauen in Ruth und rissen an ihr.
Ich hätte das nicht tun dürfen, dachte Ruth. Niemals.

Sie hatte mit Liane endlos darüber gesprochen, was Schreck verdient hatte und wie Liane sich verhalten sollte, immer wieder. Seit Lianes Rückfall vor einem Jahr war es wieder und wieder um dieses Thema gegangen. Und Liane hatte sehr deutlich gemacht, dass es nicht ihre Absicht war, irgendeinen Profit aus der Sache zu schlagen. Sie wollte heil werden, so hatte sie es genannt. Nur deswegen wollte sie Schreck überhaupt konfrontieren.

Und jetzt war Liane tot, und ihre beinahe beste Freundin hatte nichts anderes zu tun, als schnurstracks zu Schreck zu laufen und genau das zu machen, was Liane nicht gewollt hatte. Ihm die Gelegenheit zu geben, sich freizukaufen. Nur, weil sie, Ruth, Kohle brauchte. Um ihre Nebenkostennachzahlung zu begleichen und vielleicht in Urlaub zu fahren.

Ich mache das nicht, dachte Ruth. Ich rufe Schreck an und sage ihm, er soll alles vergessen, was ich gesagt habe.

Es geht nicht um mich, sondern um Liane. Um Liane, für die ich jetzt nichts mehr tun kann. Die nie mehr in meiner Küche sitzen wird. Liane, deren neues Leben vorbei war, noch ehe es begonnen hatte. Liane, die zeit ihres Lebens keine einzige Geschichte veröffentlicht hatte und das auch nie mehr tun würde. Um Liane, von deren wunderbaren Ideen, Gedanken und Gefühlen die Öffentlichkeit niemals, niemals etwas mitbekommen würde. Das war vielleicht das Allertraurigste.

Das war nicht auszuhalten.

Langsam formte sich in Ruth eine Idee.

* * *

Das Haus, in dem der Deutschlehrer lebte, war Jan noch nie aufgefallen. Es lag etwas zurück von der Straße, gelb gestrichen und mit weißen, etwas verwitterten Fensterläden. Zu Fuß war es vermutlich nah an der nebengelegenen Klosterruine, aber von der

Straße her war die Einfahrt nicht klar erkennbar, so dass Jan zurücksetzen musste, weil er daran vorbeigefahren war.
Er war nach dem, was er von Nessis Telefonat mitbekommen hatte, ausgesprochen neugierig auf den Mann.
Doch zunächst öffnete eine Frau. Sie war dunkelhaarig und kompakt, starke Augenbrauen, ein dunkler Schatten auf der Oberlippe. Selbst wenn ihr Gesicht ihr Alter verschwiegen hätte, die mehrreihige Perlenkette um den Hals verriet, dass sie einer anderen Generation angehörte als Jan. Auf der Nase trug sie eine rote Lesebrille, über deren Rand sie Jan anblinzelte, statt sie abzunehmen. Sie war so alt wie seine Mutter. Mindestens.
Als er sich vorstellte, wirkte sie für einen Moment irritiert. Dann sagte sie: »Vermutlich sind Sie wegen der Sache mit Liane hier. Kommen Sie doch herein, mein Mann sitzt im Wohnzimmer.« Ihre Stimme klang beherrscht, weder sentimental noch ängstlich.
Das Wohnzimmer war vollgestellt, mehrere schwere Sessel in schmutzigem Grün drängten sich um einen zierlichen Kirschholztisch, auf einem Sideboard stapelten sich Zeitungen. Geschmack schien keine vorherrschende Eigenschaft der Schlossers zu sein. Zur Linken stand eine klapprige Flügeltür offen, dahinter waren hohe Bücherregale erkennbar, vermutlich ein Arbeitszimmer.
Ohne es sich eingestehen zu wollen, hatte Jan sich bereits eine ziemlich konkrete Vorstellung von dem schreibenden Lehrer gemacht. Jetzt, wo er ihn sah, war er enttäuscht, nein, eigentlich sogar fassungslos. Johannes war mittelgroß, Sport schien er nicht zu treiben, jedenfalls war seine Körperhaltung leicht gebeugt, wodurch er noch älter wirkte, als er war. Sein lichtes Haar war von undefinierter, grau ausgewaschener Farbe, ebenso die Augenbrauen. Im Winter würde er eine Strickjacke tragen, darauf wettete Jan. Die jungen Frauen mussten vollkommen verrückt

sein, wenn sie sich wie die Welpen um diesen verblichenen Lehrer balgten. Vielleicht war er reich und berühmt, ohne danach auszusehen? Oder die Bewunderinnen waren allesamt ehemalige Schülerinnen, und er zehrte noch von der Wichtigkeit, die er einst für sie besessen hatte?

Jan nahm auf einem der klobigen Sessel Platz, neben ihm stand eine verstaubte Vitrine, in der einige Steine ausgestellt waren.

»Mein Mann sammelt Steine«, sagte Gundel Schlosser, als sie Jans Blick bemerkte. Es klang beinahe trotzig. »Er interessiert sich schon lange dafür.«

»Ist gut, Gundel«, sagte ihr Mann, er schien sich sichtlich unbehaglich zu fühlen.

»Ich hörte, dass es gestern Streit gab«, sagte Jan.

»Bitte was?« Der Deutschlehrer hob die Augenbrauen.

»Streit. Auf der Lesung.«

»Streit? Mit Liane? Wegen der sind Sie doch hier, oder irre ich mich.« Es war keine Frage, sondern eine Feststellung.

»Nein. Mit Vanessa Zobel.«

»Ach, das!« Ein Lachen. »Eine kleine Kabbelei unter Kollegen, nichts weiter. Kleine Scherze, die man so macht.« Er griff nach der Hand seiner Frau, als müsse er sie beruhigen. Oder sie ihn.

Ob die Frau wohl Bescheid wusste über die jungen Häschen, die ihrem Mann hinterherhoppelten? Es ahnte? Vielleicht gar duldete? Jan fragte: »Worum ging es denn bei dieser Kabbelei?«

»Das kann ich Ihnen nicht mal mehr genau sagen.« Offenbar hatte Schlosser kein gesteigertes Interesse daran, das pubertäre Gekabbel vor seiner Gattin zu erläutern.

Das konnte Jan sogar verstehen. »Dann erzählen Sie doch mal, was an dem Abend sonst noch geschehen ist.«

»Wir waren im Stress, wir als Organisatoren der Veranstaltung. Normalerweise finden unsere Lesungen im kleineren Rahmen statt. Wenn wir welche veranstalten, meine ich, und das geschieht

ja nur einige Male im Jahr. Einen Autor von dem Bekanntheitsgrad hatten wir noch nie. Normalerweise bemühen wir uns, regionale Autoren zu unterstützen. Oder solche, die dem Massenpublikum noch nicht so bekannt sind.«
Etwas Abschätziges lag in seiner Stimme, fand Jan. Er fragte: »Wer hat den Autor denn ausgesucht?«
»Wer? Oh, das haben wir gemeinsam beschlossen. Abgestimmt, so machen wir es immer.«
»Und wessen Idee war es?«
»Das kann ich Ihnen beim besten Willen nicht mehr sagen. Das Programm legen wir ja meist ein Jahr vorher fest.« Wenn der Lehrer den Mund schloss, verschwanden seine farblosen Lippen vollkommen, stellte Jan fasziniert fest. Dann sah er eigentlich noch älter aus. Vielleicht war die Obsession der jungen Frauen für diesen Mann eine Art Perversion? Immerhin schrieb Zobel über perverse Serienmörder. Konnte es sein, dass sie selbst nicht ganz normal war? Oder war ihr Liebesleben eine Art Recherche? Dann fiel ihm seine Anfangshypothese wieder ein. Reich und berühmt. Vielleicht sollte er dem mal nachgehen.
Er fragte: »Und Sie selbst sind also auch Schriftsteller?«
»Eigentlich nicht.«
»Wie darf ich das verstehen?«
»Nun ja …« Jetzt war dem Lehrer sichtlich unbehaglich zumute. »Hobbyautor, würde ich sagen.«
»Wie viele Bücher haben Sie denn schon geschrieben?«
»Veröffentlicht habe ich noch keins.«
Bei diesen Worten ergriff Frau Schlosser die Hand ihres Mannes und drückte sie fest, es war die Geste einer Mutter, die ihr Kind ermutigt.
Also weder reich noch berühmt, dachte Jan. Seltsam. Er fragte: »Gehören die, äh, anderen Mitglieder des Literaturkreises zu Ihren früheren Schülerinnen?«

»Wie?« Geradezu blicklos starrte der Lehrer ihn an.
Seine Ehefrau ließ seine Hand abrupt los und richtete sich kämpferisch auf, sie sah beinahe zornig aus. »Was wollen Sie denn damit sagen?« Ihre Stimme klang scharf.
Johannes schüttelte den Kopf. »Nein, natürlich nicht.«
»Warum?«, fragte Jan harmlos. »Was wäre denn schlimm daran?«
»Gar nichts«, sagte die Ehefrau und griff hilfesuchend nach ihrer Lesebrille. »Hören Sie, wir sind wirklich sehr geschockt über das, was passiert ist. Sagen Sie uns doch einfach, wie wir Ihnen helfen können.«
»Okay«, sagte Jan. »Ich möchte gerne ganz genau wissen, wie der gestrige Abend verlaufen ist. Punkt für Punkt.«
Während er sein Notizbuch herausholte, sah er das Display seines Handys aufleuchten. Eine SMS von einer ihm unbekannten Nummer. »Hallo, Herr Kommissar«, las er. »Heute um 20 Uhr im Tuscolo Nähe HBF? Nessi«
Johannes' Stimme riss ihn aus seinen Gedanken. »Wir haben uns schon am späten Nachmittag getroffen, um die Stühle aufzustellen. Und …«
»Moment«, sagte Jan. »Einen kleinen Moment.« Rasch tippte er ein »OK« als Antwort und wandte sich dann dem Lehrer zu. Er musste ein Grinsen unterdrücken. Nicht nur, dass sich die jungen Frauen um diesen nichtssagenden alten Typen kloppten. Noch dazu war eine sehr hübsche und augenscheinlich pfiffige Krimiautorin bereit, mit ihm, Jan, essen zu gehen, um ihn von der Unschuld dieses Mannes zu überzeugen.
Jan wurde immer neugieriger auf das, was sie ihm zu berichten hatte.

* * *

Von der Rheinterrasse des Hotels hatte man einen herrlichen Blick auf die Promenade. Die Sonne schien aus einem strahlend blauen Himmel und ließ den Rhein beinahe aufreizend glitzern, am Steg der Ausflugsdampfer stauten sich die sommerlich gekleideten Touristen mit ihren Hüten, Sandalen und Shorts. Rheinaufwärts war der Eselsbrunnen von einer Traube Kinder umringt, die versuchten, die drei Wasserfontänen zu stoppen, darum herum standen holländisch sprechende Erwachsene und schimpften. Offenbar waren es die Eltern, sie versuchten vergeblich, die Kinder vom Brunnen wegzuziehen, ohne dabei allzu nass zu werden.
Schreck hatte keinen Blick für das sonnentrunkene Königswinter. Er starrte in sein Weinglas und dachte darüber nach, wie einfach sein Leben früher gewesen war. Früher, als er noch nicht geschrieben hatte. Seit er schrieb, war alles groß und schwer und gewaltig. Nicht etwa, weil er anders empfand als vorher oder weil sich eine Art künstlerischer Linse zwischen ihn und die Welt geschoben und die Maßstäbe verzerrt hatte. Sondern weil mehr Dinge geschahen als früher. Andere Dinge. Und weil diese Dinge und Ereignisse sich nicht mit dem sanften Geplätscher seines früheren Lebens vergleichen ließen. Nie hätte er zu träumen gewagt, dass er einmal auf der Straße erkannt wurde. Oder dass tausend Leute kommen würden, um ihn lesen zu hören, wie bei dem Krimifestival in München. Es war schwindelerregend, reich, berühmt und, ja, wichtig zu sein, es machte ihn high. Und aus diesen Höhenflügen stürzte er dann unweigerlich ab in die tiefsten Krater. Der absolute Tiefpunkt dieser Krater besaß einen Namen. Und dieser lautete: vorbei.
Alles, was er als Schriftsteller errang, konnte von jetzt auf gleich vorbei sein. Jeder Erfolg konnte in Windeseile zu Staub zerfallen. Alle, die ihn jetzt bejubelten, konnten ihn ebenso gut verlachen. Oder verachten. Oder vergessen.

Und das war der Grund, warum Schreck sich nachts, wenn sein Kopfkino ansprang und ihm grell ausgeleuchtet all das zeigte, was ihm zustoßen konnte, seine frühere Bedeutungslosigkeit zurücksehnte. Denn dann wäre sein Scheitern wenigstens Privatsache. Etwas, was sich im stillen Kämmerlein abspielte, ohne geifernde, gehässige Zuschauer.

»Möchten Sie noch etwas von dem Drachenfelser Wein?« Wie aus dem Nichts war der Kellner wieder neben ihm aufgetaucht.

»Noch eins, bitte.«

»Aber gern.«

Schreck trank ein bisschen zu viel, das wusste er. Seit er auf Lesereise war, trank er jeden Abend ein bisschen zu viel. Manchmal auch schon mittags, so wie jetzt. Alkohol war das Einzige, was seine Schreckensbilder irgendwann weich zeichnete. Und meistens sorgte er auch dafür, dass Schreck sich gut fühlte. Ziemlich gut. Meistens sogar großartig. So, wie sich ein Bestsellerautor, der jung war und gut aussah – zumindest zwischen den anderen, meist erheblich angegrauteren Schriftstellern, musste er an der Stelle immer selbstkritisch einschieben –, dem die literarische Welt und jederlei gesellschaftliches Parkett offenstand, sich fühlen sollte. Ja, wenn er betrunken war, gelang es ihm vortrefflich, das Bild, das Leser und Verlag von ihm hatten, mit seinem eigenen Erleben in Einklang zu bringen. Nur Walli wusste, dass er sich manchmal anders fühlte. Aber Walli konnte er vertrauen. Total. Selbst jetzt noch.

Erleichterung durchströmte ihn, warm, dankbar. Das, was er befürchtet hatte, war ausgeblieben. Er hatte Angst gehabt vor Vorwürfen aus Wallis Mund, vor Anklagen, kritischen Fragen, einem Wutanfall vielleicht, am allermeisten vielleicht vor Enttäuschung. Immerhin hatte er ihn angelogen. Oder ihm zumindest nicht die Wahrheit gesagt. Hatte verheimlicht, dass er gar nicht so genial war, wie er die Welt glauben ließ. Aber Walli hatte ihn beruhigt.

Die Inspiration und die künstlerische Ausgestaltung, das kommt von dir, hatte er gesagt. Du hast dich eben von der Realität zu deinem Roman bewegen lassen, das macht jeder. Niemand schöpft nur aus sich. Alle schöpfen aus äußeren Quellen.

Da hatte Walli natürlich vollkommen recht. Für alle Menschen lag das Material offen in der Welt herum. Aber fast niemand war in der Lage, daraus Kunst zu machen. Oder gar einen Bestseller vom Kaliber *Rapunzelmord*.

Walli hatte ihm die Augen dafür wieder geöffnet, zum Glück.

»Du hängst nur noch mit deinem Agenten rum«, hatte Claudia in den letzten Wochen ihrer Beziehung gegiftet. »Man könnte meinen, ich zähle gar nicht mehr.« Damit hatte sie den Nagel auf dem Kopf getroffen.

Walli zählte mehr als jeder andere. Zum Teil lag das sicher an der besonderen Situation, die sie beide verband – Walli war es, der ihn entdeckt hatte. Nie würde Schreck den Moment vergessen, als nur sieben Tage nach dem Absenden seines Manuskripts das Telefon geklingelt hatte und ein begeisterter Walli, der damals noch Steffen Walliczek hieß, ihm verkündet hatte, dass er ihn umgehend treffen müsse, um über sein Buch und seine Zukunft zu sprechen. Sofort. Wo es ihm am besten passen würde, er werde überall hinkommen. Das hatte Schreck tief beeindruckt, und er hatte sofort gespürt, dass sich jetzt alles verändern würde, dass die Zeit, in der er ein erfolgloser, von Geldnöten und Zweifeln geplagter Anfangvierziger war, vorbei war. Ja, so war das mit ihm und Walli.

Aber das war natürlich nicht alles. Es machte auch unglaublich Spaß, sich mit Walli zu betrinken. Außerdem verstand er alles, was Schreck bewegte, klar, er war Branchenkenner. Nicht wie Claudia, die ungeduldig wurde, wenn er zu lang von etwas redete, das sie nicht verstand, und die darüber hinaus ständig langweilige Geschichten aus ihrer langweiligen Werbeagentur loswerden

wollte. Außerdem war Walli immer für ihn da, rund um die Uhr. Und konnte ihm immer helfen. So wie jetzt.
Schreck hatte ein Problem. Er rief Walli an. Walli hörte zu, machte keine überflüssigen Vorwürfe, sondern kümmerte sich darum. Erst hatte er ihn beruhigt. Ihm versichert, dass ihm nichts passieren konnte. Ihn daran erinnert, dass er sich den besten Anwalt leisten konnte. Er hatte ihn ermahnt, mit dem Alkohol aufzupassen. Weil er einen klaren Kopf brauchte wegen der blöden Sache mit dem Buch und der hysterischen Veranstalterin und ihren Drohungen. Und wegen des Mordes. Das hatte Schreck eingesehen. Als Abschluss des Gesprächs hatte Walli noch ein paar schmeichelhafte Sachen aus der Presse zitiert und sich verabschiedet, um einige Anrufe zu tätigen und die Sache zu regeln.
Wer brauchte Claudia, wenn er Walli hatte? Frauen gab es wie Sand am Meer, erst recht, wenn man ein Bestsellerautor war. Er hatte das Spiel der Verführung immer beherrscht, die zielgenaue Choreografie aus Blicken und Worten, Annäherung und Rückzug, genau plazierten Komplimenten und Fragen. Inzwischen war das nicht mehr nötig, wenn die Frauen einen erst aus Zeitschriften und von Plakaten kannten, musste er nicht einmal mehr die Getränkerechnung bezahlen, um einen geblasen zu kriegen. Die Rechnung zahlte der Verlag. Schreck schätzte, dass auch dafür Walli gesorgt hatte.
Das Leben war ganz groß, wenn man da stand, wo er stand.
Walli, dachte Schreck mit einer Aufwallung von Dankbarkeit, Walli, du bist die eierlegende Wollmilchsau. Für schlappe fünfzehn Prozent plus Mehrwertsteuer von Geld, das ich ohne dich nie im Leben verdient hätte!
Er war betrunken. Gott, war er betrunken!
»Alles ist gut«, murmelte er vor sich hin. Ja, das war es. Walli hatte sich ihm gegenüber keinen Deut verändert, jetzt, wo er Bescheid wusste. Er stand immer noch zu ihm.

Alles war gut.
Außer für Liane.
Als er an Liane dachte, fühlte er sich schlagartig nüchtern. Für einen Moment starrte er auf die andere Straßenseite, auf die Touristen mit ihren kurzen Hosen und Sonnenhüten.
Liane war tot. Tot.
»Dinge passieren«, flüsterte er und trank entschlossen sein Glas leer.
Früher hätte ihn das mehr berührt. Früher hatte ihn alles mehr berührt.
»Du darfst nicht immer alles so schwernehmen«, hatte Walli ihm wieder und wieder gesagt, das war sein Mantra, ob nach verpatzten Lesungen, fiesen Interviews oder bösartigen Verrissen. »Solche Dinge passieren. Sonst hältst du diesen Job nicht lange durch. Leser, Kritiker, Frauen – die halten dich alle nur vom Schreiben ab, und das Schreiben ist das, worauf es ankommt. Dafür bist du geboren!«
Schreck war Walli dankbar für diese Sätze, sie hatten ihm geholfen, sein Leben neu zu ordnen.
Er vergaß es nur manchmal. Dass es nicht um die Frauen ging, sondern um, stimmt, das Schreiben.
Gut, dass es Walli gab, der ihn unablässig daran erinnerte. Nur deswegen gelang es ihm jetzt auch, Liane aus seinem Kopf zu wischen, einfach so.
Er würde kein weiteres Glas mehr trinken. Er würde hinauf in sein Zimmer gehen und schreiben. Das war es, worauf es ankam. Denn dafür war er geboren.

* * *

»Ihr solltet einen Kranz besorgen«, sagte Gundel. Sie hielt einen Spüllappen umklammert und wischte damit über den Küchentisch, es waren ruhige, gleichmäßige Bewegungen, als würde sie ein Pferd striegeln.
»Was?«, fragte Johannes.
»Einen Kranz. Ihr solltet zusammenlegen. Ihr müsst nur überlegen, ob dieser Ex-Freund sich beteiligen darf. Vielleicht will der alleine etwas machen. Aber er war ja mal dabei, nicht wahr? Dann sollte man ihn fragen. Aber vielleicht ist das ihren Eltern auch nicht recht.«
»Was?«, fragte Johannes. Er starrte auf ihre Hände, die eine Hand bewegte den Lappen, die andere fing die Krümel auf, und er war so erschöpft, dass er sich am liebsten flach auf den Boden gelegt hätte. Vermutlich hätte sie ihn dann auch abgewischt. Sie war bereit, sich um alles zu kümmern, ob es sich um die Tischplatte ihrer Küche handelte, um ihre ungesund übersäuerten Körper oder den Kranz für das Begräbnis einer Frau, die sie gar nicht kannte.
Gundel richtete sich auf und sah ihn an. »Dass sich der Ex-Freund beteiligt. Es kann sein, dass ihre Eltern das stört.«
Johannes schloss die Augen. »Es gibt nur eine Mutter. Außerdem ist das egal.«
Gundel erstarrte mitten in der Bewegung. Dann trat sie zum Spülstein, wusch den Lappen aus und fragte: »Woher weißt du das?«
»Was?«
»Dass es nur eine Mutter gibt. Ich dachte, du kennst sie kaum.«
Er schloss die Augen. »Hör auf«, sagte er. »Hör bitte auf. Nicht schon wieder.«
»Und überhaupt … Was zum Teufel wollte dieser Polizist hier?«
»Du warst doch dabei. Er ermittelt wegen Lianes Tod.«
»Ach, was du nicht sagst! Und was wollte er dann ausgerechnet bei uns?«

»Frag doch nicht so! Ich war auf der Lesung. Zu den anderen geht er auch. Das nennt man Ermittlung.«
»Ich meine den Streit. Auf der Lesung. Was war da los?«
»Nichts Besonderes. Eine kleine Kabbelei, harmlose Scherze. Das habe ich doch eben schon gesagt.«
»Wenn es so harmlos war, dann erzähl es mir.«
»*Wenn* es so harmlos war? Was soll das bedeuten? Glaubst du etwa, dass ich lüge?«
»Ich glaube gar nichts. Ich merke nur, dass du heute total neben dir stehst. Du bist unkonzentriert. Deine Hände zittern sogar.«
Wie auf Kommando sahen beide auf seine Hand. Sie zitterte in der Tat.
Er ballte sie zur Faust. »Vielleicht solltest du selbst mal überlegen, was los ist! Eine gute Bekannte von mir ist ermordet worden! Da darf ich doch ein bisschen gestresst sein, auch wenn du findest, das gehört sich nicht.«
»Das warst du heute Morgen aber schon. Und da wusstest du noch gar nichts von Liane.« Das war gekommen wie aus der Pistole geschossen, typisch für sie. Sie sah befriedigt aus, so, als habe sie ihm eine Falle gestellt und er sei erwartungsgemäß hineingetappt.
»Deine blöde Eifersucht«, sagte er leise. »Wenn du nicht ertragen kannst, dass ich abends zu Veranstaltungen gehe, dann sag es geradeheraus. Ich gehe dorthin, weil ich das für mein Schreiben brauche! Und falls dich das interessiert – auch da läuft es gerade etwas schwierig! Von wegen *du schaffst das schon* – es ist alles nicht so einfach, wie du dir das vorstellst! Und deswegen brauche ich diese Treffen mit meinen Kolleginnen und Kollegen. Weil es mir hilft, mit denen zu reden. Die können mir helfen, wenn ich steckenbleibe.«
»Kolleginnen und Kollegen? Ich dachte, das sind die aus der Schule!« Sie wrang den Lappen mit einer Aggression, die ihm beinahe unheimlich war.

»Du weißt, was ich meine. Ich bin auf ihre Hilfe angewiesen. Dieser Roman macht mich fix und fertig.«
Gundel warf den Lappen in den Spülstein. »Das ist ja mal was ganz Neues. Weißt du was? Dann lass es doch einfach bleiben! Schmeiß den ganzen Kram in den Papierkorb und sammle noch ein paar Steine oder geh golfen oder kauf dir ein Mountainbike oder was …« Ihr Mund klappte zu.
»Oder was?«, fragte Johannes scharf.
»Nichts.«
»Sag es!«
Sie seufzte. Schlagartig schien ihre Wut verraucht. »Oder was Männer deines Alters sonst machen, um sich zu beschäftigen.«
Für einen Moment konnte Johannes gar nicht antworten, in seinem Kopf hatte ein Sirren eingesetzt, das ihn ganz und gar auszufüllen schien. Langsam stand er auf. Das Sirren blieb. Er flüsterte: »So denkst du also. Dann ist es ja gut, dass ich das endlich mal weiß.«
»Johannes, ich …«
»Ich dachte immer, es ist dir ernst mit dem, was du sagst. Über …«
Über den Roman, wollte er sagen, aber plötzlich waren ihm die Worte peinlich, es schien, als sei sein Projekt unter Gundels Blick verwelkt, brüchig, so fragil geworden, dass man es nicht einmal mehr benennen durfte. Am liebsten hätte er sich davorgeworfen, um es mit seinem Körper zu schützen.
»Das ist es ja auch, wirklich.«
»Aber?«
»Kein Aber.« Sie seufzte wieder. »Ich will einfach nur, dass es dir wieder gutgeht. Und es ist mir lieber, du schreibst, als wenn du hinter irgendwelchen Röckchen herjagst wie andere Männer deines Alters.«
Sprachlos starrte er sie an. »Darum geht es also deiner Meinung

nach? Um eine Art Männerproblem? Ein Altherrenproblem? Und du duldest meinen Roman, weil du denkst, der hilft mir dabei?«

»Nein, ich meinte nur …«

»Ich finde es unglaublich«, sagte er, »dass du an einem solchen Tag …« Er stockte. »An einem Tag, an dem meine … Kollegin tot aufgefunden wird, kommst du mit dieser lächerlichen Eifersucht.«

Sie schnaubte. »Selbst an einem Tag, an dem deine, sagen wir, Kollegin, tot aufgefunden wird, kommst du mit diesem … Roman.«

Sie hatte nicht gesagt *mit diesem lächerlichen Roman*, aber beide hörten das Wort, als sei es ausgesprochen worden.

Johannes griff nach seinem Schlüssel und seinem Handy. Dann zog er mit einem Knall die Tür hinter sich zu.

* * *

Stunden später starrte Schreck immer noch auf den blinkenden Cursor. Irgendwie konnte er trotz Wallis Mantra nicht verhindern, dass sich immer wieder das Bild von Liane zwischen ihn und die leere Seite schob.

Er war blockiert. Und das lag nur an dieser Sache mit ihr.

Abrupt stand er auf, um ins Badezimmer zu gehen. Er wusste nicht, wie lange er vor der Toilette stand und die dahinterliegende Wand betrachtete, ohne dass etwas geschah. Ohne dass das geschah, was geschehen sollte, wenn man mit offener Hose vor einer Toilette stand.

»Du darfst das alles nicht so wichtig nehmen«, flüsterte Schreck und wartete. Die Wirkung der Zauberworte blieb aus. Es funktionierte nur, wenn Walli sie sprach.

Manchmal war einfach nicht der Tag zum Pinkeln. Und zum Schreiben. Auch wenn das Schreiben das Wichtigste war. Auch wenn er dafür geboren war.

Er zog mit einem Ruck den Reißverschluss zu, griff nach seinem Handy und wählte. Noch während das Freizeichen ertönte, atmete er tief durch, bereits in Erwartung der Erleichterung, die ihn erfassen würde, sobald Walli abnahm.

Aber Walli nahm nicht ab.

Schreck ließ es klingeln, bis die Mailbox ansprang, legte auf, versuchte es noch einmal. Walli ging nicht dran. Wie konnte das sein?

Gar nicht.

Für einen Moment blickte sich Schreck in seinem Hotelzimmer um, als sähe er es zum ersten Mal. Walli war immer erreichbar. Immer. Zumindest für ihn. Hatte er nicht eben noch daran gedacht?

Er wählte erneut. Und dann noch einmal.

Und noch einmal.

Es dauerte Stunden, bis er ihn erreichte.

»Ich bin es.« Mehr als das sagte Schreck nie. Wozu auch? Walli wusste ohnehin, wer ihn da anrief.

»Wie geht es dir?«

»Ich sitze hier in meinem Hotel am Rhein zwischen den ganzen Touristen. Und ich kann immer noch nicht richtig pinkeln. Und schreiben kann ich auch nicht.« Das war keine Antwort, aber Schreck wusste, dass Wallis Frage ohnehin rhetorischer Art gewesen war. Er kam gleich zur Sache. »Hast du den Anwalt erreicht?«

»Ja. Du hast gleich am Montag einen telefonischen Termin bei ihm. Und auch das nur, um dich zu beruhigen. Erst mal besteht absolut kein Handlungsbedarf. Das ist jetzt seine Einschätzung, nicht meine. Ich hab ihm die Situation geschildert.«

»Danke.«

»In dem Zusammenhang habe ich auch diese dumme Sache nach deiner Lesung angesprochen.« Walli legte eine Pause ein. Offen-

bar meinte er den Mord und war taktvoll genug, ihn nicht beim Namen zu nennen. »Wenn es in dem Zusammenhang …« Er machte erneut eine winzige Pause. »… Ärger gibt, dann kannst du den Anwalt auch sofort anrufen, ich schick dir gleich seine Handynummer rüber. Falls die Polizei noch einmal auftaucht. Er heißt Obster, Holger Obster. Also der Anwalt.«
»Danke«, sagte Schreck. Sein Hals war etwas trocken, darum trank er noch einen Schluck von dem Drachenfelser.
»Also zögere nicht, Herrn Holger Obster anzurufen.« Wie gewohnt betonte Walli jede Silbe des Namens. Schreck überlegte, ob er ihm ausnahmsweise den Gefallen tun sollte, den Namen zu wiederholen, aber er ließ es.
»Mach ich«, sagte er stattdessen.
»Dann sprechen wir die Tage wieder. Mach's gut!«
»Halt!«, rief Schreck. Die Panik in seiner Stimme überraschte ihn selbst. »Leg nicht auf.«
»Was ist denn noch?« In Wallis Stimme war etwas, was nie zuvor da gewesen war. Es klang beinahe wie Ungeduld.
»Wie lange bist du noch im Rheinland?«
»Bis morgen.«
»Vielleicht können wir ja heute zusammen zu Abend essen. Ist echt eine scheußliche Situation, dass ich hierbleiben muss. Das in Hamburg musste ich alles absagen. Und mich zur Verfügung halten, wie die Polizei sagt. Klingt schlimm. Wie aus einem Film. Nur wäre ich bei diesem Film lieber Zuschauer als Protagonist.« Er versuchte zu lachen, obwohl er lieber geheult hätte.
»Ich hab heute leider zu tun. Tut mir leid.« Wallis Stimme klang bedauernd.
»Schon okay«, sagte Schreck hastig.
Ein Zögern am Ende der Leitung. »Ist etwas?«
»Ich habe leichte Kopfschmerzen. Am besten gehe ich ins Bett.«
»Mach das. Nimm eine Aspirin.«

Für einen Moment starrte Schreck auf das Display, das ihm das Ende des Gesprächs anzeigte. Walli hatte tatsächlich einfach aufgelegt.
Wie von selbst glitt Schrecks Blick zur Minibar, dann fiel ihm wieder Wallis durchaus vernünftige Warnung ein, dass Schreck aufpassen musste. Dass er einen klaren Kopf brauchte. Drohende Klage wegen Buch. Mord.
Und da war noch etwas. Irgendetwas an dem Gespräch mit Walli hatte eine Irritation bei ihm hinterlassen. Etwas stimmte nicht. Passte nicht. Er kam nur leider nicht darauf, was es war.
Er wünschte, dass Walli hier bei ihm wäre, damit er sich mit ihm betrinken und in seinem Optimismus baden könnte.
Wie hatte es so weit kommen können? Er war praktisch gefangen, allein zwischen holländischen Rentnern in einem rheinischen Touristenkaff, er konnte weder pinkeln noch schreiben und stand vermutlich unter Mordverdacht, und der einzige Mensch, mit dem er reden wollte, war sein Agent.
Noch vor zwei Jahren hatte er einen halbwegs normalen Freundeskreis und eine halbwegs normale Beziehung gehabt. Claudia war Grafikerin in der Werbeagentur gewesen, für die er gelegentlich gegen ein beschissenes Honorar textete, eine hübsche Brünette, deren einziges Manko ihr ewig kläffender Terrier Gypsy gewesen war. Sie hatte sich wie verrückt mit ihm gefreut, als er den Vertrag für das Buch bekommen hatte. Von dem Vorschuss hatten sie einen traumhaften Tauchurlaub gebucht – ohne Gypsy. Eigentlich war alles gut gewesen, und er hatte sogar überlegt, ob sie nicht zusammenziehen sollten. Lediglich der Gedanke an Gypsys Dauergekläff hatte ihn davon abgehalten, sie zu fragen. Aber kaum war das Buch auf dem Markt gewesen, hatten die Dinge begonnen, sich rasend schnell zu verändern. Es war so viel passiert – Bestsellerliste. Interviews. Geld. Angebote überall. Gefühlte tausend Menschen wollten ihn plötzlich sprechen, er wur-

de ständig eingeladen, fuhr herum und lernte in wenigen Wochen mehr Leute kennen als in den zehn Jahren zuvor. Claudia hatte sich irgendwo in diesem ganzen aufregenden neuen Leben von selbst erledigt, er konnte sich nicht einmal genau daran erinnern, wie es dazu gekommen war. Er wusste nur noch, dass er eine Mischung aus schlechtem Gewissen und Erleichterung verspürt hatte, als er sie und Gypsy los war. Dasselbe galt für seine Freunde, die er ohnehin kaum noch sah, seit er ständig unterwegs war.

Und so war es gekommen, dass er, ohne es zu merken, niemanden aus seinem alten Kreis mehr um sich hatte. Nur noch Walli. Der hatte in Personalunion sämtliche Rollen übernommen und war immer rund um die Uhr für ihn da gewesen.

Bis jetzt.

Schreck spürte, wie er zitterte. Es ist lächerlich, sagte er sich. Klar, dass Walli auch mal was anderes zu tun hat. Termine. Nur deswegen hatte er keine Zeit. Obwohl er sonst immer Zeit gehabt hatte. Was für Termine mochten das sein? Nach allem, was er wusste, gab es hier in der Gegend keine nennenswerten Verlage. Gespräche mit anderen Autoren vielleicht? Es war eigenartig, aber Schreck hatte sich nie gefragt, welche anderen Autoren Walli vertrat. Auf seiner puristisch-modernen Homepage stand nichts, und Walli hatte nie welche erwähnt. Schreck hatte immer gedacht, er hätte keine. Eigentlich brauchte er die auch gar nicht, immerhin bekam er fünfzehn Prozent von Schrecks stattlichen Einkünften.

Schreck zog seine Schuhe an und warf einen prüfenden Blick in den Spiegel, dann verließ er das Hotelzimmer, das sich plötzlich viel zu eng anfühlte. Als er auf der Terrasse einen Tisch inmitten der anderen Touristen ansteuerte, war ihm gleich wohler.

Er bestellte ein Glas Wein und versuchte, sich zu erinnern, woher sein eigenartiges Gefühl der Irritation gekommen war.

Ich stehe hier in Bonn am Hauptbahnhof, und niemand holt mich ab.
Dann fiel es ihm ein. Als er Walli direkt vor der Lesung angerufen hatte, hatte dieser mit keiner Silbe erwähnt, dass er in Rheinbach auftauchen würde. Das war seltsam. Es war sogar ausgesprochen seltsam. Hatte er nicht sogar behauptet, er sei daheim in Berlin?
Schreck rief seine Anrufe auf. Er hatte Walli um 17.28 Uhr angerufen, etwa zwei Stunden später war dieser dann auf der Lesung aufgekreuzt. Unmöglich, dass er da gerade erst aus Berlin gekommen war. Aber was war dann der Grund dafür, dass er seine Anwesenheit im Rheinland verschwiegen hatte?
Und vor allem: Weswegen war er überhaupt bei der Lesung gewesen?

* * *

Rheinbach sah heute besonders märchenhaft aus. Der Himmel war blitzblau, und als Jan und Elena im Gewirr der Innenstadt einen Parkplatz suchten, schob sich beinahe neckisch immer wieder die Turmspitze des Hexenturms ins Sichtfeld. Nichts sah hier so aus, als sei erst vor kurzem ein Verbrechen verübt worden.
Auch diesmal öffnete niemand auf ihr Klingeln. Nach kurzem Überlegen läutete Jan bei den Nachbarn. Es dauerte nicht lange, und ein Surren ertönte.
»Post?«, rief eine hohe Stimme.
»Nein, wir bringen nicht die Post.«
Die Nachbarin, die ihm ängstlich entgegenblinzelte, zog sich bei seinem Anblick in ihre Wohnung zurück und schloss die Tür, dann schob sie die Kette vor und öffnete sie einen Spalt.
»Was wollen Sie?«, rief sie. Sie war beinahe so alt wie Edith.

»Jan Seidel, Kriminalpolizei.« Er warf einen Blick auf das Namensschild neben der Tür: Schmiele.

»Polizei?« Für einen Moment schien sie zu überlegen, dann nestelte sie an der Türkette herum und öffnete wieder. »Sie kommen wegen dem Mädchen von oben, richtig? Das tot ist.«

»Genau, Frau Schmiele.«

Aufgeregt nickte die Nachbarin. Sie hatte ein viel zu einheitlich überkrontes Lächeln und trug ungeachtet der sommerlichen Temperaturen ein wollenes helles Twinset, an dessen Ausschnitt eine grauenvolle Brosche im Edelmetallmix prangte. »Ich wollte Ihnen nicht die Tür vor der Nase zuschlagen. Man kann allerdings nicht vorsichtig genug sein, heutzutage. Das sieht man jetzt ja mal wieder. Schrecklich, was da passiert ist. Ganz schrecklich.« Sie griff sich betroffen an die Brosche. Die Geste kam Jan bekannt vor, auch das erinnerte ihn an Edith.

»Wir suchen den Lebensgefährten der jungen Frau«, sagte Jan.

»Den mit den langen Haaren?«, fragte die Nachbarin und hob die Hände zu den Ohren. »So braun?«

»Ich weiß nicht, ob er lange Haare hat«, sagte Jan geduldig. »Er ist jedenfalls hier gemeldet.«

Die Nachbarin wiegte den Kopf, als wisse sie nicht, ob sie ihm glauben sollte. »Mal ist er da, mal nicht«, sagte sie. »Und wenn er da ist, macht er oft die Tür nicht auf, und ich muss die ganzen Pakete annehmen.«

»Bekommt er denn viele Pakete?«

Sie nickte entrüstet. »Oh ja! Sehr schwere! Er ist faul. Und er nimmt Drogen. Wahrscheinlich ist er auch jetzt da und macht nicht auf, weil er denkt, Sie wären die Post.«

Jan und Elena wechselten einen Blick, dann trat Jan die Stufen zum nächsten Stockwerk hoch und klingelte auch dort. In der Wohnung regte sich nichts.

»Er ist bestimmt da!«, rief die Schmiele und kam Jan hinterher.

»Mit seinen Drogen! Deswegen kommen doch auch diese ganzen Pakete! Die sind voller Drogen! Soll ich Sie das nächste Mal anrufen, wenn ich etwas für ihn entgegengenommen habe? Damit Sie in die Pakete gucken können?«
»Eigentlich …«, sagte Jan, dann überlegte er und gab der Frau seine Visitenkarte. »Ja, machen Sie das ruhig.«
Interessiert betrachtete die Frau seine Visitenkarte und steckte sie dann in ihre Kitteltasche. »Das Mädchen, das jetzt tot ist, das war anders«, sagte sie dann.
»Hatten Sie ein gutes Verhältnis?«, fragte Jan und überlegte, wie er nach der Krankheit fragen könnte.
»Aber ja«, sagte sie. »Ganz hübsches Mädchen, lieb und nett. Hat immer die Mülltonnen rausgestellt. Er hat fast nichts gemacht. Außer Drogen nehmen.«
»Was haben Sie denn immer mit Ihren Drogen?«, fragte Elena.
Die Nachbarin sah sie an, als zweifle sie an ihrem Verstand. »Sie sind doch von der Polizei! Fragen Sie sich das nicht? Woher soll denn sonst das ganze Geld kommen? Der arbeitet doch nicht! Den ganzen Tag hängt der zu Hause rum. Das hier sind Eigentumswohnungen. Junge Leute, die nicht arbeiten, können sich so was nicht leisten. Wie auch?«
»Aber Sie«, sagte Elena zuckersüß.
Die Frau nickte stolz. »Wir sind letztes Jahr hier eingezogen. Haben unser Haus gut verkauft. Unsere Enkelkinder wohnen in Rheinbach, da will man doch in der Nähe sein.«
»Ja, vermutlich will man das«, sagte Elena. »Gehen wir dann, Jan?«
Sie verabschiedeten sich von der redseligen Dame. Kurz vor dem Parkplatz hatte Jan eine Eingebung, er ging zurück zum Haus und spähte in den Briefschlitz. »Ich glaube, die Visitenkarte ist weg«, sagte er.
»Sehr seltsam, dass der sich nicht meldet.«

»Kein Wunder, bei all den Drogen«, grinste Elena.
»Meinst du, da läuft echt was mit Drogen?«, fragte Jan.
Elena schüttelte den Kopf. »Das war eine spießige Rentnerin, die sauer ist, dass sie die Post annehmen muss. Benedikt Völler ist mit nichts aktenkundig. Sein einziger Fehler ist möglicherweise, dass er von zu Hause aus arbeitet, statt mit Aktenköfferchen und Anzug in irgendeine Firma zu rennen.«
»Und Liane Riefers ist lieb und nett«, zitierte Jan. »Offenbar hat man ihr die Probleme nicht angemerkt. Wir sollten uns mal genauer über diese Krankheit informieren. Mit ihrem behandelnden Arzt sprechen oder so.«
»Wenn sie in Behandlung war. Das müssten wir ihren Lebensgefährten fragen. Da beißt sich die Katze in den Schwanz«, seufzte Elena.
»Oh verdammt!«, rief Jan und sah auf die Uhr.
»Was denn?«
»Ich muss los.« Er wollte unbedingt noch duschen, ehe er Nessi im »Tuscolo« traf.
Elena grinste. »Wartet deine Oma mit dem Essen? Dann wollen wir sie aber nicht warten lassen.«
»Nein«, sagte Jan gedankenverloren. »Nein, das wollen wir nicht.«

* * *

Bisher war sein Vertrauen in Walli absolut gewesen, blind. Wie das Vertrauen eines Kindes in seine Mutter. Darauf, dass am nächsten Morgen die Sonne wieder aufgeht. Dass der Geldautomat Geld ausspuckt. Irgendwie so.
Und jetzt ging dieser Mistkerl wieder nicht an sein Handy. Es klingelte und klingelte, und Walli ging einfach nicht dran, wo immer er war.

Schreck stand abrupt auf. Er würde aufhören zu trinken, für heute. Er würde Walli auftreiben und dann … Dann würden sie weitersehen. Gemeinsam.
»Sie möchten zahlen?«
»Das geht auf mein Zimmer.«
»Sehr wohl.« Während er sich durch die Touristenmassen schlängelte, überlegte Schreck, wer eigentlich sein Hotelzimmer bezahlen würde. Er war selbstverständlich davon ausgegangen, dass dies der Veranstalter tat. Wenn er es richtig im Kopf hatte, teilten sich die Frau, deren Namen er sich nicht merken wollte, und die Königswinterer Buchhandlung die Übernachtung, aber natürlich war damit nur die eine Nacht nach der Lesung und vor der Signierstunde gemeint gewesen. Seinen jetzigen Aufenthalt würde er womöglich selbst bezahlen müssen, inklusive Getränke, ob auf der Terrasse oder aus der Minibar.
Erst ein kleiner Schreckmoment, dann Erleichterung, und er lächelte. Er hatte sich noch immer nicht daran gewöhnt, dass so etwas jetzt keine Rolle mehr spielte, er konnte theoretisch jede Nacht in einem Hotel von der Kategorie des »Loreley« übernachten, wenn er dazu Lust hatte. Er hatte genug Geld. Er musste nicht mehr erschrecken, wenn er die Rechnung in Empfang nahm. Die Zeiten waren vorbei. Wann würde er sich endlich daran gewöhnen, dass er kein Gelegenheitsjobber mehr war, der überwiegend auf Claudias Kosten lebte? Vermutlich noch lange nicht, wie die Reflexe, mit denen er Minibars leer räumte, bewiesen.
Auf dem Rathausplatz blieb er für einen Moment orientierungslos stehen und sah sich um. Ein Eiscafé. Wollte er ein Eis? Schreck seufzte. Er musste nüchtern bleiben. Etwas essen. Kein Eis, eher ein Brötchen. Und überlegen, was er unternehmen sollte, wenn Walli weiterhin nicht an sein Handy ging. Wie sollte er ihn dann erreichen?
Die Hauptstraße von Königswinter kannte Schreck inzwischen

auswendig. Er beschloss, gleich die erste Konditorei anzusteuern, es bimmelte, als er die Ladentür aufstieß. Er nahm an einem Tisch weit hinten im Raum Platz und betrachtete das papierne Spitzendeckchen.

Wo konnte er Walli finden? Er war in einem Hotel. Aber in welchem? Irgendwo in Bonn. Ausnahmsweise verfluchte Schreck sein schlechtes Gedächtnis.

Egozentrisch, hatte Claudia es immer genannt. Du hast kein schlechtes Gedächtnis, du bist einfach nur egozentrisch, du merkst dir nichts, weil dich diese Sachen nicht interessieren und dir alles egal ist, was nichts mit dir zu tun hat.

Du setzt Prioritäten, hatte Walli gelacht. Du bist Künstler. Du musst dich nicht mit diesem alltäglichen Scheiß belasten, du musst schreiben, für alles andere hast du mich. Ich bin dein Gedächtnis!

Pustekuchen, dachte Schreck. Jetzt sah er, was er davon hatte. Wenn Walli sein Gedächtnis war, was sollte er dann tun, wenn Walli nicht an sein Handy ging? Wenn er ihn nicht aufsuchen konnte, weil nur Walli ihm zu sagen vermochte, wo Walli war? Er fühlte sich verwirrt, viel schlimmer, als wenn er betrunken war.

Nüchtern sein ist viel schlimmer, dachte er.

Wenn er nüchtern war, erschien ihm immer alles so kompliziert. Vielleicht war ja alles nur so kompliziert, weil er so furchtbar nüchtern war? Vielleicht hatte er die Sache mit Walli an dem Abend falsch verstanden. Möglicherweise hatte dieser ihm vorher erklärt, was er vorhatte, und er hatte es nur vergessen, weil es ihn nicht interessiert hatte. Das kam oft vor. Er interessierte sich nun mal hauptsächlich für sich selbst, fand Claudia. Das war normal für einen Künstler, fand Walli.

Und was fand er selbst?

Schreck seufzte. Dass er sich zu wichtig nahm, war ihm durchaus bewusst, auch, wie sehr er Walli mit Beschlag belegte.

Auf der Frankfurter Buchmesse, als Walli ihn nach einer nicht enden wollenden Verlagsparty erst ins Taxi und dann ins Hotel geschleift hatte, da war dieser Moment der Klarheit gewesen.
»Es ist zum Kotzen«, hatte er gelallt, als Walli seine Schnürsenkel löste. »Ich kann gar nichts mehr ohne dich, nicht mal die Schuhe krieg ich auf. Ich weiß ja noch nicht mal, in welchem Hotel ich bin. Jetzt bin ich dir ausgeliefert, total. Du könntest mich in ein Flugzeug nach Honolulu setzen oder …« Er hatte nachgedacht, denn das passende Beispiel, das seine plötzliche Angst illustrieren würde, war ihm nicht so recht eingefallen.
Walli hatte tief Luft geholt und seine Beine ins Bett gehievt. Dann hatte er gesagt: »Aber das würde ich nicht tun, und das weißt du hoffentlich.«
Schreck hatte leise aufstoßen müssen. »Ich bin ein Esel. Im Moment bin ich ein Goldesel, dein Goldesel, von mir aus, aber eines Tages kommt kein Gold mehr raus, dann kommt der Knüppel aus dem Sack, und dann bin ich nur noch ein Esel.«
Das Bild hatte ihm gefallen.
»Niklas, mach dir keine Gedanken.«
»Ich will aber kein Esel sein. Will ich nicht.«
Walli hatte sein Jackett wieder angezogen und ihn betrachtet. Erst als er den letzten Knopf geschlossen hatte, antwortete er ihm. »Im Grunde lebe ich nur von dem Geld, das du verdienst, vergiss das nicht. Du hast ein großartiges Buch geschrieben, und ich habe es gut verkauft. Und jetzt musst du das Ding vermarkten, und ich sorge dabei für alles im Hintergrund. Das ist mein Job. Ich mach meinen, du machst deinen. Du machst einfach nur brav alles, was die Leute wollen, und ich passe darauf auf, dass du danach im richtigen Hotel landest.«
Schreck hatte ihm nur noch mit großer Anstrengung zuhören können.
Wallis Stimme hatte beruhigend geklungen, schnurrend, wie ge-

ölt. »Wir beide machen unseren Job, so gut es geht, jeder seinen. Das gibt uns Geld und Freiheit.«
Mühsam hatte Schreck noch einmal ein Auge geöffnet. »Und dann, dann leben wir glücklich und zufrieden, bis …«
»Nein«, hatte Walli gesagt. »Dann fängst du mit dem neuen Roman an, und das Spiel beginnt wieder von vorn.«
Eigentlich war Schreck schon fast eingeschlafen gewesen, aber bei diesen Worten war er aufgeschreckt und hatte sich übergeben müssen. Wieder und wieder hatte er gewürgt, bis sein Magen leer war. Dann war er eingeschlafen, den sauren Geschmack im Mund. Und Walli hatte ein sauberes, blütenweißes Hotelhandtuch geholt und alles aufgewischt.

* * *

Sie waren seit dreißig Jahren verheiratet. Johannes wusste nicht mehr genau, was er damals über Gundel gedacht hatte, aber er war ziemlich glücklich gewesen. Und dann hatten sie die Mädchen bekommen und das Haus gekauft, und an den Wochenenden hatten sie gemeinsam Spaziergänge durch das Siebengebirge unternommen, wo er den Mädchen erklärt hatte, welche Gesteine was zu bedeuten hatten, und seine Töchter hatten andächtig zugehört, ganz anders als die Schüler und Schülerinnen, mit denen er unter der Woche zu tun hatte. Mit Begeisterung hatten sie mit seinem Züricher Geologenhammer im Nachtigallental versucht, so schöne Steine zu finden wie er, und er hatte aufgepasst, dass sie sich nicht verletzten, wenn sie den fünf Kilo schweren Metallkopf gegen die Felsbrocken donnern ließen.
Gundel hatte Butterbrote aus ihrer Tasche gezaubert und Pflaster und Wasserflaschen, und alles war gut gewesen. Dann waren die Mädchen ausgezogen, und er hatte diesen drängenden Wunsch verspürt, ein Buch zu schreiben.

Er konnte sich noch an den Abend erinnern, als er den Trachytbrocken auf seinen Schreibtisch gelegt und ihr von der Romanidee erzählt hatte. Von dem Zusammenhang zwischen dem Stein, dem Kölner Dom und dem Reichtum der Region. »Aber der Kölner Dom ist doch ganz dunkel!«, hatte sie erstaunt gesagt. Er hatte ihr erklärt, dass der Dom, wenn er sauber wäre, so hell aussähe wie dieser Stein auf seinem Schreibtisch, und ihre beinahe kindliche Freude über diese Erkenntnis hatte ihm gutgetan. Jedes Mal, wenn sie in Köln waren, griff sie nach seinem Arm und flüsterte: »Nur schade, dass er so schmutzig ist, sonst wäre er wirklich schön!«, verschwörerisch, so, als teilten sie ein Geheimnis, das Geheimnis, dass die große Stadt und ihr berühmtes Gebäude gar nicht so großartig waren, wie alle dachten.

Er hatte sich immer auf ihre Unterstützung verlassen können. Und er hatte gedacht, das läge daran, dass sie an seine Ideen glaubte. Erst jetzt begriff er schlagartig, dass das nicht so war. Vermutlich nie so gewesen war.

... mit diesem ... Roman ...

Sie versteht mich nicht, dachte Johannes. All ihr scheinbar tiefes Interesse war nur scheinheiliges Verständnis für eine Art späte Midlife-Crisis gewesen, die sie abwenden wollte, ebenso, wie sie Lisa und Marina immer geduldig in allem bestärkt hatte, ganz gleich, ob sie reiten wollten oder töpfern oder Hockey spielen. Aber er war nicht ihr Kind, er war ihr Mann!

Mountainbike, dachte er. Golf. Wie herablassend von ihr!

Dabei war nicht einmal das Schlimmste, dass sich seine Ehefrau schlagartig in so etwas wie eine Mutter verwandelt hatte. Wirklich grauenhaft war, dass Gundel die Einzige gewesen war, die an sein Projekt geglaubt hatte. Und dieses Urteil war jetzt nichts mehr wert, es war Staub und Asche, nein, weniger.

Wieder starrte Johannes auf sein Handy. Kein Anruf.

Es hatte ihn verdammte Überwindung gekostet, diesen Agenten

anzusprechen. Als der überraschend auf der Lesung aufgetaucht war, hatte Johannes sofort begriffen, dass das seine große Chance war. Trotz seiner Skrupel und seiner Unsicherheit war er zielstrebig zu ihm gegangen, hatte Nessi den Kontakt herstellen lassen – dass sie davon nicht begeistert gewesen war, konnte er sogar verstehen, aber in einer solchen Situation musste man professionell denken, im Sinne des Buchprojekts. Dann hatte er in knappen Sätzen seine Idee geschildert, hatte sachlich den Plot wiedergegeben, die Namen großer Bestseller fallenlassen, die etwa in dieselbe Richtung gingen, und hatte sich dann höflich verabschiedet und diesem Walli seine Handynummer in die Hand gedrückt. Eigentlich hatte er den Eindruck gehabt, dass das Gespräch ganz gut verlaufen war. Aber warum meldete der sich dann nicht?

Erneut spürte Johannes, wie bleierne Müdigkeit ihn überkam. Er hatte nichts geschrieben, wieder nicht, und morgen würde um sechs Uhr sein Wecker klingeln, und dann wartete der Unterricht auf ihn. Eine Doppelstunde Grammatik in der 6c. Eine Klausur im Deutschgrundkurs.

Ich bin ein Hamster, dachte Johannes. Ein Hamster in seinem Rad, nein, ein Hamster auf einem Mountainbike, der hinter Röckchen herguckt. Der Gedanke an Röckchen brachte ihn zu Nessi, und er musste blinzeln.

… an einem Tag wie heute …

In diesem Moment klingelte sein Handy. Hastig zog er es aus der Tasche. Bestenfalls der Agent, dachte er, schlimmstenfalls Gundel. Doch es war jemand ganz anderes.

»Ruth«, sagte er.

»Johannes.«

Erst schwiegen beide, es war beinahe wie eine Gedenkminute.

»Ich wollte dich auch schon anrufen. Seit wann weißt du es?«

»Nessi hat mir eine SMS geschrieben. Ich kann es gar nicht fassen.«

»Nein, so was kann man auch nicht fassen.« Ruths Stimme klang tränenschwer. »Ich meine, wer macht denn so was?«

»Ich habe keine Ahnung.«

»Es muss nach der Lesung passiert sein. Nach unserer Lesung.« Sie betonte das unsere, ließ es zu einem Hammer werden, der auf Johannes einschlug.

»Wird es eine normale Beerdigung geben, eine Trauerfeier, irgend so etwas?«

Er hörte ihrer Stimme an, dass sie sich gefasst hatte. »Keine Ahnung. Es ist noch zu früh. Sie muss ja wahrscheinlich erst noch obduziert werden.«

Das Wort »obduziert« riss ein schmerzhaftes Loch in seine Vorstellung, ein Loch, durch das sich unmittelbar Blut, Fleisch und Innereien drückten. »Kranz«, sagte er hastig. »Wir sollten einen Kranz kaufen, zusammen, meinst du nicht? Egal, wann die Trauerfeier oder was stattfindet. Wir legen zusammen. Als Kurs.«

»Natürlich.«

»Mit einem Zitat. Oder so. Ich suche etwas Schönes aus. Aus einem Gedicht, vielleicht.«

»Danke, dass du dich darum kümmerst. Ich wollte eine Karte schreiben. Aber ...« Sie stockte. »Ich wusste nicht, wem.«

»Ihrer Mutter.«

»Ja, aber dann fiel mir ein ... Weißt du noch? Von der hat sie nie besonders gut gesprochen.«

»Egal, Eltern sind Eltern.«

Johannes dachte an seine Töchter, verdrängte den Gedanken daran, wie sie über ihn sprechen mochten.

Ganz unvermittelt fragte Johannes: »Was war da los an dem Abend?«

»An dem Abend?«

»Die Lesung. Da war etwas zwischen euch. Ihr wart ganz komisch. Du und Liane. Und dann ist sie plötzlich verschwunden.«

»Quatsch«, sagte Ruth mit einem Auflachen. »So ein Quatsch!«
»Ich habe der Polizei nichts davon erzählt, wenn du das meinst.«
»Jetzt erinnere ich mich – Liane hatte Kopfschmerzen. Vorher haben wir noch über ein Perspektivproblem in ihrer Geschichte geredet. Es ist ähnlich wie deins. Sag mal, hast du das eigentlich in den Griff bekommen, das Problem mit den vielen Generationen? Es wäre wirklich ein Jammer, wenn eine so gute Idee kaputtgeht, weil die Perspektive nicht funktioniert.«
»Oh«, sagte er überrascht. »Findest du die Idee wirklich so gut?«
»Klar, unbedingt! Das wird spannend. Du musst dringend daran weiterarbeiten. Es wird aber nicht einfach.«
Ihm wurde warm. Als er das Problem im Zirkel berichtet hatte, waren nur verhaltene Reaktionen gekommen, die sein Zutrauen zu der Idee hatten schrumpfen lassen. Dabei war er eigentlich davon überzeugt gewesen. Jetzt von unerwarteter Stelle eine solche Bestätigung zu erfahren, bedeutete ihm viel. Trotzdem sagte er zaghaft: »Gundel hält nichts davon.«
Ruth widersprach. »Was Gundel meint, ist egal. Du musst es ernst nehmen.«
»Ja«, sagte Johannes nachdenklich. »Da hast du wohl recht.«
»Pass auf«, sagte Ruth. »Ich wollte noch ganz was anderes mit dir besprechen. Ich habe mir da etwas überlegt. Eine Idee, was wir machen könnten. Zum Gedenken an Liane.«
»Ja?«
»Eine Lesung. Eine Lesung ihrer Texte.«
»Aber sie hat doch noch gar nichts veröffentlicht!«
»Und das wird sie auch nicht mehr. Nie mehr. Darum ist das jetzt die letzte Gelegenheit, ihren Geschichten, na ja, Ehre zu erweisen.«
»Ja«, sagte Johannes zögernd, »ich glaube, ich verstehe, was du meinst.« In ihm rangen widerstreitende Gefühle. War es fair, dass Liane, die nicht einmal eine zehnseitige Kurzgeschichte hat-

te zu Ende führen können, jetzt posthum eine eigene Lesung bekam, nur, weil sie tot war? Nicht, dass er nicht schrecklich fand, was mit ihr passiert war. Aber als jemand, der mit einem ganzen Roman rang, dem er brennend wünschte, dass er einmal den Weg in die Öffentlichkeit finden würde, fand er das irgendwie ungerecht. Gleichzeitig schämte er sich, dass er neidisch auf eine Tote war. Und das war er. Jetzt, wo Gundel seinem Trachytroman ihr Wohlwollen entzogen hatte, könnte er ein wenig Unterstützung sehr gebrauchen. Warum sollte ausgerechnet die schreibfaule Liane die bekommen, jetzt, wo sie ihr gar nichts mehr nutzte? Er versuchte, den giftigen Neid wegzuschieben, aber vergeblich. Er blieb.

Ruth fuhr fort, jetzt klang ihre Stimme nicht mehr traurig, sondern voller Eifer. »Wir, also der Zirkel, lesen einfach ihre unvollendeten Geschichten. So, wie sie sind, mit all den offenen Stellen. Das ist passend, bei einem Leben, das so beendet wurde, meinst du nicht? Geradezu symbolisch.«

»Wenn ein Mensch stirbt, sterben alle seine unfertigen Geschichten mit ihm«, sagte Johannes nachdenklich.

»Genau! Wir laden die Presse dazu ein. Die kommen bestimmt. Das ist eine gute Werbung für unseren Zirkel. Das hätte Liane gefallen.«

»Nessi wird es auch gefallen«, sagte Johannes. Oh ja, die würde begeistert sein, wenn sie ihre niedliche Zahnlücke in die Kamera halten könnte und eines ihrer *Knochen*-Bücher dazu! Johannes verdrängte den aufwallenden Ärger darüber, dass er noch nicht von diesem Artikel profitieren würde, weil sein Roman noch nicht veröffentlicht war. Noch keinen Verlag hatte. Noch nicht einmal geschrieben war. Dann fiel ihm noch etwas ein. Er fragte: »Und Bene?«

»Was soll sein mit Bene?«

»Fragen wir den auch?«

»Quatsch, der hat sich doch schon lange nicht mehr blicken lassen.«
»Aber er war ihr Freund. Und er ist ein richtig professioneller Autor, Groschenromane hin oder her. Wir sollten ihn zumindest fragen.«
»Wir können es uns überlegen«, gab sie zögernd zurück. »Aber ich habe da noch eine ganz andere Idee. Schreck wird kommen. Und dann kommt auch die Presse!« Der Triumph in ihrer Stimme war nicht zu überhören.
»Wieso bitte sollte denn Niklas Schreck noch einmal nach Rheinbach kommen, noch dazu unbezahlt?«
»Mach dir da mal keine Sorgen«, sagte Ruth. »Der wird kommen, verlass dich drauf.«

* * *

Endlich war es ihm eingefallen. Das InterCityHotel, genau! Entschlossen hatte er ein Taxi gerufen und sich in die Bonner Innenstadt fahren lassen. Warum nur war ihm trotzdem nicht ganz wohl? Er lebt von meinem Geld, sagte sich Schreck, während er den Fahrer bezahlte. Das hat er selbst gesagt. Nur von meinem Geld. Es ist mein gutes Recht, ihn zu sprechen. Er ist mein Agent. Mein Gedächtnis.
Trotzdem hatte er ein unbehagliches Gefühl. Er kam sich vor wie ein Stalker, als er auf die Glasfassade des Hotels zuschritt. Die Türen öffneten sich. Und da, auf einem der viel zu modernen, metallisch glänzenden Sofas saß Walli und sprach in sein Handy. Er sah erst auf, als Schreck so dicht vor ihm stehen blieb, dass sich ihre Schuhspitzen beinahe berührten.
»Moment«, sagte Walli ins Handy, stand dann auf, schloss mit der rechten Hand sein Jackett, eine beruhigend vertraute Geste, und nickte. »Hallo«, sagte er.

»Ich dachte, ich schau mal vorbei«, sagte Schreck. Er kam sich lächerlich vor, wie ein linkischer Verehrer.

»Ich hab leider noch ein Gespräch«, sagte Walli, »können wir uns nachher unterhalten? Nimm doch noch einen Moment Platz.« Seine Hand wies auf die Bar. Folgsam setzte sich Schreck an die Theke, bestellte ein Wasser – oh ja! – und sah sich nach Walli um. Dieser umrundete gerade das Sofa, auf dem er eben gesessen hatte, und sprach dabei in sein Handy, aber sosehr Schreck auch die Ohren spitzte, er konnte nichts verstehen.

Der Agent sprach lang. Als er endlich sein Handy zuklappte und in der Tasche verstaute, hatte Schreck sein Glas schon ausgetrunken.

Walli kam auf ihn zu, setzte sich aber nicht. »Das ist ja eine Überraschung. Bist du zufällig vorbeigekommen?«

»So ungefähr«, sagte Schreck. Störte er?

Walli wies auf sein leeres Glas.

»Wasser«, sagte Schreck hastig.

»Das ist gut.« Eine ungewohnte Pause entstand.

Schreck besann sich auf das, was er zu sagen hatte.

»Ich habe in den letzten Tagen viel darüber nachgedacht, wie der Abend der Lesung verlaufen ist«, sagte er dann. »Und dabei ist mir aufgefallen, dass du nie gesagt hattest, warum du eigentlich gekommen bist. Plötzlich warst du da, an dem Abend, ohne Vorankündigung.«

Walli musterte ihn. »Ich hatte einen Termin in der Gegend. Und weil ich nicht wusste, ob ich es schaffe, habe ich vorher nichts gesagt.« Er lächelte jetzt. »So wichtig war dieser Rheinbach-Termin ja nicht, dass ich dich deswegen begleitet hätte, aber dann ergab sich die Gelegenheit, und ich dachte, wir könnten danach ja ein Glas zusammen trinken.«

»Das haben wir ja auch«, sagte Schreck. Er spürte, wie er sich entspannte. Das war Walli, wie er ihn kannte.

»Du bist gestresst wegen des Anwalts, Holger Obster, stimmt's?« Schreck zuckte die Achseln.

»Er ist gut. Holger Obster ist wirklich gut. Diese Frau Grosche kann dir nichts. Vergiss nicht, die Einzige, die dich wirklich hätte belasten können, ist Liane Riefers, und leider … du weißt schon. Mach dir keine Sorgen. Und wenn du dir doch welche machst …« Er streckte die Hand aus und legte sie auf Schrecks Schulter. »… dann ruf Holger Obster an. Holger Obster wird dich beruhigen.«

»Danke«, sagte Schreck. Er wartete auf sein übliches inneres Schmunzeln bei Wallis Namenswiederholung, aber es blieb aus. Zu nüchtern, dachte er. Ich bin viel zu nüchtern und deswegen viel zu kompliziert. »Ich werde … Holger Obster gern anrufen. Gegenüber der Polizei sage ich kein Wort mehr ohne Holger Obster.« Walli lächelte, fast so, als begreife er, dass Schrecks Wiederholung des Namens eine Demutsgeste war. Dann griff er nach seiner Tasche, nickte Schreck zum Abschied knapp zu und verließ das Hotel.

Schreck blieb zurück. Durch die Glasfassade beobachtete er, wie Walli seinen Schritt beschleunigte. Es sah fast so aus, als ob er vor ihm floh.

* * *

Es war lange her, dass er das letzte Mal mit einer Frau verabredet gewesen war. Auch wenn dies streng genommen keine Verabredung mit einer Frau war, mahnte sich Jan, es war die Befragung einer Zeugin, lediglich die äußeren Umstände waren etwas unkonventionell. Aber Ermittlungen in Künstlerkreisen verlangten möglicherweise nach ausgefallenen Ermittlungsmethoden. Und davon abgesehen war es ausgesprochen angenehm, nach der Arbeit im Badezimmer den viel zu heißen Tag abzuwaschen und zu wissen, dass gleich im Restaurant eine hübsche Blonde auf ihn wartete, mit der er das eine oder andere Glas Wein trinken und sich unterhalten würde. Nichts gegen die Abende mit Edith, aber …

Es klopfte an der Badezimmertür.

»Jan?«, rief Edith.

»Bin gleich fertig!«, rief er mürrisch.

Edith war offenbar nicht gewillt, ihn in Ruhe duschen zu lassen. »Herta sagt, dieser Lehrer aus Heisterbacherrott ist auch verwickelt.«

Vielleicht sagte sie auch etwas anderes, aber im Tosen des Wassers ging das unter. »Was?«, fragte er und stellte die Dusche aus.

»Herta!«, rief Edith. »Herta sagt, er guckt jungen Frauen hinterher!«

»Wer?«

»Na, der Lehrer. Der dieses Buch schreibt und deswegen so lange mit dem Winzer gesprochen hat, der letztes Jahr bei Herta die Sachen geliefert hat. Der hat doch auf dem letzten Abiball eine Schülerin angetatscht. Der Lehrer.«

»Bist du sicher, dass das stimmt?«

»Auf jeden Fall sagen das alle.«

»Moment«, sagte Jan. »Ich komme gleich noch mal zu dir, ja?«

Von Edith kam keine Antwort, was er als Zustimmung deutete. Jetzt konnte er in Ruhe duschen, aber seine gute Laune hatte einen Dämpfer bekommen. Nein, er traf keine hübsche junge Frau zum Abendessen. Er befragte eine verblendete Geliebte, die ihm vermutlich einen Bären aufbinden würde, um ihren zwanzig Jahre älteren Lover vor den Zudringlichkeiten der Polizei zu schützen. Oder so.

Trotzdem zog Jan sich frische Sachen an und trat dann zu Edith ins Wohnzimmer. Sie saß auf ihrem Ohrensessel, den Rücken kerzengerade durchgestreckt. »Du hast sicher schrecklich viel zu

tun«, sagte sie, ihr Ton war lammfromm, aber er wusste, was sich dahinter verbarg.
Er nickte. »Deswegen muss ich auch noch mal weg. Dieser Fall in Rheinbach hält uns auf Trab.«
Edith legte den Kopf schief. »Ich weiß nicht viel darüber«, bedauerte sie. Wenn ihr Ton vorwurfsvoll war, dann nur ein winziges bisschen. »Natürlich wünsche ich mir keinesfalls, dass hier in Königswinter schlimme Dinge passieren, aber es ist irgendwie interessanter, wenn ich etwas mehr von deiner Arbeit mitbekomme.«
Er seufzte. »Ich kann dir nicht viel erzählen. Wir wissen bis jetzt selber nicht viel.«
»Aber ein bisschen mehr als das, was in der Zeitung steht, wisst ihr doch ganz bestimmt«, sagte Edith und sah ihn mit ihren porzellanblauen Augen treuherzig an.
Er berichtete, so knapp es ging. Seit sie zusammenlebten, hatte er seine Großmutter recht engmaschig über interessante Ermittlungen auf dem Laufenden gehalten. Das durfte er nicht, natürlich. Aber er vertraute auf ihre Diskretion – zum einen. Zum anderen war ihm sehr bewusst, dass die meisten Kollegen mit ihren Ehepartnern ebenfalls über die Fälle sprachen. Und es wollte ihm nicht einleuchten, warum er auf entlastende Feierabendgespräche verzichten sollte, nur weil er derzeit keine Partnerin hatte. Das war irgendwie Diskriminierung eines Lebensmodells, fand er.
Erstaunt sah Edith ihn an, als er geendet hatte. »Rapunzel«, sagte sie nachdenklich. »Das ist wirklich sonderbar. Da fragt man sich, nicht wahr?«
Irritiert sah er sie an. »Was fragt man sich?«
»Nichts«, sagte Edith und schüttelte den Kopf, als müsse sie einen Gedanken verscheuchen. »Sie ist so rund, diese Geschichte, nicht wahr? Perfekt erzählt, wie von einem Profi. Ich frage mich,

ob es außer dieser Rapunzelgeschichte noch etwas Besonderes gab. Etwas, das nicht hineinpasst.«

Jan sah den Schmetterling vor sich. Azurblau, schwarzzackig, spitzenzart.

Schmetterling, dachte er. Verrate mir, was du weißt!

Bisher hatte Nina noch nichts darüber herausfinden können. Er musste sie dringend daran erinnern, der Sache nachzugehen. Ebenso wie den Lesungsfotos. Es war viel zu viel, was sie auszuwerten hatten. Trotzdem durfte er den Schmetterling nicht vergessen, jetzt, in diesem Moment, kam es ihm vor, als ob der ein Geheimnis verraten hatte. Oder verrannte er sich da?

Rapunzel im Turm. Der Herr der Ringe – Gandalf, im Turm eingesperrt. War da nicht ein Schmetterling zu ihm hochgeflattert? Oder hatte er einen Schmetterling ausgesandt? Oder war das ein Vogel? Jan seufzte. Er konnte sich beim besten Willen nicht daran erinnern.

Schmetterlinge. Was bedeuteten die noch gleich, nach Elenas Logik, wenn man alle Filme mal beiseiteließ?

Verwandlung. Verpuppung. Veränderung.

Ediths Stimme unterbrach seine Gedanken. »Ist das eine neue Krimiserie, Jan? Warum kenne ich die nicht?«

Verwirrt sah er sie an. »Bitte, was?«

»Was du da gesagt hast. Verwandlung …«

Er nickte. Dass er überhaupt gesprochen hatte, war ihm gar nicht bewusst gewesen. »Verwandlung, Verpuppung, Veränderung.«

Sie nickte aufgeregt. »Ist das eine Krimi-Trilogie? So klingt es. Wie eine skandinavische Trilogie. Schwedischer Bestseller. Oder norwegisch. Oder dänisch. Krimi oder Thriller.«

Er schüttelte den Kopf. »Ich denke gerade an Schmetterlinge. Wir haben einen Schmetterling bei der Leiche gefunden. Sie hielt ihn in der Hand, ganz so, als habe sie im Augenblick des Todes danach gegriffen und ihn nicht mehr losgelassen.«

Edith sah beeindruckt aus. »Was für ein Schmetterling?«
»Das wissen wir noch nicht. Er scheint selten zu sein.«
Edith nickte vorsichtig. »Das klingt interessant. Auch die Titel, die du da genannt hast, klangen interessant.«
»Welche Titel?«
»Die neue Krimi-Trilogie.«
Jan schüttelte den Kopf. »Ich dachte nur über die Bedeutung von Schmetterlingen nach, Edith. Das war keine neue Krimi-Trilogie.«
Sie seufzte. »Nein, natürlich nicht. Wie schade! Es klang sehr spannend.«
»Ich muss dringend nachfragen, ob die im Labor etwas über den Schmetterling herausgefunden haben.«
Edith nickte bedächtig. »Ja, das solltest du. Er scheint das einzige Element zu sein, das nicht ins Märchen passt. Darum könnte er wichtig sein.«
»Wie meinst du das?«
»Nun ja, dieser Mord ist wie eine Geschichte. Ein Märchen. Jedes Element darin hat seinen Platz. Die Perücke, der Turm. Der Mörder ist jemand, der perfekte Geschichten erzählen möchte. Also muss der Schmetterling entweder seinen Platz in der Geschichte haben, ohne dass wir ihn erkennen. Oder aber der Schmetterling ist ein Element, das zufällig hinzugekommen ist. Der Fehler, der dem Mörder unterlaufen ist.«
Jan war mit seinen Gedanken ganz woanders. »Wo du gerade von Krimis gesprochen hast, da fällt mir ein – kennst du eine Schriftstellerin namens Nessi Zobel?«
Edith legte den Kopf schief. »Nein. Wer soll das denn sein?«
»Sie schreibt Krimis. Regionale Krimis.«
Edith schüttelte den Kopf. »Krimiautoren gibt es wie Sand am Meer«, sagte sie abschätzig.
»Wirklich?« Irgendwie enttäuschte Jan diese Antwort.

Misstrauisch beobachtete Edith, wie er sich den Kragen zurechtrückte. »Du triffst dich aber nicht mit einer Krimiautorin, oder?«, fragte sie alarmiert.
Jan zögerte, dann schüttelte er den Kopf. »Warum?«
»Schriftsteller sind besonders oft gestört«, verriet Edith. »Das stand sogar in der Zeitung. Und ich kann es nach meinen vielen Berufsjahren nur bestätigen.«
»In meinen neuen Fall sind leider eine ganze Menge Schriftsteller verwickelt«, grinste Jan.
»Wirklich?«, fragte Edith mit großen Augen. »Ach herrje, ihr Armen! Nun, dann wird es wenigstens nicht langweilig.«
»Nein«, sagte Jan. »Langweilig wird es höchstwahrscheinlich nicht.«

* * *

Im »Tuscolo« war es gemütlich, fand Jan. Es war ein gutes Gefühl, hier vor einer flackernden Kerze zu sitzen, auf sein Handy zu schauen und einen Prosecco zu trinken. Und, dachte Jan, auf eine Frau zu warten, die nicht seine Großmutter war. Eine Frau, die offenbar gerade ganz gehörigen Streit mit ihrem Lover gehabt hatte, der ohnehin viel zu alt für sie war.
»Du lächelst ja«, sagte eine Stimme hinter ihm, und er drehte sich um. Und erstarrte.
Vor ihm stand Rapunzel. Nein, nicht Rapunzel, aber eine Nessi, die Rapunzel verdammt ähnlich sah. Und das lag an den Zöpfen, zwei langen, hell schimmernden Zöpfen.
Irritiert zog sie die Augenbrauen hoch. »Was ist los? Du guckst mich an, als hättest du ein Gespenst gesehen.«
»Ich … Setz dich erst mal.« Während Nessi ihm gegenüber Platz nahm und ihre Handtasche an die Stuhllehne hängte, versuchte Jan, sich zu sammeln.

Die Zopfperücke der Leiche, das war Insiderwissen. Sie hatten dieses Detail nicht an die Presse weitergegeben, um sensationslüsterne Berichterstattung zu vermeiden. Er durfte nicht darüber reden. Zwar hatten einige Leute die Leiche gesehen, aber offenbar hatte das noch nicht die Runde gemacht. Jan starrte auf sein Glas und dachte daran, dass er dies eben noch für einen perfekten Abend gehalten hatte.
Er schluckte. »Du siehst nur so anders aus mit der Frisur. Ich hätte dich fast nicht erkannt.«
»Ach so, wegen der Zöpfe?« Sie berührte einen der schimmernden hellen Stränge und lächelte. »Sommerfrisur. Du, leider muss ich morgen früh raus, also lass uns schon mal bestellen.«
»Warum denn?« Er verspürte einen Stich. Der Abend fing nicht gut an, wenn sie gleich sagte, dass sie wenig Zeit hatte.
»Ich muss arbeiten.«
»An einem neuen Krimi?«
Sie schnitt eine Grimasse. »Nein, ich arbeite in einem Markt- und Meinungsforschungsinstitut. Telefoninterviews.«
»In einem Callcenter?«, fragte Jan ungläubig.
»Ja, halbtags. Oder dachtest du, ich kann vom Schreiben leben? Du machst mir vielleicht Spaß – wie denn, wo du kein einziges Buch von mir gekauft hast!« Sie ließ die Zahnlücke blitzen.
»Ich kaufe gleich morgen eins.«
»Wirklich?« Sie schien sich zu freuen. »Also doch literaturinteressiert! Und ich dachte schon, du triffst dich nur mit mir, weil du ermitteln musst. Aber wenn du ein Buch kaufst, erzähle ich dir was. Zum Beispiel über Benedikt. Die Partner und Ex-Partner sind doch meistens die Täter.« Die Sache schien ihr Spaß zu machen.
Zum ersten Mal kam Jan der Gedanke, dass dieses Date vielleicht eine Art Recherche für sie war. Vermutlich war eine Krimiautorin ausgesprochen interessiert daran, in einen echten Mordfall

verwickelt zu werden. Konnte es sein, dass sie ihn nur deshalb traf? Oder eher: Konnte es überhaupt sein, dass sie ihn aus einem anderen Grund traf?

Nessi nahm einen Schluck Wein und legte die jugendliche Stirn in Falten. »Fangen wir also damit an. Mit der Sache mit Benedikt.« Sie faltete die Hände wie ein Schulmädchen in der Prüfung. »Eine unglückliche Liebesgeschichte ist das im Grunde. Bene war jahrelang dabei, er gehörte zu den Gründungsmitgliedern unseres Zirkels. Er schreibt Groschenromane, Science-Fiction ist sein Spezialgebiet. Und irgendwann brachte er seine Freundin mit – also die sind seit etwa drei Jahren zusammen. Liane. Sie hat bisher gar nicht geschrieben, aber gemerkt, dass das genau ihr Ding ist. Hat dann auch angefangen zu schreiben. So autobiografisches Zeug. Ich hab ihr immer versprochen, mal was von ihr zu lesen, aber ich hab es nie geschafft.«

»Und dann?«

»Na ja, um ehrlich zu sein, mochten die meisten sie dann irgendwann lieber als ihn. Sie ist eine richtig Liebe und er eher so der Nerd. Sciene-Fiction eben. Und dann zoffte Bene sich irgendwann mit allen, und sie hing irgendwie dazwischen. Er hat sich mit ihr auch dauernd gezofft. Es war echt nervig. Nachdem er nicht mehr zu unseren Treffen gekommen ist, hab ich ihn fast gar nicht mehr gesehen. Wie das eben manchmal so ist.«

»Warum zofften die sich denn?«

Nessi zuckte die Achseln. »Pärchenkram. Zahnpasta, Geld. So Sachen. Er ist ja bei ihr eingezogen, sie hat ja diese ziemlich schicke Wohnung. Und dann half es sicher auch nicht, dass sie sich eher so als ganz ernsthafte Literatin gesehen hat und er diesen kommerziellen Science-Fiction-Kram geschrieben hat.«

»Ist das nicht gut?«

Nessi riss die Augen auf. »Gut? Ich würde mal sagen, Geschmackssache. Raumschiffe und so – also unter echter Literatur stelle ich mir was anderes vor. Mehr Psychologie. Mit tiefen Figuren und Konflikten statt Außerirdischen.«

»Zum Beispiel wie in Krimis«, sagte Jan.

»Genau.« Sie strahlte.

»Und warum ist er aus dem Literaturzirkel ausgetreten?«

Sie überlegte. »Offiziell hat er gesagt, er hat keine Zeit mehr, weil er so viel arbeiten muss. Er hatte halt echt zweiwöchentliche Abgabetermine, er schreibt diese Groschenhefte am Fließband. Ich hab ehrlich gesagt gar nicht gefragt. Ich glaube, er war auch beleidigt, weil wir nie was von ihm gelesen haben, obwohl wir es immer versprochen haben.«

»Klingt, als hättest du ihn nicht vermisst.«

»Ich sag mal so – unsere Interessen waren total unterschiedlich. Das waren ja auch die Streitthemen. Was er macht, ist Auftragsschreiberei.«

»Das verstehe ich nicht.«

Sie warf die leuchtenden Zöpfe hinter sich und zog die Nase kraus. »Ich schreibe, um zu schreiben, aber ich will auch das schreiben, was *ich* schreiben will, das verstehst du doch!«

»Ah«, machte Jan. Er verstand es nicht, definitiv.

Eindringlich sah sie ihn an. »Für manche muss das Schreiben nicht frei sein. Benedikt findet es einfach nur geil, dass er mit Buchstabentippen Geld verdient, auch wenn andere, also der Verlag, ihm quasi alles diktieren, ganz simpel gesprochen. Das versteht er unter Autorensein. Aber es gibt eben auch Leute, die aus einem inneren Drang heraus schreiben. Weil sie müssen. Weil bestimmte Geschichten aus ihnen rauswollen. Nicht, weil sie einen Abgabetermin haben. Oder weil der Markt etwas von ihnen verlangt. Oder weil sie Kohle dafür bekommen.«

»Wie du?«

»Hm …« Sie sah etwas geschmeichelt aus. »Ehrlich gesagt, die meisten würden wohl eher behaupten, ich liege irgendwo dazwischen. Jetzt nicht ganz etwas fürs Feuilleton, vielleicht. Die Leute wollen heute unterhalten werden, aber sie wollen auch denken. Und dafür sorge ich.«

»Verstehe«, sagte Jan. »Intelligente Unterhaltung.«

»Genau!«

»Aber da war noch etwas, was du mir verraten wolltest. Über den Deutschlehrer.«

»Johannes. Ich hab echt eine Stinkwut auf ihn.« Sie seufzte.

»Du auf ihn?«

»Ja.«

»Erzähl.« Jan bemühte sich um eine neutrale Miene, dabei war er mehr als erstaunt.

Nessi ergriff ihr Glas und nahm einen großen Schluck. »Also pass auf! Schreck und ich haben denselben Agenten. Ich bin bei ihm seit drei Jahren unter Vertrag, seitdem ist nichts passiert. Gar nichts! Er hat damals versprochen, dass er mich ganz groß rausbringt, in einem Publikumsverlag, aber das hat beim ersten Anlauf nicht geklappt, und seitdem lässt er mich versauern. Schreck dagegen hat er sofort tolle Bedingungen verschafft, das Buch geht ab wie eine Rakete. Hast du ja mitbekommen.«

Jan war irritiert. Kurz überlegte er, ob er die Frage stellen durfte, ob Schrecks Buch den Verlagen möglicherweise besser gefallen hatte als ihre *Knochen*-Geschichten, aber dann warf er einen Blick auf ihr hübsches, junges Gesicht, dachte an ihre entzückenden Füße und entschied sich dagegen. »Das ist total gemein«, sagte er stattdessen.

Sie nickte voll ehrlicher Entrüstung. »Ja, nicht wahr? Ich hab ihn, also Walli jetzt, lang nicht mehr gesehen, an meinem letzten Roman hatte er gar kein Interesse, und auf der Messe hatte er keine Zeit für mich. Und an diesem Abend im Hexenturm platzte er dann plötzlich mitten in die Lesung. Wegen Schreck natürlich, nicht meinetwegen! Da dachte ich: Das ist meine letzte Chance, ihn doch noch von meinem neuesten Projekt zu überzeugen. Ich hab ihn mir dann gekrallt, um ihm davon zu berichten – ein politisches Buch. Es spielt in der Zeit, als Bonn noch Bundeshauptstadt war. Es geht dabei um einen Serienmörder, dessen Mutter sich sehnlichst gewünscht hatte, dass er Politiker wird. Ich steh da also und will ihm den Plot erzählen, da kommt Johannes an, lässt sich brav von mir vorstellen. Macht man ja, schon aus Höflichkeit, auch wenn es gerade nicht passt. Und es passte so was von gar nicht! Und statt dann zu verschwinden, bleibt Johannes stehen und fängt an, sich und seine abstruse Romanidee anzupreisen wie warme Semmeln. Ich hab ihm gegen das Schienbein getreten, hab einen Hustenanfall simuliert, aber er hörte nicht auf. Wir reden also alle durcheinander, und als ich Johannes endlich los bin, ist Schreck mit Signieren fertig, hebt einmal die Hand, und mein Agent verschwindet mit ihm wie ein Hündchen mit seinem Herrchen. Mann! Ist das nicht eine Sauerei?« Sie schüttelte den Kopf, so dass ihre schimmernden Zöpfe flogen.

»Ist es.« Jan schwirrte der Kopf. »Also warst du sauer auf Johannes? Nicht auf deine Freundin?«

»Auf welche Freundin?« Verständnislos starrte sie ihn an.

»Die, die du am Telefon so angebrüllt hast.«

Nessi lachte auf. »Quatsch, das war Johannes! Ich war total geladen, weil er versucht hat, meinen Agenten anzubaggern. Auf meine Kosten. Hab ich dir doch eben erklärt. Hast du nicht zugehört?« Jetzt sah sie misstrauisch aus. »Bist du so ein Typ, der nie zuhört?«

»Nein«, beeilte sich Jan.

Sie sah befriedigt aus. »Ah. Gut. Das wäre ja auch schlecht bei einem Kommissar.«

Jan nickte. »Aber – was hat das jetzt alles mit dem Mord zu tun?«

»Gar nichts.«

»Hattest du nicht gesagt, dass etwas Merkwürdiges an dem

Abend der Lesung geschehen ist? Meintest du damit …« Er hielt inne. *»Das?«*
Sie legte den Kopf schief. »Um ehrlich zu sein, ja.«
»Und was daran ist für mich von Interesse?«
»Eigentlich gar nichts. Aber ich wollte, dass du mit mir essen gehst.« Und sie strahlte so liebreizend, dass Jan ihr nicht böse sein konnte. Ihre Augen waren wirklich von einem ganz erstaunlichen Blau. Konnte er ihr das sagen, oder war das zu abgedroschen?
»Mir wäre es lieber, wenn du keine Zöpfe tragen würdest«, stieß er stattdessen hervor. »Zumindest, bis wir den Täter gefasst haben.«
Nessi runzelte die glatte Stirn. »Wie meinst du denn das?«
»Einfach nur so. Wäre mir wirklich wichtig. Weil …«
In diesem Moment hörte er eine laute Stimme. »Ich glaub's ja nicht!« Die Stimme kam ihm bekannt vor, sehr bekannt sogar. Suchend drehte Jan sich um. Es war Nicoletta, die urplötzlich an seinem Tisch auftauchte, eine Handtasche unter den Arm geklemmt.
»Hallo!«, sagte sie zu Nessi und lächelte honigsüß. Hinter ihr erschien der verhasste kahle Schädel von Frenze. »Wie lustig, dich hier zu sehen, Jan! Und wer bist du? Ich bin Nicoletta. Und das ist Georg.«

* * *

Nicht zum ersten Mal war Elena froh, dass Reimann bei ihr eingezogen war. Anfangs war ihr die Umstellung allerdings wirklich schwergefallen, zu lange war sie Single gewesen. Aber Reimann hatte nicht lockergelassen, und je weniger Elena sich dagegen wehrte, eine stinknormale Beziehung zu führen, umso mehr entspannte sich alles. Auch der Kontakt zu seiner Beinahe-Ex-Frau und seinen Töchtern schien weitestgehend entspannt zu laufen, manchmal fuhr er sie besuchen oder traf sich mit den Töchtern im Zoo oder sonst wo, Elena fragte nie nach. An einem Tag wie heute war sie froh, dass sie ihren Feierabend gemeinsam verbringen würden.

Und dann musste sie ihn bald mal auf die Sache mit der Wohnung ansprechen. Für zwei Leute war sie ein bisschen zu klein. Sie sollten sich etwas Größeres suchen.

»Warum grinst du so zufrieden, Elena?«

»Nichts, nichts«, sagte sie. »Ich habe gerade beschlossen – wir bestellen uns ein thailändisches Curry und machen einen Leseabend.«

»Leseabend?« Reimanns Augenbrauen hoben sich. »Hat dich das ganze Gerede über die Turm-Lesung angesteckt?«

»Nicht direkt.« Sie hob die Plastiktüte des Buchhändlers in die Höhe. »Aber langsam sollten wir uns mit diesem Schreck und dem Rapunzel-Roman vertraut machen.«

»Lese ich vor, oder liest du?«

»Abwechselnd.«

»Hm. Na, vielleicht hat das Buch ja wenigstens ein paar pikante Stellen, irgendeinen Grund muss es ja haben, dass so viele Leute das kaufen.«

»Die liest du dann aber vor.«

»Klar.«

Erst als das Licht im Hausflur aufflammte, erkannte sie, dass jemand vor ihrer Wohnungstür hockte. Unwillkürlich blieb sie stehen. »Da ist jemand«, sagte sie leise zu Reimann.

»Wo?«

»Vor unserer Tür.«

Jetzt sah sie, wer es war. Ein lang aufgeschossenes junges Mädchen mit grotesk dünnen Beinen in einem ärmellosen bunten Top.

»Sofia!«, rief Reimann hinter ihr überrascht.

Das Mädchen stand ungelenk auf und warf sich ihm um den Hals. »Papa!«
Papa?
»Das ist meine Tochter Sofia«, sagte Reimann über den Rücken des Mädchens zu Elena. »Und das ist Elena.«
Das Mädchen drehte sich zu Elena um. Als sie lächelte, sah es beinahe aus, als habe sie Schmerzen. »Hallo.«
Das Mädchen kam Elena kein bisschen bekannt vor, dabei war Elena sich sicher, sie schon einmal im Präsidium gesehen zu haben. Damals hatte Nina Reimann mitten aus einer Befragung geholt, und der hatte nachher nur gesagt, seine Tochter sei wegen einer komplizierten familiären Schlüsselgeschichte da gewesen. Das Mädchen, das zu seinen Worten linkisch lächelnd im Gang gestanden hatte, war etwa einen Kopf kleiner gewesen. Vielleicht die Schwester?
»Gehen wir doch erst mal rein«, sagte Elena und kam sich sehr souverän vor. Während sie ihre Turnschuhe abstreifte, überlegte sie, ob sie für Reimanns Tochter Thaicurry mitbestellen musste. Es war seine Tochter, einerseits. Andererseits hatten sie Pläne für den Abend. Wichtige Pläne. Sie mussten dieses Buch lesen. Dann fielen ihr Reimanns Worte ein, die er wieder und wieder herbetete. Dass er seine Frau verlassen habe, aber nicht seine Familie. Damit meinte er wohl: seine Töchter.
Sie folgte den beiden ins Wohnzimmer, wo das Mädchen auf dem Sofa thronte wie eine dürre, eckige Heuschrecke und an den Resten ihres giftgrünen Nagellacks piddelte. Vermutlich befand sich ein Teil davon bereits auf dem Sofa.
Reimann setzte sich daneben. »Was ist denn passiert?«
»Ich hab Stress mit Mama.«
»Worum geht's denn?«
Das Mädchen stülpte die Lippe vor, was unvorteilhaft aussah. »Sag ich nicht. Ist auch egal.«

»So egal kann es nicht sein, wenn du deswegen mitten in der Nacht hier aufkreuzt.« Sein Blick wanderte zur Uhr. »Oder zumindest spät am Abend.«
»Du hast gesagt, ich kann jederzeit zu dir kommen! Das hast du gesagt!« Ihr Ton war jetzt anklagend. Sie senkte den Blick auf den giftgrünen Daumennagel der rechten Hand, kratzte mit dem Mittelfingernagel darauf herum und schniefte. »Stimmt das nicht, Papa?«
»Doch«, sagte Reimann. »Das stimmt.«
»Gut«, sagte das Mädchen einfach, lehnte sich zurück und griff nach der Fernbedienung.

* * *

Jan sah sofort, dass Nicoletta betrunken war. Zumindest hatte sie gut einen sitzen. Dann standen ihre Augen ein bisschen schräg, was den verwirrenden Eindruck erweckte, als blicke sie einem nicht ins Gesicht, sondern knapp davor. Für ihre Verhältnisse war sie aufgetakelt, sie trug einen kurzen Rock und sehr hohe Schuhe, die er noch nie an ihr gesehen hatte.
»Guten Abend, die Herrschaften«, sagte Frenze hoheitsvoll. Nessi warf Jan einen fragenden Blick zu, und der zuckte die Achseln. Nicolettas Blick glitt über den Tisch, umfasste die beiden Weingläser und die Kerze, und schon saß Nicoletta an einem der freien Plätze und bedeutete Frenze, es ihr gleichzutun, was dieser sichtlich unwillig befolgte.
»Ich bin Nessi«, sagte Nessi neutral.
»Ich freue mich, ich freue mich«, sagte Nicoletta und schloss dann so schnell den Mund, als müsse sie ein Aufstoßen unterdrücken.
»Wir wollten eine Kleinigkeit essen«, sagte Jan diskret, aber noch während er es aussprach, wusste er, dass es zu diskret für Nico-

letta war. Selbst wenn er ihr wie bei der »Reise nach Jerusalem« den Stuhl weggezogen hätte, sie würde nicht eher weichen, bis sie das wusste, was sie wissen wollte. Er hoffte nur, dass sie nicht so betrunken war, wie es ihm schien. Denn dann …

Nicoletta musterte Nessi von oben bis unten. »Sind Sie eine Kollegin von Jan? Ich wusste gar nicht, dass du eine … Dass du wen triffst.«

Nessi lächelte höflich. »Nein, keine Polizistin. Ich bin Schriftstellerin.«

»Echt?«, fragte Nicoletta und sah mit ihrem betrunkenen Schielblick direkt vor Jan.

»Ich schreibe auch«, sagte Frenze eitel und sog Luft durch die Nase, um sich noch etwas mehr aufzupumpen.

»Ach ja?«, fragte Nessi interessiert. »Und was?«

»Lyrik. Ich suche gerade einen Verlag.«

Um Nessis Mundwinkel zuckte es, wie Jan mit Befriedigung erkannte. »Dann wünsche ich viel Glück«, sagte sie höflich.

Nicoletta strahlte. »Georgs Gedichte sind phan-tas-tisch. Er schreibt wunderschöne Liebesgedichte. Für mich. Das ist so richtig was fürs Herz, aber schräg.« Sie presste die Faust an den Oberkörper und verdrehte in gespielter Verzückung die Augen, was Jan extrem albern fand. Sie hat sich verändert, dachte er. Früher hatte sie wenig Alkohol getrunken, wegen der Kalorien.

Frenze betrachtete Nicoletta kritisch durch seine funkelnden Brillengläser. »Da ist aber kein Herz, wohin du fasst, sondern der *processus spinosus*.«

»So was weiß er immer!«, kicherte Nicoletta und legte verliebt den Arm um Frenze. »Er kennt ellenlange lateinische Wörter für jedes Körperteil! Auch für Körperteile, von denen ich noch gar nicht wusste, dass ich sie habe.«

Bitte nicht!, dachte Jan entsetzt und verdrängte die Bilder, die sich augenblicklich bei ihm einstellten.

Jetzt landete Nicolettas Schielblick wieder wenige Zentimeter vor Jan. »Und dann diese Gedichte! Du hast mir nie Gedichte geschrieben, Jan. Kein einziges.« Das »Du!« hatte einen anklagenden Ton, als folgten ihm mindestens drei Ausrufezeichen.

»Nein, natürlich nicht.« Jan hätte gern empört aufgeschrien. Selbstgeschriebene Gedichte?, hätte er sagen sollen. Du und ich, wir fanden so etwas lächerlich! Wir haben uns amüsiert über Leute, die mit ernster Miene Tiefsinnigkeiten von sich gaben, sei es über Geschriebenes oder Gemaltes. Wir waren davon überzeugt, dass sie das nur machen, weil sie aus irgendeinem Grund den Anschluss an das normale Leben verpasst haben! Aber er schwieg, nicht nur, weil er gut erzogen war, sondern auch, weil Nessi mit am Tisch saß und seine Worte vielleicht, nein, vermutlich auf sich bezogen hätte. Und es wäre blöd, wenn sie dächte, nein, wenn sie wüsste, dass er der Literatur eher ablehnend gegenüberstand. Gegenübergestanden hatte, dachte er, denn nun war er bereit, diese Meinung zugunsten von *Knochen für Elise* zu revidieren.

Herrgott, war das kompliziert! Schon jetzt stellte die Bekanntschaft mit einer Schriftstellerin die Dinge auf merkwürdige Weise auf den Kopf.

»Jan ist so ein Netter«, sagte Nicoletta jetzt zu seinem Entsetzen, dabei beugte sie sich zu Nessi vor und legte vertraulich die Hand auf ihren Unterarm. »Das ist er wirklich. Hast es gut mit ihm getroffen, echt. Vielleicht wären wir sogar zusammengeblieben, obwohl er mich kurz vor unserer geplanten Hochzeit betrogen hat. Das war eine Szene, sag ich dir, als ich die beiden erwischt hab! In unserem gemeinsamen Bett! Aber vielleicht hätte ich ihn trotzdem behalten.« Ihre Stimme schwankte. »Wenn er mir ein einziges Mal so ein schönes Gedicht geschrieben hätte wie Georg, hätte ich mich bestimmt niemals von ihm getrennt. Frauen mögen einfach Gedichte. Das musst du doch wissen, Nelli.«

»Nessi«, korrigierte Jan.
Nicoletta sah vor ihn in die Luft, ihr Kinn malte kleine Kreise. »Nessi, okay. Jede Frau mag Gedichte. Du doch auch, oder, Nessi?« Sie beugte sich vertraulich vor, als wolle sie an Nessis Wange schnüffeln, was dieser unmöglich angenehm sein konnte, dachte Jan.
Nessi lächelte sehr freundlich. »Natürlich mag ich Gedichte.«
Nicoletta lehnte sich befriedigt zurück. »Ja? Du auch? Ja, ne, das mögen alle Frauen. Aber ich sag dir mal was: Jan wird dir nie eins schreiben. Leider. Das muss ich dir einfach verraten.« Der letzte Satz war ein verschwörerisches Flüstern, ein Zischen eher. Es geriet so laut, dass man es bis zum Nachbartisch hören konnte.
Nessis Lächeln wurde breiter. »Macht nix. Stattdessen könnte ich ja ein Gedicht für ihn schreiben. Oder gleich einen ganzen Roman. Wäre das nicht schön?«
Nicolettas Mund formte ein O. »Wow«, sagte sie dann.

* * *

Eine Weile hatte Schreck vor dem Hotel herumgelungert, war die Promenade auf und ab gegangen, hatte den Rhein betrachtet und überlegt, was er tun sollte. Er war diesen Zustand nicht gewohnt, diese eigenartige Unentschlossenheit, diese Wahllosigkeit. Normalerweise verlief sein Leben fest eingezurrt. Termine, Termine, Termine, dazwischen gepflegte Gespräche mit Veranstaltern, Presseleuten, Verlagsmenschen. Irgendjemand geleitete ihn immer zum nächsten Termin, zum nächsten Treffpunkt, zum nächsten Gesprächspartner. Aber jetzt waren alle seine Termine durch diesen Mordfall kurzfristig abgesagt worden, die Pressefrau vom Verlag hatte sich darum gekümmert, zumindest vermutete Schreck das, und als Ergebnis hing er jetzt in der Luft. Oder eher: vor dem Hotel seines Agenten. Seines Agenten, der

keine Zeit für ihn hatte, zum ersten Mal. Das war auch seltsam. Alles war seltsam.
Nein, dachte Schreck, vermutlich ist nichts seltsam, ich bin einfach nur viel zu nüchtern. Nach dieser Erkenntnis hatte er ein Taxi gesucht und sich ins Hotel fahren lassen, wo er sich gepflegt volllaufen lassen konnte.
Als er in der Hotelbar des »Loreley« saß und den fünften Wodka trank, ging es ihm tatsächlich besser. Für einen Moment überlegte er, wie viele Hotelbars er seit Erscheinen von *Rapunzelmord* gesehen hatte. Hocker aus Holz oder Edelstahl, mit blanker Sitzfläche und bezogen mit Stoff und Kunstleder, gedämpftes Licht, das auf Schalen von Erdnüssen und einsame Rosen in winzigen Vasen schien, Barkeeper, die emsig Gläser polierten oder in Zeitlupe Zitronen in Scheiben schnitten. Nach jeder der zahllosen Lesungen hing er in so einer Bar herum, und so waren Hotelbars vertrautes Terrain für ihn geworden, sein Arbeitsplatz, könnte man sagen. Bekannt. Ebenso wie die Frauen, die mehr oder weniger verstohlene Blicke auf ihn warfen und über deren Gesicht ein siegesgewisses Strahlen glitt, wenn er sie fragte, was sie trinken wollten. Es waren fast ausnahmslos berufstätige Frauen, die in Hotelbars herumhingen – Unternehmensberaterinnen, Vertrieblerinnen, welche, die eine Fortbildung besuchten. Oder eben solche, die dort nur saßen, weil sie heimlich auf ihn warteten, so, wie Karla-Kristina es am Abend nach der Lesung getan hatte. Er erinnerte sich noch genau, wo sie gesessen hatte.
An genau dem Tisch in der Ecke saß jetzt erneut eine Frau und warf verstohlene Blicke zu ihm hinüber. Sie war zwar eigentlich etwas zu mager für seinen Geschmack, aber sie hatte hübsche Beine, soweit er das erkennen konnte, und außerdem hatte er inzwischen den sechsten Wodka geordert und würde weitertrinken, das gab dem Abend gewissermaßen mehr Möglichkeiten.
Ob die Frau auch ein Hotelgast war? Es wäre besser, auf ihr Zim-

mer zu gehen als auf seins. Er fand es immer schwierig, sich diskret zu verabschieden. Oder, mit anderen Worten, die vorübergehenden Begleiterinnen höflich des Zimmers zu verweisen. Wenn sie auch Hotelgast war, konnte er sagen, er sei keiner, und dann wäre klar, dass sie auf ihr Zimmer gehen würden, und er konnte verschwinden, sobald sie eingeschlafen war oder duschen ging. Allerdings bestand dann die Gefahr, dass es morgens am Frühstücksbüfett peinliche Momente gab. Natürlich konnte er sich das Frühstück auch aufs Zimmer bestellen.

Jetzt schüttelte die Frau ihr dunkles Haar zurück und sah auf ihre goldene Armbanduhr. Irgendetwas an der Bewegung erinnerte ihn an Ruth Grosche.

Und mit Ruth Grosche kam der Gedanke an ihre Drohung. An Liane Riefers. Verdammt, Walli, dachte er zusammenhanglos. Wenn Walli ihn begleitet hätte, dann würde er jetzt keine trüben Gedanken wälzen und dabei viel zu magere Frauen anstarren. Dann wäre er abgelenkt. Walli wusste immer und in jeder Stadt, wo man am besten einen trinken gehen konnte. Außerdem verlieh die Begleitung seines Agenten im Anzug dem Intellektuellen-Schick von Schreck erst den nötigen Rahmen.

Walli! Schreck spürte, wie er schlechte Laune bekam.

Zum Glück zog die Frau ihren Blazer aus und enthüllte eine rote Bluse. Sie ist nicht wirklich mager, sondern schlank, dachte Schreck. Sportlich. Sicher ist sie ziemlich straff für ihr Alter. Er hob grüßend sein Glas und lächelte ihr zu. Die Frau zog die Augenbrauen hoch. Vermutlich fragte sie sich, warum ein so attraktiver Mann den Abend allein verbrachte. Nun, das konnte er ihr erklären. Er stand auf und ging lässig, das Glas in der Hand, auf die Frau zu.

Kaum stand er vor ihr, wurde er beiseitegeschoben. »Entschuldigung«, lächelte der graumelierte Herr, trat zu der Brünetten und hauchte ihr einen Kuss auf die Wange.

»Macht nichts«, sagte Schreck.
Irritiert sah der Mann ihn an.
»Du brauchst dich nicht zu entschuldigen, ich habe noch nicht lang gewartet«, sagte die Frau, warf Schreck einen glühenden Blick zu und griff den Mann dann am Arm.
Für einen Augenblick war Schreck verwirrt, dann überspielte er seine Verlegenheit und trat an die Bar. »Ich nehme mein Glas mit aufs Zimmer«, sagte er zum Barkeeper. Dann fügte er an, etwas überflüssig und viel zu laut: »Ich muss noch ein wenig schreiben.« Er spürte die versammelten Blicke der anderen in seinem Rücken, als er die Hotelbar verließ und die Stufen zum Zimmer hinaufstieg. Auf den Lift verzichtete er lieber, es stand zu befürchten, dass die Brünette und ihr graumelierter Begleiter diesen ebenfalls benutzen wollten.
In seinem Zimmer betrachtete er sich im Spiegel. Die Frau war wirklich viel zu mager gewesen für seinen Geschmack. Und Ruth Grosche konnte ihm nichts anhaben. Und Liane Riefers war tot, mausetot.
Du darfst das nicht so wichtig nehmen, dachte er.
Schreib. Dazu bist du geboren.
Er fuhr sein Laptop hoch, starrte auf das Dokument und den blinkenden Cursor.
Du darfst das nicht so wichtig nehmen. Du bist betörend sensibel, modern und sonst was.
Schreib, du Sau.
Der Cursor blinkte unverdrossen.
Heute war kein Tag zum Schreiben. Er sollte etwas anderes machen, etwas Aufbauendes. Vielleicht sollte er endlich mal das Porträt von Karla-Kristina lesen. Aber wie hieß die Zeitung noch mal?
Schreck griff nach dem Telefon. »Haben Sie vielleicht auch Zeitungen?«, fragte er.

»Welche?«

»Alle«, sagte er gereizt. »Bringen Sie mir einfach alles, was Sie im Hause haben. Und eine Flasche von diesem Drachenfels-Wein.«

Er legte den Hörer hin, streckte sich auf dem Bett aus und wartete auf das Klopfen an der Tür, das Wein und Zeitungen ankündigen würde.

Wenn er geahnt hätte, was er darin finden würde, hätte er die Tür wohl niemals geöffnet.

* * *

Befangenheit war in Jans Job verboten, und das zu Recht. Bisher war er nicht befangen gewesen, aber nun war er es.

Dabei hatte er sich nichts vorzuwerfen. Lediglich durch einen dummen Zufall war es dazu gekommen, dass die Zeugin Nessi Zobel ihn geduzt hatte. Nur um etwas über das Umfeld der Ermordeten zu erfahren, hatte er sich mit ihr zum Essen verabredet. Aber irgendwie war jetzt alles komplizierter geworden.

Nessis coole Reaktion auf Nicolettas peinliche Fragen hatte ihm gefallen, aber das hatte nichts daran ändern können, dass aus dem Abend zu zweit unter datingtechnischen Gesichtspunkten ein ziemliches Chaos geworden war. Als Nicoletta sich das zweite Glas bestellt hatte – wie viele Gläser es vorher gewesen waren, konnte er nur ahnen –, hatte Jan kurzerhand nach der Rechnung gefragt und Nessi nach einer überstürzten Verabschiedung von Nicoletta und Frenze aus dem Restaurant geführt. Etwas zaghaft hatte er vorgeschlagen, noch etwas trinken zu gehen, aber Nessi hatte mit Verweis auf ihre Vormittagsschicht im Callcenter abgelehnt. Trotzdem verbuchte Jan den Abend nicht als kompletten Reinfall, und das lag an dem Buch, das Nessi beim Abschied mit verschämtem Lächeln aus ihrer Handtasche gezogen hatte. Es war ein signiertes Exemplar von *Knochen für Elise.*

Erneut las Jan die Widmung und lächelte, ohne es zu wollen.
Er war befangen. Eindeutig.
Er würde Elena bitten, dass sie in Zukunft die Gespräche mit Nessi übernahm. Und er würde sich erst wieder mit ihr verabreden, wenn er diesen Fall abgeschlossen hatte, das musste sie verstehen, sie war schließlich beinahe vom Fach und kannte sich mit Polizeiarbeit aus.
Langsam blätterte er durch das Buch. Es erschien ihm sehr dick. Er schlug die letzte Seite auf. 280 Seiten insgesamt, du lieber Himmel! Wie lange es wohl gedauert hatte, die zu schreiben? Und wie lange er wohl brauchen würde, sie zu lesen? Er versuchte, sich zu erinnern, wie dick die Bücher gewesen waren, die er kannte. Ihm fiel nur »Der Richter und sein Henker« ein. Das war Schullektüre gewesen und war eindeutig dünner als das hier. Was hatte er noch gelesen? Er dachte lange nach, aber ihm fiel kein einziges ein, dafür aber einige, die er hätte lesen sollen und deren Inhalt er sich von seiner Banknachbarin hatte erzählen lassen. Möglicherweise hatte er tatsächlich bisher nur »Der Richter und sein Henker« gelesen.
Entschlossen schlug er die erste Seite auf. Und dann machte er sich daran, das zweite Buch seines Lebens zu lesen.
Er las nicht lange. Schon nach zwei Seiten war er eingeschlafen.

Tag 3

Elena hatte keine Ahnung, was halbwüchsige Mädchen zum Frühstück aßen, und sie wollte auch nicht fragen. Daher kochte sie wie gewöhnlich ihre Kanne grünen Tee und stellte lediglich eine dritte Tasse auf den Tisch.
Unwillkürlich legte sie ein Ohr an die geschlossene Wohnzimmertür, hinter der sie für Sofia gestern das Schlafsofa ausgezogen hatte. Nichts zu hören. Vermutlich lag sie inmitten von giftgrünen Nagellackspänen und schlief. Elena klopfte leise. »Das Frühstück ist fertig!«
Ein gedämpftes Gähnen war die Antwort, dann rief eine helle Stimme: »Ich komme gleich!«
»Muss sie nicht zur Schule?«, fragte Elena Reimann, der gerade tropfend nass aus dem Bad kam.
Reimann zuckte die breiten Schultern. »Muss sie wissen.«
»Nicht, dass sie zu spät kommt.«
Elena betrachtete ihn sekundenlang, fragte sich, ob er den Stundenplan seiner Tochter nicht im Kopf hatte, ob er sich nicht dafür verantwortlich fühlte, jetzt, wo sie bei ihm übernachtete, und entschied dann, dass das alles nicht ihr Problem war.
»Jetzt haben wir das Buch immer noch nicht gelesen«, sagte sie stattdessen. »Stelle ich mir ganz nett vor, in der Arbeitszeit ein bisschen zu schmökern. Stattdessen geht es gleich zur Mutter von Liane Riefers. Und dann müssen wir endlich mal diesen Benedikt Völler erwischen.«
»Der Typ hat Nerven«, sagte Reimann. »Seine Freundin wird ermordet, und er stellt sich tot.«
»Freundin oder Ex-Freundin, was auch immer«, sagte Elena. »Jan und ich fahren gleich noch mal hin. Auf der Lesung war er ohnehin nicht. Zumindest war er nicht angemeldet. Im Moment

frage ich mich hauptsächlich, ob bei dieser Lesung irgendetwas Unerwartetes passiert ist. Das müssen wir als Nächstes checken. Ob jemand da war, der dort nicht hingehörte.«

»Ach ja, diese Liste.« Reimann schloss den Kleiderschrank. »Eigentlich ist es eine Traumsituation, dass eine Liste der Anwesenden existiert. Nein, halt – eine Liste der Angemeldeten. Aber in Kombination mit den vielen Fotos, die die Presse gemacht hat, kann man ganz leicht abgleichen, ob fremde oder unangemeldete Personen an der Lesung teilgenommen haben. Nina müsste da schon dran sein.«

Die Wohnzimmertür ging auf, und die viel zu dünne Sofia stakste schlaftrunken an ihnen vorbei auf die Badezimmertür zu und verschwand dahinter. Die Dusche wurde aufgedreht.

»Und die Schule?«, fragte Elena leise.

Reimann sah sie einen Moment sprachlos an, dann rief er in Richtung Badezimmer: »Musst du nicht zur Schule?«

»Ich geh nicht mehr zur Schule!«, brüllte das Mädchen.

Elena stand auf. »Wir müssen aber jetzt los.«

Reimann warf erst einen Blick auf die Uhr, dann auf die Badezimmertür und seufzte. »Geh du allein«, sagte er knapp.

* * *

Johannes wusste genau, dass Gundel ein schlechtes Gewissen hatte. Gleichzeitig war sie natürlich zu stolz, um ihn direkt auf den Streit anzusprechen und sich zu entschuldigen. Er wiederum war keinesfalls bereit, ihr diesen Schritt abzunehmen. Und so gingen sie höflich, aber verspannt miteinander um, ganz so, wie es sich in den letzten Ehejahrzehnten als Modus des Nach-Streit-Verhaltens eingeschlichen hatte.

Heute hatte sie ihm wortlos sein basisches Müsli hingestellt, das den Namen Müsli kaum verdiente, bestand es doch eigentlich

nur aus Obst und Hafermilch, garniert mit wenigen Nüssen. Lediglich das kleine Zögern, ehe sie ihm die Serviette hinschob, verriet Gundels Wunsch, er möge das Wort an sie richten. Was er selbstredend nicht tat.
Geräuschvoll raschelnd wendete Gundel die Seite der Zeitung um, und beinahe automatisch sah Johannes auf. Für einen Moment begegnete sich ihr Blick, dann sah er weg und widmete sich wieder seinen Klassenarbeiten, bis er sagte: »Oh, halb acht, ich muss los!«
Als er, seine Schultasche umgehängt, das Haus verließ, spürte er den bitteren Geschmack des Versagens im Mund. Für den Fall, dass sie ihm hinterherblickte, sah sie genau das, was er in ihren Augen war: ein mittelalter braver Deutschlehrer auf dem Weg in die Schule, um der Klasse 5 zumindest Grundzüge des Konjunktivs beizubringen. Sie sah nicht das, was sie sehen sollte. Den inspirierten Schriftsteller, der einen wunderbaren historischen Roman über die Geschichte des Siebengebirges schreiben würde, wenn man ihn nur ließe.

* * *

Ein Mann lag mit nichts als seiner Unterhose bekleidet in einem Hotelzimmer, die Arme weit ausgebreitet. Er roch nach Schnaps. Das Laken war zerwühlt. Und sein Kopf war leer.
Das klang nach einem richtig guten Romananfang. Leider war es die Wirklichkeit.
Das Zimmer war seins. Und der Mann war er.
Schreck schlug die Augen auf, und sofort war alles wieder da. Die mühsam herbeigeführte Betäubung hatte viel zu kurz gedauert. Als er sich auf die Bettkante setzte, raschelte es unter seinen Füßen. Schreck ließ den Blick durch das Zimmer schweifen, ganz so, als sähe er alles um sich herum zum ersten Mal, das Chaos, die

Flaschen, die Papierschnipsel, die den Boden bedeckten. Ganz so, als wisse er nicht, was sie zu bedeuten hatten. Ganz so, als wundere er sich darüber.

Er hatte die Zeitschriften zerfetzt, in ohnmächtiger, kindischer Wut. Allerdings nicht sofort. Erst hatte er Walli angerufen, doch der hatte nicht abgenommen. Wieder und wieder hatte Schreck ihm auf die Mailbox gesprochen, erst aufgeregt, dann drängend, verzweifelt, schließlich wütend. Dann hatte er versucht, ruhig zu bleiben, das war ihm gelungen, aber nur, weil er gegen Wallis Anordnung verstoßen hatte. Er hatte mehrere Flaschen aus seiner Sammlung geöffnet, hatte sein Laptop hochgefahren. Doch dann hatte er doch wieder zu der Zeitschrift gegriffen, hatte wieder und wieder gelesen, was er eigentlich nicht hätte lesen sollen. Hatte noch einmal Walli angerufen. Hatte ihn wieder nicht erreicht.

Und irgendwie mussten diese Abläufe sich endlos oft wiederholt haben, bis er sie durchbrochen und in einem halb wahnsinnigen Anfall von ohnmächtiger Wut alles Papier zerfetzt hatte, so dass da nichts mehr war, was er hätte lesen können.

Er drehte heißes Wasser auf und ließ es lange übers Gesicht laufen. Dann duschte er kalt und setzte sich mit dem Handtuch um die Hüften auf die Bettkante. Unter seinen nassen Füßen klebten Papierfetzen.

Dieses Mal ging Walli dran.

»Ja?«

»Ich hab dich heute Nacht angerufen.«

»Ich habe geschlafen. Es war Nacht. Warum? Ist etwas passiert?«

»Sag du es mir.«

»Was?«

»Ich sagte, das sollst du mir sagen.«

»Ob etwas passiert ist? Hey, bist du betrunken?«

»Nein.«

Walli seufzte. »Ich dachte, wir wären uns einig, dass das in deiner aktuellen Lage keine gute Idee ist. Okay, ich weiß, was du meinst. Das Porträt ist vielleicht nicht wirklich schmeichelhaft, aber jede Presse ist gute Presse! Vielleicht ist es gar nicht verkehrt, wenn die mal einen anderen Blick auf dich werfen als sonst. Immer nur Lob … So ein, na ja, bissiger Artikel kann echt Sympathie bei den Lesern mobilisieren. Und Interesse bei denen, die dich noch nicht kennen.«
»Walli …«
»Und wenn dir das nicht passt, dann hör auf, mit Journalistinnen zu schlafen! So was kann nach hinten losgehen. Auch wenn du bisher nur Glück hattest.«
»Es geht nicht um den Scheißartikel von Karla-Kristina«, sagte Schreck.
»Nicht?«
»Nein.«
»Worum dann?«
»Du wolltest es mir nicht sagen.« Schreck hörte, dass in seiner Stimme ein ängstliches Quietschen war, das dort nicht hingehörte.
»Was wollte ich dir nicht sagen? Ich hab keine Ahnung, wovon du redest, Herrgott!«
»Der Spiegel.«
»Welcher Spiegel? Verdammt, jetzt sag endlich, was du sagen willst!«
»Ich steh nicht mehr drauf.«
»Was?«
»Auf der Liste. Ich steh nicht mehr drauf.«
»Auf der Bestsellerliste?«
»Steh ich nicht mehr drauf.«
»Und deswegen machst du so einen Aufstand?«
»Ich stand sechzig Wochen drauf. Und jetzt nicht mehr.«

»Okay«, sagte Walli langsam. Schreck hörte Geklapper im Hintergrund, das er nicht einordnen konnte. »Okay. Pass auf, du frühstückst jetzt in aller Ruhe. Und dann beruhigst du dich erst mal, ja?«

Schreck holte tief Luft und hörte zu seiner Verblüffung, dass diese Luft in ihm zitterte. Es klang beinahe wie ein Schluchzen. »Das ist alles, was du dazu sagst? Ich soll mich beruhigen?«

»Was hast du denn erwartet?«

»Mehr als das.«

»Was soll ich sagen?«

»Ich weiß nicht. Aber … Ich halte das nicht aus.«

Wallis Stimme klang ganz ruhig, gefährlich ruhig sogar. »Was hältst du nicht aus? Dass dir eine Klage wegen des Buches droht? Dass du mit einer Journalistin ins Bett gehst und die danach Gehässigkeiten über dich verbreitet? Dass nach deiner Lesung jemand ermordet wurde, und zwar ausgerechnet die Person, die dir gefährlich werden könnte?«

»Nein. Das mit der Liste.«

»Das hältst du nicht aus?«

»Genau.«

»Dass du nach zig Wochen nicht mehr auf der Liste stehst?« Walli atmete sehr langsam ein und aus. »Ich sag dir mal was. Ich halte etwas ganz anderes nicht aus.

Wenn einer meiner Autoren ständig rückwärts guckt, statt zu arbeiten. Verdammt, du bist ein Schriftsteller! Du musst schreiben! Nicht Zeitungen lesen. Scheiß doch auf die blöde Liste! Hast du mal gesehen, was für ein Mist sich da oben sammelt? Belangloses, weinerliches Zeug über Vampire und Großeltern und … Gequirlte Scheiße ist das! Warum interessiert dich diese Liste überhaupt plötzlich? Du hast immer gesagt, so was sei dir egal. Hundertmal hast du mir das gesagt!«

»Da stand ich ja auch noch drauf.«

»Ach so.«
»Ja.«
»Diese Liste sagt nichts, gar nichts.«
»Doch«, widersprach Schreck. Seine Stimme war jetzt sehr leise. »Sie sagt, wer draufsteht und wer nicht.«
»Hör auf mit dem Blödsinn.«
»Können wir uns treffen? Du bist doch noch hier.« Fast hätte er ein »Bitte« hinzugefügt, aber im letzten Moment hielt er es zurück. »Ich muss etwas mit dir besprechen. Was Wichtiges. Jetzt, sofort. Wirklich, ich drehe sonst durch.«
»Sag es mir am Telefon.«
»Nein. Geht nicht …«
Er hörte, wie Walli seufzte. »Okay. Aber du trinkst keinen Tropfen, bis ich bei dir bin, verstanden?«

* * *

Den ganzen Morgen verließ Jan das Gefühl nicht, dass er etwas Wichtiges vergessen hatte. Möglicherweise lag das an der hübschen Krimiautorin, die in seinem Kopf herumspukte. Oder an Nicoletta und Frenze.
»Wir sind gleich da«, sagte Elena.
»Was ist eigentlich mit Reimann? Der kam so spät.«
»Nichts. Schlecht geschlafen.«
»Hm. Habt ihr Streit?«
Elena seufzte. »Eigentlich nicht. Es ist nur unsere Wohnungssituation. Nein, eigentlich ist es eher eine Art Heuschreckenplage.«
»Was heißt das? Habt ihr etwa Ungeziefer in der Wohnung?«
»So in etwa. Egal. Hoffen wir erst mal, dass sich Christine Riefers inzwischen so weit gefangen hat, dass wir sie befragen können.«
Rein äußerlich wirkte Riefers so verkrampft wie beim letzten Besuch, aber sie ließ sie widerspruchslos ein und fragte, ob sie etwas

zu trinken bringen sollte. Jan bat um Wasser und setzte sich neben Elena auf das Sofa inmitten der grünen Hölle aus Topfpflanzen.

»Wasser«, wiederholte Riefers und nickte. Dann verschwand sie hinter der Theke, die die offene Küche vom Wohnzimmer trennte, um bald darauf mit einem Tablett zu erscheinen, auf dem Wasser und Gläser standen.

»Mein Beileid noch einmal«, murmelte Elena.

Christine Riefers schien sie nicht gehört zu haben. Sie hantierte mit den Gläsern, den Blick starr auf ihre Hände gerichtet, als sei jeder Griff von äußerster Wichtigkeit. Dann sagte sie: »Meine Tochter und ich hatten keinen sehr engen Kontakt.«

Ihre Augen sind viel zu weit offen, dachte Jan. So, als ob sie nie blinzelt. Oder muss sie das nicht, weil die Luft so feucht ist hier im Dschungel?

Sein Blick wanderte zur Wand, die mehrere Rahmen zierten. Liane im Kommunionskleid, daneben ihre Mutter, die steifen schwarzen Löckchen waren dieselben wie heute, ein Babybild, eine lachende Liane auf der Wildwasserbahn im Phantasialand, hinter ihr die Mutter mit erschrockenem Gesichtsausdruck. Das Bild sah unvollständig aus, der obere Teil fehlte, als sei er abgeschnitten worden. War er wohl auch. Aha, dachte Jan.

Er fragte: »Und Ihr Mann?«

Erneut traf ihn das seltsame Lächeln, unbestimmt und halb erfroren. »Ex-Mann. Er hat uns verlassen, als meine Tochter sieben war.«

»Das tut mir leid.«

»Was will man machen?«, sagte die Frau und schickte ein trillerndes, unechtes Lachen in die Luft. »Eine andere. Da war ihm seine Frau egal und seine Tochter auch. Männer. So sind sie leider.«

Jan hielt es für klüger, darauf nicht zu antworten.

»Ich habe ihn geheiratet, als ich zwanzig war«, fuhr Christine

Riefers fort. »Ein Jahr später kam Liane. Da war noch alles gut. Da dachte ich, so bleibt es immer. Aber dann hat er die andere kennengelernt, auf der Arbeit. Irgend so ein Flittchen aus der Buchhaltung, die es drauf angelegt hat. Sie ist natürlich, bums, schwanger geworden.«

Jan zuckte zusammen, das »bums« hatte aus dem rosa geschminkten Mund irgendwie obszön geklungen.

»Sind Sie verheiratet?«

»Nein«, sagte Jan.

Jetzt ging ihr Blick zu Elena. »Sie?«

»Nein«, sagte Elena kühl. Wie würde die Frau wohl reagieren, wenn sie geantwortet hätte: »Nein, ich lebe mit einem Mann zusammen, der seine Frau und zwei Töchter gerade meinetwegen verlassen hat.«? Sie war fast geneigt, es auszuprobieren. Vielleicht würde das Christine Riefers' Panzer sprengen.

Riefers erhob sich und trat zu dem Topfpflanzendschungel, um mit ihren mageren Händen zwischen den verschiedenförmigen Blättern nach welkem Laub zu suchen. Fündig wurde sie offenbar nicht. »Die neue Frau wollte natürlich keine Stieftochter, jetzt, wo sie selbst ein Kind hatte. Es war wieder ein Mädchen. Da hat er schnell vergessen, dass er bereits eine Tochter hatte.«

Wie im Märchen, dachte Jan. Die böse Stiefmutter. Aber das war Schneewittchen, wenn er sich recht erinnerte. Und Aschenputtel. Vermutlich gab es in vielen Märchen böse Stiefmütter, nur im Rapunzelmärchen nicht. Da gab es nur die Zauberin. Aber die hatte das Mädchen doch auch seiner echten Mutter weggenommen. Oder?

»Klar«, Riefers lachte verächtlich und tonlos auf, »manchmal hat er angerufen, aber das war nur Fassade. Er hatte kein wirkliches Interesse an uns. Ich kenne ihn. Er wollte den Weg frei haben für seine neue Familie. In dem Moment, in dem eine neue Frau im Spiel ist, hat ein Mann sein altes Leben vergessen. Abgeschrieben.

Entsorgt. Das ist evolutionär bedingt. Männer sind so. Der Samen ist verspritzt, die Gene verteilt, um die Aufzucht kümmern sich andere.« Die Frau lächelte weiter, während das Gift aus ihr heraustroff.

Holla, dachte Jan. Wie oft mochte Liane hier auf dem Sofa inmitten des wuchernden Grünpflanzendschungels gesessen haben und von den mütterlichen Monologen verseucht worden sein? Armes Mädchen! Er fragte sich, ob Elena bei den Worten der Frau an Reimann dachte. Er warf einen Blick zu Elena, die starrte mit unbeweglicher Miene auf Christine Riefers' Löckchen.

»Es ging uns gar nicht so schlecht zu zweit. Wir waren tapfer. Aber … Natürlich war es für Liane schlimm. Wenn ein unschuldiges Mädchen von einem Tag auf den anderen den geliebten Vater verliert, weil er eine neue Familie hat, ist das natürlich schrecklich. Es zerstört sie. Sie hat sich nie davon erholt. Etwas war tot in ihr.« Sie lächelte, ein grausamer Kontrast zu ihren Worten.

Jan verspürte das dringende Bedürfnis, die Nase zu krausen und eine Grimasse zu schneiden. Er hatte plötzlich Angst, die Frau würde ihn mit ihrer Starre infizieren.

»Sie war so ein tapferes kleines Mädchen! ›Wein doch nicht, Mami‹, hat sie immer gesagt. Sie selbst hat nie geweint. Sie war die beste Schülerin in der Klasse. War immer lieb. Sie war ein ganz perfektes Mädchen. Aber er ist trotzdem nicht zurückgekommen. Und erst als sie das begriffen hat, ist sie zerbrochen.«

»Inwiefern zerbrochen?«

»Sie hat aufgehört, in die Schule zu gehen. Das war, als sie in die Pubertät kam. Sie hat sich ihre schönen Haare ausgerissen. Sie hat plötzlich …« Jan zuckte zusammen. Ganz kurz war ein Schatten auf das Gesicht der Frau gefallen, hatte es für den Bruchteil einer Sekunde in eine beinahe bösartige Fratze verwandelt.

»Möchten Sie noch ein Wasser?«

»Bitte?«
Die Frau deutete mit ihren mageren Händen auf Jans Glas. »Ihr Glas ist leer. Ich hole noch etwas.«
»Nein danke.«
»Etwas anderes? Tee? Kaffee?«
»Wirklich nicht.« Vielleicht war es einfacher, wenn er zustimmte? Plötzlich fühlte Jan sich erschöpft. Er griff nach seinem Ringbuch und räusperte sich.
Riefers verstand das offenbar falsch. Sie presste die Lippen aufeinander und flüsterte: »Keine Sorge, ich schaffe das schon.«
Jan nickte so mitfühlend wie möglich. Elena ergänzte: »Aber sicher.« Es klang beinahe ironisch.
Riefers senkte den Kopf, so dass die schwarzen Löckchen zitterten. »Es ist unerträglich für eine Mutter, das einzige Kind zu verlieren. Das Schlimmste, was einem passieren kann. Niemand kann sich ausmalen, wie das ist. Was sie für mich bedeutet hat. Mein kleines Mädchen.«
Diese Frau schien buchstäblich außerstande, etwas anderes als sich selbst zu sehen. Oder lag das an der Trauer? Er fragte: »Wo lebt Ihr Ex-Mann denn jetzt? Wir brauchen seine Kontaktdaten.«
»Auf Fuerteventura. Seine neue Frau hat dort ein Nagelstudio.«
Elena mischte sich ein. »Hat Ihre Tochter ihn dort besucht?«
Riefers richtete ihre toten Augen auf Elena und stieß ein hohles Lachen aus. »Wozu? Um Patchworkfamilie zu spielen?«
»Nein. Um ihren Vater zu sehen.«
»Daran hatte sie kein Interesse. Sie hat gewusst, wie er tickte. Dass er sich aus der Verantwortung gekauft hat. Als sie mit der Schule fertig war, wollte sie hier ausziehen. Obwohl ich alles für sie getan habe. Da hat er ihr eine eigene Wohnung gekauft. Einer Achtzehnjährigen! Er dachte wohl, damit könnte er alles wiedergutmachen.«
Elena krauste die Stirn. Jan merkte, wie schwer es ihr fiel, ruhig

zu bleiben. »Wäre es Ihnen lieber gewesen, wenn er Ihrer Tochter keine Wohnung gekauft hätte?«
Sekundenlang starrte Riefers Elena so irritiert an, als habe sie sie nie zuvor gesehen.
»Ich habe alles für sie getan«, wiederholte sie dann. »Ein Kind alleine großzuziehen – haben Sie eine Ahnung, was das bedeutet?«
»Nein«, sagte Elena.
Riefers nickte beinahe befriedigt, ihre steifen schwarzen Löckchen tanzten auf und ab.
»Ich wollte, dass es ihr gutgeht. Reitstunden, die wollte sie unbedingt. Darum hat sie die bekommen. Und dann diese Reitstiefel, ständig mussten wir neue kaufen, weil ihre Füße so schnell wuchsen. Haben Sie eine Ahnung, wie schnell Mädchenfüße wachsen?«
»Nein.« Elena musste an die unnatürlich langen dürren Gliedmaßen des Heuschreckenmädchens denken. Würden die etwa noch weiter wachsen? Würde sie eines Morgens in ihrem Bett erwachen, und alles um sie herum wäre versperrt von Heuschreckenarmen und Heuschreckenbeinen?
»Ich habe nicht mehr als nötig von meinem Ex-Mann bekommen. Fast keinen Unterhalt, weil das Studio auf seine neue Frau lief und er sich so vor dem Familiengericht arm rechnen konnte. Darum musste ich dazuverdienen. Ich habe gebügelt neben meinem Halbtagsjob. Schwarz. Damit meine Tochter zur Reitstunde kann.« Beinahe herausfordernd sah sie Elena an. »Und die? Verweigert plötzlich alles. Und dann geht dieser Quatsch mit den Haaren los. Und ihr Vater kommt mit der Wohnung, und sie schreit hurra. Vergessen die Reitstunden, vergessen das Bügeln. Dabei habe ich streng genommen diese verdammte Wohnung bezahlt. Denn er hat sie von dem Geld gekauft, das er mir als Unterhalt hätte zahlen müssen, verstehen Sie? Von dem Geld, das offiziell über seine neue Frau lief.«

Sie zog die Nase hoch, ein überraschend obszönes Geräusch. »Und Liane wollte einfach nicht vernünftig werden. Das mit den Haaren. Und dann bestand sie auch noch darauf, in dieses Irrenhaus zu gehen, wo sie natürlich nur andere Verrückte kennenlernte. So etwas zahlt dann die Krankenkasse. Acht Wochen war sie da. Acht Wochen, in denen sie töpfert und Bilder malt und lernt, alles ihren Eltern in die Schuhe zu schieben. Uns beiden, wohlgemerkt, dabei bin ich es nicht gewesen, die gegangen ist!« Unvermittelt verstummte sie, dann fügte sie hinzu, als habe sie den Kern des Problems erkannt: »Aber die Wohnung von ihrem Vater, die hat sie natürlich gern genommen. Als wäre damit alles gutzumachen.«
»Wäre es Ihnen lieber gewesen, wenn Ihre Tochter keine Wohnung bekommen hätte?«, wiederholte Elena etwas spitz.
Ein verschwommener Blick traf sie. »Es wäre mir lieber gewesen, wenn er sie nicht verlassen hätte. Ein Mädchen braucht einen Vater. Keine Wohnung.«
Gern hätte Elena einiges erwidert, aber das erschien ihr wenig sinnvoll. Also murmelte sie nur: »Ich kann mir vorstellen, wie schlecht Sie sich fühlen.« Riefers erschien ihr ziemlich egozentrisch, aber trotzdem merkte sie, wie die offensichtlichen Parallelen zu ihrem eigenen Leben – Reimann, das verstörte Heuschreckenmädchen auf ihrem Sofa, sie in der Rolle als neue Partnerin – sie berührten.
Ein keuchender Atemzug von Christine Riefers brachte sie wieder zum Thema. »Ich war verheiratet und bin verlassen worden. Ich habe mein Kind ganz alleine großgezogen, ihm alles geopfert, und dann zusehen müssen, wie es vor die Hunde ging. Ich habe alles verloren. Alles! Mein Leben ist … Sie können sich nicht vorstellen, wie ich mich fühle!« Jetzt erst weinte sie richtig. Jan reichte ihr ein Taschentuch. »Es tut mir sehr leid«, murmelte er.

In Riefers' hellen Augen stand das Wasser, die Haut war verzerrt. Mascarabäche begannen zu fließen. »Meine Tochter wurde ermordet! Was meinen Sie, wie einer Mutter da zumute ist!«
Jan räusperte sich. »Ich kann nur hoffen, dass wir den Schuldigen finden, und dabei können Sie mir helfen, wenn Sie meine Fragen beantworten. Natürlich nur, wenn Sie sich dazu imstande sehen.«
»Ich?« Mit weit aufgerissenen Augen starrte Riefers erst Jan, dann Elena an.
»Ja, Sie! Wer sonst könnte uns helfen? Schließlich sind Sie die Mutter.« Das war zu dick aufgetragen, dachte Jan im selben Moment.
Riefers tupfte sich mit dem Taschentuch unter die Augen und lächelte. »Okay«, flüsterte sie. »Fragen Sie.«
»Offenbar hatte Ihre Tochter in Schriftstellerkreisen eine Menge Freunde.«
»Alle wollten mit ihr befreundet sein«, sagte die Mutter. Ihre Tränen waren versiegt, sie wirkte jetzt ganz konzentriert. »Das war schon immer so. Sie war so beliebt!«
»Auch jetzt noch? Obwohl sie, wie Sie sagten, zerbrochen ist?«
Die Frau lächelte unablässig, ihre Augen auf Elena gerichtet. Sie sagte nichts. Offenbar war sie gewillt, die Frage einfach wegzulächeln.
Elena räusperte sich. »Kannten Sie welche aus dem Kreis?«
Für einen Moment lächelte die Frau weiter, dann schüttelte sie nach einem kurzen Zögern den Kopf.
»Ich nenne Ihnen mal einige Namen – Johannes? Ruth?«
»Sie war wirklich beliebt. Das war sie immer schon.«
»Aber Sie kennen keinen der Leute?«
Das Kopfschütteln erfolgte lächelnd.
»Und der Freund Ihrer Tochter? Benedikt Völler?«
»Ich glaube nicht, dass er zu ihr gepasst hat. Er erschien mir etwas gewöhnlich.«

»Wie meinen Sie das?«
Riefers rieb die rosa Lippen aufeinander. »Er hat sie ausgenutzt. Ist bei ihr eingezogen. Eine Eigentumswohnung in dem Alter ist keine gute Idee, das zieht die falschen Leute an. Daran hat mein Ex-Mann natürlich nicht gedacht.«
»Hm«, machte Jan.
Etwas Lauerndes trat in den Blick der Frau. »Vielleicht wurde sie wegen ihrer Wohnung ermordet. Vielleicht dachte ihr Freund, dass er die erbt. Hätte mein Ex-Mann doch nur diese Wohnung nicht gekauft!«
»Sie mochten ihn also nicht?«
»Meinen Ex-Mann?«
»Den Freund Ihrer Tochter.«
»Ich wollte einfach nicht, dass sie enttäuscht wird. Nicht nach dem, was sie mit ihrem Vater erleben musste.«
»Und warum hatten Sie diese Befürchtungen?«
»Nur so ein Gefühl«, sagte Riefers vage.
»Haben die beiden Sie manchmal besucht?«
Jetzt zeigte das Kinn der Frau ein wenig abwärts. »Sie hatte immer so viel zu tun.«
»Ach so«, sagte Jan. Dann war die Mutter offenbar keine gute Quelle, was die Beziehung des jungen Paares anbelangte. »Sagen Sie, haben Sie irgendwie Kontakt zu Benedikt?«
»Nein.«
»Wir haben ihn bisher nicht erreicht.«
Riefers reckte die knochigen Schultern unter der geblümten Bluse. »Da kann ich Ihnen auch nicht helfen.« Sie schlug die mageren Hände vors Gesicht. »Mein armes Mädchen! Und das nach all dem, was der Vater ihr angetan hat!«
»Ihr oder Ihnen?«, fragte Elena. Sie hatte das drängende Bedürfnis, den unermüdlichen Wiederholungen dieser Frau etwas entgegenzusetzen.

Riefers lächelte. »Ja. Uns beiden. Aber auch für sie war es schlimm, sehr schlimm. Ein kleines Mädchen braucht doch den Vater.«
Elena unterdrückte erneut den Gedanken an das magere Heuschreckenmädchen auf ihrem eigenen Sofa. Das Mädchen, das möglicherweise auch seinen Vater brauchte. Reimann.
»Wann haben Sie einander denn das letzte Mal gesehen?«, fragte sie.
»Das muss vor drei Monaten gewesen sein. Aber sie hatte nur noch wenig Interesse an unserem Kontakt, seitdem sie in dieser Klinik war. Und dort hat man ihr leider auch nicht helfen können. Ja, ihr Vater hat sie zerstört. Ganz und gar zerstört.« Die letzten Worte flüsterte sie. In ihrer Stimme war beinahe boshafte Befriedigung zu hören, ganz so, als sei der Zusammenbruch der Tochter eine Notwendigkeit gewesen, um die unermessliche Schuld ihres Vaters sichtbar zu machen.
»Das wäre fürs Erste dann alles«, sagte Jan und stand etwas zu hastig auf, begierig, dem stickigen Topfpflanzendschungel mitsamt seiner giftigen Atmosphäre zu entfliehen.
»Sie hat sich zu sehr geschämt«, sagte die Frau noch, als sie gerade aus dem Haus gehen wollten.
»Geschämt?«
»Ja. Sie konnte nicht verbergen, was er ihr angetan hat. Jeder konnte es sehen.«
»Sehen?«, fragte Elena.
Der Blick, der sie jetzt aus den viel zu weit geöffneten Augen traf, war neu. Es lag Triumph darin. »Ihre schönen langen Haare … Als wären die Motten darin gewesen.«
Und dann flog wieder dieser Ausdruck über ihr Gesicht, ein dunkler, harter Schatten, in dem sich Bösartigkeit mit abgrundtiefem Ekel mischte.

* * *

Schreck saß in dem kleinen Eiscafé »Bruno« vor der Remigiuskirche, trank Espresso und betrachtete das Treiben auf dem grau gepflasterten Königswinterer Marktplatz, während er auf Walli wartete. Zwei Frauen kamen und setzten sich an den Tisch neben ihm, ihr Blick streifte ihn nur mit Desinteresse, vermutlich hatten sie keine Ahnung, wer er war. Wahrscheinlich lasen die Frauen in Königswinter höchstens ihr Lokalblatt und waren in kulturellen Dingen nicht informiert. Sie bestellten Latte macchiato und eine Kugel Schokoladeneis und hielten die nackten Waden in die Morgensonne.
Schreck warf einen verstohlenen Blick zu den beiden. Sie kamen aus einer anderen Welt. Alles schien ihm aus einer anderen Welt zu kommen, die Kirche, die sich jede Viertelstunde bemerkbar machte. Auch diese Frauen standen nicht auf der Bestsellerliste. Alle Leute um ihn herum standen nicht auf der Bestsellerliste. Es schien ihnen allerdings nichts auszumachen.
Wie schafften sie das nur?
Er sah Walli schon von weitem. Wie immer schien jeder seiner Schritte zu vibrieren, wie immer war er in seinem eleganten Anzug etwas overdressed. Das wirkte in der Verlagsbranche ein bisschen affig, hier im beschaulichen Königswinter wirkte er wie ein Fremdkörper. Und sein Lächeln war nicht so wie sonst. Es schien irgendwie abgerungen.
»Morgen«, sagte er, klappte seine Sonnenbrille zusammen und nahm ihm gegenüber Platz. »Was machst du denn für Sachen?«
Ja, was mache ich für Sachen?, dachte Schreck. Und sagte: »Danke, dass du gekommen bist.«
Walli drehte sich nach der Kellnerin um, bestellte einen Espresso und warf einen Blick auf seine Armbanduhr. Dann nahm er seine Zigarettenschachtel aus der Jackentasche und klopfte damit auf den Tisch. »Schieß los.«
»Die Liste.«

Walli schüttelte den Kopf, die Zigarette in seinem Mundwinkel zitterte. »Stopp! Was ist los? Warum wolltest du mich sehen? Konnte dir Holger Obster nicht helfen?«
Für einen Moment sah Schreck ihn verständnislos an. »Wer?«
»Holger Obster. Der Anwalt.«
»Was ist mit dem?«
»Hast du ihn nicht erreicht?«
»Hab ich noch gar nicht versucht.«
»Hast du denn Ärger mit der Polizei?«
»Nein.«
Jetzt schien Walli die Geduld zu verlieren. »Und warum sollte ich dann so schnell herkommen?«
Schreck schwieg.
»Du hast gesagt, du musst mich sehen. Worum geht es?«
»Mich macht das wirklich fertig.« Schreck hob in stummer Hilflosigkeit die Hände.
Walli runzelte die Stirn. »Die Liste? Du hast mich hierherbestellt, weil du noch ein bisschen darüber jammern willst, dass du nicht mehr auf der Liste stehst?«
Schreck schwieg.
Erbost schüttelte Walli den Kopf. »Himmel, Schreck! Reiß dich zusammen! Es war doch klar, dass du dort nicht ewig stehen kannst. Niemand tut das! Alles hat ein Ende, nur die Wurst hat zwei. Du kannst nicht im Ernst wegen so etwas völlig durchdrehen! Tu etwas! Du musst arbeiten! Das muss ich auch tun, um genau zu sein.«
»Das tue ich auch!« Schreck merkte, wie er schrie. Dann, wie die Frauen interessierte Blicke herüberwarfen. Verstohlen sah er sich um, dann sprach er leise weiter. »Ich bin nämlich auf Lesereise, aber dummerweise ist jemand nach meiner Lesung umgebracht worden, und deswegen muss ich hier in diesem Kaff bleiben, statt weiter Lesungen zu machen. Aber mir geht es gerade echt be-

schissen, und du als mein Agent kannst mir helfen, wenn du mir sagst, wie es weitergeht.«

Walli seufzte erneut. »Wie soll ich es dir sagen? Okay, ganz langsam und deutlich zum Mitschreiben: Ich kann gerade nichts für dich tun. Wir haben schöne Verträge abgeschlossen. Ich habe mich bemüht, dir durch diese schwierige Anfangszeit zu helfen. Jetzt sind die großen Interviews vorbei, und es kehrt langsam Ruhe ein.«

»Nein, es kehrt überhaupt keine Ruhe ein! Das hier ist das Gegenteil von Ruhe! Ich hab Stress! Die Polizei kommt dauernd zu mir und alles!«

»Ich rede von deinem Job.« Walli lehnte sich zurück. »Dein Buch ist inzwischen mehr als ein Jahr auf dem Markt. Die Lizenzen sind verkauft, die Filmrechte auch. Es gibt nichts mehr zu tun für dich, außer dass du endlich mit einem Nachfolger anfängst.«

»Das habe ich! Aber ich schreibe ihn erst weiter, wenn wir ihn verkauft haben. Du hast mein Exposé da liegen! Verkauf es!«

»Dein Exposé muss überarbeitet werden.«

»Ich will es aber nicht überarbeiten! Verkauf es so!« Schreck schrie jetzt. Die eine der beiden Frauen warf ihm einen belustigten Blick zu und beugte sich zu der anderen, um ihr etwas ins Ohr zu tuscheln. Dann sahen beide her.

Walli stieß Rauch aus, und plötzlich war da beinahe etwas wie Mitleid in seinem Blick. Er drückte seine Zigarette im Aschenbecher aus und beugte sich vor. »Jetzt hör mir mal gut zu«, sagte er dann sehr leise.

Walli nahm seine Sonnenbrille in die Hand und klapperte spielerisch mit den Bügeln. »Das, was du da geschrieben hast, ist Mist. Kein seriöser Agent würde das verkaufen. Und ich glaube, eines Tages wirst du mir sehr dankbar dafür sein, dass ich mit dem Zeug nicht nach draußen gegangen bin.«

»Mist«, wiederholte Schreck tonlos.

Walli nickte. »Ja. Tut mir leid. Es ist nicht gut. Die Idee stimmt nicht. Es ist belanglos. Es wird nicht einmal als belanglose Geschichte funktionieren, sondern gar nicht, weil du alle paar Seiten steckenbleiben wirst. Ich wette, das ist auch der Grund dafür, dass dir selbst die Leseprobe so schwergefallen ist.«
»Das ist sie in der Tat«, sagte Schreck. Er lehnte sich zurück und merkte, dass Müdigkeit ihn überkam wie eine bleierne Schürze. Er hätte gern etwas getrunken.
Walli schenkte ihm ein aufmunterndes Lächeln. »Denk dir einfach was ganz Neues aus.«
»Etwas Neues.«
»Ja. Ich kann gerade nichts für dich tun, außer dass ich dich vor Dummheiten schütze. Ich kann nicht hexen. Du musst schreiben, ich verkaufe. Wenn du nichts schreibst, kann ich nichts verkaufen. Und du solltest dich vielleicht mal fragen …«
»Was?«, fragte Schreck. Er spürte, wie sich ein Gefühl in ihm regte, das er lange nicht mehr bemerkt hatte. Panik. Kalte, harte Panik.
Walli sog an seiner Zigarette und betrachtete ihn mit zusammengekniffenen Augen. »Frag dich, ob du überhaupt Bücher schreiben musst. Du kannst es auch einfach bleibenlassen.«
Die Panik in Schrecks Bauch wurde noch kälter und noch härter. Sie breitete sich aus, griff nach seinem Hals und seiner Stimme, und es fiel ihm schwer, überhaupt zu sprechen. Er musste mehrmals ansetzen, ehe er antworten konnte, und als er es tat, klang auch seine Stimme wie erfroren. »Aber du hast gesagt, ich muss schreiben. Du hast gesagt, ich bin dazu geboren.«
Walli schnaubte. »Klar hab ich das gesagt. Da dachte ich auch noch, dass du dir diese Rapunzelgeschichte komplett ausgedacht hast. Aber das war ja offenbar anders. Und darum sieht jetzt auch dein Problem mit dem Folgebuch für mich etwas anders aus.«
»Aber«, sagte Schreck leise, »die Inspiration und die künstleri-

sche Ausgestaltung, das kommt von mir. Niemand schöpft nur aus sich. Alle schöpfen aus äußeren Quellen.«

»Bla, bla, bla«, sagte Walli und warf einen Blick auf seine Uhr. »So, ich muss jetzt los. Pass auf dich auf. Wir sollten nicht riskieren, dass es in dieser aufgeheizten Situation einen Rechtsstreit über die Persönlichkeitsrechte eines Mordopfers gibt. Du hast genau dieses eine Buch. Verwalte das gut, vermutlich kommt nichts mehr. Und ich muss meinen Job weitermachen und andere Bücher von anderen Autoren verkaufen.«

»Welche anderen Autoren?«, fragte Schreck. In seiner Stimme war wieder so ein hässlicher kleiner Quietscher.

»Was meinst du?«

In diesem Moment klingelte Wallis Handy. Er griff danach, warf einen Blick aufs Display und drückte den Anruf weg.

»Welche anderen Autoren?«

»Schreck, du musst vernünftig werden.«

Das Handy klingelte erneut. Wieder drückte Walli den Anrufer weg.

»Wer war das?«, fragte Schreck heiser.

»Egal.«

Jetzt klingelte es zum dritten Mal. Walli runzelte ärgerlich die Stirn. »Ich gehe jetzt besser«, sagte er. Er kramte zwei Euro hervor, legte sie vor sich auf den Tisch und stand auf. Schreck registrierte wie nebenbei, dass er nur seinen eigenen Kaffee bezahlte. Früher hatte er immer für sie beide gezahlt.

»Beruhige dich ein bisschen. Und sauf nicht so viel, vor allem nicht in der Öffentlichkeit.«

Es klang endgültig, wie ein Abschied.

»Stopp«, sagte Schreck.

»Bitte?«

»Du denkst wohl, du kannst mit mir machen, was du willst. Aber da irrst du dich.«

Walli hob die Augenbrauen. »Das war jetzt nicht die Drohung, nach der es klang, oder? Ich glaube, ich geh dann wohl besser.«
»Nein, du gehst nicht. Erst hörst du dir an, was ich der Polizei zu erzählen habe über die Nacht, in der das Mädchen ermordet wurde. Bisher habe ich das für mich behalten.«
»Was?«
Knapp deutete Schreck auf den Stuhl, von dem Walli sich soeben erhoben hatte. »Setz dich und hör zu.«
Walli setzte sich.

* * *

Der Besuch bei Christine Riefers schien einen Schatten auf den sonnigen Tag geworfen zu haben. Jan und Elena schwiegen, während sie am Hexenturm vorbei in Richtung Rheinbacher Innenstadt gingen.
Erst als sie das Stadtarchiv passierten, brach Elena das Schweigen. »Diese Frau war vollkommen fixiert auf ihren Ex-Mann und die Wohnung.«
»Verletzter Stolz«, sagte Jan. »Weil er sie verlassen hat. Und weil ihre Tochter eine Wohnung bekommen hat, von der sie findet, dass sie eigentlich ihr selbst zusteht. Und sie wohnt zur Miete.«
»Offenbar geht die Wohnung jetzt an sie. Zumindest denkt sie das.«
»Oder an den Freund, abzüglich des Pflichtteils.«
Elena schüttelte sich. »Ich finde diese Frau gruselig! Kein Wunder, dass man bei so einer Mutter psychische Störungen bekommt.«
»Henne oder Ei?«, fragte Jan.
»Was?«
»Ich frag mich, was zuerst da war, die Henne oder das Ei? Vielleicht ist die Mutter ja auch nur so seltsam geworden, weil der Vater die Familie verlassen hat.«

»Väter verlassen nicht die Familien. Sie verlassen nur ihre Frauen.«
Jan warf Elena einen schnellen Blick zu.
»Zumindest sagt Reimann das immer«, räumte sie ein. »Und wenn ich mir das so angucke, sollte ich vielleicht heute einen Fernsehabend mit der Heuschrecke … Aber was gucken so Mädchen? Oder geht man zu McDonald's?«
»Du sprichst in Rätseln«, sagte Jan.
Elena seufzte. »Egal. Zurück zum Thema. Offenbar hat es Liane nicht leicht gehabt. Allein mit der Mutter …«
»Ich bin auch allein mit meiner Mutter aufgewachsen«, sagte Jan und hob warnend die Augenbrauen.
»Ich dachte, du hast noch eine Schwester.«
»Ja, aber die kam erst viel später.«
»Deine Mutter war aber wahrscheinlich nicht so durchgedreht wie diese Riefers.«
Jan seufzte. »Anders durchgedreht. Ich glaube, jeder hält seine Eltern für durchgedreht. Aber das ist ja egal. Ich hab keine Ahnung, was die Ursache für dieses Rapunzelsyndrom ist. Vielleicht sollten wir versuchen, das herauszubekommen.«
Elena verzog das Gesicht. »Na, besten Dank! Ich fand Frenzes Erklärungen ausführlich genug.«
Jan schüttelte den Kopf. »Ich bezweifle, dass uns das weiterbringt. Immerhin scheint die Krankheit des Opfers für den Mörder eine große Rolle zu spielen. Schließlich trägt die Inszenierung der Leiche ganz deutlich die Botschaft Rapunzel.«
»Das kann sich auf zweierlei beziehen, entweder auf das Buch beziehungsweise die Lesung oder eben auf die Krankheit.«
»Na, hör mal!«, rief Jan. »Das Mädchen verbirgt einen verschlungenen Filzzopf im Magen und reißt sich die Haare aus, und jemand setzt ihr eine Rapunzelperücke auf. Wie viel deutlicher kann ein Zusammenhang denn bitte sein?«

»Okay«, räumte Elena ein, »aber vielleicht gehören auch alle drei Sachen zusammen. Opferinszenierung, Krankheit und Lesung.«
»Gut. In jedem Fall sollten wir uns genauer über diese Krankheit informieren.«
»Ja, aber warum?«
»Bei der Mutter hat die Krankheit offensichtlich eine ganz massive Ablehnung ausgelöst.«
»Und du denkst, das kann bei unserem Täter ähnlich gewesen sein? Und hat sogar einen Mord provoziert? Das ist doch Blödsinn.«
Jan zuckte die Achseln. »Keine Ahnung. Aber wir sollten mal jemanden fragen, der sich damit auskennt. Einen Psychiater. Am besten gleich den, der sie behandelt hat.«
»Ich dachte, sie war nicht in Behandlung.«
»Aktuell nicht, nein. Aber die Mutter hat doch die Klinik erwähnt, in der sie längere Zeit war. Dort könnten wir nachfragen.«
»Gute Idee.«
Inzwischen waren sie erneut vor der Wohnung von Benedikt Völler angekommen. Noch immer blühten die Blumen im Vorgarten wie verrückt.
Auch diesmal öffnete niemand. Elena trat einige Schritte zurück und sah die Fassade hoch. »Das Fenster ist auf«, sagte sie. »Letztes Mal war es geschlossen. Ich würde sagen, es ist jemand da und lässt uns nicht rein.«
Jan zuckte die Achseln. »Und? Was sollen wir jetzt machen?«
Wie als Antwort auf diese Frage erscholl plötzlich aus der Wohnung ein markerschütternder Schrei. Er klang nicht menschlich, vor allem aber klang er sehr bedrohlich.
»Ach du Scheiße«, sagte Jan.
»Meinst du, da ist jemand in Not?«, fragte Elena.
»Es klang nicht wie eine Frau. Aber wie ein Mann klang es auch nicht.«

»Rue Morgue«, sagte Elena düster. »Ein Orang-Utan vermutlich.« Sie zog ihre Walther.

»Hä?«, sagte Jan. »Wie kommst du denn darauf?«

»Egal. Wenn wir Schreie hören, können wir da rein.« Elena drückte die anderen Klingelknöpfe, einen nach dem anderen. Sogleich ertönte ein Summer, und sie drückten die Haustür auf.

»Sollen wir Verstärkung rufen?«, fragte Jan.

Sie sahen sich an. »Besser, wir gucken erst mal.«

Als sie die Treppe hinaufgehechtet waren und vor der Wohnungstür standen, war es in der Wohnung still. Jan bollerte dagegen. »Polizei!«, rief er. »Aufmachen!«

Nichts geschah.

»Aufmachen!«, wiederholte Jan.

Anstelle einer Antwort ertönte ein animalisches Brüllen, jetzt, aus der Nähe, noch beeindruckender als vorher. »Aufmachen!«, schrie Elena und warf sich mit der Schulter gegen die Tür. Vergeblich!

»Wir brechen die Tür auf«, entschied Elena. »Fertig?«

Sie trat drei Schritte zurück und nickte Jan zu.

In diesem Moment wurde die Tür aufgerissen. In der Öffnung stand ein junger Mann. Er trug nichts als eine Unterhose.

»Vorsicht!«, brüllte Elena, und erst als sie Jan zurückriss, begriff er, dass das nichts mit der Unterhose zu tun hatte. Der Mann hatte die Arme drohend hochgereckt, und in der rechten Hand schwang er ein blitzendes Schwert.

* * *

Eine holländische Touristengruppe bevölkerte den Platz vor der Remigiuskirche, und die Auswahl an Eissorten bei »Bruno« schien sie in heillose Aufregung zu versetzen. Jedenfalls schnatterten sie durcheinander, ohne den geduldigen Italienern hinter der Theke klare Angaben darüber zu machen, für welche der pistaziengrünen, himbeerroten oder cremeweißen Köstlichkeiten sie sich entschieden hatten.

Walli fixierte diesen Auswahlprozess, als würde ihm das irgendwie weiterhelfen.

»Der Abend, an dem die Frau ermordet wurde«, erinnerte Schreck ihn. »Du hattest nach unserem Essen gesagt, dass du zu viel getrunken hättest, um mich zum Hotel nach Königswinter zu fahren, deswegen habe ich ein Taxi genommen, du erinnerst dich bestimmt.«

Walli löste den Blick von der Holländergruppe und nickte.

»Im Taxi habe ich dann nach einigen Kilometern festgestellt, dass ich mein Handy im Restaurant liegenlassen hatte. Deswegen sind wir wieder umgedreht, um es zu holen. Dabei sind wir auch an der Straße vorbeigekommen, wo du geparkt hattest. Den Wagen hatte ich ja schon vorher beim Vorbeifahren gesehen.«

»Und?«, fragte Walli ruhig, aber seine Augen verengten sich argwöhnisch.

»Dein Wagen stand nicht mehr dort.«

Für einen Augenblick sagte niemand von ihnen ein Wort. »Ah«, sagte Walli dann ausdruckslos. Sein Gesicht verriet nichts.

Schreck fuhr fort: »Damals war ich beleidigt. Ich dachte, dass du einfach keine Lust hattest, mich zu fahren. Und dass du noch allein in Bonn durch die Kneipen ziehen wolltest. Erst jetzt ist mir aufgefallen, was das bedeutet. Nämlich, dass du um halb zwölf gar nicht, wie du behauptet hast, in deinem Hotelbett lagst. Du warst unterwegs. Zu genau der Zeit, als das Mädchen ermordet wurde, warst du unterwegs, und du hast niemandem gesagt, wo. Und«, Schreck hob den Zeigefinger, »ich habe es auch niemandem gesagt. Bis jetzt.«

Walli presste die Lippen aufeinander. »Das ist nicht dein Ernst.«

»Oh, das ist sogar mein voller Ernst!«

»Ich habe dir ein paar unangenehme Dinge zu deinem Manuskript gesagt, okay. Aber du kannst mich deswegen doch wohl kaum für einen Mörder halten! Das ist absurd. Warum hätte ich das tun sollen?«
»Warum? Das will ich gar nicht wissen.« Schreck lehnte sich zurück und spürte, wie er ganz ruhig wurde. Er musste beinahe ein Lächeln unterdrücken, als er Wallis Gesicht sah. Walli, der sich bemühte, sich nichts anmerken zu lassen, und dessen frühere Selbstsicherheit zusehends schmolz wie Butter in der Sonne. Walli, der ihn gestern noch so von oben herab behandelt hatte, ihn hatte fallen lassen wie eine heiße Kartoffel, nachdem er vorher fett an ihm verdient hatte.
Zufrieden griff Schreck in die Innentasche seines zerknitterten Jacketts und zog eine Visitenkarte heraus, die er extra für diesen Moment eingesteckt hatte.
»Jan Seidel«, las er langsam und genüsslich vor. »Das ist der Kriminalkommissar. Der wartet nur darauf, dass jemand anruft und ihm so etwas erzählt wie das, was ich dir eben erzählt habe. Und ich überlege mir, ob ich ihn nicht nachher anrufe und genau das mache.«
»Okay«, sagte Walli. Sein Gesicht war eine Maske. »Das solltest du auf keinen Fall tun.«
»Fein«, sagte Schreck. »Dann sind wir im Geschäft. Und jetzt hör zu.«

* * *

Der Mann in Unterhose schien ungeachtet seines gefährlich blitzenden, eigentümlich zackig geformten Schwertes mindestens so erschrocken wie Jan und Elena. Dicke Kopfhörer hielten seine langen braunen Haare aus dem Gesicht, und er ließ den Arm mit der Waffe sinken. »Ja, bitte?«, fragte er und schob sich die Kopf-

hörer von den Ohren, daraus schollen leise, aber deutlich äffische Geräusche.
»Jan Seidel, Kriminalpolizei«, sagte Jan und stellte den Fuß in die Tür. In der Wohnung war nichts Gefährliches zu sehen. »Haben Sie eben geschrien?«
Verwundert sah der Mann ihn an. Brust und Bauch waren golden behaart und ausgesprochen trainiert, was in Jan Unbehagen auslöste.
Er wünschte, der Kerl würde sich etwas überziehen.
»Geschrien?«
»Wir haben Schreie aus dieser Wohnung gehört.«
»Ah«, sagte der Mann und lächelte verlegen. »Keine Sorge. Keine Verletzten, bisher.«
Irritiert schaute Jan zu Elena. Ganz normal erschien der Typ ihm nicht. »Sind Sie Benedikt Völler?«
Der junge Mann nickte, dann wechselte er das Schwert von der rechten in die linke Hand und streckte die rechte Elena entgegen. »Die Dame zuerst«, sagte er zu Jan. »Möchten Sie vielleicht reinkommen?«
Elena warf Jan einen Blick zu, der ihre Belustigung verriet, und sie folgten Benedikt in die Wohnung. Ein Flur mit Garderobe, dann das Wohnzimmer. Hier herrschte gepflegtes Durcheinander, ein braunes Sofa, ein Esstisch voller Papiere und Zeitungen, an den Wänden vergrößerte Schnappschüsse von Kirschblüten. Nichts Auffälliges. Zumindest kein Orang-Utan.
»Ist außer Ihnen jemand hier?«, fragte Elena.
Er schüttelte den Kopf.
»Ich frage wegen der Schreie.«
»Ach, die Schreie!« Völler machte ein zerknirschtes Gesicht. »Ich habe Musik gehört.« Er wies auf die Kopfhörer. »Und, äh, gesungen.«
»Gesungen«, wiederholte Jan.

»The Godfather. *Fantomas*«, erklärte Völler. »Kennen Sie wohl nicht.«
»Doch«, sagte Elena amüsiert. »Das ist ein Disney-Comic, ich erinnere mich dunkel. Richtig?«
Strafend sah der Mann sie an. »Sie meinen Phantomias. Das ist eine Ente.«
»Kein Orang-Utan«, sagte Jan zu Elena. Er fragte sich, ob Benedikt Völler sich nicht langsam etwas anziehen wollte. Er konnte sich nicht erinnern, wann er zuletzt so lange neben einem beinahe nackten Mann gestanden hatte, und es war ihm auch absolut nicht angenehm. Verstohlen warf er einen Blick auf Völlers Unterhose. Feinripp.
Völler sah interessiert von einem zum anderen. »Was denn für ein Orang-Utan?«
Elena unterdrückte ein Grinsen. »Die Schreie klangen verdächtig nach Orang-Utan. Nicht männlich, nicht weiblich, und zwei Leichen im Kamin hätten uns auch nicht gewundert.«
Völler strahlte. »Edgar Allan Poe! Die Schreie aus der Rue Morgue! Der Mord des Orang-Utan! So klang ich?« Er schien beinahe geschmeichelt.
Jan fragte sich, wovon die beiden wohl sprachen.
»Ja«, sagte Elena knapp.
Er strich sich erneut die Haare hinter die Ohren und musterte sie. »Sie sind belesen. Das hätte ich von einer Polizistin gar nicht erwartet.«
»Zufallstreffer«, sagte Elena ungerührt. »Könnten Sie jetzt, äh, bitte dieses komische Schwert wegnehmen?«
»Das Schwert?« Erstaunt betrachtete er das Ding, das er noch immer in der Hand hielt. Es war das seltsamste Schwert, das Jan je gesehen hatte, beinahe halbmondförmig und mit Grifflöchern in der Klinge. Es lief in merkwürdig gezackten Spitzen aus und sah ausgesprochen gefährlich aus.

»Oh, Verzeihung. Sie meinen das Bat'leth.« Sorgfältig hängte er die Waffe an die Wand.
»Bat was?«, fragte Jan.
»Bat'leth. Schwert der Ehre. Klingonen? Star Trek?«, fragte Völler und sah erstaunt von Jan zu Elena und wieder zurück. »Kennen Sie auch nicht?«
Jan schüttelte den Kopf. »Nein.«
»Ach so. Kommen Sie doch rein. Aber, na ja, ich mache gerade Gymnastik.«
»Mit einem Schwert?«
»Und mit Musik«, Benedikt klopfte sich mit der freien Hand auf den nackten Bauch. »Dann macht es wenigstens etwas Spaß. Ich hasse diese Übungen, aber wenn ich sie nicht mache, bekomme ich sofort fürchterliche Rückenschmerzen. Schreibtischarbeit, Sie wissen schon. Wobei ich meistens auf dem Sofa schreibe, ganz krumm. Es ist aber gar keine echte Waffe, streng genommen, sondern ein Dekorationsgegenstand.«
»Wir sind nicht deswegen hier. Also nicht wegen dem Schwert.«
»Dachte ich mir schon. Wegen der Sache mit Liane.« Über sein Gesicht flog ein Hauch Betroffenheit, aber wirklich nicht allzu viel, fand Jan.
»Wir versuchen seit vorgestern vergeblich, Sie zu erreichen.«
»Ich weiß. Ich habe Ihre Visitenkarte gefunden.« Benedikt griff nach einem zerknüllten weißen Hemd, das über seinem Schreibtischstuhl hing, und zog es über. Langsam knöpfte er es zu. »Aber ich wusste über die örtlichen Buschtrommeln schon Bescheid. Von Ruth. Und, na ja, ich hätte mich auch noch gemeldet.«
Tiefe Trauer sieht anders aus, dachte Jan. Benedikt wirkte zwar nicht gerade fröhlich, aber ziemlich unbekümmert. Um seine Augen allerdings lagen Schatten, und ihre Ränder waren gerötet, als habe er schlecht geschlafen oder geweint. »Wo waren Sie denn die letzten Tage, wenn wir geklingelt haben?«

Benedikt wies auf seinen Schreibtisch. »Hier. Ich habe gearbeitet.« Er strich sich mit der Hand über das Gesicht. »Ich habe gerade viel zu tun. Abgabetermin und so.«
»Wir haben ziemlich oft geklingelt.«
Er seufzte. »Sorry. Ich höre beim Arbeiten Musik, da bekomme ich nie etwas mit. Wenn ich mich von jedem Türklingeln rausreißen lassen würde, dann würde ich nie fertig.«
»Wir haben Sie auch angerufen.«
»Das höre ich ja auch nicht.«
»Aber Sie sehen es.«
Völler zuckte die Achseln. »Sie hätten mir eine Mail schreiben sollen. Die lese ich. Immer wenn ich ein Kapitel fertig habe, checke ich Mails. Ist ein Ritual.«
»Gut zu wissen«, murmelte Elena.
Benedikt hatte inzwischen auch eine Jeans angezogen und sah jetzt aus wie ein ganz normaler Typ. Das braune Haar, das er links und rechts hinter die Ohren gestrichen hatte und das bei jeder Bewegung hin- und herschwang, verlieh ihm das freundliche Aussehen eines Spaniels, dessen Ohren baumelten. Er wies auf das niedrige Sofa. »Setzen Sie sich doch! Darf ich Ihnen etwas anbieten?«
»Gern.«
»Ich habe gerade Tee gemacht. Grünen. Den trinke ich immer beim Schreiben. Macht den Kopf klar. Außerdem bin ich Japan-Fan. Deswegen die Kirschblüten. Obwohl das die aus der Bonner Altstadt sind.«
Was für ein Laberkopf, dachte Jan.
Völler verschwand in den Flur, und man hörte ihn hantieren. Die Tassen, die er bald danach auf dem niedrigen Rattantisch abstellte, sahen aus wie Dracheneier, und die Kanne aus schwarzem schwerem Metall war wie von Pocken überzogen. Er goss den beinahe farblosen dampfenden Tee ein und wartete, bis sie daran genippt hatten.

Jan fand, der Tee schmeckte nach gar nichts. »Sie sind, wenn ich das sagen darf, erstaunlich gefasst, dafür, dass Ihre Freundin ermordet wurde.«
»Ja? Don't judge a book by its cover! Ich weiß es schon einige Tage. Und außerdem, sie war schon länger nicht mehr meine Freundin. Nicht mehr so richtig.« Er lächelte, aber seine Augen blieben davon unberührt. Nein, dachte Jan. Er ist nicht so cool, wie er sein will. Aber warum tut er dann so?
»Ach«, sagte Elena und stellte vorsichtig die merkwürdige Dracheneiertasse ab. »Sie hatten sich also getrennt?«
Benedikt nickte. »Ich bin … Egal. Wir hatten ein Hin und Her. Seit langem schon.«
»Weswegen?«
Er zuckte die Achseln. »Differenzen. Es passte nicht mehr. Sie hatte so ihre Vorstellungen von dem, was sie wollte, und auch sonst war es ziemlich schwierig. Aber davon wissen Sie ja vermutlich.« Für einen Moment starrte er ins Leere, und jetzt zog wirklich so etwas wie Trauer über sein Gesicht, aber nur kurz, dann wirkte er wieder so wie zuvor.
»Meinen Sie ihre Krankheit?«
Völler hob ruckartig den Kopf, er sah beinahe ärgerlich aus. »Ich mag das Wort Krankheit nicht. Wer ist schon gesund?«
Jan runzelte die Stirn. »Frau Riefers litt an Trichophagie. Das ist wohl ziemlich eindeutig krank.«
Völler zuckte die Achseln. »Wenn Sie das sagen! Jeder hat doch irgendeinen Knacks. Bei den einen sieht man es, bei den anderen nicht.«
»Und was genau war jetzt schwierig?«, fragte Elena.
»Jedenfalls nicht, dass sie eine Glatze trug. Das wusste ich ja von Anfang an. Aber es ging ihr schlecht. Dauernd. Wegen allem. Und außerdem hatte sie den Kopf ziemlich in den Wolken. Das passte für mich nicht zusammen.«

»Was meinen Sie damit?«
Der Autor zuckte die Achseln und griff nach seiner Tasse, als läge darin die Antwort.
»Meinen Sie Lianes literarische Ambitionen?«
»Wenn Sie es so nennen wollen, ja.«
»Aber Sie schreiben doch selbst! Ist das nicht eine schöne Gemeinsamkeit für ein Paar?« Kaum waren die Worte heraus, merkte Jan, wie blöd sich das anhörte. Und wie unsachlich. Aber die Frage, ob es Schriftsteller zu anderen Schriftstellern hinzog, beschäftigte ihn sehr, seit er Nessi kannte.
Völler schüttelte den Kopf, seine Spanielohren flogen. »Nein, absolut nicht. Im Gegenteil, würde ich sagen. Wir waren da sehr verschieden. Ich bin eher so der Handwerker. Das nehme ich dafür aber ernst.«
»Waren Sie deswegen an dem Abend nicht mit auf der Lesung? Weil Sie so verschieden über Literatur denken?«
»Quatsch.«
»Warum dann?«
Die Spanielhaare von Völler waren zwar fest hinter seine Ohren geklemmt, trotzdem strich er sie noch einmal zurück. Das schien seine bevorzugte Geste zu sein. »Ist einfach nicht so meine Welt, diese Truppe. Mit dem Zirkel habe ich schon länger nichts mehr zu tun.«
»Wie kam das?«
»Die kochen ihr eigenes Süppchen, sagen wir mal so.« Benedikt sah von Elena zu Jan und wieder zurück, und als keiner der beiden etwas sagte, setzte er hinzu: »Über Literatur kann man ja sehr unterschiedlicher Meinung sein, und das sind wir eben. Statt im Kreis zu hocken und bedeutungsvolle Gespräche zu führen, sitzen manche eben lieber am Schreibtisch und arbeiten.«
»Manche«, sagte Jan.
»Manche«, lächelte Benedikt. »Sky Brandon zum Beispiel. Ich

eben. Außerdem war meine Anwesenheit dort ohnehin nicht erwünscht. Einmal, weil mit Liane so gut wie Schluss ist. Und auch, weil ich nur niedere Literatur schreibe.«

»Sagt wer?«

»Jetzt sagen Sie nicht, dass Sie mit den anderen noch nicht gesprochen haben! Ich schreibe Scifi. Das ist doch aus Sicht der meisten nur Schmuddelkram.«

»Und aus Ihrer Sicht?«

Er legte den Kopf schief und sah an die Wand zu seinem Schwert. »Hm, sagen wir so: Ich mag es. Und die Leser von Sky Brandon auch. Und die anderen aus dem Zirkel – die nicht. Aber die sind eben Hobbyschreiber. Solche haben die Nase immer ganz weit oben.«

Jan mischte sich ein. »Hobbyschreiber? Nein, Nessi Zobel schreibt richtige Bücher!«

Benedikt grinste, und für einen Moment sah sein freundliches Spanielgesicht beinahe boshaft aus. »In Dreitausender-Auflage, jaja. Sie finanziert sich durchs Callcenter und hat mit den verkauften Exemplaren in den letzten Jahren nicht einmal den Gegenwert ihres Laptops verdient.«

Irgendwie hatte Jan das dringende Bedürfnis, die Krimiautorin zu verteidigen, aber er schwieg.

Völler fuhr fort: »Für ihre Handvoll verkaufter Bücher von regionalem Serienkillerzeug ist Nessi ganz schön von sich eingenommen. *Die* guckt nämlich auf *mich* runter. Weil ich etwas schreibe, was die Leute jede Woche am Kiosk kaufen. Aber wissen Sie was? Dafür reißen meine Leser mein neuestes Werk dem Kioskbesitzer aus den Händen, und Nessi muss hier Klinken putzen, ob sie irgendwo lesen darf, in der Hoffnung, dass sie so endlich bekannter wird. Meinen Namen und meine Visage kennt zwar keiner. Aber ich werde gelesen. Und ich kann davon leben.«

Elena musterte Benedikt mit Interesse. »Und was machen Sie

richtig, was die anderen falsch machen, wenn Sie davon leben können?«

Er lächelte wieder. »Ich arbeite. Zwölf Stunden am Tag. Statt ehrenamtlich Plakate aufzuhängen oder schlaue Reden zu schwingen. Und ich ignoriere die Türglocke und das Telefon. Und statt in meinen Geschichten gewichtige Probleme zu wälzen, lasse ich muskulöse Helden dreibusige Außerirdische knutschen, fremde Raumschiffe abknallen und durch schwarze Löcher fliegen. Primitives Zeug eben. Zu primitiv für Liane. Die wollte die ganz große Literatur schreiben. Darum hat es auch so lange gedauert mit ihrer ersten Geschichte.«

»Wie lange denn?«

Völler lachte trocken auf. »Soweit ich weiß, hat sie zu Lebzeiten keine einzige Geschichte fertigstellen können. Das ist das Problem bei den ganz großen Ideen. Die sind nur groß, solange man nicht anfängt, sie aufzuschreiben. Das hat Liane aber nie kapiert. Sie – große unverstandene Künstlerin. Ich – Sky Brandon, der Schreibtischproletarier. Schlechte Kombi für ein Liebespaar. Dabei hatten wir so gut gestartet.« Jetzt sah er wirklich traurig aus.

»Ihr Zusammenleben hier«, sagte Jan, »wie darf ich mir das vorstellen? Wenn es so hin und her mit Ihnen ging?«

Der junge Mann versuchte ein Lächeln, das ihm misslang. »Vier Zimmer! Je nachdem, wie es gerade stand mit uns, haben wir beide im Schlafzimmer geschlafen oder ich in meinem Arbeitszimmer oder sie in ihrem. Tagsüber genauso. Die Wohnung ist so groß, dass man sich prima aus dem Weg gehen kann.«

»Das kann ich mir weder als Paar noch als Ex-Paar vorstellen«, sagte Jan ungläubig.

»Und ob! Beides!« Benedikt tippte sich erst ans Ohr, dann an die Stirn. »Kopfhörer und Kopfkino! Wer laut *Fantomas* hört und dabei Weltraumschlachten beschreibt, dem ist die Freundin egal, selbst wenn sie im selben Zimmer ist. Egal, ob sie rumbrüllt oder sich nackig macht. Man hört sie nicht und sieht sie nicht. Kann ich echt nur empfehlen.«

»Der Herr Kollege hat gar keine Freundin«, sagte Elena.

Jan hätte ihr am liebsten einen Stoß versetzt, mit dem Klingonenschwert am besten.

Er fragte schnell: »Für mich klingt das so, als ob Ihre Beziehung schon so gut wie vorbei gewesen wäre. In diesem Fall hätten Sie aber hier ausziehen müssen, weil ihr die Wohnung gehörte, richtig?«

Völler sah überrascht auf. »Was soll das denn jetzt heißen? Dass ich wegen der Wohnung mit ihr zusammenbleiben wollte? Dass ich um jeden Preis … Nein. Ich habe Liane geliebt, Wohnung hin oder her.«

»Irgendwie klingt es eher so, als ob Sie nur noch Streit hatten oder einander aus dem Weg gingen.«

Völler schüttelte den Kopf. »Sie war eben extrem. Das war anstrengend, klar. Aber, mal ehrlich, wer will schon eine langweilige Freundin?«

Jan fragte sich für einen Moment, ob für diesen Kerl eine Frau herumstreiten und unsinnige Geschichten schreiben musste, um nicht langweilig zu sein, aber dann entschied er, dass das kein sinnvolles Thema war.

»Noch mal zu dem Abend der Lesung«, sagte er. »Wann haben Sie Liane da zuletzt gesehen?«

»Ich habe sie an dem Abend gar nicht gesehen. Glaube ich. Ich merke mir so was nicht. Ehrlich gesagt frage ich mich das die letzten Tage auch ständig.«

»Wann haben Sie sie denn zuletzt bewusst gesehen? So, dass Sie sich daran erinnern können?«

»Keine Ahnung. Vorher, mitten am Tag, irgendwann.«

»War sie da so wie sonst?«

Völler starrte aus dem Fenster. »Sie war nie so wie sonst. Sie war

mal so, mal so. Liane war … komplex, irgendwie. Das mochte ich ja so an ihr. Entschuldigung, wie war noch mal Ihre Frage?«
»Wann Sie sie zuletzt gesehen haben. Bewusst.«
»Ach ja. Ich glaube, ich saß mit Kopfhörern da und habe meinen Showdown geschrieben und dazu *At the Gates* gehört. Nein, warten Sie – nicht *At the Gates*. Oder doch?«
»Es ist nicht wichtig, was Sie gehört haben«, sagte Jan geduldig. »Aber wie war der letzte Kontakt mit Liane Riefers?«
»Keine Ahnung. So wie sonst auch.«
»Ich dachte, sie war mal so und mal so?«
»Eben. Wir haben entweder gestritten oder nicht.«
»Später haben Sie ihr SMS geschrieben.«
»Ja, weil Milch und Gin fehlten. Das haben wir immer so gemacht. Also auch umgekehrt. Immerhin wohnen wir ja noch zusammen.«
»Und wann haben Sie sie vermisst?«
»Gar nicht. Sie schlief öfter woanders.«
»Wo?«
»Bei Ruth, schätze ich. Aber ich hab da nicht nachgefragt. Ich habe nur gemerkt, dass Milch und Gin nicht da waren.« Jetzt sah er etwas schuldbewusst aus, fand Jan.
»Und?«
»Dann bin ich selbst einkaufen gegangen.« Benedikt sah erst zu Jan, dann zu Elena, sein Blick verriet, wie dämlich er diese Fragen fand.
»Hatte sie vielleicht einen neuen Freund? Oder einen Geliebten?«
»Keine Ahnung. Auch danach habe ich sie nicht gefragt.« Der Autor blinzelte heftig, als sei ihm etwas ins Auge geraten.
Jan seufzte. Diese Beziehungen unter Schriftstellern erschienen ihm sehr merkwürdig. »Können wir noch einen Blick in das Zimmer Ihrer Freundin werfen?«
»Ex-Freundin«, korrigierte Benedikt und blinzelte noch einmal.

»Obwohl wir uns vermutlich nach zwei Tagen wieder zusammengerauft hätten. Für eine Woche oder so.« Er öffnete eine Zimmertür und wies mit großer Geste hinein. »Hier! Das Refugium der Künstlerin!«

Das Arbeitszimmer von Liane Riefers war offenbar der größte Raum der Wohnung. Ein blumiger Geruch nach Mädchenparfüm hing in der Luft. Zwei Sprossenfenster gingen auf einen sonnigen Innenhof, in einer Ecke stand ein Schlafsofa, an der einen Wand volle Bücherregale, ansonsten wurde der Raum dominiert von einem riesigen Schreibtisch, der in der Mitte stand. Es war ein schwerer Eichentisch mit geschnitzten Klauenfüßen und Messingbeschlägen. Die Tischfläche war peinlich aufgeräumt und strahlte puristische Strenge aus: ein Stapel weißes Papier, ein Köcher mit Stiften, ein Taschenkalender, eine grüne Schreibtischunterlage. Sonst nichts.

Jan schlug den Taschenkalender auf. Er schien nicht regelmäßig geführt. Die Lesung war eingetragen (»Lesung Schreck 17 Uhr Treffen Hexenturm«), der nächste Eintrag war ein Zahnarzttermin übernächste Woche, den sie nicht mehr würde wahrnehmen können.

»Hatte sie keinen Computer?«, fragte Jan. Er sah sich um. In einer Ecke stand eine Schaufensterpuppe, die eine Federboa trug und mit Edding bekritzelt war.

»Doch. Ein MacBook. Zum Solitärspielen. Geschrieben hat sie mit der Hand. Macht Peter Handke auch, sagte sie immer.«

»Wo ist das MacBook?«

»Im Wohnzimmer. Wollen Sie das jetzt mitnehmen und untersuchen und so?«, fragte Völler neugierig.

»Das wird nicht nötig sein«, wehrte Jan ab. »Warum hatte sie überhaupt ein Arbeitszimmer?«

Benedikt legte den Kopf schief. »Zum Schreiben. Und manchmal hat sie redaktionelle Arbeiten übernommen. Sie brauchte nicht

viel Geld, weil sie ja frei wohnen kann und ich ihr natürlich etwas an Miete abgedrückt habe.«
»Und ihre Versicherungen?« Elena dachte praktisch.
»Sie war ja noch an der Uni eingeschrieben. Germanistik. Hatte also Studentenstatus.«
»Wo, äh, ist denn das, was sie geschrieben hat?«, fragte Elena.
Benedikt hob die Augenbrauen und wies stumm auf den Papierkorb unter dem Tisch. Der quoll nahezu über.
»Darf ich?«, fragte Jan. Benedikt nickte.
Jan trat zum Papierkorb, nahm ein zerknülltes Blatt und strich es glatt. Es standen nur wenige Worte darauf, geschrieben mit einer runden Mädchenschrift, die »i«s zierten niedliche Kringel. »Sie schwieg. Wenn ihr Herz wüsste«, las er, »was es heute weiß …« Der Satz war durchgestrichen. Darunter stand: »Wenn ihr Herz ach, ach doch nur gewusst hätte … Was wusste ihr Herz … Was kann ein Herz überhaupt wissen …« Darunter stand: »FUCK! Fuck! FUCK!« Es war unklar, ob das Teil des poetischen Ergusses oder ein frustrierter Kommentar dazu war. »Oh«, sagte Jan stirnrunzelnd.
Benedikt grinste, es schien beinahe, als habe der Anblick von Lianes Handschrift die vorige Trauer plötzlich in Distanz verwandelt. »Große Kunst«, sagte er. »Ist viel schwieriger als Weltraumgeschichten. Darum kann man dabei auch dauernd Kaffee trinken gehen oder SMS schreiben oder Solitär spielen und muss nicht wie das Schreibtischproletariat Kopfhörer aufsetzen und schuften.«
»Irgendwie weiß ich nie, was Sie gerade ernst meinen und was nicht«, sagte Elena und sprach Jan damit aus der Seele.
Benedikt nickte anerkennend, so, als habe Elena gerade etwas sehr Schlaues gesagt.
»Ehrlich gesagt weiß ich das selber nicht.«
Jan warf einen letzten prüfenden Blick durch das Zimmer.

Benedikt geleitete sie zur Tür und fragte dann: »Wollen Sie eigentlich was von mir mitnehmen?«
»Was sollten wir denn mitnehmen?«, fragte Elena verunsichert.
»Eines meiner Werke.«
»Oh«, sagte Elena. »Natürlich. Sehr gerne.«
»Müssen Sie nicht. Aber … Ja? Okay.« Er schien sich zu freuen. »Sie müssen es nicht lesen. Aber der Verlag ballert mich mit Belegexemplaren zu, und es fällt mir schwer, die Dinger ins Altpapier zu schmeißen. So ein bisschen eitel ist man ja doch.«
Jan fragte: »Bekommen Sie deswegen immer so viele Pakete?«
Benedikt lachte. »Lassen Sie mich raten. Das hat die Nachbarin von unten Ihnen erzählt, ja? Sie beschwert sich ständig, weil der Postbote immer bei ihr klingelt.«
»Weil Sie die Klingel nicht hören, wenn Sie arbeiten.«
»Genau.« Er grinste, dann verschwand er in seinem Arbeitszimmer.
»Jaja, die Pakete mit den Drogen«, murmelte Elena.
Der Autor kam mit einem Stapel Heftchen aus sehr dünnem Papier zurück. Auf dem Cover eine Zeichnung, bunte Planeten im schwarzen All, davor schwebte eine Figur, hinter dem Visier eines Helms erkannte Jan die schreckensweit aufgerissenen Augen einer vollbusigen Astronautin. Belustigt beobachtete er, wie Elena das Cover ungläubig musterte.
»Soll ich es für Sie signieren?«, fragte Benedikt.
»Oh, gern«, sagte sie hastig.
»War ein Witz! Ich schreib das doch eh unter Pseudonym.« Jetzt lachte er wirklich, und als er die Tür hinter ihnen geschlossen hatte, schüttelte Jan den Kopf.
»Na, der war ja sehr fröhlich, dafür, dass seine Ex gerade gestorben ist.«
»Sie waren ja nicht mehr zusammen. Und zwischendurch schien er wirklich betroffen zu sein. Ich glaube, er hat nur so locker getan.«

»Kann sein. Aber offenbar ist er ziemlich durchgedreht.«
»Mir hat er ganz gut gefallen, vor allem in Unterhose.«
»Elena? Dir gefällt ein Typ, der in Unterhose ein gezacktes Schwert schwingt und dazu brüllt wie ein Orang-Utan?«
»Sah doch gut aus! Das war eben sein Klingonensport.«
»Eben! Welcher erwachsene Mensch betreibt Klingonensport?«
Elena zuckte die Achseln und grinste. »Vermutlich nicht viele. Aber vielleicht sollte man das mal anregen, so als Fortbildung im Präsidium.«
»Warum das denn?«
Elena verdrehte die Augen. »Klingonen sind männlich, Jan. Fand ich schon als kleines Mädchen.«
»Klingonen haben, wenn ich mich recht erinnere, eine kaputte Stirn und Zottelhaare und sind ziemlich aggressiv. Außerdem darf man ihnen niemals trauen.«
Beinahe mitleidig sah Elena ihn an. »Jan, mal ehrlich, von Frauen hast du keine Ahnung.«

* * *

Helen Kreisler, seine blutjunge Kollegin, hatte ausgerechnet Johannes als Wunschpartner für den Klassenausflug genannt. Normalerweise regelte man so etwas im Kollegium untereinander, meist taten sich genau die Kollegen zusammen, die sich ohnehin gut verstanden. Warum Kreisler gerade ihn mitnehmen wollte, war ihm schleierhaft. Ebenfalls schleierhaft war ihm, warum sie dies dem Direktor sagte, statt erst ihn zu fragen. Offenbar hatte das auch Theo Jarren gefunden, denn der hatte deutlich gemacht, dass er sich um solche Dinge gar nicht kümmern wollte. Das verstand Johannes. Trotzdem konnte er es dem Direktor nicht einfach machen und zusagen.
»Was ist denn jetzt das Problem, Johannes?«, fragte Jarren und

zwinkerte ungeduldig hinter seinen unmodern metallen gefassten Brillengläsern.
»Es ist ein Dienstag. Das ist mein freier Tag.«
Theo Jarren griff nach seinem Kugelschreiber. »Dann musst du eben mal auf deinen freien Tag verzichten. Deine Kinder sind ja schließlich aus dem Gröbsten raus, oder?«
Dieser mitteldeutliche, mittelwitzige Halbscherz war typisch für ihn. Johannes spürte, wie er ärgerlich wurde. Auf Helen, die ihn überflüssigerweise in diese Situation gebracht hatte. Und auf Theo Jarren, der wieder einmal demonstrierte, dass er Johannes' freien Tag für einen überflüssigen Luxus hielt, ganz anders als die Montage und die Freitage, die den Müttern des Kollegiums zustanden.
»Nein«, sagte Johannes hartnäckig. »Ich brauche den Tag.«
»Wofür?«, fragte Theo knapp.
Für einen Augenblick verschlug diese Frage Johannes den Atem. Dann sagte er, ruhig und um Beherrschung bemüht: »Zum Schreiben. Ich schreibe an einem Roman.«
Jarren schüttelte den Kopf wie ein Hund, der sein Fell von Wasser befreien wollte. »Dann schreibst du eben ein anderes Mal.«
»Ich schreibe dienstags. Deswegen habe ich meine Stunden reduziert. Ich bekomme deswegen auch weniger Geld, wie du weißt.«
»Dann schreibst du eben Mittwoch nach der Schule! Oder am Abend! Herrgott, müssen wir wirklich über so was diskutieren? Es geht um einen verdammten Tag!«
Johannes spürte heiße Wut in sich aufsteigen. Er hasste es, wie die Menschen, die nicht schrieben, darüber sprachen. Als ginge es darum, den Hund auszuführen oder den Abwasch zu erledigen. Aber er wusste, wann ein Spiel verloren war. Also sagte er: »Okay.«

Das Essen, das Johannes im Kühlschrank vorfand, trug nicht dazu bei, seine Stimmung zu verbessern. Was bei anderen Ehepaaren Nordic Walking ist, ist bei uns die Basendiät, dachte er. Vermutlich war Basendiät noch entwürdigender.
Als sein Handy klingelte und er Ruths Namen auf dem Display erkannte, war er beinahe glücklich. An einem Tag wie heute war es wichtig, mit jemandem zu sprechen, der sein Schreiben ernst nahm. Ernster als Gundel und Theo Jarren.
»Ich habe mit den anderen gesprochen«, sagte sie. »Die Sache mit der Gedenklesung steht.«
»Das ist gut.« Ruth klang besser als letztes Mal, fand er. Offenbar lenkte die Vorbereitung der Lesung sie von der Trauer ab.
»Du bist also weiterhin dabei?«
»Klar.«
»Super. Wir sollten uns in den nächsten Tagen treffen. Übermorgen vielleicht, ich schicke dir eine SMS. Irgendwann am späteren Nachmittag, da können alle.«
»Okay«, sagte Johannes, er merkte, dass er etwas unbeholfen klang. Offenbar merkte das auch Ruth, denn sie fragte: »Und wie geht's dir?«
»Ach«, sagte er. Am liebsten hätte er über die Sache mit Gundel geredet, aber das gab sein Verhältnis zu Ruth beim besten Willen nicht her. Ohne nachzudenken, sagte er: »Ich werde ein Sabbatjahr nehmen.« Es war heraus, ehe er über die Worte nachgedacht hatte. Und erst, als sie ausgesprochen waren, ging ihm auf, was er da geäußert hatte. Es schien ihm etwas zu sein, woran er vorher nicht einmal gedacht hatte.
Ruth klang recht ungerührt. »Wirklich? Das ist eine gute Idee. Dann kannst du endlich den Roman schreiben.«
»Eben.«
»So ein Roman braucht Zeit, das kann man nicht an ein paar Abenden erledigen.«

»Genau«, sagte er und spürte der Wahrheit ihrer Worte nach. Er wünschte, Theo Jarren, die dumme Kreisler und vor allem Gundel hätten diese Worte ebenfalls gehört.
»Und was sagt Gundel dazu?«
»Sie wird es wohl akzeptieren müssen.«
»Schon klar, aber wie findet sie es?«
Nicht klar, dachte Johannes, da kannte Ruth Gundel aber schlecht! Gundel war keine Frau, die Sachen einfach so akzeptierte. Er sagte: »Wir haben noch nicht in Ruhe darüber reden können.«
»Sie weiß es noch gar nicht?«
»Äh – nein. Noch nicht.«
»Ach so«, sagte Ruth und stieß die Luft aus. Es klang enttäuscht. So, als sei seine Ankündigung ohne Gundels Kenntnis gar nichts wert. Johannes spürte, wie er ärgerlich wurde. Er würde es durchsetzen. Und ob! Er konnte ihre Argumente schon hören – das Geld, die Kinder im Studium, das Haus, das sie bald würden renovieren müssen –, was im Grunde alles nur eine B-Seite des Themas Geld war.
Als ob all diese Dinge ihm etwas bedeuten würden!
Das Sabbatjahr war beschlossen. Der Roman auch.
Und wenn seine Ehe daran zerbrechen sollte, dann war es eben so.

* * *

Die Sonne brannte unvermindert, als sie im Präsidium ankamen.
»Es ist viel zu heiß«, sagte Elena und öffnete das Fenster. »Was ist eigentlich mit der verdammten Klimaanlage los?«
Jan betrachtete die an die Wand gepinnten Tatortfotos. »Die funktioniert nicht, wenn du das Fenster dauernd aufreißt.«
»Ist mir egal. Vielleicht sollten wir mal jemanden von der Haus-

technik fragen, warum es ausgerechnet in unserem Büro so heiß ist. Jan?«
Jan antwortete nicht. Er stand mit gerunzelter Stirn vor den Fotos.
»Jan, was ist los?«
Langsam drehte er sich um. »Ich weiß jetzt, was ich vergessen habe.«
»Die Klimaanlage?«
»Nein. Ich dachte doch die ganze Zeit, dass ich was Wichtiges vergessen habe. Jetzt weiß ich wieder, was es ist.« Er tippte an ein Foto. »Der Schmetterling.«
»Was soll denn damit sein?«
Jan dachte an Edith. »Er ist das Einzige, was nicht zum Märchen gehört. Das einzige Element, das vermutlich zufällig dazugekommen ist, obwohl es künstlich wirkt.«
»Wie meinst du das?«
Die Tür wurde aufgerissen, und Nina stolperte herein. Sie trug ein rot-oranges Flatterkleid und war barfuß. »Da seid ihr ja!«
»Warum bist du barfuß?«, fragte Elena.
»Es ist heiß.«
»Moment«, sagte Jan. »Gibt es was Neues von dem Schmetterling? War er im Labor?«
Nina nickte. »Ja.«
»Und?«
»Die sagen, für die genaue Identifizierung müssen wir einen Biologen fragen.«
»Einen Biologen?«
»Na, einen Zoologen, Schmetterlingsdings … eben jemanden, der sich auskennt. Jedenfalls gab es keine fremde DNA am Schmetterling. Es sieht nicht so aus, als habe jemand den unserem Opfer in die Hand gedrückt.«
»Außer«, sagte Jan, »dieser Jemand hat Handschuhe getragen.

Mal ganz blöd gefragt, wie viel DNA haftet denn an einem Schmetterling?«
Nina zuckte die Achseln. »Die im Labor hatten jedenfalls Spaß daran. Sie meinten, einen Schmetterling hätten sie noch nie auf DNA untersucht. Und ob Frenze Abwehrverletzungen bei ihm gefunden hat. Haha.«
»Okay, es sieht also so aus, als gehöre der Schmetterling nicht zur Täterinszenierung.« Jan dachte an Edith. Was hatte sie ihm eigentlich mit dem Hinweis auf die runde Geschichte sagen wollen?
Elena musterte ihn nachdenklich. »Jan, dir ist einfach zu heiß. Ich versteh nicht, was du die ganze Zeit mit diesem Schmetterling hast.«
Nina zupfte an ihrem Flatterkleid. »Ich auch nicht. Ehrlich gesagt dachte ich, ihr lasst mich jetzt hochleben, weil ich die Fotos endlich fertig habe. Was heißt endlich – in Rekordzeit!«
»Welche Fotos?«
»Die Lesungsfotos! Von der Presse!« Nina sah von Jan zu Elena und wieder zurück. Enttäuschung breitete sich auf ihrem Gesicht aus. »Ich dachte, das wäre so brennend wichtig! Ich habe alle Redaktionen verrückt gemacht, und jetzt sind die Bilder komplett. Chronologisch sortiert. Braucht ihr die jetzt gar nicht mehr oder was?«
»Doch, doch«, sagte Elena.
»Gut«, sagte Nina zufrieden. »Die reinen Porträtaufnahmen habe ich erst mal ausssortiert. Und angefangen mit der Identifizierung. Also ich bin fast fertig. Ein Typ war darauf, den ich nicht zuordnen konnte.«
»Wie meinst du das, zuordnen?«
»Na ja, wir haben vom Literaturzirkel die Liste der angemeldeten Gäste erhalten. Es gab ja eine genau begrenzte Anzahl Plätze. Die Angemeldeten und die Literaturzirkelleute konnte ich den Bil-

dern ganz leicht zuordnen, das klappte super über Bildersuche bei Google. Aber ein Mann war da, der auf der Liste nicht auftaucht.«

»Der Klingone«, sagte Elena versonnen.

»Hä?«, machte Nina. »Nein, wie ein Klingone sah der nicht aus. Eher das Gegenteil.«

»Wir schauen es uns an«, sagte Jan. »Ich fang schon mal an.« Er schob die CD ins Laufwerk. Langsam klickte er die Bilder durch. Liane Riefers erschien schon auf einem der ersten, eine eher unscheinbare junge Frau, der man nicht ansah, dass sie eine Perücke trug. Das Auffallendste an ihr waren die Schuhe in Pink. Jan sah auf die Uhrzeit. 19 Uhr 43. Da war sie noch da gewesen. Die nächsten Bilder zeigten die sich füllenden Stuhlreihen. Ganz vorn hatten die Teilnehmer des Literaturkreises gesessen, ganz außen Ruth Grosche, daneben Liane, dann Johannes, Nessi. Die Bilder boten wenig Interessantes, er erkannte weder Benedikt Völler noch sonst etwas, was ihn stutzig werden ließ. Dann kamen Bilder von Niklas Schreck, der vorn Platz nahm – ein Blick auf die eingeblendete Uhrzeit verriet, dass das pünktlich um 20 Uhr geschehen war. Dann Ruth Grosche, die ihn offenbar anmoderiert hatte, im Gespräch mit ihm, lachend, nachdenklich, schweigend. Dann nur noch er allein.

Auf dem nächsten Bild sah er Nessi auf ihrem Platz in der ersten Reihe, und unwillkürlich musste er innehalten, um sie zu betrachten. Er klickte weiter, doch offenbar war die Lesung jetzt vorbei, es kamen wieder viele Bilder von sich erhebenden Lesungsgästen, ohne dass er Benedikt Völler erkannte. Liane Riefers war auch nicht mehr zu sehen, ebenso wenig Ruth Grosche. Dann war da plötzlich wieder Nessi. Nessi im Gespräch mit dem Deutschlehrer, Johannes Schlosser. Dann Nessi im Gespräch mit einem Mittvierziger mit Fuchsgesicht und schwarzem Anzug, der hoffnungslos overdressed aussah. Auf dem nächsten Bild trat

Johannes dazu, ein unterwürfiges Lächeln im Gesicht. Er fasste den Agenten – Jan war überzeugt, dass der Mann mit Fuchsgesicht Walli war – am Arm. Nessis wütendes Gesicht sprach Bände. Diese Bilder waren die perfekte Illustration der Szene, die Nessi ihm gestern beschrieben hatte, und Jan spürte, wie sich ein beinahe dankbares Lächeln auf sein Gesicht stahl.

Keine komplizierte Eifersuchtsgeschichte, einfach nur eine berufliche Konkurrenzsituation.

Ein Kollege, der sich an ihren Agenten heranmachte.

Jan vergrößerte das Bild von Nessi. Jetzt konnte er zwischen den Lippen deutlich ihre Schneidezähne und die Lücke dazwischen erkennen. Sie trug das Haar offen, nicht geflochten wie gestern, nichts erinnerte an die Perücke der Toten. Ob das ein wichtiges Detail war, wusste Jan nicht, auf jeden Fall zerstörte es eine mögliche Ähnlichkeit zwischen ihr und der Leiche, die wenig später gefunden worden war.

Das Blau ihrer Augen war wirklich besonders. Er vergrößerte erneut, um nach den Wölkchen darin zu suchen. Leider konnte er sie trotz nochmaliger Vergrößerung nicht erkennen, dafür aber entdeckte er strahlenförmige Lachfältchen in der hellen Haut. Oder waren das Schatten ihrer langen Wimpern?

Elenas Eintreten ließ ihn zusammenfahren. »Und, hast du was?«

Schnell klickte er, doch das Bild blieb, es verkleinerte sich nur.

Neugierig sah Elena auf seinen Bildschirm. »Sie ist hübsch.«

»Wer?«, fragte er.

Elena deutete auf das Bild. »Die Blonde. Vanessa Zobel. Wir haben alle Leute zuordnen können, bis auf den großen Unbekannten. Und das ist eindeutig nicht unser Klingone. Leider. Hier auf dem Bild spricht Zobel mit dem Kerl!«

Jan sah auf den Bildschirm. »Das ist ihr Agent. Und auch Schrecks Agent. Sein Name lautet Steffen Walliczek, er kommt aus Berlin und ist an dem Abend unangemeldet dort aufgetaucht.«

Erstaunt sah Elena ihn an. »Wow!«, sagte sie. »Wie hast du das denn so schnell rausgefunden?«
»Recherche«, sagte Jan zufrieden. Ja, der gestrige Abend war ganz und gar professionell gewesen. Reine Ermittlung, die er zielstrebig zu wichtigen Ergebnissen geführt hatte. Es gab absolut keinen Grund, an seiner Professionalität zu zweifeln. Selbst das Buch auf seinem Nachttisch war Recherche. Nichts als Ermittlung! Bis auf die sehr persönliche Widmung, vielleicht.
»Unangemeldet?«, fragte Elena stirnrunzelnd.
»Ja. Spontan, so sagte er wohl.«
Nachdenklich sah Elena auf den Bildschirm. »Soso. Dann wollen wir den Herrn mal fragen, was ihn an einem ganz gewöhnlichen Abend so ganz spontan von Berlin ins ferne Rheinland verschlagen hat.«

* * *

Ruth legte ihr Handy weg und schüttelte unwillkürlich den Kopf. Dann füllte sie zum dritten Mal ihre rote Lieblingstasse. »Das ist eine wunderbare Idee von dir, Ruth!«, hatte Nessi gesagt. »Eine schöne Gelegenheit, ihr Andenken zu ehren.«
Dumme Kuh!, dachte Ruth. Zu ehren? Sie wurde das Gefühl nicht los, dass die anderen seltsame Vorstellungen mit der Gedenk-Lesung verbanden. Sowohl Benedikt als auch Nessi hatten sich wohlwollend, aber irgendwie gönnerhaft geäußert, ganz so, als erwiesen sie Liane eine beinahe unverdiente Ehre damit, dass sie ihre Geschichten vortrugen. Ein Groschenheftschreiber und eine erfolglose Regio-Autorin!
Wer glaubt ihr, wer ihr seid?, dachte Ruth. Das dachte sie oft, wenn sie mit Autoren zusammen war. Vielleicht rührte ihr kritischer Blick daher, dass sie als Einzige nicht schrieb, sondern nur las, und sich deshalb nicht ständig ihr Ego zwischen sie und die

Texte zwängte. Es war kaum zu fassen, wie sehr jeder Autor auf seine Art von sich eingenommen war, immer wieder hatte sie mit Liane darüber geredet. Liane hatte ein schlechtes Gewissen gehabt, weil sie so viel lästerten. »Wir lästern nicht!«, hatte Ruth immer protestiert. »Das ist reine Selbsthilfe! Wir sind eine Zweier-Selbsthilfegruppe, die unter zu vielen egozentrischen Schriftstellern leidet!« Und sie hatte genau gewusst, dass nicht sie selbst diese Gespräche bitter nötig hatte, sondern Liane. Denn Liane war anders gewesen als Nessi, die vor Selbstsicherheit strotzte und unbekümmert Bonn mit blutigen Serienmorden voller Knochensplitter und Gedärm überzog, ungeachtet der Tatsache, dass das kaum jemand lesen wollte. Anders auch als Johannes, für den sein Roman ziemlich offensichtlich nur eine Flucht vor dem langweiligen Schulalltag, dem nahenden Rentenalter und vor seiner dominanten, erzkonservativen Ehefrau war. Oder Bene, der nur von Plot und Markt und seinen Lesern sprach, was nichts anderes bedeutete, als dass er gar keinen inneren Bezug zu seinen Texten hatte, die er beliebig mit Weltraumwaffen und Phantasie-Physik vollstopfte, um diese Elemente dann nach einem genau vorgegebenen Schema zu einem Achtzig-Seiten-Abenteuer zu montieren. Für alle drei gehörte das Schreiben irgendwie zu einer Selbstdarstellung, bei der sie ziemlich gut wegkamen. Liane war es um die Sache gegangen, sie hatte wirklich versucht, besser im Schreiben zu werden. Und sosehr die anderen im Literaturkreis sich oft darüber lustig gemacht hatten, dass Liane keine Geschichte zu Ende brachte, Ruth hatte es verstanden. Liane merkte eben, wenn etwas nicht gut genug war. Dafür hatte Ruth sie bewundert. Während der Rest der Gruppe stoisch Text um Text vortrug, um dann jede Kritik arrogant abzuweisen, war Liane außerordentlich selbstkritisch gewesen. Und deswegen auch so unsicher.

Aber diese Lesung würde sie bekommen. Dieses Mal würde man

ihr zuhören. Und die anderen würden keine Kritik äußern können, sondern wären gezwungen, Lianes Texte, diese wunderbaren, unvollendeten Fragmente einer sensiblen jungen Frau, anzuhören, ohne sie zu kommentieren. Vielleicht würden Lianes Worte dann endlich ihre Wirkung entfalten können. Das wäre das Schönste, was passieren könnte.
Spannend war nur die Frage, wie der Zirkel auf den unerwarteten Besuch reagieren würde. Und der Moment, wenn sie erkannten, dass nicht etwa sie selbst, sondern Niklas Schreck Lianes Texte vorlesen sollte.
Zum vierten Mal füllte Ruth ihre Tasse und unterdrückte ein Grinsen. Eins war klar: Wenn die anderen jetzt schon wüssten, dass durch die Anwesenheit von Niklas Schreck ihre Chance auf ein Foto in der Lokalpresse gleich null war, würden sie alle zu Hause bleiben. So wenig war ihnen Liane nämlich wert.

* * *

Offenbar war der Agent sehr beschäftigt. In der Berliner Agentur sagte man Jan, er sei derzeit nur auf Handy zu erreichen, unter der Handynummer ging jedoch niemand dran, obwohl Jan es mehrfach versuchte. Er hinterließ sowohl auf der Mailbox als auch in der Agentur eine dringende Bitte um Rückruf. Erst als er aufgelegt hatte, fiel ihm ein, dass er ebenso gut nach dem Bonner Hotel fragen konnte, in dem Walliczek abgestiegen war. Also rief er erneut in der Agentur an.
»Bedaure«, sagte die helle Stimme der Sekretärin. »Das kann ich Ihnen leider nicht sagen.«
»Sie wissen nicht, in welchem Hotel Herr Walliczek wohnt?«
»Doch, natürlich. Aber ich werde Ihnen das nicht sagen.«
Ihre Antwort machte Jan sprachlos. Er legte auf, als Nina hereinkam. In der Hand hielt sie einen Zettel.

»Frenze hat sich gemeldet.«
»Gibt es was Neues wegen der Obduktion?«
Sie schüttelte den Kopf. »Nein. Er wollte dich trotzdem sprechen, aber ich hab gesagt, du telefonierst gerade.«
»Danke«, sagte Jan erleichtert. Frenze wäre der Letzte, mit dem er jetzt ohne zwingenden Grund hätte sprechen wollen.
Nina lächelte. »Ich bin nett, ich weiß. Ich soll dir aber ausrichten, dass die Sektionsbefunde alles bestätigt haben, was er vermutet hat. Unter anderem hat er eine, äh …«, sie sah auf den Zettel, »… eine schöne pralle blutgestaute Leber und Nieren gefunden, was das mit dem Ersticken bestätigt. Das sollte ich dir wörtlich ausrichten. Sieht nach Plastiktüte als Mordwaffe aus. Der ausführliche Bericht folgt, aber ohne Erklärungen versteht ihr den eh nicht.«
»Wir?«, fragte Jan.
»Das war ein wörtliches Zitat, das ich dir ausrichten soll.«
»Oh, danke«, sagte Jan. In diesem Moment klingelte sein Handy. Es war Nicoletta.
»Hallo, Jan.« Ihre Stimme klang verlegen.
»Hallo.«
»Ich wollte mich wegen gestern Abend entschuldigen. Ich fürchte, da hatte ich ganz schön viel getrunken, und … Na ja, ich wollte mich nur vergewissern, dass ich deine neue Freundin nicht vergrault habe.«
»Hast du nicht.«
Ihre Antwort kam wie aus der Pistole geschossen, nein, schneller.
»Ach, das war also echt deine neue Freundin?«
Er musste grinsen. »Bisher nicht. Aber soweit ich weiß, hast du sie immerhin nicht vergrault.«
Nicoletta atmete geräuschvoll aus, es klang erleichtert. Ob diese Erleichterung daher rührte, dass sie niemanden vergrault hatte, oder daher, dass Nessi nicht seine Freundin war, konnte er nicht heraushören.

»Das ist gut, Jan. Ich wünsche dir wirklich alles Gute, jetzt, wo ich so glücklich mit Georg bin. Wir hatten gestern –«

Jan wollte keine Details von Nicolettas Liebesglück hören, aber etwas an dem, was sie gesagt hatte, hing irgendwie fest. Gestern. Glücklich. Champagner. Da hatte ein Champagnerkübel auf dem Tisch gestanden.

Und sie waren so aufgekratzt gewesen, beide.

»Wovon sprichst du?«, fragte Jan argwöhnisch.

Sie lachte atemlos. »Es ging jetzt natürlich rasend schnell, aber umso schöner ist es ja! Georg kann es selbst kaum glauben, und ich, na ja …«

»Jetzt sag nicht, dass du den Glatzkopf heiraten willst«, sagte er. Seine Stimme klang heiser.

Nicoletta kicherte. »Wegen dem Champagner, meinst du? Nein, natürlich nicht. Aber es gibt wirklich tolle Nachrichten. Es geht um Georgs Gedichte. Kannst du ein Geheimnis bewahren?«

Jan überlegte. Konnte er? Wollte er? Was er auf jeden Fall wollte, war: wissen, was sich hinter dem Champagner verbarg. »Klar«, sagte er.

»Georg wird sein eigenes Buch herausbringen! Ist das nicht unglaublich?«

»Ein Buch?«

»Ja!«

»Mit seinen Gedichten?«

»Natürlich. Darum haben wir doch so viel Champagner getrunken. Georg war total glücklich an dem Abend. Ein echtes Buch! Natürlich«, beeilte sie sich zu sagen, »hat er schon eine Menge fachwissenschaftliche Sachen veröffentlicht, er ist ja sehr, äh, renommiert, aber als Dichter groß rauszukommen, ist dann doch etwas ganz anderes!«

»Hm.«

»Es ist so unglaublich – wie viele Leute schreiben seit Jahrzehn-

ten in ihrem stillen Kämmerlein und bekommen nur Absagen, und ausgerechnet bei Georg klappt es auf Anhieb!«
»Das ist wirklich unglaublich«, sagte Jan langsam.
»Sag mal, Jan, jetzt, wo du diese Schriftstellerin triffst – vielleicht können wir ja mal zu viert ausgehen. Das wäre bestimmt lustig, meinst du nicht? Und vielleicht kann sie Georg ein paar Tipps geben.«
»Vielleicht«, sagte Jan. Er fühlte sich plötzlich sehr erschöpft.
Wieder lachte Nicoletta ihr atemloses Lachen. »Danke, Jan! Ich bin so froh, dass du nicht neidisch bist. Weißt du, ich hab das ja ein bisschen boshaft gesagt, dass du mir nie Gedichte geschrieben hast – aber ich weiß natürlich, dass du gar nicht der Typ dafür bist. Nur wenig Männer sind so. Und noch weniger Männer schreiben so gute Gedichte, dass sie sogar veröffentlicht werden!«
Es gelang Jan nur mit Mühe, Nicolettas Begeisterungsschwall zu unterbrechen und das Telefonat zu beenden.
Für einen Moment starrte er an die Wand. Es war einfach nicht möglich. Auch wenn er sich nicht auskannte mit Gedichten und Büchern, er wusste, wann jemand ein Blender war. Ein Angeber. Ein Schaumschläger. Frenze war all das. Da ist etwas faul, dachte Jan. Und er hoffte sehr, dass das kein Wunschtraum war.

* * *

Ein Lachsauflauf war eine gute Idee. Etwas anderes als das Basen-Zeug, das sie sonst aßen. Lachsauflauf war geradezu symbolisch dafür, dass sich etwas ändern würde. Und Gundel hatte Lachs immer gemocht.
Nach dem Streit sollte er erst einmal wieder für gute Stimmung sorgen, und das ging in einer Ehe am besten mit Essen, fand Johannes. Den Gedanken, was gemeinsames Basenfasten über seine Ehe aussagte, verdrängte er lieber.

Ich weigere mich nicht, dem Schuldienst nachzugehen, würde er sagen. Ich nehme lediglich ein Sabbatjahr.
Dann würde sie sagen, dass sie auch oft keine Lust hatte zu arbeiten und es dennoch tat.
Ich habe durchaus vor zu arbeiten, würde er sagen. Romanschreiben ist auch Arbeit, auch wenn du das nicht verstehst.
Schwierig, wirklich schwierig würden die Argumente wegen des Geldes sein. Sie hatten ein Haus abzubezahlen. Es würden möglicherweise Reparaturen auf sie zukommen. Und die Mädchen waren im Studium.
Es ist eine Investition, würde er sagen. Denn wenn der Roman so gut wird, wie ich glaube, werde ich dafür Geld bekommen. Und außerdem geht es nicht immer nur um Geld. Dann verzichten wir eben mal auf Urlaub und den ganzen Schnickschnack. Jahrelang habe ich auf das Schreiben verzichtet. Ohne Verzicht geht es nicht.
Er griff nach dem Handy, um sie anzurufen.
»Johannes«, sagte sie, als sie abnahm.
»Hallo«, sagte er. »Tut mir leid wegen unseres Streits.«
»Mir auch.« Er hörte die Überraschung in ihrer Stimme.
»Hör mal, wann bist du heute zu Hause? Ich würde gern etwas mit dir besprechen.«
»Besprechen?« Sie klang verwundert. »Das passt gut. Ich wollte dasselbe vorschlagen. Ich komme, so früh es geht, ja?«
»Das ist gut.« Dann wollte er noch hinzusetzen: »Bis nachher«, doch sie hatte schon aufgelegt.
Lachsauflauf, dachte Johannes. Er würde einkaufen müssen. Und es war ganz und gar nicht schlimm, dass sein Feierabend jetzt komplett für Telefonate und Streitgespräche und Kochen draufging.
Denn in seinem neuen Leben würde jeder Tag ein Dienstag sein.

* * *

Er suchte in seinem Handy nach Nessis Nummer.
»Ich schlafe gerade«, sagte sie anstelle einer Begrüßung.
»Tut mir leid.«
Sie gähnte.
»Kann ich dich etwas fragen?«
Sie gähnte erneut. »Nein. Ich muss erst einen Kaffee trinken. Ich ruf dich gleich zurück.« Ohne ein weiteres Wort legte sie auf.
Offenbar hatte die Schriftstellerin einen merkwürdigen Tagesrhythmus. Hatte sie gestern nicht gesagt, dass sie vormittags im Callcenter arbeiten musste? Vielleicht schlief sie danach, um dann die Nacht durchzuschreiben. Irgendwie gefiel Jan der Gedanke.
Während er auf ihren Rückruf wartete, ging er noch einmal alles durch, was ihm die anderen gesagt hatten. Jeder schrieb Gedichte. Es gab keinen Markt für Gedichte. Frenze war ein Angeber. Womöglich hatte er Nicoletta angelogen, um ihr zu imponieren.
Sein Handy schrillte, und hastig griff er danach.
»Kaffee ist getrunken«, sagte Nessi. »Jetzt bin ich halbwegs wach. Puh, du rufst aber schnell an. Wir waren doch gestern Abend erst aus!«
»Ich rufe gar nicht deswegen an«, sagte Jan unbehaglich. »Ich brauche mal eben deine fachliche Einschätzung.«
»Meine fachliche Einschätzung?«
»Es geht um den aktuellen Fall. Du musst mir da mal was erklären.«
»Und ich dachte schon, du bist hier der Polizist. Aber sag ruhig, wie ich dir helfen kann.« Sie klang belustigt.
»Eine Person aus dem Umfeld des Opfers hat offenbar ein Angebot für ein Buch erhalten.«
»Johannes?«, rief sie scharf. Jetzt schien sie hellwach.
»Nein.«
»Puh! Da bin ich aber froh. Okay – was für ein Angebot? Worum geht es?«

»Es geht um einen Gedichtband.«
»Gedichte?« Jetzt lachte sie. »Ach so. Und was willst du jetzt genau wissen?«
»Man hatte mir gesagt, dass kein Mensch Gedichte kaufen will.«
»Genau so ist es.«
»Wie kann es dann sein, dass dieser Kerl ein Angebot bekommen hat?«
Etwas klirrte gegen den Hörer, vermutlich die Tasse, aus der Nessi gerade trank.
»Druckkostenzuschuss.«
»Was?«
»Es ist kein Angebot in dem Sinne. Es ist eine Dienstleistung. Jemand bietet dem Betreffenden an, aus seinen Gedichten ein Buch zu machen, und die Kosten dafür muss der Autor selber tragen. Ist ein gängiges Modell.«
»Ist das ein Grund zu feiern?«
»Das kann man sehen, wie man will. Jeder kann auf eigene Kosten seine Sachen rausbringen. Es ist jedenfalls nicht dasselbe, wie wenn ein Manuskript bei einem professionellen Verlag unterkommt.«
Jan spürte, wie Erleichterung ihn durchflutete. »Okay, danke.«
»Sag mal, Jan, sprichst du zufällig von dem Typen gestern Abend? Diesem dichtenden Rechtsmediziner?«
»Ja.«
»Und liegt dein Interesse daran, dass dieser Kerl deiner Ex-Freundin Gedichte schreibt?«
»Nein.«
»Na, dann ist ja gut.« Wieder gähnte sie. »Also wenn es dich interessiert – der Typ hat garantiert kein Talent. Hab ich sofort gemerkt. Er ist ein Angeber. Ich wette, der ist nicht selbstkritisch genug, um seine Sachen auch nur dreimal durchzugehen. Er schmiert irgendetwas hin und hält sich dann für genial. Soll er

doch sein Taschengeld dafür ausgeben, um seine Gedichte unters Volk zu bringen, wenn er will.«

Jan war erleichtert. »Danke für deine Einschätzung.«

»Bitte!«

Jan spürte, wie ihn eine Welle der Zuneigung zu Nessi überrollte. Sie war schlau. Und hübsch. »Ich habe bestimmt bald noch ein paar Fragen an dich.«

»Das hoffe ich.«

»Ich ruf dich an.«

»Okay.«

Er steckte sein Handy weg und setzte sich wieder an den Schreibtisch. Es war nach sieben. Er musste eigentlich nach Hause, um mit Edith zu Abend zu essen. Aber er blieb noch einen Moment sitzen und freute sich bei dem Gedanken, dass Nessi auf seinen Anruf wartete. Zumindest hatte das eben so geklungen. Oder?

»Was grinst du denn so?«, fragte Elena neugierig.

»Nichts.«

»Dafür siehst du aber ziemlich gut gelaunt aus!«

»Bin ich auch. Vielleicht erzähl ich es dir bald mal. Bei einem Bier.«

* * *

Als Gundels Schlüssel sich im Schloss drehte, war der Tisch gedeckt. Servietten, das gute Geschirr, sogar zwei Kerzen brannten. Den Weißwein hatte er kalt gestellt.

»Du hast gekocht?«, fragte sie erstaunt und blieb in der Küchentür stehen, um sich umzusehen. »Das ist aber lieb von dir!« Sie beugte sich vor und küsste ihn.

Ehefrauenkuss, dachte er. Spitz, trocken.

»Ich dachte, ich wäre mal wieder dran«, lächelte er. Er sah ihr dabei in die Augen, damit sie merkte, wie aufmerksam er war. Er

musste für gute Stimmung sorgen, das war ganz wesentlich für den Ausgang dieses Abends.
»Ich werde ja verwöhnt!«, rief sie, als sie den gedeckten Tisch im Wohnzimmer sah, und warf ihm einen dankbaren Blick zu, in dem er das Bedauern über den vergangenen Streit las. Dann schnupperte sie. Jetzt sah sie irritiert aus. »Das riecht gut. Aber ...«
»Ja«, sagte er und gab ihr einen Kuss. Dass es beinahe ein trockener Ehemannkuss war, dass sie ein altes Ehepaar waren, das konventionelle Sätze und konventionelle Küsse tauschte, den Gedanken schob er sogleich wieder weg.
»Es riecht nach Lachs. Und Sahne«, stellte sie fest.
»Deine Nase ist wie immer hervorragend.«
»Aber ...«
»Setz dich erst einmal«, sagte er. »Und hör mir zu.«
Tatsächlich schwieg sie und setzte sich. Damit hatte er kaum gerechnet. Ein guter Anfang, vermutlich. »Ich finde, es reicht jetzt mit der Basendiät. Gesunde Ernährung ist wichtig, aber nicht alles. Es gibt andere Dinge, um die wir uns vielleicht kümmern sollten.«
»Jetzt bin ich aber gespannt«, sagte sie. Sie sah allerdings eher besorgt als gespannt aus.
Das wird schwierig, dachte Johannes. Er lächelte noch mehr. »Möchtest du Wein?«
»Gern.« Während sie den gedeckten Tisch betrachtete, füllte er die Gläser. Er kam sich vor wie jemand in einer Serie. Oder in einer Kochsendung. War es ein schlechtes Zeichen, dass er diese Szene nicht im ehelichen Repertoire hatte?
Sie registrierte die geschnittenen Baguettescheiben, den Salat, und kaum hatte er ihrer beider Teller gefüllt, fragte sie: »Was ist los?«
Er nahm sein Weinglas und hielt es hoch. »Wie meinst du das?«
Ihr Blick war argwöhnisch geworden. »Es ist doch etwas.«

»Was?« Er starrte sie an. »Nein, natürlich nicht. Ich wollte mich einfach nur mal in Ruhe mit dir unterhalten.«
Ihr Gesichtsausdruck entspannte sich. »Ah, das ist schön.«
Wovor hatte sie Angst gehabt?
Sie sagte: »Das wollte ich auch.«
»Oh«, sagte er. Er suchte die Topflappen heraus, stellte die Auflaufform auf den Tisch und verteilte den Fisch gerecht auf beide Teller. »Soße?«, fragte er.
Sie nickte.
Er setzte sich ihr gegenüber. »Prost«, sagte er. »Guten Appetit.«
»Du zuerst«, sagte sie.
»Bitte was?«
»Reden. Fang du an. Du siehst so ernst aus.«
»Es ist auch ernst.«
»Jetzt machst du mir etwas Angst.« Sie griff an ihre Perlenkette.
Er nickte. Nur nicht ausweichen, dachte er. Und sagte: »Der Dienstag reicht mir nicht.«
»Welcher Dienstag?« Verständnislos sah sie ihn an, ihre Backen hingen, stellte er nebenbei fest.
»Der freie Dienstag. Ich hatte mir das so vorgestellt, dass ich einen freien Tag in der Woche zum Schreiben nutze, aber ich merke, dass das keinen Sinn macht. Dafür ist der Roman zu komplex. Ein freier Tag, das geht vielleicht, wenn man einen Französischkurs macht oder Sport, aber wenn man wirklich schreiben will, funktioniert es nicht.«
»Und?«
»Und darum will ich mehr. Ich nehme ein Sabbatjahr.«
Sie sah ihn an und stieß hörbar die Luft aus.
Jetzt, dachte er. Jetzt legt sie los. Und sagt all die Dinge. Er wappnete sich, ging im Geiste seine Argumente durch.
Doch Gundel sagte nichts davon. Sie sagte: »Puh, und ich dachte, es hätte etwas mit dem Polizisten zu tun.«

»Mit dem Polizisten?«
»Ich hab mir Sorgen gemacht. Nicht, dass ich dachte ... Du weißt ja, dass ich weiß ...« Sie beugte sich vor und griff eilig nach seinem Arm. »Aber die Leute reden, weißt du. Und wegen dieser dummen Sache auf dem Abiball letztes Jahr ... Wenn dann einem jungen Mädchen was passiert, fangen manche gleich an zu quatschen.«
Das entwickelte sich ganz und gar anders, als er gedacht hatte. Unwillig entzog er ihr seinen Arm. »Ich weiß gar nicht, wovon du sprichst.«
»Johannes, die Leute haben eben zu viel Phantasie. Weil du da mit dieser Schülerin getanzt hast.«
Er schüttelte den Kopf. »Ich wollte mit dir über meine Pläne reden. Ich nehme ein Sabbatjahr. Es ist bereits entschieden.« Seine Stimme klang jetzt trotzig, für einen Moment glaubte er sogar seine Tochter Lisa zu hören, wenn sie versuchte, sich ihrer Mutter zu widersetzen.
Gundel nickte. »Hm. Ich weiß gar nicht, was ich jetzt sagen soll.«
»Das bedeutet natürlich eine große Veränderung für uns. Ganz im Ernst, unser ...«, er zögerte, »... Gespräch hat mir im Grunde gezeigt, dass ich das Schreiben nicht ernst genug genommen habe. Deswegen hat es nicht funktioniert. Wer schreiben will, wer wirklich schreiben will, muss sich dafür entscheiden, ganz und gar. Und darum werde ich etwas ändern.«
Sie bewegte den Mund sehr komisch. So, als müsse sie ein Lachen unterdrücken. Oder als kontrolliere sie mit den Zähnen, ob ihr Gebiss richtig saß. Dabei besaß sie gar kein Gebiss. Aber eines Tages ... Ihm wurde immer unwohler. Schnell fuhr er fort: »Mir ist klar, dass das überraschend für dich kommt. Und dass es Einschränkungen für uns bedeutet. Deswegen wollte ich das in Ruhe mit dir besprechen. Allerdings muss ich sagen ...«
»Ja?«

»Dass mein Entschluss tatsächlich schon feststeht. Nur weil ich jahrelang jeden Morgen zur Schule gegangen bin, heißt das nicht, dass ich das bis in alle Ewigkeit so weitermachen muss.«
Was Gundel dann tat, war etwas, was er nicht erwartet hatte. Sie stellte das Weinglas ab und lachte. Sie lachte, bis ihr die Tränen kamen. »Gundel?«, fragte er verunsichert.
Sie lachte weiter, Tränen liefen ihr übers Gesicht, sie wischte sie mit den Handrücken weg und lachte weiter. Dann legte sie die Hände auf den Tisch und sagte: »Die bieten mir die Abteilung an.«
Für einen Moment begriff er nicht.
»Was soll das heißen?«
»Das soll heißen: zwanzigtausend mehr im Jahr, ein Dienstwagen und erheblich mehr Verpflichtungen, vor allem in Bezug auf Reisen.«
»Ich verstehe nicht.«
»Du rennst offene Türen ein, soll das heißen! Johannes, ich wollte ablehnen, weil ich dachte …« Sie schüttelte den Kopf. »Ich weiß gar nicht, was ich dachte. Aber wenn du für ein Jahr aussteigen willst – das macht gar keinen Unterschied, finanziell. Vermutlich kommt unterm Strich ab jetzt trotzdem etwas mehr dabei raus.«
»Ach so«, sagte er langsam. Er spürte, wie etwas in ihm anschwoll, wie er wütend wurde.
Sie lächelte und hob ihr Glas. »Lass uns anstoßen! Auf die Veränderungen. Und …« Sie zögerte. »Und auf deinen Roman.«
Als ihre Gläser klirrten, hörte sich das falsch an. Das musste selbst sie bemerkt haben, denn sie beugte sich zu ihm vor und runzelte die Stirn.
»Was ist denn los, Johannes?«
Er schüttelte den Kopf, fassungslos. »Denkst du denn gar nicht an unsere Töchter?«

* * *

Kurz bevor er das Präsidium verlassen hatte, war noch ein Anruf von Christine Riefers eingegangen. Tatsächlich hatte sie die Adresse der Klinik herausgerückt, in der ihre Tochter vor fünf Jahren für acht Wochen behandelt worden war. Jan hoffte sehr, dass man ihm dort helfen würde, diese merkwürdige Rapunzelkrankheit zu verstehen. Er hatte sich durch eine Menge Artikel und Forumsbeiträge gegoogelt, ohne dass ihn dies irgendwie weitergebracht hätte.

Morgen würde er der Klinik in Ahrweiler einen Besuch abstatten. Aber erst würde er wie verabredet mit Edith zu Abend essen. Einmal in der Woche tat er das, er wusste, wie sehr sie es genoss, für ihn zu kochen und ihm von ihrem ereignisarmen Tag zu erzählen, den Königswinterer Klatsch der Hauptstraße breitzutreten und ihn nach seiner Arbeit zu löchern. Er war schon zu spät, wie er mit schlechtem Gewissen feststellte, aber seine Großmutter hatte sich inzwischen vermutlich daran gewöhnt, dass er die vereinbarten Zeiten selten einhielt. Immer saß sie geduldig mit dem warm gehaltenen Essen am gedeckten Tisch und wartete auf ihn.

Als er das Treppenhaus betrat, stutzte er. In der Luft lag ein merkwürdiger Geruch. War Edith etwa das Essen angebrannt? Statt sofort in sein Zimmer zu gehen wie sonst, ging er die halbe Treppe höher zu Ediths Wohnung und schloss auf. Hier roch es durchdringend nach Verbranntem.

»Edith?«

Keine Antwort.

Er trat ins Wohnzimmer. Als Erstes sah er, dass der Tisch nicht wie sonst gedeckt war, und das machte ihm Angst. Sie saß nicht wie sonst am Tisch, auch nicht in ihrem Ohrensessel. Es musste etwas passiert sein. Er trat in die Küche, auch hier keine Spur von Abendessen, dafür ein Topf mit schwarzem Boden, daneben ein offener Milchkarton. Es war heiß in der Küche, und der Grund dafür war die rotglühende Herdplatte. Sofort drehte er sie ab. »Edith!« Er stürzte in ihr Schlafzimmer, und da lag sie auf ihrem Bett, vollständig bekleidet, die Augen geschlossen. Zuerst dachte er, sie sei tot.

»Edith!«

Sie schlug die Augen auf und sah ihn verwirrt an. »Habe ich den Wecker nicht gehört?«

»Den Wecker?«

»Habe ich verschlafen? Dann lass uns schnell machen, Junge, nicht, dass du zu spät zur Arbeit kommst.«

Die Erleichterung, sie sprechen zu hören, schlug in Besorgnis um. »Aber was redest du denn, Edith? Es ist Abend! Wir waren zum Essen verabredet!«

»Wirklich?« Sie richtete sich verwirrt auf.

»Ist dir nicht gut? Du bist so komisch. Tut dir etwas weh?«

Erschrocken sah sie ihn an. »Nein, alles bestens.« Sie stand auf und schwankte, so dass sie sich festhalten musste. »Ich habe nur … Ich bin nur …«

Hilflos sah sie ihn an, der Anblick schnitt ihm ins Herz. Er wollte nach der Milch fragen, sagen, dass sie besser aufpassen musste, dass das Haus hätte abbrennen können, aber das konnte er nicht. Stattdessen nahm er sie in den Arm und flüsterte: »Wir reden später.«

* * *

Als Elena nach Hause fuhr, musste sie unfreiwillig an den Anruf von Christine Riefers denken, den sie eben noch entgegengenommen hatte. Die Erinnerung an ihr gruselig gefrorenes Lächeln hatte sich Elena fest eingebrannt. Eine entsetzliche Frau, dachte sie, als sie die Ausfahrt nahm. Und vermutlich schwer gestört. Krankhaft fixiert auf den Ex-Mann, dem sie alles Übel der Welt zuzuschreiben schien. Trauer um die ermordete Tochter hatte Elena nicht entdecken können. War das überhaupt möglich, dass eine Mutter nicht um ihre Tochter trauerte? Es hatte beinahe so gewirkt, als sei der gewaltsame Tod der Tochter in ihren Augen eine angemessene Strafe für den Vater. Ein Zeichen für die Welt, dass dieser auf ganzer Linie versagt hatte. Eine Art Gottesurteil, wie ein Gutachten, das seine vollumfängliche Schuld bezeugte.

Dabei war eine Trennung der Eltern für Kinder manchmal viel besser, sagte sich Elena. Oder? Besser auf jeden Fall, als wenn sie mit unglücklichen Eltern zusammenlebten. Wieder schob sich das starre Lächeln der Frau zwischen ihre Gedanken.

Für eine Tochter ist ein Vater …

Offenbar hatten in dieser Konstellation alle Beteiligten versagt. Sie hatten es nicht geschafft, sachlich und vernünftig zu bleiben. Gut, dass es bei Reimann anders lief! Und gut, dass sie selbst kein Problem damit hatte, dass er Kinder hatte. Sie selbst würde sich selbstverständlich niemals zwischen ihn und seine Kinder stellen. Außerdem war Sofia kein gestörter, Haare ausreißender Psycho, sondern ein ganz normaler Teenager. Ein Teenager, der mitten in der Nacht heulend auftauchte. Und der etwa dreißig Kilogramm wog.

Wieder dachte Elena an die Frau.

Sie hatte ein total verdrehtes Weltbild. Mit Sicherheit war die Stiefmutter souverän mit der Situation umgegangen, etwa so wie Elena. Elena, die absolut kein Problem damit hatte, dass ihr Feierabend nicht etwa aus Bier und Vögeln bestehen würde, sondern dass sie zu dritt mit dem Heuschreckenmädchen auf dem Sofa sitzen würden. Bei dem Gedanken an das Sofa zuckte Elena zusammen, sie wollte nicht, dass das Mädchen ihr Sofa mit abgeplatztem Nagellack vollkrümelte.

Nein – sie würden essen gehen, beschloss sie. McDonald's. Zwar

hasste sie McDonald's, aber sie war bereit, sich anzupassen. Das war teenagergerecht und hatte viele Kalorien. Sie war sehr zufrieden mit sich.
Als sie die Wohnungstür aufschloss, wunderte sie sich über die Stille. Normalerweise hörte Reimann in ziemlich ohrenbetäubender Lautstärke Musik, wenn er allein war.
»Hallo!«, rief sie. »Ich bin da!« Mitten im Flur lag ein grellgrüner Flipflop mit einer Plastikrosette, sein Pendant entdeckte Elena, als sie ihre Tasche auf das Sideboard legte. Elena fühlte sich komisch, wie ein Eindringling. Dies ist meine Wohnung, erinnerte sie sich. Sie sammelte die Flipflops ein und legte sie nebeneinander unter die Garderobe. »Hallo?«, rief sie. Und dann noch einmal: »Hallo?«
Keine Antwort. Sie streifte ihre Chucks ab, ließ sie neben den Flipflops liegen und öffnete die Wohnzimmertür.
Da saßen sie auf dem Sofa und wirkten, als hätte man sie gestört. Meine Wohnung, erinnerte sich Elena.
»Hallo«, sagte Reimann. Er schien unschlüssig, ob er aufstehen und Elena begrüßen sollte. Das Heuschreckenmädchen hatte die Haare zurückgebunden und sah verweint aus. Sie wich Elenas Blick aus.
»Und?«, fragte Elena und strahlte das Mädchen offensiv an. »Wie geht's?« Sie merkte selbst, dass das bescheuert klang.
»Es geht Sofia nicht so gut«, sagte Reimann, während das Mädchen beharrlich schwieg. Elena sah, dass ihre Fingernägel jetzt dottergelb glänzten. Automatisch suchte sie nach Flecken auf dem Polster. Hatte die sich etwa hier die Nägel lackiert?
»Das tut mir aber leid«, sagte sie dann, trat zu den beiden und setzte ein betroffenes Gesicht auf. Wie von selbst wanderte ihre Hand zu Reimanns breiter Schulter, die zumindest fühlte sich an wie immer, das tat gut. Reimann griff nach ihrer Hand und drückte sie. Das tat auch gut.

»Wie wäre es, wenn wir was essen gehen? McDonald's? Pizza Hut? Worauf hast du Lust, Sofia?« Jetzt wandte sie sich direkt an das Mädchen.

Dessen einzige Reaktion war, dass es die Arme verschränkte.

Reimann drückte Elenas Hand noch einmal, diesmal fester. »Ich glaube, es wäre Sofia am liebsten, wenn wir allein gehen.«

»Kein Problem«, sagte Elena erleichtert. »Dann können wir in Ruhe besprechen, wie wir morgen mit diesem Agenten weitermachen. Sofia kann ja fernsehen. Oder was willst du machen, Sofia? Wir haben auch DVDs.«

Jetzt sah das Mädchen Elena zum ersten Mal an.

»Äh«, sagte Reimann. »Ich meinte, wenn sie und ich allein gehen. Wir müssen etwas besprechen. Vater und Tochter, du weißt schon.«

»Oh«, sagte Elena. »Kein Problem. Geht nur, ihr beiden.« Das Mädchen sah neugierig von einem zum anderen.

»Sofia, zieh schon mal deine Sachen an«, sagte Reimann und klapste ihr auf den knochigen Rücken. Zu Elenas Überraschung erhob sich das Mädchen tatsächlich vom Sofa und verschwand im Flur.

Reimann trat zu Elena und umschlang ihre Hüfte, aber es fühlte sich fremd an. Beiläufig irgendwie, auf jeden Fall anders als sonst. Unschlüssig vielleicht.

»Ist das ein Problem?«, fragte er in ihre Haare hinein.

»Nein, natürlich nicht.«

»Dann hast du immerhin Zeit, endlich das verdammte Buch zu lesen.« Reimann lächelte schief.

»Super«, sagte Elena, allerdings, ohne zu lächeln. »Genau das, was ich mir unter einem schönen Feierabend vorstelle.«

Eine Bewegung an der Wohnzimmertür ließ sie sich umdrehen. Da stand das Heuschreckenmädchen und beobachtete sie. »Kommst du, Papa?«, fragte sie.

Reimann beugte sich vor und streifte flüchtig Elenas Wange, es kratzte vertraut. »Wir bleiben nicht lang«, versprach er.
»Lasst euch Zeit. Ich hab ja zu tun.« Elena hob *Rapunzelmord* hoch.
Ein Bier, dachte sie und sah den beiden nach. Da drehte sich das Heuschreckenmädchen zu ihrer Überraschung noch einmal um. Jetzt lächelte sie Elena an.
Es wirkte irgendwie boshaft.

Tag 4

Lesen, dachte Elena, Lesen ist nichts für mich. Sie fragte sich, wie manche Menschen ganze Bücher verschlingen konnten, mehrere davon. Es war ihr nicht einmal gelungen, die erste Seite zu lesen, vermutlich war sie schon beim ersten Absatz eingeschlafen. Auf jeden Fall konnte sie sich an nichts erinnern, was in diesem seltsamen Buch gestanden hatte.

Sie richtete sich auf, das Buch lugte unter ihrem Kopfkissen hervor. Der Platz neben ihr war leer, anscheinend war Reimann bereits aufgestanden. Sie hörte ihn in der Küche hantieren, vertraute morgendliche Geräusche. Das Fauchen seiner Kaffeemaschine, das Brausen ihres Wasserkochers. Gerade wollte sie zufrieden lächeln, da hörte sie noch etwas: eine helle Mädchenstimme.

Sofia. Stimmt, Reimanns Tochter war zu Besuch. Die Heuschrecke.

»Guten Morgen«, rief sie so fröhlich wie möglich und trat ins Bad. Dort musste sie feststellen, dass das Heuschreckenmädchen systematisch seine langen Haare im Waschbecken verteilt hatte, bis auf die, die in Elenas Haarbürste hingen, die achtlos auf dem Klodeckel lag. Die Zahnpastatube lag offen und trocknete vor sich hin. Über dem Badewannenrand lagen zerknüllte Klamotten, aus denen ein aufdringlicher Geruch nach billigem Drogerieparfüm drang, dafür fehlte auf dem Wäscheständer Elenas frisch gewaschenes Scorpions-Shirt.

Und gerade als Elena nackt war und in die Dusche steigen wollte, wurde die Badezimmertür ruckartig aufgerissen, und das Mädchen stakste hinein.

»Hallo!«, sagte Elena hastig und hielt sich das Handtuch vor. Sie beglückwünschte sich heimlich, dass sie nicht »Kannst du nicht anklopfen, verdammt!« gebrüllt hatte.

»Hi«, sagte das Mädchen gedehnt. Etwas an ihr sah komisch aus. Erst auf den zweiten Blick registrierte Elena, woher ihre Verwirrung kam. Das Mädchen trug ihr Scorpions-Shirt.
»Das ist mein Shirt«, sagte Elena.
»Echt?«, sagte das Mädchen unbeeindruckt.
»Ja. Ich würde das gern selber tragen.«
»Sorry.« Das Mädchen setzte ein Grinsen auf, das man nur als unverschämt bezeichnen konnte. »Ich dachte, es gehört meinem Vater. Bei der Größe.« Ein winziger, aber bezeichnender Blick streifte Elenas breite Schultern.
»Sehr witzig«, sagte Elena. Plötzlich hatte sie keine Lust mehr zu duschen. Ins Handtuch gewickelt, floh sie aus dem Badezimmer. Im Schlafzimmer war Reimann inzwischen dabei, seine morgendlichen Liegestütze zu absolvieren. Normalerweise genoss sie diesen Anblick bei einer Tasse grünem Tee, und eigentlich hatte sie das Gefühl, dass er sich auch ganz gern dabei betrachten ließ. Jetzt aber fragte er nur knapp: »Ist was?«
»Nein.«
»Ich dachte, du wolltest duschen.«
Sie seufzte. Es machte wenig Sinn, ihm jetzt zu sagen, dass seine Tochter sie aus dem Badezimmer vertrieben hatte. Also sagte sie: »Ich habe das blöde Buch immer noch nicht gelesen.«
Sein schweißnasser Rücken hob und senkte sich. »Na und?«, stieß er hervor.
»Bin eingeschlafen. Offenbar ist dieses Buch ein astreines Schlafmittel, kein Wunder, dass alle Leute wild darauf sind.«
»Toll«, sagte er nur. Noch ein Liegestütz. Und noch einer.
»Ist alles okay?«, fragte Elena. Sie hätte gern ihren Tee geholt, aber irgendwie hatte sie die Befürchtung, dass in der Küche die Heuschrecke in *ihrem* Scorpions-Shirt sitzen würde, ihre mit *ihrer* Haarbürste gebürsteten Haare auf *ihrem* Küchentisch verteilte und *ihren* Tee trank. »Wie war es bei euch gestern?«

»Sie ist versetzungsgefährdet«, sagte Reimann dumpf. »Ich versteh nicht, warum meine Frau mir nichts davon gesagt hat.«
Elena mochte es gar nicht, wenn er »meine Frau« sagte. Und wenn sich hier weiterhin alles um die Heuschrecke drehte, würde sie ersticken. Also sagte sie: »Ich habe über den Agenten nachgedacht.«
Reimann schien sie nicht gehört zu haben. »Die Klassenlehrerin hat um ein Gespräch gebeten, also mit meiner Frau, und Sofia hat den Brief unterschlagen. Ich versteh nicht, was sie sich dabei gedacht hat! Natürlich ist das rausgekommen, das war doch zu erwarten! Und jetzt …«
Elena beschloss, ihn mit diesem Thema nicht durchkommen zu lassen. Nicht, nachdem das Heuschreckenmädchen ihr schon den letzten Abend geraubt hatte und ihre Dusche und ihr Shirt und ihren Tee. »Reimann? Ich sagte: Es dreht sich alles immer mehr um diesen Agenten. Ein komischer Typ, zumindest auf den Fotos. Geschniegelt und gestriegelt taucht er in Rheinbach auf. Die Frage ist: Warum war er nicht angemeldet? Bei jedem anderen wäre ein Spontanbesuch nachvollziehbar, aber dass ausgerechnet der Agent, der aus Berlin anreist, überraschend in Rheinbach auftaucht, das ist mehr als ungewöhnlich. Und dann bleibt noch zu klären, warum er sich so hartnäckig unserer Befragung entzieht.«
»Wenn ich bei diesem Elternsprechtag …«, sagte Reimann. Seine Stimme klang gepresst, aber das lag daran, dass er inzwischen auf dem Rücken lag, um den zweiten Teil seiner Übungen zu absolvieren.
Okay, Walli hat keinerlei Verbindung zu Liane, dachte Elena. Bis auf die Tatsache, dass er der offizielle Vertreter von Niklas Schreck ist. Und fünfzehn Prozent von dessen Kohle bekommt. Was im Umkehrschluss bedeutet: Alles, was gut für Schreck ist, ist auch gut für ihn. Und alles, was schlecht für Schreck ist, ist für

ihn ebenfalls schlecht. Falls also Schreck irgendeinen Nutzen von Lianes Tod hat, hat Walli den auch. Und wovon hat Schreck Nutzen? Von verkauften Büchern. Wenn auch die Leute das Buch kaufen, die es nicht als Schlafmittel brauchen.

»Verstehst du?«, fragte Reimann. Sein Oberkörper glänzte. Elena nickte mechanisch. »Vielleicht geht es um Aufmerksamkeit.«

»Was?«

»Vielleicht geht es nur um Aufmerksamkeit«, sagte Elena, »um PR. Ein Rapunzelbuch, ein Rapunzelmord. Vielleicht hat jemand darauf spekuliert, dass die Sache eben doch an die Presse kommt, dass alle Details, die wir unter Verschluss gehalten haben, der Öffentlichkeit bekannt werden. Dann wäre dieser Mord eine gute Maßnahme, das Buch bekannt zu machen.«

»Das Buch ist schon bekannt.«

»Na, noch bekannter eben. Ich will endlich diesen Agenten erwischen. Ich wette, bei dem ist so einiges begraben, was uns weiterhelfen könnte.«

Reimann richtete sich auf, ließ die Arme baumeln und sah sie an. »Ist das denn okay für dich?«

»Was?«

»Dass Sofia vorläufig bei uns wohnt.«

* * *

Walli hatte sich schon daran gewöhnt, die Anrufe, die in manchmal minütlichem Abstand eingingen, abzuweisen. Darum griff er, als sein Handy erneut klingelte, automatisch danach. Doch dann sah er die Nummer auf dem Display und lächelte.

Auf diesen Anruf hatte er gewartet. Er bedeutete, dass alles so lief, wie er es sich gedacht hatte. Trotzdem ließ er es noch einige Male klingeln. Der Anrufer sollte nicht wissen, dass er erwartet wurde.

»Walliczek?« Seiner Stimme war nichts anzumerken. Er klang wach, aufmerksam. Nicht zu eifrig, aber auch nicht gelangweilt.
»Rosemarie Gieltz hier. Herr Walliczek! Da habe ich Sie ja gleich dran!« Die Stimme am anderen Ende zwitscherte geradezu. »Ich habe mit unserer Programmleitung gesprochen, alle bei uns im Haus sind sich einig. Ach, was heißt einig – wir sind begeistert! Wir können also gleich loslegen.« Sie lachte etwas verlegen, wie um den Eifer ihrer Worte abzuschwächen.
Walliczek nickte zufrieden. »Dann legen Sie mal los, Frau Gieltz.«
»Uns wäre lieb, wenn wir uns schnellstmöglich einigen könnten.«
»Schnellstmöglich klingt gut«, lächelte er, lehnte sich zurück und schloss für einen winzigen Moment die Augen. Das war genau das, worauf er gehofft hatte! »Aber natürlich hat das seinen Preis. Es bedeutet, dass wir vielversprechende Mitbewerber …«
»Selbstverständlich«, sagte die Lektorin glatt. »Soll ich sofort eine Zahl nennen?«
»Schicken Sie mir das ganze Angebot per Mail«, sagte er. »Meinem Autor sind besonders die Nebenrechte wichtig.« Das stimmte zwar nicht, der Autor wusste gar nicht, was Nebenrechte waren, aber es unterstrich sein Anliegen.
»Okay. Und Ihr Autor ist grundsätzlich damit einverstanden?«
»Mein Autor«, sagte Walli und lächelte breit, »ist entzückt.«
Er legte auf und nickte zufrieden.
Alles lief wie am Schnürchen. Bald würde er zur Polizei gehen. Aber erst musste er warten.
Alles war vorbereitet, nur die Unterschrift fehlte. Und die würde er bekommen, koste es, was es wolle.

* * *

Auf der Fahrt waren Jan in rascher Abfolge Szenen aus den ihm bekannten Nervenkliniken durch den Kopf gezogen, düstere, bedrohliche Gebäude mit vergitterten Fenstern, über deren Flure Pfleger mit weißen Kitteln huschten oder kahlköpfige Patienten in Zwangsjacken führten, während in den Ecken hagere Frauen mit wirrem Haar und irrem Blick kauerten und ihre Finger zählten. Die Klinik hatte nichts mit diesen Bildern zu tun. Das lag möglicherweise daran, dass seine bisherigen Kenntnisse allesamt aus dem Fernsehen stammten.

Unvermittelt musste Jan an Christine Riefers denken. Ein Irrenhaus, hatte sie gesagt, ein Irrenhaus, in dem getöpfert und gemalt wird. Und in dem die Patienten lernen, alles den Eltern in die Schuhe zu schieben. Der Psychiater, der Jan empfing, trug keinen Kittel. Er sah jung und schwungvoll aus, mit einer randlosen Brille und einem graugestreiften Hemd. Offenbar trieb er gern Sport. »Philipp Heimbach«, stellte er sich vor und drückte Jan die Hand.

Sehr viel Sport, dachte der. Kraftsport. »Seidel, Kriminalpolizei.«

»Wo wollen wir uns unterhalten? Wir könnten in den Speisesaal gehen, ich bin sicher, ich kann dort auch ein Mittagessen für Sie auftreiben.«

»Nein danke«, wehrte Jan ab. »Ich würde lieber in Ruhe sprechen.«

Das schien Heimbach zu enttäuschen, aber er nickte. »Dann folgen Sie mir«, sagte er und wetzte durch die in hellen Farben gestrichenen Gänge. Jan hatte Mühe, ihm zu folgen. Die Türen, an denen sie vorbeigingen, waren beschriftet – »Therapie 1«, »Therapie 2«, »Musik«. Hinter einer Tür ertönten Trommeln, hinter einer anderen laute Stimmen. Die Geräuschkulisse erinnerte Jan eher an eine Schule als an ein Irrenhaus, wie er es aus dem Fernsehen kannte.

Jan folgte Heimbach bis in dessen Büro und nahm dort auf einem der beiden Sessel Platz. Es war ein roter Sessel, und er war erstaunlich bequem. Ob hier auch die Patienten Platz nahmen, wie einst auf Freuds Sofa? Er hätte gern gefragt, aber das kam ihm unsachlich vor.

»So, da sind wir also. Haben Sie sich schon umgesehen?« Beinahe stolz wies der Psychiater aus dem Fenster.

»Es sieht ganz anders aus als im Fernsehen«, sagte Jan.

Der Psychiater lachte, er hatte offensichtlich auf kieferorthopädische Behandlung verzichten müssen. »Warum, wie sieht es denn im Fernsehen aus?«

»Nervenheilanstalt«, sagte Jan. »Irrenhaus. Dunkle Gemäuer, vergitterte Fenster, Sie wissen schon.«

Heimbach nickte. »Dann denken Sie aber an die falschen Filme. Wir sind eine psychosomatische Klinik, hier gibt es nicht einmal eine geschlossene Abteilung. Darum wird auch niemand gegen seinen Willen eingesperrt. Alle unsere Patienten sind freiwillig hier.«

Jan warf einen erneuten Blick aus dem Fenster, auf die gepflegten Parkanlagen, die leeren Wege. »Warum ist dann niemand draußen, bei dem schönen Wetter?«

»Weil gerade Essenszeit ist.«

»Ach so.«

»Unsere Küche ist ausgezeichnet. Zum Leidwesen meiner Frau.« Er klopfte sich in Leibesmitte auf das gestreifte Hemd. »Sie sagt, seit ich hier zu Mittag esse, bekomme ich einen Bauch. Aber heute zumindest verzichte ich ja schon mal.«

»Wegen unseres Gesprächs?«

Der Psychiater hob die Hände. »Das war kein Vorwurf. Aber die Küche ist wirklich gut. Leider weiß das nicht jeder zu schätzen, ein Großteil unserer Patientinnen ist wegen Essstörungen hier.«

»Und andere wegen des Rapunzelsyndroms«, kam Jan zum Kern seines Anliegens.

Der Psychiater wackelte mit dem Kopf. »Das ist etwas unpräzise. Das Rapunzelsyndrom ist eigentlich keine eigenständige psychische Erkrankung.«
»Aber wegen ihres Rapunzelsyndroms war Liane Riefers doch hier!«
Der Psychiater stützte die Ellbogen auf. »Es ist vielmehr eine Folge einer extremen Ausprägung einer Trichotillomanie - dem Zwang, sich die Haare auszureißen - und der Trichophagie - dem Zwang, diese dann auch noch zu verschlucken. Das eigentliche Rapunzelsyndrom wiederum tritt nur auf, wenn diese Patienten sich dabei nicht vorausschauend verhalten, das kommt vor allem bei Kindern vor.«
»Vorausschauend verhalten?«, fragte Jan. »Wie darf ich das verstehen?«
Der Psychiater beugte sich vor. »Der menschliche Körper kann Haare nicht verdauen. Deswegen bildet sich im Verdauungstrakt ein stetig verfilzender Haarklumpen, ein sogenannter Trichobezoar. Wer das verhindern will, ohne dem Zwang auszuweichen, kann beispielsweise die Haare vor dem Verschlingen zerkauen, damit sie leichter ausgeschieden werden können.«
»Oh«, sagte Jan überrascht. Es wunderte ihn, wie technisch sie hier über Vorgänge sprachen, die für ihn eigentlich vollkommen undenkbar waren. »Und diese zugrunde liegenden Krankheiten, wie erklären Sie die?«
»Die Trichotillomanie und -phagie wird in den gängigen Diagnosesystemen als eigenständiges Krankheitsbild geführt. Beides wird zu den Impulskontrollstörungen gezählt - wie zum Beispiel auch das zwanghafte Stehlen, die Kleptomanie. Manche Wissenschaftler rechnen sie auch den Zwangsstörungen zu. Diese Entscheidung ist aber letztlich akademisch.«
»Und wie entsteht das?« Jan musste an den starren Blick von Lianes Mutter denken, an die stickige Treibhausatmosphäre des

Hauses, dann an die Anklagen gegen den abwesenden Vater. Er war gespannt, ob der Psychiater sich auf eine Seite schlagen würde. Heimbach nahm seine Brille ab und lächelte. »Das ist wieder eine Frage, auf die es je nach Schule verschiedene Antworten gibt. Je nachdem liegen die Ursachen für diese Störung in frühkindlichen Erfahrungen oder aber in fehlgesteuerten Lernprozessen. Wie so häufig spielt beides wohl eine Rolle.«
»Können Sie mir das erklären?«
»Ja, gern. Das lerntheoretische Modell etwa besagt, dass der Impuls, sich die Haare auszureißen, wo immer er auch herkommt, zu einer ausgesprochen unangenehmen Anspannung führt, die sofort abgebaut wird, wenn dem Impuls nachgegangen wird. Das führt zu einer Verstärkung: Der Patient lernt, dass ihm das Ausreißen der Haare Entspannung verschafft, und er wird es wieder und wieder tun, das Verhalten verfestigt sich.«
»Und was machen Sie hier dagegen?«, fragte Jan.
»Verschiedenes. Psychopharmaka werden eingesetzt, um die Therapie zu unterstützen, insbesondere moderne Antidepressiva, die die Fähigkeit des Frontalhirns fördern, Impulse zu kontrollieren. In der Verhaltenstherapie wird versucht, die auslösenden Situationen für die Zwangshandlung möglichst genau zu bestimmen und Alternativen einzuüben.«
Heimbach zupfte an seinem gestreiften Hemd, und Jan fragte sich, wo zum Teufel der Bauch sein sollte, über den sich seine Frau angeblich beklagte.
Er sagte: »Ich verstehe nicht. Was ist denn bitte eine Alternative zum Haareverschlucken?«
»Es geht nicht um das Haareverschlucken. Wer an einem Zwang leidet, gerät in eine beinahe unerträgliche Spannung, die sich nur entladen kann, wenn die Zwangshandlung ausgeführt wird. Das ist immer dasselbe Muster, egal, ob es sich um einen Waschzwang oder Trich handelt. Es geht dann erst einmal darum, dieses

Muster zu durchbrechen oder ein neues, weniger schädliches einzuüben.«

Jan zweifelte sehr an dem, was er da erzählt bekam, und das sah ihm der Psychiater offenbar an, denn er fuhr fort: »Ausgesprochen wirksam ist etwa das Beißen in eine Chilischote.«

»Das ist jetzt ein Witz, oder?«

Heimbach schüttelte den Kopf und lächelte. »Sie glauben nicht, was man alles verhindern könnte, wenn die Leute im richtigen Moment in eine Chilischote beißen würden. Natürlich lässt sich damit allein keine Zwangsstörung heilen, aber es geht erst mal darum, eine unerträgliche Spannung umzuleiten, ohne in destruktive Muster zu verfallen.«

»Für mich klingt das, entschuldigen Sie, wie Hohn. Die Krankenkasse bezahlt Leuten, die ihre Haare essen, einen teuren Aufenthalt, damit man ihnen beibringt, stattdessen in eine Chilischote zu beißen?«

»Ich antworte darauf jetzt mal halb privat, ja?« Heimbach lächelte Jan nicht ohne Sympathie an. »Es ist sehr, sehr einfach, psychische Probleme und deren Behandlung lächerlich zu machen, Herr Seidel. Die meisten meiner Patienten sind daran gewöhnt, dass man sie nicht ernst nimmt. Wenn Ihr Leben so klar und einfach ist, dass Sie sich über diese Dinge bisher keine Gedanken machen mussten, dann seien Sie froh und dankbar. Aber bitte, kommen Sie nicht zu mir und bitten mich, dass ich Ihnen etwas über unsere Patienten erzähle. Niemand ist zum Spaß hier. Alle unsere Patienten haben sich erst nach einem immensen Leidensdruck entschieden, ihre Probleme anzugehen. Und dieser Schritt verdient Respekt. Außerhalb dieser Mauern kann ich dafür nicht garantieren, aber hier in unserer Klinik möchte ich keine abfälligen Bemerkungen hören, zumal von einem Außenstehenden.«

Gegen seinen Willen war Jan beschämt.

Dr. Heimbach rückte seine randlose Brille zurecht und warf einen wenig subtilen Blick auf seine Armbanduhr. Jan hatte den Verdacht, dass er überschlug, ob er es noch zum Mittagessen schaffen würde.
»Wie kann ich Ihnen noch helfen, Herr Seidel?«
»Sie wissen ja, dass ich wegen Liane Riefers hier bin.«
Der Psychiater nickte. »Natürlich.« Er schien zu warten.
»Haben Sie die Patientenakten von damals noch hier?«
Der Psychiater legte den Kopf schief. »Herr Seidel, unsere Akten sind vertraulich. Sowohl Diagnose als auch Behandlung unterliegen der ärztlichen Schweigepflicht, ebenso alles, was in Gruppen- und Einzeltherapie zur Sprache kommt. Selbst die Patienten haben eine Vertraulichkeitserklärung unterschrieben. Nichts, was in den Therapieräumen besprochen wird, darf diesen Raum verlassen. Nur so können wir im Sinne der Patienten agieren.«
»Das verstehe ich«, sagte Jan ernüchtert. »Aber ich bin mir sicher, dass Sie mir weiterhelfen wollen. Oder wie sonst wollen Sie im Sinne einer Patientin handeln, die ermordet wurde? Doch wohl, indem Sie zur Aufklärung beitragen, oder was meinen Sie?«
Heimbach zögerte. »Das ist ein Konflikt, das gebe ich zu. Aber selbst wenn ich wollte, dazu kann ich Ihnen keine Auskünfte geben. Ich war damals noch gar nicht hier.«
Jetzt war Jan verwirrt. »Aber man hat mir Sie als Ansprechpartner genannt.«
Heimbach lächelte entschuldigend. »Ja, damit ich Ihnen Auskünfte über unsere Klinik und unsere Behandlungsmethoden gebe.«
»Wer war denn der behandelnde Arzt?«
»Bei uns arbeitet immer ein ganzes Team zusammen«, sagte Heimbach. »Die Patienten haben Gruppen- und Einzeltherapie, Musiktherapie und ein buntes Kursprogramm.«
»Dann würde ich gern mit jemandem sprechen, der Liane Riefers persönlich kannte. Jemandem, der sie behandelt hat.«

Heimbach hob die Augenbrauen. »Das wird schwierig«, sagte er entschuldigend. »Da müssten Sie warten. Momentan werden wir niemanden erreichen.«
»Weil alle beim Mittagessen sind«, nickte Jan. »Kein Problem, ich habe Zeit. Ich warte gern, bis alle ihr ausgezeichnetes Mittagessen beendet haben.«

* * *

Schreck kam sich vor wie ein korrupter Detektiv, allerdings wie einer in einem sehr, sehr schlechten Film. Es fehlen nur noch ein Trenchcoat und ein Hut, dachte er. Ich habe den Mann dort drinnen in der Hand. Er hat all meinen Bedingungen zugestimmt, damit ich ihn nicht an die Polizei verrate. Aber ich traue ihm nicht.
Seit einer halben Stunde stand er vor dem InterCityHotel. Und genauso lange – mindestens! – saß Walli in der Lobby und telefonierte. Schreck überlegte, was er sagen sollte, wenn Walli zufällig einen Blick nach draußen warf und ihn erkannte, ehe er hinter einem der Taxis in Deckung gehen konnte.
Als er sah, wie Walli sich erhob, wich er in einen Biosupermarkt aus. Nur einen Moment später trat Walli aus dem Hotel und schritt zügig, ohne nach links und rechts zu sehen, in Richtung Hauptbahnhof. In sicherem Abstand heftete Schreck sich an seine Fersen.
Walli durchquerte die Unterführung des Hauptbahnhofs und ging dann zielstrebig die Straße hinunter am Busbahnhof entlang in Richtung Innenstadt. Auf dem Vorplatz der Kreuzkirche holte er sich an einem mobilen Stand einen Kaffee, stand einen Moment gedankenverloren schlürfend in die Sonne und ging dann hastig über die Straße.
Schreck folgte ihm. Links von ihm lag das barocke Prachtgebäu-

de der Bonner Universität, daneben leuchtete sattgrün die Hofgartenwiese. Walli sah auf die Uhr. Es schien, als ob er auf jemanden wartete. Mit wohlvertrauter Geste griff er in seine Jackentasche und holte sein Handy hervor.
Vielleicht irre ich mich, dachte Schreck. Was, wenn sein eigenes Handy jetzt klingelte? Was, wenn Walli nur mit ihm sprechen wollte? Doch Schrecks Handy blieb stumm. Walli lachte auf, redete in den Hörer. Er gestikulierte beim Reden, steckte dann die linke Hand in die Hosentasche. Dann ging er langsam weiter, folgte einer Straße, die unter dem Universitätsgebäude durchführte, und schritt dann plötzlich zügig auf ein Café im Schatten der Uni zu, vor dem Pinien in Kübeln standen. Er hob die Hand, als ob er jemanden begrüßen wollte, und trat dann an einen der feuerroten Alutische.
Und jetzt sah Schreck ihn. Den Mann, der dort bei einem Kaffee saß und ganz offensichtlich auf Walli gewartet hatte. Er war etwa so alt wie er selbst, vielleicht sogar etwas älter. Und sosehr Schreck sich einreden wollte, dass es anders war, als es aussah, dass dies ein zufälliges Treffen, eine unwichtige Verabredung war, so genau sah er den Stapel gehefteten Papiers, der vor dem Mann lag und ihn verriet.
Es war ein anderer Autor.
Schrecks Herz hämmerte. Es war kein Irrtum möglich, selbst wenn das Manuskript auf dem Tisch etwas anderes gewesen wäre als das, wonach es aussah, er roch förmlich, was das da vorn für ein Treffen war. Er witterte die Hoffnung des anderen, seine Liebe zu dem, was er geschrieben hatte, den unbedingten Willen, dass Walli ihn ansehen und nicken würde, ihn behalten wollte. Autoren witterten andere Autoren. Und dies war ein anderer Autor. Einer, den Walli haben wollte, das merkte er an seiner Körperhaltung, er war dem anderen ganz zugewandt, bei aller gespielten Beiläufigkeit, dem leisen Lachen, dem Spielen mit der

Zigarettenschachtel war er hoch konzentriert, ein Jäger auf der Pirsch, der sich seine Beute nicht entgehen lassen würde.
Aber, dachte Schreck und spürte Verzweiflung in sich aufsteigen, er hat es mir versprochen! Was heißt versprochen – ich habe ihn in der Hand! Er weiß doch genau, was ich tue, wenn er sich jetzt auf einen anderen einlässt. Oder?
Offenbar nicht. Aber – er war nicht so ohnmächtig, wie er sich fühlte. Wenn Walli sich entschlossen hatte, ihre Abmachung zu ignorieren, dann musste er wohl daran erinnert werden. Langsam nahm Schreck sein Handy aus der Tasche und wählte Walli an. Er sah, wie dieser beim ersten Klingelton in die Tasche griff, kurz den Kopf schüttelte, das Gerät zurücksteckte und sich dann unter leutseligem Grimassieren bei dem anderen Autor niedersetzte.
Er hat mich einfach weggedrückt, dachte Schreck fassungslos. Er hat mich weggedrückt! Eilig wich er zurück, ehe Walli ihn sehen konnte, aber das war gar nicht nötig, denn Walli hatte ohnehin nur Augen für diesen Typen, der abwechselnd seinen Schädel rieb und zärtlich sein Manuskript streichelte. Genau so hatte Walli ihn selbst angesehen, damals, ganz am Anfang.
Schreck dachte an den Kommissar, dessen Nummer er eingespeichert hatte.
Na warte, dachte er. Nicht mit mir!

* * *

Das Büro von Frau Dr. Wiehl war lieblos mit Regalen aus unterschiedlichen Jahrzehnten vollgestellt, in denen sich offenbar Fachliteratur stapelte. Auch die Kleidung der Psychiaterin schien aus unterschiedlichen Jahrzehnten zu stammen. Sie trug die grauen Haare kurz geschnitten, die ebenfalls grauen Augen hinter der peppigen knallblauen Brille musterten Jan ungeduldig, während ihre Hände immer wieder wie von selbst zur Tastatur des Computers flogen. Ihr Blazer mit den unmodern langen Ärmeln schien aus den Neunzigern zu sein, ihre Pumps hingegen wirkten nagelneu. Offenbar drückten sie sogar, denn sie kippelte mit den Füßen.

»Herr Seidel«, sagte sie anstelle einer wirklichen Begrüßung knapp. Auch ihr Lächeln schien ihm etwas sparsam.

Er nickte. »Ich bin von der Kriminalpolizei.«

»Das sagte Heimbach bereits. Sie sind wegen einer ehemaligen Patientin hier?«

»So ist es. Wir ermitteln im Fall der ermordeten Liane Riefers, die vor einigen Jahren als Patientin bei Ihnen war. Aber vermutlich hat Ihnen das Ihr Kollege schon gesagt.«

»Soso«, sagte sie und schwieg einen Moment. Dann ließ sie ihre Hände ein letztes Mal über die Tastatur tanzen, klappte den Bildschirm herunter und sagte: »Ich frage mich, warum Sie jetzt auch noch zu mir gekommen sind.« Ihr Blick hielt ihn auf Distanz. Wäre ich ein Patient, ich würde ihr keinen Piep von mir sagen, dachte Jan.

»Ich möchte mit jemandem sprechen, der mir etwas Konkreteres zum Aufenthalt von Liane Riefers sagen kann. Ist das nicht offensichtlich?«

Sie sah ihn an, lächelte jetzt doch. »Es ist wohl kaum möglich, dass ein Kommissar nicht weiß, dass er für eine Aufhebung der ärztlichen Schweigepflicht eine richterliche Anordnung braucht. Also – warum sind Sie hier? Fühlen Sie sich nicht wohl?«

Für einen Moment verschlug es Jan die Sprache. »Wie meinen Sie das?«

Wiehl beugte sich vor. »Sie wirken sehr gestresst. In Ihrer Berufsgruppe ist man großen Belastungen ausgesetzt. Wollen Sie darüber reden?«

Erst jetzt begriff Jan, worauf die Psychiaterin anspielte, und zu seinem Ärger spürte er, wie Röte ihm in die Wangen stieg. »Machen Sie sich um mich keine Sorgen. Ich bin nur wegen des Falls hier. Wir müssen einige Fragen klären.«

Die Psychiaterin registrierte sein Erröten sehr wohl. Sie hob entschuldigend die Augenbrauen, ihre blaue Brille wackelte dabei, aber das leise Lächeln verschwand nicht. »Ich wollte Ihnen keinesfalls zu nahe treten. Manchmal nähern sich die Leute ihrem Anliegen auf Umwegen, weil sie noch nicht wissen, ob sie wirklich Hilfe in Anspruch nehmen wollen, oder weil sie daran zweifeln, dass man ihnen wirklich helfen kann.«

»Das ist bei mir dann wohl anders«, sagte Jan unwillig. Irgendwie war das Gespräch gekippt, und er wusste nicht, weswegen.

Die Psychiaterin verschränkte die Hände ineinander. »Bitte entschuldigen Sie, das ist eine Berufskrankheit – ich bin es gewohnt, den Menschen mir gegenüber ihre Sorgen zu entlocken. Und Sie machen einen sehr besorgten Eindruck auf mich.«

»Mir geht es ausgezeichnet, besten Dank.«

»Dann machen Sie sich also Sorgen um jemand anderen?«

»Eine Familienangelegenheit«, sagte er knapp.

Sie nickte übertrieben langsam. »Ich verstehe. Nun, davon ist niemand ausgenommen.«

Plötzlich ärgerte ihn ihre professionell-künstliche Überlegenheit. Nur weil diese Frau eine Doktorin der Psychiatrie war und in einer Klinik voller Verrückter arbeitete, die ihre eigenen Haare aßen, ihr Essen auskotzten oder irgendwelche Tabletten schluckten, hieß das nicht, dass der Rest der Welt keine Probleme hatte. Hitzig sagte er: »Meine Großmutter hat den Topf auf dem Herd vergessen und beinahe sich und ihr Haus in Brand gesetzt. Zum Glück bin ich rechtzeitig in die Küche gekommen und konnte das Schlimmste verhindern. Entschuldigen Sie, aber so etwas stresst mich ein wenig. Geringfügig natürlich nur.«

»Oh!« Die Psychiaterin musterte ihn, und für einen Augenblick schien es ihm beinahe so, als habe er sie beeindrucken können. Dann sagte sie: »Schön, dass Ihre Großmutter sozial so gut eingebunden ist und so engen Kontakt zu ihrem Enkel hat. Das ist selten. Damit geht es ihr sehr gut, besser als den meisten alten Leuten.«

Jan öffnete den Mund und schloss ihn schnell, er hatte das Gefühl, dass sonst alles aus ihm herausplatzen würde. Dann dachte er: Warum eigentlich nicht? Und sagte: »Ich bin nicht sicher, wie gut es ihr geht. Das mit dem Topf ist nicht alles. Sie wusste nicht mehr, was wir besprochen hatten. Eigentlich wirkte sie total durcheinander, sie dachte, es wäre früh am Morgen!«

»Wie alt ist sie denn?«

Jan schüttelte unwillig den Kopf. »Darum geht es nicht. Sie will nicht in ein Altenheim.«

Die Psychiaterin lächelte. »Haben Sie den Eindruck, ich würde finden, dass sie in ein Heim muss?«

»Keine Ahnung. Bis jetzt kam sie gut klar.«

»Lebt sie alleine?«

»Nein«, sagte er. »Sie lebt mit mir zusammen.«

Die Psychiaterin machte ein Gesicht, als sei unvermittelt ein Tor gefallen. Dann sagte sie vorsichtig: »Ich verstehe.«

Man sollte einer Psychiaterin vermutlich keinesfalls gestehen, dass man mit seiner Großmutter zusammenlebte, überlegte Jan. Das war möglicherweise schlimmer, als wenn man mit seiner Mutter zusammenlebte. Gab es so etwas wie einen Ödipuskomplex auch für Enkel und Großmütter? Und was bedeutete das dann? Der Gedanke, dass die Psychiaterin jetzt Mutmaßungen über sein Intimleben anstellte, war Jan mehr als unangenehm. Deswegen sagte er betont sachlich: »Ich will nur wissen, was gerade mit ihr los ist. Und ob man da etwas machen kann.«

»Herr Seidel«, sagte die Psychiaterin, ihre Stimme klang jetzt ganz sanft. »Sie machen sich Sorgen. Was genau befürchten Sie?«

»Gar nichts.«
»Sie vergisst viel, sagen Sie?«
Jan nickte.
»Das ist natürlich etwas, was man im Auge behalten muss. Befürchten Sie, dass Ihre Großmutter dement wird?«
»Nein!«, protestierte Jan.
»Sie sagten eben, sie habe Tag und Nacht verwechselt.«
Für einen Moment verlor sich Jan in der Erinnerung daran, wie Edith sich gesorgt hatte, er käme zu spät zur Arbeit, und dabei das gemeinsame Abendessen vergessen hatte. Er schluckte. »Das kann man so sagen, ja.«
Jetzt wirkte Frau Dr. Wiehl ganz und gar konzentriert. »Wirkt sie auch räumlich desorientiert?«
Er hob die Achseln.
»Das sind alles ernsthafte Anzeichen. Sie sollten das wirklich im Auge behalten und mit ihr umgehend einen Arzt aufsuchen.«
»Hm«, sagte Jan. Er wusste, es würde mehr als schwer werden, Edith zu einem Arzt zu schleppen. Sie glaubte nicht an Ärzte, behauptete sie immer, so, als handle es sich bei dieser Haltung um eine Art Konfession. Jeden Einwand pflegte sie mit Verweis auf ihr hohes Alter zu rechtfertigen, und dieses, musste Jan einräumen, gab ihr recht.
»Was ist los, Herr Seidel?«
»Sie kennen meine Großmutter nicht. Sie wird nicht zu einem Arzt gehen.«
»Es ist ganz normal, dass Ihre Großmutter zunächst einmal leugnet, dass ihr Zustand sich verschlechtert hat. Das tun sie alle.« Der Gesichtsausdruck der Psychiaterin war jetzt besorgt. »Aber man muss natürlich ausschließen, dass es sich um einen schweren Fall handelt. Manchmal kommt es im Verlauf einer Demenz zu visuellen, häufiger noch zu akustischen Halluzinationen. Hört sie Stimmen?«

»Ich hoffe nicht«, sagte Jan erschrocken. Und wiederholte nachdenklich: »Ich hoffe wirklich sehr, dass sie es nicht tut.«
Er würde sie fragen müssen.

* * *

Als Jan im Präsidium ankam, hatte sich seine leichte Besorgnis zur Angst gesteigert. Was, wenn die Psychiaterin recht hatte? Wenn Edith keineswegs altersgemäß tüddelig war, sondern sich in einem fortschreitenden Verfall befand, der für sie gefährlich war? Natürlich war sie den ganzen Tag allein zu Hause, das war sie immer, abgesehen von den Zeiten, in denen sie einkaufen oder spazieren ging oder ihre Freundin Herta traf.
Er musste ganz dringend abklären, wie es um sie bestellt war, ehe sie sich in ernsthafte Gefahr brachte. Aber wie sollte er das anstellen? Es war beinahe undenkbar, sie zu einem Arzt zu schleppen.
Erst als Elena ihn begrüßte, merkte Jan, dass er vor seinem Büro stand. »Ist alles okay, Jan? Warum kommst du erst jetzt?«
Er brauchte einen Moment, um sich auf das Hier und Jetzt zu konzentrieren. »Ich war in der Klinik, in der Liane Riefers seinerzeit behandelt wurde.«
»Und? Was hast du erfahren?«
Er dachte an räumliche Desorientierung, daran, ob Edith Stimmen hörte. Und sagte: »Lass uns später darüber reden.«
»Warum? Was war denn?«
In diesem Moment riss Nina Treibel die Tür auf. »Jan? Dieser Schreck ist am Telefon! Er will dich sprechen.«
»Ach!«, rief Elena.
Jan griff nach dem Hörer. »Warum ruft er dann bei dir an?«, zischte er Nina zu.
»Du warst nicht am Platz.«

»Okay, stell durch. – Herr Schreck? Jan Seidel hier.«
Die Stimme des Bestsellerautors klang dunkel. »Ich rufe an, weil es da einige Dinge über meinen Agenten gibt, die Sie vermutlich interessieren.«

»Überraschung!«, rief Jan, als Elena bald darauf das Büro betrat.
Sie hob die Augenbrauen. »Habe ich Geburtstag?«
»Das nicht«, sagte Jan und legte den Hörer hin. »Aber halt dich fest – Schrecks feiner Agent ist an dem Abend nach der Lesung noch ohne ihn unterwegs gewesen. Erst hatte sein Auto vor dem Hotel gestanden, und gegen Mitternacht war es weg! Schreck war darüber so aufgebracht wie ein abgewiesener Liebhaber, der kann es nicht erwarten, dass wir seinen früheren Buddy deswegen vierteilen.«
Entgeistert schüttelte Elena den Kopf. »Was ist denn mit dem los?«
Jan grinste. »Frag mich nicht! Künstler. Scheinen tatsächlich zu spinnen.« Dann dachte er an Nessi, und sein Grinsen verflog schlagartig. »Egal. Jedenfalls hat er mir freundlicherweise auch gleich verraten, wo sich sein Agent aufhält. Er ist in einem Hotel am Bahnhof! Ich hab hier die Adresse. Na, was sagst du nun?«
Elena strahlte. »Ich sage: Irrtum.«
»Irrtum?«
»Ist er nicht.«
»Doch! Schreck hat es mir selbst gesagt.«
»Dann weiß ich mehr als Schreck. Er ist nämlich hier.«
»Wie, hier?«
»Im Präsidium. Walliczek sitzt seit fünf Minuten in Raum 2 und wartet darauf, dass wir seine Aussage aufnehmen.«
Ungläubig schüttelte Jan den Kopf. »Bitte, was? Tagelang taucht er förmlich unter, und dann lässt er sich ausgerechnet in dem Moment blicken, als sein Autor ihn verpfeift? Soll das jetzt ein Zufall sein?«

Elena zuckte die Achseln und öffnete einladend die Tür. »Fragen wir ihn doch einfach.«
Immer noch kopfschüttelnd, folgte Jan ihr.
Walliczek saß in gelangweilter Pose am Resopaltisch des Besprechungsraums und wirkte, als ginge ihn das alles gar nichts an.
»Wie ich hörte, wollten Sie mich sprechen«, sagte er, als Jan und Elena den Raum betraten.
»Das ist richtig. Sie wissen ja, dass wir bereits seit Tagen einige Auskünfte von Ihnen wollen. Leider haben wir Sie bisher nicht erreichen können.«
»Die Sache ist etwas delikat«, sagte der Agent und lächelte routiniert. »Gegenüber meinen Autoren bin ich manchmal zur Diskretion gezwungen.«
»Freut mich«, sagte Elena unbeeindruckt. »Dann können Sie uns vielleicht ganz diskret verraten, wo Sie sich am Abend nach der Lesung aufgehalten haben.«
Der Agent nickte. »Nach der Lesung? Zuerst war ich mit Niklas Schreck essen. In einem Restaurant nahe dem Hexenturm. Ein Italiener.«
»Welcher?«
»Keine Ahnung. Kann ich aber nachgucken.«
»Wer war noch dabei?«
»Niemand. Nessi Zobel wollte sich anschließen, ebenso Johannes Schlosser, aber das taten sie dann beide nicht. Sie …«
»Stopp«, sagte Jan und hob die Hand. »Das müssen wir genauer wissen.«
Der Agent hob die Augenbrauen. »Wie das eben so ist nach Veranstaltungen. Man will essen gehen, die einen wollen hierhin, die anderen dahin, manche möchte man nicht dabeihaben, andere lassen sich nicht abschütteln.«
»Werden Sie doch bitte etwas konkreter«, sagte Jan.
»Okay. Selbstverständlich gingen Schreck und ich zusammen

essen. Die Veranstalterin hatte offenbar schon irgendwo einen Tisch für uns reserviert, aber Schreck wollte mit mir allein sein. Er ist nach Lesungen oft ziemlich, na ja, eigenbrötlerisch. Und zum Glück waren die Veranstalter so beschäftigt mit dem Durcheinander auf dem Büchertisch und der Schlüsselrückgabe … Egal. Nessi Zobel ist eine frühere Autorin von mir, und sie …«

»Eine frühere?«, fragte Jan. Hatte Nessi nicht gesagt, dass sie immer noch von Walli vertreten wurde?

Der Agent nickte etwas ungeduldig. »Ja. Und ihr Kollege wollte unbedingt mitkommen, der hat irgendeine Buchidee, die er für genial hält und die er mir andrehen will. Die beiden hatten irgendeine kleine Meinungsverschiedenheit, deswegen konnten Niklas und ich uns ganz unauffällig verdrücken.«

Jan spürte, wie er ärgerlich wurde. Arme Nessi!

»Bis wann waren Sie dort?«

»Bis etwa elf. Ich kann das auf dem Bewirtungsbeleg genau nachsehen, wenn Sie wollen. Da steht ja auch der Name des Restaurants.«

»Und dann?«

»Dann bin ich in mein Hotel und habe an der Matratze gehorcht. Es war ein langer Tag.« Walli lächelte siegesgewiss.

Die Frage nach dem Roman brannte Jan schon die ganze Zeit unter den Nägeln. Es war vermutlich geschickter, den Agenten darauf anzusprechen, ehe er erfuhr, dass sein Autor sich gegen ihn gestellt hatte. Also fragte Jan: »Wissen Sie, Herr Walliczek, was ich nicht verstehe? Was ist an dem Buch Ihres Autors eigentlich so besonders? Wir haben jetzt ja viel darüber gehört und gelesen, aber mich würde mal Ihre Sicht interessieren, schließlich haben Sie ihn entdeckt.«

Walli hob die Augenbrauen. »Es ist eine Fallstudie. Eine sensible Krankheitsgeschichte, gebettet in ein poetisches Märchen nach Art der Brüder Grimm. Betörend sensibel, klug und modern.

Mit Worten, die den Leser zum Schmelzen bringen.« Walli lachte eine Spur zu laut. »Eine schöne Beschreibung, oder?«
»Wunderschön«, sagte Jan trocken.
Walli nickte. »Und bares Geld wert. Von solchen Rezensionen träumt jeder Agent. Knackige, zitierfähige Begeisterung – da kann der Verlag gleich nachdrucken, und der Rubel rollt!«
»Nun gut«, sagte Jan. Nachdenklich betrachtete er die glatte, zufriedene Fassade seines Gegenübers. Es war wirklich Zeit, ihn ein bisschen aufzumischen. »Dann kommen wir mal zurück zu dem Abend der Lesung. Da ist mir noch einiges unklar.« Er machte eine Spannungspause. »Wie ist denn Ihr Verhältnis zu Ihrem Autor?«
»Zu Schreck?«, fragte Walli erstaunt.
»Ja.«
»Bestens! Bestens! Er ist derzeit mein erfolgreichster Autor, wir sind eng befreundet.«
Jan nickte bedächtig. »Dann ist die Information Ihres Autors über den Abend ja ganz besonders viel wert.«
Walli zog die Augenbrauen zusammen. »Was meinen Sie? Welche Information?«
Jan lächelte. »Die Information, dass Sie an dem Abend nach dem Restaurantbesuch keineswegs« – er schaute auf seine Notizen – »an der Matratze gehorcht haben, wie Sie es nennen.«
»Er hat was bitte gesagt?«
»Sie haben mich ganz richtig verstanden. Laut Niklas Schreck haben Sie beide sich um 23 Uhr voneinander verabschiedet. Als er wenig später an Ihrem Hotel vorbeigefahren ist, hat er festgestellt, dass Ihr Auto verschwunden war. Mit anderen Worten: Er behauptet, dass Sie lügen. Er hat sein Alibi für Sie zurückgezogen.«
Walli schnaubte auf. Sein Gesichtsausdruck hatte sich rapide verwandelt, er sah jetzt wütend aus. »Das hat er getan? Ich bin beeindruckt. Das ist … Wow!« Er schüttelte ungläubig den Kopf.

»Das ist wirklich der absolute Tiefpunkt. Für ihn, nicht für mich. Damit hat er sich jede Chance verspielt.«
»Welche Chance?«
»Die Chance darauf, dass ich ihn trotz seines idiotischen Benehmens in letzter Zeit weiterhin vertrete. Dieser arrogante Kerl!«
»Ihr erfolgreichster Autor? Ihr Freund?«, fragte Jan.
»Dieser Hund!«, knirschte Walliczek. Sein Kopf war rot geworden, wie Jan mit Interesse bemerkte. Die Hand mit dem Kaffeebecher drückte zu fest zu, und der Becher zerknickte. Schwarzer Kaffee lief über die Finger des Agenten, und er schrie auf.
»Heiß?«, fragte Elena mit trügerisch süßer Stimme.
Wütend war Walli aufgesprungen. »Nein, verdammt. Nass!« Er schüttelte die Hand, Tropfen flogen durch die Luft.
»Äh, hätten Sie vielleicht einen Lappen?«
»Ich weiß nicht so recht«, sagte Elena.
Jan erhob sich. »Ich gehe mal gucken.«

* * *

Als Jan mit einem Stapel Papiertücher zurückkam, hatte Walliczek wieder Platz genommen und schien sich etwas beruhigt zu haben. Wortlos nahm er die Tücher entgegen, tupfte erst sich, dann den Tisch ab.
»Sie scheinen wütend«, bemerkte Elena.
Walli stieß eine Art Knurren aus. »Selbstverständlich bin ich wütend! Autoren sind … Ach, vergessen Sie es.«
»Reden Sie einfach. Dafür sind wir doch da!« Elena strahlte jetzt beinahe.
Walli nickte grimmig. »Undankbar sind sie, das wollte ich sagen! Man reißt sich den Arsch für sie auf, und sobald etwas mal nicht so läuft, wie sie es gern hätten, markieren sie die Diva und hauen um sich. Genau so ist Niklas Schreck. Was bildet der sich eigent-

lich ein? Ich habe ihn entdeckt! Ich habe ihn aufgebaut und zum Star gemacht! Er wäre gar nichts ohne mich!«

»Ach?«, sagte Jan. »Ich dachte, er schreibt, warten Sie – betörend sensibel, klug und modern. Mit Worten, die den Leser zum Schmelzen bringen.«

Walli lachte auf. »Das schreibt die Presse über ihn. Es heißt nicht, dass es stimmt.«

»Stimmt es nicht?«

Walli schien zu überlegen. »Er schreibt nicht schlecht. Aber um ein Bestsellerautor zu werden, wie er es gerade ist, müssen viele Dinge zusammenkommen. Das eine ist das, was ich für ihn gemacht habe. Und das andere, dass er einfach die Frauen dazu bringt, das zu tun, was er will. Ob Kritikerinnen oder Lektorinnen oder Marketingtussen. Das ist seine Stärke. Der Rest ist –« Er machte eine wegwerfende Handbewegung. »Schall und Rauch.«

»Interessant«, sagte Jan mit gerunzelter Stirn. »Könnten wir jetzt noch einmal auf den Abend zurückkommen? Ich möchte gern wissen, wo Sie waren. Und zwar nach 23 Uhr.«

Walli schüttelte erneut den Kopf und lachte kurz auf.

Elena beugte sich vor. »Herr Walliczek, wenn Sie eine Erklärung für uns haben, dann sollten Sie langsam damit rausrücken.«

Der Agent wischte sich die Stirn. »Sehen Sie, es ist so – Schrecks Hotel liegt in Königswinter. Er schien zu erwarten, dass ich ihn fahre. Eine Diva, wie gesagt. Für ein Taxi ist er sich nämlich zu fein, wenn ich in der Nähe bin. Doch ich erwartete noch einen wichtigen Anruf. Deswegen sagte ich ihm, dass ich zu viel getrunken hätte, um ihn zu fahren, und rief ihm ein Taxi.«

»Und hatten Sie zu viel getrunken?«

Walli fuhr sich mit der Hand in den Hemdkragen, als sei dieser ihm plötzlich zu eng geworden. »Ja, schon. Also sagen wir so – ich hatte drei Gläser Wein getrunken, aber normalerweise wäre ich da noch gefahren.«

»Aha«, sagte Elena.
»Ich kann mich gut einschätzen«, beeilte sich Walli zu beteuern.
»Falls es Ihnen noch nicht aufgefallen ist, Sie sind hier nicht bei der Verkehrskontrolle. Ich trage auch keine Uniform. Sie können also ganz normal weiterreden. Vor allem in Bezug darauf, weswegen Sie auf diesen Anruf gewartet haben und wer der Anrufer war.«
Walli befeuchtete seine Lippen und sah zur Seite. Er machte ganz den Anschein, als sei er im Begriff, etwas zu enthüllen, was mindestens die nationale Sicherheit gefährden würde.
»Der Grund, weswegen ich überhaupt nach Bonn gekommen bin, ist ein neuer Autor, den ich kennenlernen wollte. Ganz, ganz heiß.«
»Das klingt im Gesamtpaket irgendwie amourös«, bemerkte Elena trocken.
Walli sah ärgerlich aus. »Ich habe sein Manuskript geprüft und möchte ihn unbedingt vertreten, deswegen wollten wir uns treffen. Aber ihm kam etwas dazwischen, er musste absagen, hoffte aber, am späteren Abend Zeit für ein Treffen zu finden.«
»Ich verstehe. Der Grund dafür, dass Sie überhaupt so spontan auf Schrecks Lesung auftauchten, war also der geplatzte Termin mit dem anderen Autor?«
Walli nickte. »So ist es. Verstehen Sie jetzt, wie delikat das ist? Kaum war ich im Hotel angekommen, rief der neue Autor mich an, dass er jetzt doch Zeit habe, und ich fuhr nach Bonn und traf ihn dort.«
»Schreck wusste also nichts davon?«
»Es war delikat, das sagte ich doch schon! Einmal, weil er eine Diva ist. Aber außerdem war es unnötig, ihm das zu sagen. Wir hatten beim Abendessen ohnehin eine etwas unangenehme Unterhaltung, da wäre es aggressiv rübergekommen, ihm von dem Anbahnungsgespräch zu erzählen.«

»Ist es denn nicht üblich, dass ein Agent mehrere Autoren vertritt?«
»Doch, natürlich! Aber Schreck ist gerade in einer etwas schwierigen Phase, und als Agent nehme ich darauf natürlich Rücksicht.«
»Das klingt, mit Verlaub, ziemlich idiotisch. Er ist doch ein erwachsener Mensch.«
Walli hob die Schultern. »Es ist auch idiotisch! Natürlich ist es das! Aber das ist mein verdammter Job. Eine Verkäuferin sagt der Kundin auch nicht, dass sie zu fett für ein Kleid ist. Und ein Lehrer dem Schüler nicht, dass er für den Unterrichtsstoff zu dumm ist. Diplomatie, wie ich schon sagte. Schriftsteller haben eben schwierige Phasen, es ist mein Job, damit adäquat umzugehen. Und als Dank erpresst er mich!«
»Er erpresst Sie?«, fragte Jan verständnislos.
Walli nickte heftig. »Genau. Ich habe Schreck geschont, so gut es ging, aber irgendwann ist auch bei mir das Ende der Fahnenstange erreicht. Und kaum habe ich unseren lieben Schreck mal ein bisschen fester angepackt, flippt der aus und erklärt, er wisse genau, dass ich nach der Lesung noch unterwegs war, und wenn ich nicht mache, was er verlangt, dann geht er zur Polizei und meldet das!«
Jan und Elena wechselten einen Blick. »Und was sollten Sie machen?«
»Ihn exklusiv vertreten.«
»Bitte was?«
»Ihn exklusiv vertreten. Keine anderen Götter neben ihm haben. Mich nur noch um ihn kümmern.«
»Äh«, machte Jan ungläubig.
Elena fragte nach. »Noch mal im Klartext, Herr Walliczek. Verstehe ich Sie richtig – Sie hatten einen Termin mit einem neuen Autor und haben das Schreck verschwiegen. Daraufhin dachte

dieser, dass Sie etwas im Zusammenhang mit dem Mord zu verbergen haben, und drohte Ihnen, das der Polizei zu melden, wenn Sie ihn nicht exklusiv vertreten?«

»Ja.«

»Sie wollen mich doch verarschen!« Jan gab sich keine Mühe, seine Ungläubigkeit zu verbergen.

»Nein.«

»Und warum haben Sie sich auf den Blödsinn eingelassen, wenn Sie nichts zu verbergen haben? Warum sind Sie nicht gleich zu uns gekommen und haben gesagt, dass Sie diesen Termin mit dem neuen Autor hatten? Warum diese Lügengeschichte? Und warum gehen Sie auf eine Erpressung ein, ganz ohne Not?«

»Ganz ohne Not ist es nicht.« Walli spreizte die Finger. Dann sagte er leise: »Nur mal eine Frage. Angenommen, Sie wollen einen Agenten engagieren, der fünfzehn Prozent von Ihrem zukünftigen Geld bekommen wird. Dafür soll er sich um die Verträge, um juristische Belange und den diplomatischen Wirrwarr kümmern. Doch noch ehe dieser Typ einen Finger für Sie krumm machen konnte, steht die Polizei auf der Matte und will wissen, ob Sie ihm ein Alibi geben. Was würden Sie tun?«

Jan überlegte kurz. »Ich würde mir auf jeden Fall für meine Verträge jemand anderen suchen.«

Walli nickte. »Sehen Sie? Und genau das ist der Grund, warum ich die Füße stillhalten wollte. Ich fand es besser, den lieben Schreck in der Gegend herumzufahren und in dem Glauben zu lassen, dass ich ihm sogar den Rücken schrubben würde, falls er es verlangt. Sobald die Geschichte mit dem neuen Autor dann in trockenen Tüchern ist, wird Tacheles geredet. Für mich ist die Zusammenarbeit mit Schreck beendet. Mit jemandem, der mich erpresst, werde ich selbstverständlich nicht mehr arbeiten.«

Jan nickte nachdenklich. Dann fragte er: »Worüber genau haben Sie an dem Abend denn mit Schreck gesprochen?«

»Das ist vertraulich.«
»Unser Gespräch hier auch. Aber wir müssen alles wissen, was mit unserem Fall im Zusammenhang stehen könnte.«
Walli rückte ein wenig auf dem Stuhl hin und her. »Über das Exposé für sein neues Buch. Ich musste ihm leider sagen, dass wir es so nicht verkaufen können.«
»Und das haben Sie ihm an dem Abend gesagt, an dem das Mädchen ermordet wurde?«
Walli seufzte. »Ich habe es versucht, aber er wollte es nicht verstehen. Deshalb haben wir nur Small Talk gemacht, über die Veranstaltung gesprochen, die Fehler und Versäumnisse von Verlag und Veranstalter aufgezählt, über Autorenkollegen gelästert, getrunken. So etwas brauchen manche Autoren nach ihren Lesungen. Und er war an dem Abend ganz besonders durch den Wind.«
Herrgott!, dachte Jan. Schreck soll eine Diva sein? Das klang ja wohl eher wie ein Kindergartenkind! »Und wissen Sie, warum er so durch den Wind war, wie Sie es nennen?«
Walli zuckte die Achseln. »Autoren«, sagte er lakonisch. »Sensible Geschöpfe, vor allem, wenn nicht alles so läuft, wie sie es sich vorstellen. Wir haben das Gespräch über seine Pläne und sein Manuskript aber nachgeholt. Er weiß jetzt Bescheid.«
»Er wollte also ein neues Buch verkaufen? Eins, das noch nicht geschrieben ist?«
»Ja, genau. So wird das gehandhabt.«
Jan dachte an die Schnittmenge dessen, was Edith und Nessi ihm über Verlage erklärt hatten. »Wäre es nicht üblich«, fragte er zögernd, »dass der Verlag und der Autor bereits einen Vertrag über den Nachfolgeroman abgeschlossen haben?«
»Normal schon.« Walli sah ihn an, es lag ein Hauch von Anerkennung in seinem Blick, ganz so, als habe er ihm eine solche Frage gar nicht zugetraut. »Man hat uns zu einem sehr frühen Zeitpunkt ein Angebot gemacht, ja. Aber ich habe Schreck davon

abgeraten. Ich sag es rundheraus – alles, was Schreck mir seit dem *Rapunzelmord* vorgelegt hat, war nicht geeignet.«

»Das bedeutet?«

»Es war Mist, völliger Mist!« Der Agent war aufgestanden und hatte seine letzten Worte förmlich geschrien. Aufgebracht tigerte er auf und ab. »Ich habe von dem Thema echt die Nase voll, alle wollen von mir dieses Exposé sehen, und Schreck will es loswerden, aber wissen Sie was? Es ist Scheiße, gottverdammte Scheiße! Kein Idiot würde das drucken, geschweige denn lesen wollen! Sentimentales Zeug über eine unerfüllte Liebe, kein Plot, kein Konflikt, es klingt einfach nur pubertär, aber nicht Werther-like-pubertär, wenn Sie wissen, was ich meine.«

»Nein, das weiß ich nicht«, musste Jan zugeben.

»Aber wäre es nicht gerade dann praktisch gewesen, wenn Sie den Vertrag schon abgeschlossen hätten? Dann hätten Sie für diesen Mist jetzt viel Geld sicher.«

Walli schüttelte bedauernd den Kopf. »Das ist sehr kurzfristig gedacht. Mein Autor will weiterhin Bücher schreiben. Mit einem riesigen Flop tue ich ihm keinen Gefallen. Wissen Sie – für beinahe jeden Autor ist das zweite Buch das schwierigste, viele scheitern daran, gerade, wenn das erste ein Erfolg war. Harper Lee hat für *Wer die Nachtigall stört* den Pulitzerpreis bekommen und dann jahrzehntelang kein einziges Buch mehr veröffentlicht.«

»Meinen Sie damit, dass Ihr Autor eines Tages einen bedeutenden Literaturpreis bekommen wird?« Jan sah Schreck schon zwischen Königin Silvia und Prinzessin Madeleine am Dinnertisch sitzen. Oder wurde der Literaturnobelpreis in Norwegen verliehen? Er kannte sich da nicht so aus.

»Nein. Aber er ist einer, der das Potenzial hat, viele gute Bücher zu schreiben, das lässt sein Debüt deutlich erkennen.« An dieser Stelle machte Walli eine Pause, ganz so, als sei ihm etwas eingefallen. »Zumindest dachte ich das immer«, setzte er nachdenklich hinzu.

»Und deswegen haben Sie ihn geschont?«

»Ganz genau. Wenn er zu diesem Zeitpunkt seine unausgegorenen Ideen rausgehauen hätte und dafür die Prügel der Kritiker kassiert hätte, dann würde er nie mehr ein Wort zu Papier bringen.«

Jan nickte. »Ich verstehe. Dann ist Schreck wohl wirklich ein Sensibelchen.«

Walli lachte kurz auf. »Das sagte ich ja bereits. Im Übrigen sind das alle Autoren, glauben Sie mir. Sie heulen und jammern und zittern und zaudern, ehe sie schreiben, dasselbe tun sie, während sie schreiben, und wenn sie das gedruckte Ding dann in der Hand halten, strahlen sie wie die Kleinkinder, wachsen drei Meter in die Höhe und schreien, sie seien der König der Welt! Es ist wirklich kein Spaß, mit diesen Verrückten zusammenzuarbeiten. Aber wenn ich als Agent erst einmal einen solchen Goldesel im Stall habe, der das Potenzial hat, auf Jahrzehnte hin Bestseller zu schreiben, dann habe ich ausgesorgt.«

Was für ein Business!, dachte Jan. Dann dachte er an Nessi, die sich und ihre Serienkillerromane diesem Typen anvertraut hatte. Er verspürte das dringende Bedürfnis, sie vor ihm zu beschützen.

Schließlich fiel Jan noch etwas ein. »Eine letzte Bitte habe ich noch – ich brauche Namen und Adresse von Ihrem neuen Autor. Sicherlich wird er uns bestätigen, was Sie mir soeben gesagt haben.«

»Davon gehe ich aus«, sagte Walli lächelnd. »Er arbeitet in Bonn am Rechtsmedizinischen Institut, vielleicht kennen Sie ihn sogar. Sein Name ist Frenze. Dr. Georg Frenze.«

* * *

»Ich wollte nur deine Stimme hören, Claudia.«
»Und? Wie klingt sie?«
»Wie immer. Das ist … schön.«
»Dir geht es nicht gut.«
»Dass du das hörst …«
»Du bist betrunken. Rufst du deswegen an?«
»Nein. Aber ich bin froh, dass du überhaupt mit mir sprichst. Immerhin war ich nicht gerade nett zu dir.«
Ein Schweigen war die Antwort. Dann sagte sie: »Warum hast du mich angerufen? Warum jetzt und nicht vor einem Jahr?«
»Ich will mich bei dir entschuldigen.« Das war keine Antwort auf ihre Frage, aber Schreck wusste aus Erfahrung, dass *Entschuldigung* bei Frauen ein Zauberwort war. Und außerdem spürte er zu seiner Verblüffung, dass es stimmte. Die Welt war rauh und ungerecht. In Walli hatte er sich getäuscht. Der Erfolg hatte ihn nicht glücklich gemacht, ganz so, wie Claudia ihm prophezeit hatte. Sie, die er zwischen Partys, Interviews und Buchmessen einfach vergessen hatte.
Eine Woge der Sentimentalität überkam ihn, und er sagte: »Ich würde dich gern zum Essen einladen. Als Entschädigung dafür, dass meine Entschuldigung so spät kommt.«
»Ach, Niklas«, sagte sie. Ihre Stimme klang müde.
»Bitte.«
»Du willst mit mir essen gehen.«
»Ja. Hör zu, ich bin vielleicht ein Idiot gewesen, aber das heißt nicht, dass ich nicht immer wusste, wie viel ich dir zu verdanken habe. Ich denke noch so oft an dich.« Eigentlich stimmte das nicht, aber er fühlte, dass dies die richtigen Worte waren, die, die jemanden zum Schmelzen bringen konnten, weil sie ehrlich klangen. Kurz wunderte er sich darüber, dass die Worte, die ihm beim Schreiben den Dienst so halsstarrig versagten, ausgerechnet im Gespräch mit Claudia geradezu aus dem Mund flossen.

Sie waren … Ja, sie waren *betörend sensibel, klug und modern.* Augenblicklich ging es ihm besser. Er fühlte, wie er mit jedem Satz ein bisschen mehr er selbst wurde.
Sie schwieg, aber das war ein gutes Zeichen.
»Sag was«, bat er.
»Wann und wo?«
Er lächelte. Oh ja, er hatte sie zum Schmelzen gebracht. »Bestimm du!«
»Okay. Ähm – morgen? Um acht?«
»Ganz, wie du willst.«
»Beim Mexikaner?«
Jetzt hörte sie sich eifrig an, aufgeregt beinahe. Das tat ihm gut. Er war ihr wichtig. Er, nicht sein Erfolg. »Es gibt da nur ein winziges Problem«, sagte er dann. Und er erklärte ihr, dass er gerade in Königswinter war, auf polizeiliche Anordnung leider dort bleiben musste und dass sie daher in den Zug steigen und zu ihm kommen musste, wenn sie mit ihm essen gehen wollte.

* * *

»Manchmal denke ich, alle sind bescheuert. Alle«, sagte Elena und sah aus dem Fenster, obwohl es dort nichts anderes zu sehen gab als sonst.
»Heute denke ich das auch«, gab Jan zu.
Elena riss sich vom Anblick der dicht befahrenen Straße los und setzte sich vor ihn auf den Tisch.
»Ich weiß nicht, ob ich lachen oder weinen soll. Frenze ein Schriftsteller? Wie absurd ist das denn?«
Jan musste lächeln. Elenas Reaktion war Balsam für seine Seele. »Ich finde es auch komisch«, sagte er. Das war die Untertreibung des Jahrhunderts. Er war fassungslos, und am liebsten hätte er Gift und Galle gespuckt, weil dieser selbstverliebte glatzköpfige

Leichenschnibbler sich jetzt vor Nicoletta weiterhin als Künstler gebärden würde. Außerdem tat es ihm leid für Nessi. Sie schrieb seit Jahren, rackerte sich ab, nahm das todernst, und da kam so ein Doktor daher, schmierte mal eben etwas aufs Papier und bekam sofort einen renommierten Agenten, der ihn für den neuen Goethe hielt oder zumindest überzeugt war, dass er ihn dazu machen würde.

Elena griff nach Jans Kekspackung und sah hinein. Sie war leer. »Es ist unfair. Da rennen wir tagelang hinter diesem Agenten her. Dann schwärzt ihn plötzlich sein Autor an, und gerade jetzt, wo die Dinge langsam einen Sinn ergeben könnten, kommt ausgerechnet unser Georg Frenze mit einem Alibi daher, und alles entpuppt sich als große Farce. Im Grunde können wir noch mal von vorn anfangen.«

»Ja, das müssen wir wohl.« Jan seufzte. »Immerhin klingt die Geschichte plausibel. Schräg, aber plausibel. Wenn wir mit einbeziehen, dass Schreck eine furchtbar empfindliche Zicke ist, dann passt das.«

Elena nickte. »Hat Frenze das denn alles bestätigt?«

Jan wiegte den Kopf. »Bisher nicht.«

»Hä? Dass Autoren Diven sind oder den Zeitpunkt?«

»Weder noch.«

»Du sprichst in Rätseln, Jan. Von wann bis wann waren die beiden zusammen?«

Jan seufzte. »Das müssten wir ihn noch fragen.«

»Bitte, was?« Sekundenlang sah sie ihn entgeistert an.

»Wir müssten ihn noch fragen.«

»Äh – wann wolltest du das machen?«

»Bald.«

»Jan! Die Nummer der Rechtsmedizin ist die 11 im Telefonspeicher. Warum hast du das nicht sofort erledigt?«

»Ich hatte noch keine Gelegenheit.«

Elena starrte ihn an wie vom Donner gerührt, dann prustete sie los. »Du bist echt eine Pfeife, Jan!«

»Hä?«

»Du willst nicht anrufen, weil du ihm das nicht gönnst, wetten? Du hast Angst, dass du ihm gratulieren musst zu seinem literarischen Erfolg.« Ihre Finger malten Gänsefüßchen in die Luft.

Jan seufzte. »So ungefähr.«

»Und überhaupt, was war da los bei der Lesung mit euch beiden? Er war mit deiner Ex da, richtig?«

Jan nickte widerstrebend.

Elena schüttelte den Kopf. »Vögeln die etwa?«

»Jetzt sei doch nicht so grob!«

Elena gluckste erneut. »Also ja. Mann, Jan, das ist echt hart. Deine Ex und Frenze? Das wirft ein schlechtes Licht auf ihren Männergeschmack.«

»Super, Elena. Der hat wenigstens gesessen.«

»Ups! So hab ich das nicht gemeint.«

»Schon klar.«

Elena legte den Kopf schief, das Lächeln verschwand aus ihrem Gesicht. Sie trat auf ihn zu, und für einen Moment fürchtete er, sie würde jetzt den Arm um ihn legen oder so etwas. »Das ist echt Höchststrafe für dich. Soll ich dir mal was sagen? Du solltest ganz dringend mal wieder eine nette Frau kennenlernen.«

»Red keinen Blödsinn.«

Sie sah ihn an, und in ihrem Blick lag etwas, das schwer zu deuten war, etwas Weiches, Mitleid vielleicht. »Ist wahrscheinlich nicht ganz so einfach. Okay, ich regle das mit Frenze. Ich ruf da jetzt an, dann haben wir es hinter uns. Und vor allem haben wir dann Klarheit, ob das stimmt, was der Agent behauptet.«

»Danke.«

Elena griff nach dem Telefon, stellte laut und zwinkerte ihm zu. Es tutete laut. Fluchtartig eilte Jan zur Tür und öffnete sie.

»Wohin willst du?«, rief Elena ihm hinterher.
»Rauchen.«
»Du rauchst doch gar – oh, hallo. Vogt hier von der Kriminalpolizei Bonn.« Sie wandte ihm den Rücken zu, und er schloss die Tür. Um nichts in der Welt hätte er das Gespräch anhören mögen.
Manche Dinge konnten einfach nicht wahr sein, aus einem simplen Grund: weil sie nicht sein durften. Weil sie die Weltordnung in Frage stellten. Und genau so eine Sache war das mit Frenze und dem Buch. Es war schlimm genug, dass Nicoletta diesem Lackaffen offensichtlich auf den Leim ging. Dass ein echter, professionell arbeitender Literaturagent das auch tat, war undenkbar. Zum Glück gab es noch andere Menschen, Menschen, die über Urteilsvermögen verfügten.
Dankbar dachte Jan an Nessi und das, was sie gesagt hatte. Schon nach wenigen Minuten hatte sie hinter Frenzes Klugscheißerfassade geblickt. Wie hatte Elena das eigentlich gemeint, es sei nicht ganz einfach, eine Frau kennenzulernen?
Er hörte, wie sich die Bürotür öffnete.
Elena trat auf den Flur. »Jan?«
Langsam ging er auf sie zu. Sie bedeutete ihm mit einem Kopfnicken, ihr ins Büro zu folgen.
Elena grinste. »Es war nicht so schlimm wie gedacht. Er hatte gar keine Gelegenheit, sich groß wichtigzumachen, weil er nämlich keine Zeit hatte. Stell dir vor, er unterzeichnet gerade seinen Vertrag, und der muss gleich noch weg, sagt er. Darum konnte er nur rasch bestätigen, dass er Walliczek um halb zwölf im ›Che‹ getroffen hat. Er wird aber morgen noch mal vorbeikommen und uns die Details erzählen.«
»War er nicht total erstaunt, dass wir das wissen wollten?«
»Geht so. Er war völlig aufgedreht wegen diesem Vertrag. Na, es war doch gut, dass du nicht angerufen hast.«

»Moment. Er hat den Vertrag gerade erst unterzeichnet? Jetzt?«
»Sag ich doch. Er hatte den Stift noch in der Hand, sagte er. Hörst du mir denn gar nicht zu?«
»Doch. Aber das kann nicht sein.«
»Was?«
»Er hat gestern schon unterzeichnet. Das weiß ich ganz genau.«
Elena zuckte die Schultern. »Wohl nicht.«
»Oh ja!« Langsam wurde Jan wach. »Elena«, sagte er langsam. »Da stimmt etwas nicht. Frenze lügt herum. Ich will nur wissen, weswegen.«
Elena schüttelte den Kopf. »Ich verstehe ja, dass das alles etwas viel für dich ist. Ich sag nur –«, sie prustete, »Sommer, Sonne, Sonnenschein, da setzt die Totenstarre schneller ein. Das sagte er doch bei der Obduktion. Mal ehrlich, Jan, wenn so was gedruckt wird, sind wir dann bescheuert oder die anderen?«
»Das Thema hatten wir eben schon. Ich sag es ja: Da stimmt etwas nicht.«
Elena schüttelte den Kopf. »Das Einzige, was nicht stimmt, ist der Männergeschmack deiner Ex. Und der Geschmack des Verlags. Ansonsten ist alles sonnenklar. Frenze hat den Typen getroffen, er hat alles bestätigt, was der gesagt hat, und außerdem hat er eben einen Vertrag für seine behämmerten Gedichte unterschrieben. Muss uns nicht gefallen, ist aber so. Aus die Maus. Wir sollten uns jetzt um die wichtigen Sachen kümmern. Jan? Hörst du mir überhaupt zu?«
»Nein«, sagte Jan, sein Handy am Ohr. »Ich geh mal eben frische Luft schnappen. Die brauche ich gerade ganz, ganz dringend.«

* * *

Es kostete Jan Überwindung, Nicolettas Nummer zu wählen. Es klingelte einmal, nein, nicht mal, da war sie schon dran.
»Jan!«, rief sie. »Total schön, dass du anrufst! Ich wollte mich auch melden. Ich dachte, wir laden euch mal zum Essen ein oder so!«
»Ich rufe nicht deswegen an.«
»Ich aber. Also – ich wollte dich deswegen anrufen. Ich finde es supertoll, dass du jemanden kennengelernt hast. Du nicht?«
»Wie meinst du das?«
»Du klingst so bedrückt. Ist etwas? Mit Edith?«
Er seufzte. »Das auch. Sie hat den Topf auf dem Herd vergessen und auch sonst … Sie vergisst so viel. Sie wird alt.«
»Jan«, sagte Nicoletta mit ungewöhnlich sanfter Stimme. »Sie *ist* alt.«
»Ich weiß. Aber darum habe ich nicht angerufen. Ich habe eine ganz sachliche Frage an dich. Es geht um den Vertrag von Frenze.«
»Hupsi. Fragst du jetzt aus Ermittlungsgründen? Georg hat eben schon angerufen und gesagt, dass sein Agent in Schwierigkeiten steckt wegen dieser toten Frau. Oh, wow, es klingt so cool, wenn man ›sein Agent‹ sagt, oder? Georg hat einen echten Agenten!«
»Davon weiß ich bereits«, sagte Jan etwas steif.
Nicoletta lachte. »Klar weißt du das. Aber, mal echt, ich sage dir jetzt nichts, was Georg irgendwie in Schwierigkeiten bringen könnte, das ist dir doch klar, oder? Ich weiß, wie der Hase hoppelt, ich war nämlich lange mit einem Kriminalkommissar zusammen.«
»Ich weiß. Alles, was mich interessiert, ist: Wann hat Frenze den Vertrag unterschrieben? Das hattest du mir ja schon gesagt, ich wollte nur noch mal nachhaken.«
»Welchen Vertrag meinst du denn? Den von heute oder den von gestern?« Der Stolz in ihrer Stimme war unverkennbar.

Also doch, dachte Jan. Er sagte: »Wie jetzt? Gibt es etwa zwei Verträge?«
»Ja! Wahnsinn, oder? Wir kommen aus dem Feiern gar nicht mehr raus. Gestern der Agenturvertrag, heute der Verlagsvertrag. Sie reißen sich geradezu um Georg!«
Alle Menschen sind bescheuert, erinnerte sich Jan, um nicht die Fassung zu verlieren. Dann fiel ihm ein Zitat ein, das ihn besänftigte: Sommer, Sonne, Sonnenschein, da setzt die Totenstarre schneller ein.
»Jan, bist du noch dran?«
»Klar«, sagte er. »Aber du, ich muss mal eben ... Da kommt ein Anruf. Ich melde mich bald wieder, ja?«
»Wegen dem Abendessen mit deiner Freundin?«
»Genau.«
»Also ist sie wirklich deine Freundin!« Nicolettas Stimme klang triumphierend.
Er seufzte und legte auf.
Jan war nicht eifersüchtig, kein bisschen. Er wollte Nicoletta nicht zurück, und im Grunde wünschte er ihr auch alles Gute. Dass dieses Gute aber ausgerechnet in Gestalt eines Mannes daherkam, den er nicht ausstehen konnte, das machte alles schwierig. Und die neuesten Entwicklungen machten es noch schwieriger. Ein Dichter als Nachfolger wäre schlimm genug gewesen. Ein erfolgreicher Dichter aber, das war mehr, als ein Mann verkraften konnte.
Mantras, dachte Jan. Ich habe zwei Mantras. Erstens: Alle Menschen in Verlagen und um Verlage herum sind bescheuert. Zweitens: Sommer, Sonne, Sonnenschein, da setzt die Totenstarre schneller ein.
Es wirkte, er fühlte sich umgehend getröstet. Er nahm sein Handy und rief Nessi an.
»Du schon wieder«, empfing sie ihn.

»Ich habe eine ganz kurze Frage zu den Abläufen mit Verträgen und so.«
»Okay, schieß los, Herr Kommissar!«
»Dieser Rechtsmediziner hat einen Vertrag bei Walli.«
»Für seine Gedichte? Unmöglich. Kein Mensch kauft Gedichte.«
»Es ist aber so. Nehmen wir mal an, es stimmt. Kann es dann sein, dass er schon einen Tag später einen Verlagsvertrag unterzeichnet?«
Nessi schnaubte. »Im Leben nicht! So was dauert ewig. Abgesehen davon, dass niemand Gedichte einkauft und Gedichte auch nicht pre-emptet werden.«
»Pre-was?«
»Wenn etwas schnell geht, war es ein Pre-empt. Ein Pre-empt ist ein exklusives Angebot, das ein Verlag macht. Dabei verspricht der Verlag eine hohe Summe dafür, dass der Roman nicht in eine Auktion geht und man den anderen Mitbietern gegenüber Stillschweigen bewahrt. Der Autor und der Agent können dann die Kohle nehmen, müssen aber schnell machen. Sie dürfen die Konkurrenz nicht mehr angucken und fragen, was die geboten hätten. Oder so. Ganz genau kapiert habe ich es auch nicht, ich war leider noch nicht in der Situation. Bisher zumindest.« Sie klang etwas beleidigt.
»Aber es geht nicht um einen Roman«, erinnerte Jan.
»Ach ja! Gedichte!« Jetzt prustete sie. »Gedichte kauft kein Mensch, Jan! Hab ich dir doch schon gesagt. Warum glaubst du mir das nicht?«
»Ich glaube dir«, sagte er. Zumindest wollte er ihr glauben, denn sie sagte genau das, was seinem Weltbild entsprach, einem Weltbild, in dem niemand einen Cent für Verse wie »Sommer, Sonne, Sonnenschein« … ausgeben würde.
»Ich muss jetzt aufhören«, sagte er.
»Bis demnächst dann!« Sie klang fröhlich.

Kein Mensch kauft Gedichte, wiederholte Jan. Und: Die Abläufe stimmen nicht. Nicoletta war auf einen Schwindler reingefallen. Frenze mochte als Rechtsmediziner ausgesprochen kompetent sein, in literarischer Hinsicht war er nichts als ein schmieriger Hochstapler. Beinahe tat Nicoletta ihm leid. Sie würde sehr, sehr enttäuscht sein, wenn sie die Wahrheit erfuhr. Vor allem, wenn sie begriff, dass er, Jan, dann nur sehr eingeschränkt zur Verfügung stand, um sie zu trösten.
Er würde das alles umgehend aufklären. Er würde persönlich in den Verlag fahren, der angeblich Frenzes poetische Ergüsse veröffentlichen wollte. Und dann, dachte er grimmig, wollen wir doch mal sehen, was es damit auf sich hat!

* * *

Es war eine ganz, ganz dünne Mappe, die Elena mit beleidigter Miene vor Jan auf den Tisch klatschte.
»Was ist los?«, fragte er erstaunt.
»Ich wollte eben nachlesen, was bei deinem Besuch in der Klinik rausgekommen ist, und finde deinen Bericht nicht.«
»Ich hab ihn noch nicht geschrieben.«
»Ich brauche den aber!«
»Elena, ich muss jetzt leider los. Ich kann nur bis mittags jemanden im Verlag antreffen, zumindest haben die mir das eben am Telefon gesagt.«
Sie starrte ihn an, als habe er den Verstand verloren. »Im Verlag? Was willst du denn im Verlag? In welchem Verlag überhaupt? Schrecks Verlag sitzt doch in Berlin, da bist du doch im Leben nicht bis zum Mittag. Und warum überhaupt?« Ihr Gesicht war ein einziges Fragezeichen.
Jan seufzte. »Nein, Frenzes Verlag. Der sitzt zum Glück in Köln. Ich hab keine Zeit, dir das jetzt zu erklären.«

»Jan! Was, verdammt, willst du in Frenzes Verlag? Uns wächst die Arbeit hier über den Kopf!«

»Das mit diesen Verträgen ist schief. Da stimmt etwas nicht, und ich werde das klären.«

»Ach ja? Was soll denn daran bitte nicht stimmen?«

Jan spürte, wie er hitzig wurde. »Die Abläufe sind ganz andere. Natürlich, wer wie du keine Ahnung vom Verlagsgeschäft hat, der wundert sich an der Stelle nicht, aber wenn man ein bisschen Interna kennt, weiß man, dass es so gar nicht laufen kann. Dass er gestern was unterschreibt und dann heute und so.«

»Und du kennst dich da aus?«

»Ein wenig, ja.«

»Jan«, wiederholte Elena. »Du brauchst mir hier keine Vorträge zu halten. Das Verlagsgeschäft im Ganzen und im Einzelnen, diese Themen sind für uns hier nicht von Belang. Mal ehrlich: Worum geht es? Wir sprechen hier von Frenze. Wir arbeiten seit Jahren mit ihm zusammen. Und selbst wenn wir ihn nicht kennen würden, bleibt die simple Tatsache bestehen, dass er lediglich das Alibi eines Typen ist, der noch nicht einmal konkret unter Tatverdacht steht. Es ist absolut idiotisch, deswegen hinter Frenze herzuspionieren. Es ist Zeitverschwendung von der ganz fahrlässigen Sorte.«

Ungeduldig schüttelte er den Kopf. »Dir fehlt der große Zusammenhang, Elena! Irgendetwas an diesem Fall hat mit diesen Schriftstellern zu tun. Ich weiß nicht, was, aber es ist wichtig, diesen Hinweisen nachzugehen. Es fehlt irgendein Element. Wir müssen verstehen, wie diese Leute ticken. Dann begreifen wir erst, worum es hier geht.«

Elena seufzte. »Okay. Andersherum: Was genau versprichst du dir denn von diesem Besuch?«

»Die Wahrheit über diesen ominösen Vertrag.«

»Über welchen Vertrag? Reden wir von Schreck?«

»Nein. Von Frenze.«
»Und was verdammt noch mal hat das mit unserem Fall zu tun?«
Für einen Moment war Jan sprachlos. »Dieser Vertrag ist gewissermaßen das Bindeglied zwischen Walli und Frenze. Und wir wollen wissen, was es mit dem Treffen der beiden auf sich hat. Einem Treffen, das etwa zur Tatzeit stattgefunden hat.«
Elena sah ihn an, auf der Stirn steile Falten. »Das klingt ja ganz nett, wenn du mir das so erzählst, aber mal echt, Jan – Frenze ist lediglich ein Zeuge!«
»Ich finde es wichtig«, beharrte er. »Du musst ja nicht mitkommen.«
»Tue ich auch nicht.«
»Gut.«
Ausdruckslos sah sie ihn an. »Ist vielleicht sowieso besser. Dann merke ich auch nicht, dass du viel mehr Interesse an Frenze hast als an einem potenziellen Tatverdächtigen. Was möglicherweise daran liegt, dass der eine was mit deiner Ex hat und der andere nicht.«
»Bleib bitte sachlich, Elena.«
»Bleib *du* sachlich!«
Sie starrten einander an, dann wandte Elena sich ab und trat zum Fenster. »Heiß heute«, sagte sie. »Man sollte ins Schwimmbad gehen. Statt hier rumzustreiten. Das wär's doch, Jan.« Sie lächelte schief, es sah aus, als hätte sie Zahnschmerzen.
Jan runzelte die Stirn. »Schwimmbad? Hallo? Wovon sprichst du?«
»Davon, dass es Sommer ist. Und dass uns die Sonne möglicherweise zu lange auf den Kopf geschienen hat. Weißt du was? Ich gehe jetzt in die Kantine und hole uns ein Eis.«
»Ich will kein Eis.«
»Magnum oder Wassereis?«
»Ich sagte, ich will keins! Ich fahre morgen nach Köln!«
»Magnum«, nickte Elena, griff ihren Geldbeutel und ging.

Tag 5

Während er darauf wartete, dass die Lektorin ihn abholte, sah Jan sich um. Neben den Besuchersofas waren die Neuerscheinungen des Verlages ausgestellt, Jan ließ den Blick darüberwandern, aber nichts davon kam ihm bekannt vor.

Was kein Wunder war, denn die einzigen Buchtitel, die er aus dem Stegreif hätte nennen können, waren *Rapunzelmord* und *Knochen für Elise*, und die waren ja beide, wie er wusste, woanders erschienen.

»Frau Gieltz ist jetzt für Sie da«, rief die Dame hinter dem Empfangstresen ihm zu, und Jan drehte sich um.

Mit schnellen Schritten und einem breiten Strahlen kam die Lektorin auf ihn zu und schüttelte seine Hand. Sie hatte ein fröhliches, rosa angelaufenes Gesicht, offenbar hatte sie vergeblich versucht, ihre Rothaarigenhaut zu bräunen, und dabei auch beim Rest des Körpers die Sonnencreme vergessen. Ihr weit ausgeschnittenes Ringelshirt entblößte krebsrote Schultern und BH-Träger, die zu eng in die verbrannte Haut schnitten. Allein der Anblick tat Jan weh.

Das Strahlen im Gesicht der Lektorin verflog schlagartig, als sie hörte, weswegen er gekommen war. »Wir sollten dann besser in mein Büro gehen«, sagte sie.

Jan folgte ihr durch lange Korridore. Beinahe jede Tür stand offen, hinter jeder sah er meterhohe Bücherregale, der Geräuschkulisse zufolge schienen die Verlagsmitarbeiter allerdings entgegen seinen Erwartungen nicht zu lesen, sondern ausschließlich und in ziemlicher Lautstärke zu telefonieren.

Endlich hatte Gieltz ihr Büro erreicht, sie schloss die Tür hinter Jan mit einer Vehemenz, die dramatisch wirkte und das Hintergrundgeplauder schlagartig verstummen ließ. Mit ernster Miene setzte sie sich auf ihren Bürostuhl, Jan nahm auf der anderen Seite des Schreibtischs Platz. »Ich verstehe nicht ganz, wie ich Ihnen helfen kann.«

»Es geht, ganz konkret gesagt, um die näheren Umstände eines Treffens zum Todeszeitpunkt. Herr Walliczek hat angegeben, dass er sich mit Dr. Frenze getroffen hat. Und da wollten wir die näheren Umstände wissen.«

»Sind die beiden involviert? In diesen Mord?« Jetzt sah sie ehrlich erschrocken aus.

»Dafür gibt es bislang keine Anhaltspunkte«, sagte Jan ausweichend. »Aber uns wundert natürlich, dass ein vollkommen unbekannter und bis dato unveröffentlicher Autor so plötzlich Kontakt mit Ihrem Verlag hat.«

»Ach so«, sagte Gieltz und berührte mit der Hand vorsichtig ihre leuchtend rote Schulter. Offenbar hatte sie Schmerzen. »Das kann ich Ihnen erklären. Diese schreibenden Ärzte oder Anwälte sind gerade ziemlich im Trend, es gab kürzlich einen Titel, der es bis auf Platz drei der Sachbuchliste geschafft hat.«

»Aha«, sagte Jan.

»Leider nicht von uns.«

»Bitte?«

»Leider von der Konkurrenz. Und deswegen schmeißen wir schnell etwas nach. Wir hatten einen sehr guten Ghostwriter, aber der ist uns leider krankheitsbedingt abgesprungen. Das Buch war aber schon angekündigt. Unsere Vertreter waren begeistert, die Buchhändler haben es bestellt wie verrückt! Und genau da treffe ich zufällig Walli, und wir kommen ins Quatschen, und drei Tage später ruft er an und bietet mir das Manuskript an, das ja praktisch fertig ist. Ich konnte es kaum fassen! Ein echter Glücksgriff. Also machen wir das Buch jetzt einfach mit dem anderen Autor, diesem … Wie heißt er?«

»Frenze.«

»Frenzel. Guter Name, leicht verständlich, da brauchen wir noch nicht mal ein Pseudonym. Es passt einfach perfekt. Der Beruf passt genau, dazu dieser humorvolle Ton …«

Humorvoll?, dachte Jan. Frenze war der humorloseste Kerl, den er kannte.

Begeistert redete Gieltz weiter. »Wichtig ist vor allem, dass wir unseren früheren Titel behalten können – Pathologen-Poesie. Die Vertreter sagen, darauf sind alle Buchhändler und die Einkäufer total abgefahren!«

Adrenalin durchflutete Jan. »Aber«, sagte er, »Frenze ist gar kein Pathologe.«

»Was?« Erschrocken sah sie ihn an. »Natürlich ist er das. Wir haben doch seinen Lebenslauf gesehen.«

»Er ist Rechtsmediziner, nicht Pathologe.«

»Ich fürchte, ich verstehe Sie nicht.« Sie bewegte mit gequältem Gesichtsausdruck die Schultern, so dass es unter ihrem Ringelshirt wogte.

Geduldig erklärte Jan: »Das ist ein häufiges Missverständnis wegen dieser Fernsehserien. Pathologin mit Profil. Die Realität ist: Ein Rechtsmediziner arbeitet forensisch. Pathologen dagegen sitzen im Labor und untersuchen Proben, zum Beispiel auf Krebszellen.«

»Ach so!« Gieltz lachte, hob die rechte Hand und wedelte damit in der Luft. »Jetzt war ich für einen Moment echt erschrocken. Dieser feine Unterschied dürfte unseren Lesern egal sein.«

»Das ist kein feiner Unterschied, sondern ein sehr großer. Es ist ein ganz anderer Beruf!«

Sie schüttelte den Kopf, ihre hellroten Haare flogen. »Das lassen Sie mal unsere Sorge sein. Rechtsmediziner-Poesie – nee, das klingt nicht gut.«

»Aber …«

Ungeduldig schüttelte sie den Kopf. »Herr Seidel, diese Alliteration auf P, das ist eingängig. Der Titel ist die halbe Miete, das dürfen Sie mir glauben oder es bleibenlassen.«

»Aber es ist der falsche Titel! Frenze ist kein Pathologe!«

Ihre Miene verschloss sich. »Ich schlage vor, Sie machen Ihren eigenen Job und lassen mich meinen tun. Haben Sie sonst noch Fragen?«

Wie auf Befehl begann das Telefon auf ihrem Tisch hektisch zu klingeln.

»Ja, die habe ich durchaus«, sagte er.

Sie seufzte und drückte einen Knopf. Das Klingeln verstummte.

»Ich möchte Sie bitten, ehrlich mit mir zu sein, Frau Gieltz«, sagte er. Er setzte ein ernstes Gesicht auf. »Es geht um Mord. Jedes Detail könnte für uns wichtig sein.«

Sie nickte ungeduldig. »Das ist mir bewusst. Wir bringen jedes Jahr fünfzig Kriminalromane heraus. Bevor ich in den Sachbuch-Bereich wechselte, habe ich viele davon lektoriert.«

Ach herrje, dachte Jan. »Unter uns, Georg Frenze ist ja nun nicht gerade das, was man einen erfahrenen Autor nennen würde. Und er schreibt Gedichte – die verkaufen sich meines Wissens doch gar nicht! Ich frage mich, ob Ihre Zusammenarbeit vielleicht einen ganz anderen Grund hat.«

»Nämlich?« Sie sah ihn verständnislos an.

Sonnenbrand sieht nicht schön aus, dachte er. »Vielleicht geht es Ihnen gar nicht um Georg Frenze, sondern darum, dass Walliczek einen anderen berühmten Autor vertritt?« Er beobachtete sie genau. Die Erwähnung des Agenten schien sie kaltzulassen, sie runzelte lediglich die Stirn.

»Wen denn? Was meinen Sie?«, fragte sie. Dann glättete sich ihre Stirn. »Ach, Sie sprechen von Niklas Schreck!«

Jan nickte.

Sie lachte, es klang echt. »Schreck ist doch Schnee von gestern! Der ist durch in Deutschland. Dieses Märchenthema, das lief

2013, da war Grimm-Jahr. Der Verlag hat diese Vorlage gut genutzt, das muss man ihnen lassen. Aber jetzt ist das alles kalter Kaffee.«
Jan war verwirrt. »Aber die Leser und Kritiker waren doch total begeistert! Das Buch war ein voller Erfolg, es wurde in ganz Deutschland euphorisch besprochen.«
Beinahe mitleidig sah sie ihn an. »Wegen des Themas, nicht wegen des Autors. Und außerdem: Die Leser und Kritiker bekommen auch nur die Sachen in die Hand, die wir zwei Jahre vorher in der Programmkonferenz entschieden haben. Wenn man mir heute so ein irres Rapunzelmärchen vorlegen würde, ich würde lachen! Nein, nein, glauben Sie mir: Schreck ist durch als Debütant! Es ist wie mit den Osterhasen und Weihnachtsmännern.«
»Bitte womit?«
Gieltz beugte sich vor. Zu weit, fand Jan, er sah viel zu viel zu rotes Fleisch. »Wenn Sie im Dezember Ihre Lichterkette aufhängen, dann basteln wir schon an den Osterhasen für den übernächsten Frühling. Nein, warten Sie – wenn Sie Ostereier verstecken, dann …«
Ostereier? Lichterketten?
»Ich würde lieber beim Thema bleiben«, sagte Jan. Er fühlte sich auf den Arm genommen. »Statt Märchen machen Sie also lieber pathologische Gedichte?«
Ihr Zeigefinger schoss vor. »Sie sagen es! Ein Pathologe, der reimen kann – das wollen die Leute im Fernsehn sehen! Mal im Ernst, Herr Seidel – gucken Sie diesen Pathologen doch mal an! Wenn wir uns einen gebacken hätten, er wäre nicht so perfekt geworden. Diese Glatze! Diese Brille! Und dann diese näselnde Stimme! Der kommt doch in jede Talkshow! Und wen die Leute am Freitagabend in der Talkshow sehen, dessen Buch kaufen sie am Samstag beim Stadtbummel. Weil sie neugierig sind und mit-

reden wollen. Und dann wird mit etwas Glück jemand aus dieser Talkshow einen frischen Trauerfall in der Familie haben und kritisch anmerken, dass so einer keinesfalls lustige Gedichte über fremde tote Angehörige schreiben sollte, und dann haben wir einen Streit und können nachdrucken. Voilà! Das wollen die Leute!«

»Das glaube ich nicht«, sagte Jan kühl. »Ich glaube, die Leute wollen intelligent unterhalten werden.« Er dachte an Nessi.

Gieltz lächelte ihn beinahe mitleidig an. »Glauben Sie, was Sie wollen, Herr Seidel. Ich verspreche Ihnen: Wenn unser Pathologe nicht mindestens zehn Wochen lang auf der Bestsellerliste steht, fresse ich einen Besen.«

»Sehr gerne«, sagte Jan.

Sie strahlte. »Diese Wette verliere ich nicht!«

»Eine Sache noch«, sagte Jan irritiert. »Habe ich das richtig verstanden, Sie machen Sachbuch? Warum dann Gedichte?«

»Gedichte verlegen wir ja normalerweise gar nicht. Und die Pathologen-Poesie ist eher wie ein Bericht aus dem Alltag des Rechtsmediziners aufgezogen, auch vom Cover her, also mit Bild des Autors auf dem Cover, so, wie Sie das von Sachbüchern kennen. Wir wollen, dass der Autor als Marke schnell bekannt wird. Ich bin davon überzeugt, dass man den Lesern Lyrik heute einfach ein bisschen anders anbieten muss, dann werden sie das auch kaufen.«

»Wir werden sehen«, sagte Jan unbestimmt.

Er merkte, dass er allen Zweifeln zum Trotz neugierig auf das Buch wurde.

Gieltz sah ausgesprochen siegessicher aus. »Du hast mir das Herz gebrochen / und jetzt brech ich deine Knochen«, deklamierte sie. »Oder der hier: Ich halt dein Herz in meinen Händen / jetzt werd ich mich der Milz zuwenden.« Sie kicherte. »Ist das nicht zum Schreien? Ich sage Ihnen, das wird ein Bestseller.«

Ja, dachte Jan. Das ist wirklich zum Schreien.
Sommer, Sonne, Sonnenschein, da setzt die Totenstarre schneller ein.

* * *

Sie öffnete die Badezimmertür und prallte augenblicklich zurück. Auf dem Wannenrand saß das Heuschreckenmädchen, und augenblicklich wünschte Elena sich das Scorpions-Shirt herbei, um sie darin einzuwickeln. Denn das Mädchen war lediglich mit einem winzigen neongrünen Stringtanga und einem Handtuchturban bekleidet.
»Kannst du nicht anklopfen?«, fragte das Mädchen und sah auf. Quer über ihre Stirn zog sich ein schwärzlicher Strich, auch das Handtuch war schwarz gefleckt. Selbst auf den weißen Badezimmerkacheln konnte Elena schwarze Sprenkler erkennen.
»Warum?«, fragte Elena.
»Ich bin nackt, hallöchen?«
»Und ich wohne hier«, sagte Elena. Sie wunderte sich selbst, wie ruhig sie klang.
»Aber ich bade hier«, sagte das Mädchen seelenruhig.
»Was machst du da mit meinem Handtuch?«, fragte Elena. Sie war sehr stolz auf ihre Beherrschung.
»Hallöchen? Wonach sieht's denn aus? Ich färbe mir die Haare.« Hingerissen tupfte das Mädchen neongrünen Nagellack auf ihren Zehennagel. Irgendwie sah ihr Gesicht anders aus. Älter. Offenbar hatte sie sich geschminkt, die Augen waren schwarz umschattet, die Lippen glänzten. Von dem verhuschten Töchterchen war nicht mehr viel übrig.
Sie mutiert, dachte Elena und unterdrückte einen Schauder. Eine mutierende Heuschrecke. Von wegen, sie ist noch ein Kind, Reimann.

Eine Stimme in ihrem Rücken ließ sie zusammenfahren. »Mach mal schneller«, sagte die Stimme. Sie klang jung und gelangweilt. Wie die Stimme der Heuschrecke.

Verwirrt drehte Elena sich um, und da stand die Heuschrecke vor ihr, in ihrem Scorpions-Shirt und ebenfalls mit einem Handtuchturban. Für einen Moment zweifelte Elena an ihrem Verstand. Sah sie doppelt? Offenbar. Das Heuschreckenmädchen saß im Bad. Und stand gleichzeitig im Flur.

»Äh«, sagte Elena und griff haltsuchend an die Wand. Die aus dem Flur musterte sie kritisch. »Ich soll mich hier wie zu Hause fühlen, hat mein Dad gesagt.«

»Und das tust du auch, wie ich sehe«, sagte Elena. In diesem Moment klingelte ihr Handy. Es war Jan.

»Ich bin es.«

»Das höre und sehe ich.«

»Geht es dir nicht gut? Du klingst so komisch.«

»Ich hab einen kleinen Notfall in der Wohnung«, sagte Elena und beobachtete alarmiert, wie ein dicker schwarzer Tropfen die Stirn des einen Heuschreckenmädchens hinabrann, auf dem Boden zerplatzte und sich in den weißen Fugen zwischen ihren Badezimmerfliesen verteilte.

»Mit dem Ungeziefer?«

»Genau.«

Das magere Mädchen schmierte sich seine dünnen Beine mit Reimanns Rasierschaum ein und warf Elena einen bösen Blick zu.

»Ruf einen Kammerjäger, sag ich dir! Wenn die Biester sich vermehren, wirst du sie nie mehr los!«

»Zu spät«, sagte Elena düster.

»Wie, zu spät?«

»Sie haben sich schon vermehrt.«

* * *

Walli saß jetzt richtig in der Scheiße. Da war Schreck sich absolut sicher. Der Kommissar hatte sich sehr interessiert für alles, was er ihm erzählt hatte.
Tja, Walli, dachte Schreck. Du hast wohl gedacht, ich merke nicht, wenn du mich bescheißt. Da hast du dich ganz schön geschnitten.
Er fragte sich, warum das Gefühl der Genugtuung dennoch ausblieb. Vielleicht weil er begriff, dass Walli jetzt nicht mehr anrufen würde. Jetzt war er allein. Ganz allein. Oder?
Wie als Antwort auf diese Frage schrillte sein Handy. Es war Claudia.
»Hey, du!«, sagte er.
»Hey!« Ihre Stimme war leise, dunkel, aber es schwang darin eine Traurigkeit mit, die er beinahe vergessen hatte. Ein Vorwurf, ein leiser, so subtil vorgebracht, dass er ihn nicht annehmen musste, wenn er nicht wollte, aber …
»Ich fürchte, ich sitze im falschen Restaurant.«
Er warf einen Blick auf die Uhr. Zehn nach acht. Das Treffen! Er hatte vollkommen vergessen, dass Claudia im Restaurant auf ihn wartete.
Zum Glück fiel ihm augenblicklich die richtige Antwort ein. »Oh«, sagte er. »Hast du denn meine SMS nicht bekommen?« Einen leisen Vorwurf mitschwingen zu lassen, das war der Trick. Den Ball zurückspielen.
»Deine SMS?« Ihre Stimme klang verwundert, aber nicht misstrauisch.
»Ich habe sie dir vor einer halben Stunde geschickt!« Noch eine Schippe Vorwurf. »Leider schaffe ich es erst um halb neun.«
»Die hab ich nicht bekommen.«
»Verdammtes Netz. Echt! Bestell uns schon mal einen Aperitif, okay?«
»Das mache ich.« Sie klang getröstet, vielleicht sogar erleichtert,

dass er gleich kommen würde, oder auch, dass sie nichts falsch gemacht hatte. »Einen Martini? Wie früher?«
Eigentlich wäre ihm ein Bier lieber gewesen, aber er sagte: »Genau! Wie immer. Du weißt es also noch!«
»Klar. So lange ist es ja auch nicht her.«
Für ihn war es schon eine ganze Ewigkeit her, dass er mit ihr in Göttingen gesessen und Martini getrunken hatte.
»Ich freue mich.«
Er legte auf.
Nicht alle Menschen waren schlecht. Ein Einziger zumindest wartete in einem Restaurant mit einem Martini auf ihn.

* * *

Edith sah rein äußerlich aus wie immer, fand Jan, und das beruhigte ihn. Sie studierte aufmerksam die Speisekarte, nur um dann wie immer Aubergine zu bestellen. Sie aß bei Konya immer Aubergine. War das ein gutes oder ein schlechtes Zeichen? Er hätte die Psychiaterin viel genauer fragen müssen, auf welche Anzeichen er achten musste.
»Wir waren lange nicht mehr essen«, sagte Edith und faltete umständlich ihre Papierserviette zusammen.
»Das stimmt.«
Sie rückte Gabel und Messer zurecht und richtete dann ihre porzellanblauen Augen auf ihn. »Ist etwas Bestimmtes, Jan?«
»Nein«, sagte er erschrocken. »Weswegen?«
»Meistens lädst du mich ein, weil du etwas besprechen willst. Hat deine Mutter etwa wieder angerufen?«
Edith sagte immer »deine Mutter«, obwohl Henny ja ihre Tochter war.
»Nein«, sagte Jan. »Zum Glück nicht.«
»Das ist gut. Wir können uns ja auch einfach so einen schönen

Abend machen, nicht wahr? Ohne dass etwas passiert ist.« Sie sah zufrieden zu, wie der gutaussehende junge Mann mit den melancholischen schwarzen Augen einen Teller mit Zaziki und sternförmig arrangierten Gurkenspalten zwischen ihnen abstellte, und nickte beifällig, als sie nach dem gerösteten Fladenbrot griff und spürte, wie es in ihrer Hand knusperte.

»Ja«, sagte Jan. Es war unmöglich, Edith nach ihren Symptomen zu fragen oder gar zu einem Arztbesuch zu überreden. Nicht jetzt. Außerdem machte sie jetzt und hier einen ausgesprochen wachen und gesunden Eindruck.

»Du wirkst sehr besorgt«, sagte Edith.

»Ich?«

Sie nickte vorsichtig. »Ich glaube, ich weiß, warum.«

Er runzelte die Stirn. »Ach ja?«

Edith nickte bedächtig. »Der Fall. Du kommst nicht voran.« Ein zaghaftes Strahlen begann in ihrem schmalen Mundwinkel und zog sich dann fort. »Hast du mich deshalb eingeladen?«

Hilflos sah Jan sie an. »Nun –«, begann er.

Sie nickte zufrieden. »Frag einfach. Wenn ich dir helfen kann, tue ich das gerne.«

Es macht sie glücklich, dachte Jan. Und sagte: »Es geht um Gedichte.«

»Um was für Gedichte?«

»Um Gedichte allgemein. Darum, dass niemand sie mag.«

»Ich habe immer gern Gedichte gelesen«, sagte Edith würdevoll. »Und tue es noch. Ich kann auch viele auswendig. Früher habe ich sogar versucht, dir welche beizubringen, leider vergeblich.«

»Also stimmt es nicht«, sagte Jan.

»Was stimmt nicht?«

»Dass niemand Gedichte liest.«

Edith legte den Kopf schief. »Das kann man so nicht sagen. Die Leute lesen, wenn überhaupt, das, was sie in der Schule schon gelesen haben. Goethe, Rilke, so etwas. Nichts Neues. Und sie kaufen auch keine Gedichte. Sie verschenken sie manchmal. Goethe und Rilke. Oder Wilhelm Busch.«

»Ach so. In unserem Fall geht es ganz konkret um einen bisher unveröffentlichten Dichter, den plötzlich ein Verlag ganz groß rausbringen will.«

Edith legte skeptisch den Kopf schief. »Soll er für die Veröffentlichung bezahlen?«

»Nein, nein. *Er* bekommt Geld. Sogar eine Menge. Zumindest klang es so. Der Verlag ist sicher, dass der … der Autor mit diesem Buch in alle Talkshows kommt und alle das Buch kaufen, obwohl es Gedichte sind.«

»Nun«, sagte Edith und streckte ihre Gabel nach einem Gurkenstück aus.

»Nun?« Jan schüttelte den Kopf. »Also was stimmt denn nun – werden die Leute dieses Buch kaufen oder nicht? Der Verlag ist sich sicher.«

Edith lächelte. »Das kann ja sein. Aber, Jan, wenn die Verlage so genau wüssten, was in zwei Jahren gelesen wird, dann würden sie alle nur Bestseller rausbringen. Und?«

»Was, und?«

»Tun sie das vielleicht?«

»Keine Ahnung«, sagte Jan.

Strafend sah sie ihn an. »Nein, natürlich tun sie das nicht!«

»Aber sie haben viel Geld investiert! Das machen die doch nicht einfach so.« Langsam gewann Jan den Eindruck, dass ihn das vermeintliche Insiderwissen der sogenannten Branchenkenner kein bisschen weiterbrachte.

Edith lächelte. »Buchhändler wissen ein Lied davon zu singen. Jedes halbe Jahr haben wir die Vertreter bei uns sitzen, die uns einreden wollen, dass das eine oder das andere garantiert ein Bestseller wird und dass wir am besten ein ganzes Schaufenster damit dekorieren oder zumindest zehn Stück davon in den Laden legen sollen. Und nachher sitzen wir da mit den Büchern und werden sie nicht los. Glaub mir, Jan, niemand weiß, was ein Bestseller wird. Aber alle müssen immerfort so tun, als wüssten sie es. So funktioniert das Geschäft eben.«

Bücher und alles, was damit verbunden war, schienen Jan mehr und mehr eine gefährliche, den Verstand bedrohende Sache zu sein. Wie angenehm, dass er in seinem Beruf normalerweise nichts damit zu tun hatte, sondern sich mit Leichen und Mördern beschäftigen durfte!

Edith blickte hinter Jan, ihre Augen leuchteten. »Da kommt unser Essen! Ach, es ist wirklich ein Segen, dass ich dir manchmal ein wenig helfen kann, oder?«

* * *

Claudia verlor kein Wort über die angebliche SMS und seine Verspätung. Es hatte immer zu ihren besten Eigenschaften gehört, ihn nie unter Druck zu setzen. Ganz anders als Walli, dachte Schreck, der ständig an seiner Leseprobe herumgenörgelt hatte und an seinem Alkoholkonsum. Heute hatte er sehr wohl einige Gläser getrunken, und er fühlte sich großartig. Walli, dachte er mit einem Kopfschütteln. Wie hatte er Walli je über Claudia stellen können? Noch dazu, wo sie den unbestreitbaren Vorteil hatte, dass sie eine Frau war. Eine Frau, der das Kerzenlicht einen warmen Schimmer auf die Wangen zauberte und deren Ausschnitt ihm etwas zeigte, woran er im letzten Jahr nicht oft genug gedacht hatte.

»Du siehst gut aus«, sagte er.

Sie lächelte bloß. Sie konnte gut lächeln. Überhaupt war alles so einfach, obwohl sie immer noch an der Bar standen und auf einen freien Tisch warteten, denn ihren hatte Claudia wegen seiner Verspätung irgendwann freigegeben. Er redete schon seit einer halben Stunde, und sie hörte zu, so wie früher. Bei ihr waren die richtigen Worte plötzlich da. Betörend sensibel, dachte er. So war es auch während der gemeinsamen zwei Jahre gewesen. Er hatte geschrieben, und in ihrem Gesicht hatte er den Abglanz des großartigen Buches leuchten sehen, das ihm eines Tages gelingen würde.

Er fühlte sich wohl. Plötzlich war er wieder der, für den alle ihn hielten.

»Wie machst du das?«, fragte er mit verdunkelter Stimme.

»Was?« Sie sah ihn an.

»Du bist hier, und alles ist gut.« Ehe sie antworten konnte, trat er auf sie zu und schob sie an die Wand. Ihr Mund formte ein überraschtes »O«.

Alles war gut und einfach.

Und betörend sensibel.

Er küsste sie.

* * *

Edith schien entspannt und zufrieden, und als die leeren Teller abgeräumt waren, bestellte Jan Wein nach.

»Ich wollte mit dir noch über etwas anderes reden«, sagte er.

»Oh!« Ediths Wangen röteten sich. »Über die Leiche?«

Irritiert schüttelte er den Kopf. »Nein, nicht über die Leiche. Sondern über die Sache mit dem vergessenen Topf. Und das war ja nicht alles, was schiefgelaufen ist.«

»Das ist mir jetzt etwas unangenehm«, sagte Edith und legte fragend den Kopf schief. Bedeutete das, dass sie gar nicht wusste, worauf er anspielte? Jan tönten die Worte der Psychiaterin im Kopf.

Orientierung. Zeitliche Situierung von Ereignissen.

»Erinnerst du dich?« Es war wichtig, dass sie sich erinnerte, rief Jan sich ins Gedächtnis. Ein wesentliches Anzeichen für Demenz war Vergesslichkeit.
»In etwa, ja.« Edith tupfte sich den Mundwinkel mit einer Papierserviette ab, das Zögern in ihrer Stimme war unverkennbar. Er beschloss, ganz vorsichtig zu beginnen. »Aber an manches erinnerst du dich nicht mehr so wie früher, ist mir aufgefallen.«
»Manches ist auch gar nicht so wichtig, in meinem Alter«, sagte Edith würdevoll.
»Vielleicht ist es aber wichtig, ob du es noch kannst.«
»Ob ich was kann?«
»Dich erinnern. Es könnte ein Symptom sein.«
»Ein Symptom?« Ihre porzellanblauen Augen starrten ihn ungläubig an.
»Ich habe mit einem Arzt gesprochen. Mit einer Psychiaterin. Eine sehr gute Psychiaterin.«
Jetzt sah Edith empört aus. »Du warst meinetwegen bei einer Psychiaterin?«
»Ich mache mir eben Sorgen. Wer sonst soll sich Sorgen machen, wenn nicht ich? Ich meine es gut mit dir, daran darfst du nie zweifeln. Nie.« Er griff nach ihrer Hand, aber sie zog sie empört weg. Am liebsten hätte er sie angeschrien. Meinst du, es macht mir Spaß?, hätte er gern geschrien. Eigentlich sollte nicht ich hier sitzen. Deine Töchter sollten dieses Gespräch hier mit dir führen, nicht ich!
Erneut versuchte er, ihre Hand zu nehmen. »Mach es mir doch nicht so schwer, Edith«, sagte er und spürte, wie riesige Müdigkeit ihn überkam. »Wir machen einen Termin, danach wissen wir mehr.«
»Niemals«, rief Edith.
»Nur um sicherzugehen. Bitte.«
»Aber wir müssen gar nicht sichergehen! Mit mir ist alles in bes-

ter Ordnung, und nur weil dieser eine Tag ein wenig chaotisch war, malst du gleich den Teufel an die Wand!«

Jan musste an die Psychiaterin denken. Leugnen, dachte er. Sie leugnet ihren Zustand. Ein weiteres Anzeichen. »Ich mache einen Termin.«

»Dann kannst du für Herta auch gleich einen machen! Deren Enkel lassen sie übrigens in Ruhe. Die sind nicht so … so pflichtversessen wie du. Sie gönnen ihr ein bisschen Spaß.«

»Herta?«, fragte Jan.

»Die war doch dabei.«

Jan spürte, wie sich bodenloses Entsetzen in ihm breitmachte. »Nein«, sagte er behutsam. »Herta war nicht dabei. Wir beide waren ganz allein. Nur du und ich. Aber wenn du sie gesehen hast … Oder hast du sie gehört?« Akustische Halluzinationen, dachte er. Die sind häufiger als visuelle.

Edith starrte ihn an. »Hast du den Verstand verloren, Jan? Ich glaube beinahe, du solltest selbst einen Termin machen! Ich weiß jedenfalls ganz genau, mit wem ich im Café Dix war, und das war Herta. Du warst nicht dabei, also rede nicht von Dingen, von denen du keine Ahnung hast. Und weißt du, wenn ich eine Säuferin bin, dann ist Herta mindestens doppelt so schlimm, die hat nämlich viel mehr getrunken als ich! Herta weiß im Gegensatz zu mir nie, wann es genug ist. Das war schon früher so. Darum muss sie auch manchmal brechen.«

»Getrunken?«, fragte Jan.

»Weil ich vorgestern den klitzekleinen Schwips hatte. Wegen dem du so einen Aufstand machst. Menschenskind, Jan, da rennst du zum Arzt, nur weil eine alte Dame sich mal einen Sherry zu viel genehmigt! Ich glaube wirklich und wahrhaftig, du hast nicht alle beisammen.«

Jan sagte gar nichts.

»Und weißt du, woran das liegt? Ich hätte ja nie was gesagt. Aber wenn du kein Blatt vor den Mund nimmst, dann tue ich das auch nicht. Es ist nur, weil du schon so lange keine Freundin mehr hast! Das kann wirklich nicht gesund sein für einen jungen Mann.«

* * *

Inzwischen hatte der Kellner das Essen gebracht, und Schreck war froh darüber, obwohl ihm der Appetit vergangen war. Claudia dagegen genoss ihre Mahlzeit sichtlich, sie zerteilte ihren Zander und seufzte vor Behagen, etwas, was sie früher auch schon getan hatte, wenn es ihr schmeckte. Jetzt irritierte ihn das. Wie konnte sie so aufs Essen konzentriert sein, obwohl er ihr gegenübersaß? Obwohl sich gerade diese merkwürdige Szene zwischen ihnen abgespielt hatte?

»So eine gewissermaßen erzwungene Schaffenspause ist genau das, was mir gefehlt hat«, sagte er und nahm einen Schluck Wein. »Ein paar Tage ausspannen, ein bisschen zur Ruhe kommen, gutes Essen.« Er warf einen Blick auf seinen unberührten Teller. »Von selbst hätte ich mir das nie verordnet, aber jetzt ist es genau richtig so. Manche Dinge müssen eben von außen kommen, weißt du.«

Sie aß weiter und schwieg.

»Wenn man wie ich seit zwei Jahren praktisch ununterbrochen gearbeitet hat, dann vergisst man vollkommen, dass es die kleinen Dinge sind, auf die es ankommt. Die einem Entspannung und Ruhe bringen. Normale Leute fahren dafür in Urlaub, zwei, drei Wochen im Jahr ans Meer, aber ich …« Er überlegte kurz. »Ich nutze jetzt einfach diese Gelegenheit. Ich packe sie beim Schopfe. Gut, ich hätte mir im Reisebüro vermutlich nicht unbedingt Königswinter ausgesucht, aber jetzt bin ich hier, und ich finde, es hat was. Ich kann hier spazieren gehen, am Rhein entlang. Oder in die Berge, davon gibt es genug. Auch wenn sie nicht hoch sind.« Er lachte. »Wenn ich das in München erzähle, werden die es nicht glauben, dass man das hier Gebirge nennt – der Drachenfels hat gerade mal 320 Meter! Oder 330.«

»321«, sagte sie.

Erleichtert sah er sie an. »Echt? Ich bitte dich, das ist doch kein Berg! Aber zum Spazierengehen genau richtig.« Er beugte sich vor und griff nach ihrem Handgelenk, und da erst hob sie den Kopf und sah ihn an.

In ihrem Blick lag dieselbe Distanz wie vorhin, als er sie hatte küssen wollen und sie ihn von sich geschoben hatte. Die Szene brannte noch immer in ihm wie eine Ohrfeige. Er war es nicht gewohnt, dass man ihn abwies, absolut nicht. Allerdings war es mit Claudia nicht wie mit den Frauen, die er zwischendurch auf Lesereisen kennenlernte, sie hatten eine lange, komplizierte Geschichte, die sie verband. Er hatte sie verletzt, das sah er ja ein. Es war eigentlich verständlich, dass sie jetzt ein wenig auf spröde machte. Ihm zeigen wollte, dass sie nicht auf ihn gewartet hatte. Im Grunde hatte ihre Abweisung, ihr unbedingtes Beharren darauf, ihm ihre Unabhängigkeit zu beweisen, etwas Verzweifeltes, das ihn rührte.

»Immerhin ist der Wein ausgezeichnet«, fuhr er fort und betrachtete sie mit neu erwachtem Hochgefühl. »Ich sage ja immer, deutscher Wein ist viel besser als sein Ruf, da hat sich in den letzten Jahren viel getan.« Er hob das Glas und schwenkte es leicht. »*Drachenfels*. Das liegt an dem Boden. An dem Trachytgestein, das unter den Weinbergen schlummert. Wenn du es so willst, stecken in diesem Glas hier«, er tippte leicht gegen sein Weinglas, und ein heller Klang ertönte, während der Wein blutrote Schlieren zog, »nicht nur die Vulkane, die einst hier fauchten, sondern das ganze Gebirge und, ja, im Grunde sogar der Kölner Dom.« Er war zufrieden mit sich. Jetzt war er wieder der

Schriftsteller, der überraschende Pointen von sich gab. Klug und betörend sensibel.

Claudia sah auf den Rest ihres Zanders.

Verunsichert setzte er hinzu: »Der Kölner Dom ist nämlich aus dem Trachyt des Drachenfelses gebaut, musst du wissen.«

Sie sah ihn an und wirkte beinahe befremdet. Sie ist total durcheinander, dachte er. Stundenlang ist sie gefahren, nur um mich zu sehen, und jetzt sitzt sie mir gegenüber und versucht krampfhaft, die Zügel nicht aus der Hand zu geben. Darum hat sie sich auch nicht küssen lassen. Sie muss sich erst ihre Dosis Versicherung abholen, dass ich sie dieses Mal nicht wieder stehenlasse. Erleichterung durchflutete ihn. Das war der Punkt!

Er senkte seine Stimme zu einem intimen Raunen, das er sonst für die privaten Fragen am Ende eines Interviews reservierte. »Da war es wieder!«, sagte er, beugte sich leicht vor zu ihr und hob Augenbrauen und Zeigefinger.

Claudias Hand mit der Gabel hielt inne. »Da war was?«

Er lächelte. »Immer wenn du die Gabel zum Mund führst, zuckt deine Nase. Ganz leicht nur, wie ein kleines Kaninchen, das Witterung aufnimmt.« Frauen liebten es, wenn man ihnen etwas über sie verriet, was sie noch nie zuvor gehört hatten.

Doch Claudia starrte ihn nur an. Hätte er ein anderes Tier wählen sollen? Kein Nagetier vielleicht? Eilig setzte er hinzu: »Das sieht total heiß aus, wenn du das machst. Wenn ich deine Nase ansehe, weiß ich alles über dich. Es ist erstaunlich, was sie mir über dich verrät. Darum liebe ich deine Nase so.« Kurz überlegte er, was er früher zu ihr gesagt hatte. Ganz sicher nichts über ihre Nase und ein Kaninchen, das war ihm eben erst eingefallen. Etwas über ihre Hände? Er wusste es nicht mehr.

Claudia seufzte, und zuerst nahm er an, dass dies die verspätete Rührung über seinen Vergleich war, doch er irrte. »Ich dachte, du liebst meine Hände«, sagte sie.

Verdammt! Er beugte sich vor. »Das schließt sich ja nicht aus.«
»Ich bin nicht ein paar Stunden hierhergefahren, um über meine Nase und meine Hände zu reden«, sagte sie, und ihre Stimme klang mehr als kühl.
Beinahe hätte er sich verschluckt. Abrupt stellte er sein Glas ab und unterdrückte ein Husten. »Bitte, was?«
»Das hier ist kein romantisches Abendessen, falls du das noch nicht begriffen hast.«
»Ach, Claudia«, sagte er. Er nahm ihre Hand und strich über den Knöchel an ihrem Handgelenk. »Ich sehe inzwischen vieles anders. Mir ist auch klar, dass ich mich dumm benommen habe. Entsetzlich dumm. Es war die Situation. Die war ganz neu für mich. Und dann der Wahnsinnsdruck, die Presse, all das … Das macht etwas mit einem. Aber ich habe mir die Zeit genommen, um über all das nachzudenken und mich zu sortieren. Und dabei habe ich gemerkt, wie wichtig du für mich bist. Dass ich dich brauche.«
Sie versuchte, ihm ihre Hand zu entziehen, und er ließ seine Finger ihren Unterarm hochkrabbeln. »Ich habe es noch niemandem gesagt, aber ich habe mit meinem neuen Roman begonnen.« Er gab ihr einen Moment, damit die Nachricht wirken konnte. »Die Leute erwarten jetzt alle eine Art Fortsetzung von mir. Sie denken, hey, wir wollen mehr von Rapunzel lesen, und der Schreck wird uns genau das geben. Aber weißt du was? Das macht der Schreck nicht. Ich pfeife auf das, was die Leser und der Verlag wollen! Ganz egal, wie viel Kohle die mir hinlegen, ich schreibe jetzt das, was ich schreiben will. Der ganze Literaturzirkus ist mir so was von egal! Ich will einfach in Ruhe mein Buch schreiben. Dieses Buch ist mein Ding. Es ist anders, ganz und gar anders.« Er lauschte einen Moment seinen eigenen Worten und spürte, wie etwas in ihm aufwallte und ihn durchströmte. Ja, dachte er, genau so ist es! Am liebsten hätte er seine Worte

notiert, um sie genau so in einem Interview wiederzugeben, wenn das Buch erst auf dem Markt war.
Er wartete auf Claudias Zwischenfrage. Sie blieb aus. Aber er wusste auch so, was sie wissen wollte.
»Dieses Mal schreibe ich eine Liebesgeschichte. Ganz klein, ganz unschuldig. Und damit ich das schaffe, brauche ich dich. Ich habe das jetzt begriffen.«
Endlich kam eine Reaktion. Claudia öffnete den Mund und sagte: »Ich, ich, ich.«
»Wie bitte?«
»Ich höre, seit wir hier sitzen, nur ich, ich und noch mal ich.«
»Entschuldige«, sagte er hastig. »Das musst du falsch verstanden haben, oder ich habe es falsch ausgedrückt. Ich wollte über dich sprechen.«
»Und ich«, sagte sie langsam, »ich wollte über Liane R. sprechen.«
»Was?«
»So heißt sie in dem Artikel. Als du angerufen hast, war ich zuerst total happy, ich dumme Pute. Ich hab mich gefreut auf unser Abendessen, weil ich dachte, dass du dich geändert hast. Dann hab ich dich gegoogelt, um mir deine Lesereisedaten anzusehen. Und dabei bin ich auf den Artikel gestoßen. Und ich habe begriffen, was hier los ist.«
»Wovon zum Teufel sprichst du?«
»Von Mord. Und wenn ich dich hier sehe, begreife ich langsam, was mit dir los ist. Genau das, was ich befürchtet habe.«
»Was?«
»Du säufst und hast wieder diesen klebrigen Blick. Du …«
»Sei still«, sagte er, seine Stimme klang jetzt schneidend.
»Nein, ich bin nicht still«, sagte Claudia herausfordernd. »Ich sage jetzt, was ich denke. Nämlich, dass es wieder angefangen hat. Habe ich recht?«
»So«, sagte er. Nichts weiter.

»So? Ist das alles, was du dazu sagen kannst? Verdammt, ich mache mir Sorgen! Du hattest das nach der Klinik doch im Griff! Was ist passiert?«
Schreck schüttelte den Kopf. »Ich hatte diese Lesung, es schien eine Lesung wie jede andere zu sein. Von ihr hatte ich gar nichts gehört, ich wusste nicht mal, dass sie hier wohnt. Auf der Lesung war sie nicht. Aber am nächsten Morgen lag sie tot vor dem Turm.«
»Erzähl mir nicht, dass das alles war. Verarsch mich nicht!«
»Tu ich nicht.«
»Ich weiß, welche Rolle sie spielt!«
»Was soll das heißen, Rolle? Mir will hier jemand ganz übel ans Bein pinkeln, das ist los! Bei dieser ganzen Sache geht es doch gar nicht um sie, sie ist einfach nur ein zufälliges Opfer. Verdammt, Claudia, du selbst weißt doch genau, was für ein Haifischbecken das ist, du hast mich schließlich oft genug davor gewarnt!« Erst als er es aussprach, fiel ihm auf, wie unfair sie war. Jetzt stand er genau da, wo sie ihn immer gesehen hatte, mitten in der Scheiße, und statt sich zu freuen, weil sie recht hatte, und dankbar zu sein, weil er es neidlos anerkannte, dass sie das immer gewusst hatte, machte sie Stress.
Er griff nach ihrer Hand, aber er fasste ins Leere, so schnell hatte sie die ihre weggezogen.
»Opfer, ja«, sagte sie. »Da stimme ich dir zu. Opfer. So kann man das nennen, wenn jemand tot im Gras liegt.«
»Claudi…«
»Ich rede von was ganz anderem. Ich rede von dir! Ich kenne dich, Schreck.«
Das hätte vom Wortlaut her eine gute Nachricht sein können, aber irgendwie klang es ganz und gar nicht so.
»Du hast wieder damit angefangen. Trotz der vielen Wochen in der Klinik, stimmt's?«

»Hör auf!«, unterbrach er sie.
»Die Therapie hat nichts genutzt. Du brauchst wieder was von außen. Bist wieder leer. Und darum säufst du und schleppst alles ab, was nicht bei drei auf den Bäumen ist. Damit du eine Handvoll Bestätigung bekommst, die nach fünf Minuten zerronnen ist. Deswegen bin ich so schnell gekommen. Weil ich Angst habe.«
Er lächelte sie an und wartete, dass sein Lächeln sie erreichte und sie zurücklächelte, aber er wartete vergebens. »Du brauchst keine Angst um mich zu haben.«
Sie starrte ihn an. »Ich habe keine Angst um dich. Ich habe Angst vor dem, was du getan hast.«
In ihrem Blick lag tatsächlich etwas ganz anderes als Angst, als sie ihn ansah.
Abscheu vielleicht.

* * *

Elena hatte absolut nicht begriffen, wie wichtig dieser Verlagstermin war. Doch Jan war sonnenklar, dass die Dinge auf irgendeine verborgene Weise zusammenhingen. Und dass dieser Verlagsbesuch deshalb wichtig gewesen war. Auch wenn sich ihm leider noch nicht ganz gezeigt hatte, weswegen. Möglicherweise konnte Nessi ihm weiterhelfen. Ja, das war eine gute Idee! Er würde sie anrufen und alles mit ihr besprechen. Wobei …
Er sah aus dem Fenster. Es war eigentlich Blödsinn, sie anzurufen, wenn er praktisch um die Ecke war. Er konnte ebenso gut vorbeifahren. Vielleicht war sie zu Hause. Dann konnten sie das direkt klären.
Im Hinterkopf hörte er Elenas höhnischen Kommentar. Was klären, Jan?
Gar nichts, dachte er. Er würde sie einfach nur um ihre Einschät-

zung bitten, aus Schriftstellersicht. Und manche Gespräche liefen viel besser, wenn man sich gegenübersaß.

Eine Viertelstunde später stand er vor ihrem Haus und sah die etwas bröckelige Fassade hoch. Was, wenn sie nicht da war? Und was, wenn sie Besuch hatte? Egal.

Dies war eine professionelle Situation. Entschlossen drückte er den Klingelknopf und wartete auf das Surren des Türöffners.

Im Treppenhaus war es angenehm kühl. Als er die ausgetretenen Stufen emporstieg, fühlte Jan beinahe so etwas wie Vorfreude.

Nessi lehnte im Türrahmen, nackte Füße zu Jeans, das flimmernde Haar hing ihr weit über den Rücken. Sie schien nicht im mindesten überrascht, ihn zu sehen. »Der Herr Kommissar!«, sagte sie zur Begrüßung und lächelte.

Er hatte sich zurechtgelegt, was er sagen wollte, aber das war gar nicht nötig. Sie trat so lässig beiseite, als käme er jeden Tag auf Spontanbesuch. Er folgte ihr in die Wohnung. Unfreiwillig fiel sein Blick auf ihr Hinterteil. Sie hatte genau den richtigen Hintern für Jeans, mädchenhaft schmale Hüften dazu. Ihre nackten Füße tapsten ihm voran in die Küche.

»Etwas zu trinken, Herr Kommissar? Ich hab mir gerade was eingeschenkt.« Über dem erhobenen Glas funkelten ihre Wölkchenaugen ihn an.

»Gern«, sagte er und setzte sich an den Küchentisch, ganz so, als habe er dort schon tausend Mal Platz genommen.

* * *

Elena war stolz auf sich. Entgegen ihrer sonstigen Art hatte sie ausgesprochen locker auf Jans idiotisches Verhalten reagiert. Cool und überlegt hatte sie ihn auf seine hirnverbrannten Denkfehler hingewiesen, ihm behutsam klargemacht, dass sein offenbar traumatisches Verhältnis zu seiner Ex seinen Blick vernebelte, und hatte dann, ehe es zum Streit kam, geschickt das Thema gewechselt und sogar ein versöhnliches Eis gekauft. Oder besser: zwei. Reimann würde stolz auf sie sein. Nicht, dass sie das brauchte. Aber ihre Streitkultur und ihre angebliche Besserwisserei waren, seit sie zusammenwohnten, immer wieder Thema gewesen, und Reimann war gewiss beeindruckt, dass sogar ihr Verhältnis zu Jan von Reimanns umsichtigen Schlichtungsversuchen profitierte. Wobei ja schon Elenas extrem souveräner Umgang mit dem Heuschreckenmädchen Reimann sicherlich ausreichend bewiesen hatte, dass sie viel umgänglicher war, als er es immer darstellte.

Trotzdem hatte die Sache unabhängig von dieser ausgesprochen positiven Seite noch eine andere, und die war weniger schön. Jans inkompetentes Verhalten nämlich. Wenn einer der ermittelnden Beamten blindwütig den Falschen jagte, konnte das für die Ermittlung nichts Gutes bedeuten. Mit jedem Tag, der verstrich, wurde die Wahrscheinlichkeit geringer, dass sie den Täter fanden.

Die Küchentür öffnete sich, und herein kam der frisch geduschte Reimann. Er trat zum Kühlschrank, nahm ein Bier und öffnete es. »Feierabend«, sagte er zu Elena und setzte sich an den Tisch.

»Wie man's nimmt«, sagte sie und nahm ihm gegenüber Platz.

»Was heißt das?«

»Ich muss mit dir reden. Über Jan.«

In diesem Moment ging die Tür auf, und das Heuschreckenmädchen platzte herein. Ihr Gesicht verdüsterte sich sichtbar, als sie Elena sah. »Ich brauche Essig«, sagte sie anstelle einer Begrüßung in Richtung ihres Vaters.

»Guten Abend«, sagte Elena und lächelte auffordernd.

»Klar kriegst du Essig, Süße.« Reimann stand auf, umarmte das eckige Mädchen und trat dann an den Küchenschrank, um Elenas Balsamico hervorzukramen. »Hier.«

Stirnrunzelnd betrachtete das Mädchen die Flasche. Es war ausgezeichneter Balsamico, aber Elena bemerkte gleich, dass das Heuschreckenmädchen sich etwas anderes vorgestellt hatte.
»Hast du keinen anderen?«, fragte das Mädchen.
»Das finde ich auch«, sagte Elena.
»Der ist gut, Süße«, sagte Reimann und lächelte väterlich.
»Kann sein. Aber er ist rot.«
»Du brauchst Weißweinessig? Wofür eigentlich?«
»Einfach nur normalen Essig. Ich will ja nicht rot färben.« Sie zupfte an ihren Haaren.
Elena starrte sie an. »Mit Essig kann man Haare färben? Ich dachte, dafür nimmt man Rotwein. Mit Henna.« Sie erinnerte sich dunkel an ihre eigenen jugendlichen Färbeversuche.
Ein spitzer Blick traf sie. »Ach, bist du etwa Profi im Haarefärben? Hätt ich bei dir eher nicht gedacht.«
Reimann blickte hilfesuchend von einer zur anderen. »Ist doch gut, wenn Elena sich auskennt. Vielleicht kann sie dir Tipps geben, Süße!«
Sag nicht dauernd »Süße«, dachte Elena grimmig.
Die Süße sagte: »Ich glaube, da frage ich dann doch lieber Mama.«
»Das glaube ich auch«, sagte Elena so freundlich wie möglich. »Trotzdem wundert mich das mit dem Essig.«
Das Heuschreckenmädchen schob wieder unvorteilhaft ihre Unterlippe vor. »Essig brauche ich, weil ich mein Top färben will. Zum Fixieren.« Hoheitsvoll zupfte sie den pinken Stoff über ihren winzigen Heuschreckenbrüstchen zurecht.
»In meiner Waschmaschine?«, fragte Elena alarmiert. Mit Schrecken dachte sie an die Flecken, die seit gestern die Fugen ihres Badezimmers verunstalteten, und überlegte, welche Verheerungen die neueste Färbeorgie wohl in ihrer Waschmaschine anrichten würde.
»Die Haare färbe ich auch noch. Bin gerade auf dem Färbetrip.«

»Färbetrip«, wiederholte Reimann begütigend. »Dann färb du mal. Elena und ich wollen jetzt noch etwas besprechen. Hier, nimm die mit.«
Er drückte ihr die Flasche in die Hand.
»Ich kann's ja mal versuchen«, sagte das Mädchen und warf Elena einen Blick zu, als traue sie ihr zu, dass sie ihren besten Balsamico opferte, nur um ein billiges Baumwoll-Top zu ruinieren.
Elena zwang sich zu schweigen und wartete, bis sich die Küchentür hinter dem Teenager geschlossen hatte.
»Also, schieß los.« Reimann griff nach seinem Bier.
»Färbetrip?«, fragte Elena entgeistert.
»So sind Teenager«, sagte Reimann. Er wirkte etwas nervös. »Wenn ihre Freundin sich die Haare färbt, will sie das auch, ist doch klar. Und jetzt erzähl.«
Elena dachte an Essig, an Farbe, an ihr Bad und entschied dann, das Thema zu vertagen. Vor allem, weil sie ja eigentlich von ihrer bewundernswerten Beherrschung berichten und ein wenig damit angeben wollte. Plötzlich hatte sie keine Lust mehr dazu. »Ich mache mir Sorgen um Jan«, sagte sie stattdessen.
»Das sagtest du. Was ist denn los mit ihm?«
»Er hat sich die ganze Zeit geweigert, den Bericht über die Klinik zu schreiben. Ich brauchte ein paar Infos, also hab ich selber nachgeguckt. Auf seinem Schreibtisch.«
»Nicht fein, aber kein Drama. Ihr seid Kollegen, wer schafft es schon, die Berichte rechtzeitig zu schreiben? Kommt immer wieder vor.«
»Das Problem besteht nicht darin, dass er den Bericht nicht geschrieben hat.«
Reimann unterdrückte ein Gähnen. »Sondern?«
»Ich hab seine Unterlagen gesehen. Also seine Notizen von dem Besuch. Er hat offenbar mit der Frau Doktor gar nicht über Liane Riefers gesprochen, sondern über seine Großmutter. Im Grunde

hat er sie konsultiert, weil er sich Sorgen macht wegen der Demenzsymptome.«
»Hui. Ist natürlich auch nicht einfach, wenn man für so eine alte Dame verantwortlich ist.«
»Reimann …«
»Du hast ja recht. Das geht gar nicht. Er muss sich um seinen Job kümmern. Aber vielleicht wollte er das nur rasch wissen, und jetzt weiß er es und kann sich wieder konzentrieren.«
»Eben nicht! Nach seiner Großmutter ist jetzt die nächste Baustelle dran. Seine Ex. Und Frenze. Er verrennt sich. Heute ist er zum Verlag gefahren, um Frenze hinterherzuspionieren.«
Reimann kratzte sich am Schädel. »Ich kann dir nicht folgen.«
Elena seufzte. »Frenze hat einen Vertrag für sein Buch unterschrieben. Mit einem Verlag. Und Jan glaubt ihm nicht. Deswegen wollte er dorthin fahren, um mit der zuständigen Lektorin zu reden.«
»Aber wir mussten doch ohnehin mit dem Verlag reden.«
»Ja, aber mit dem anderen Verlag! Dem von Schreck.«
Reimann stöhnte auf. »Wer soll da noch durchblicken?«
So knapp wie möglich berichtete Elena, was sich ereignet hatte.
»Jan hat persönliche Gründe. Seine Ex-Freundin hat was mit Frenze laufen, und Jans empfindliches Ego kann nicht zulassen, dass der jetzt nicht nur die Frau hat, sondern auch noch ein erfolgreicher Autor wird.«
»Hm«, machte Reimann. Der Zweifel stand ihm ins Gesicht geschrieben.
»Deswegen bündelt Jan jetzt wertvolle Ermittlungsarbeit auf die Beantwortung der Frage, ob Frenze, der ein unwichtiger Zeuge ist, weil er dem Agenten das Alibi gibt, ein Hochstapler ist. Knapp gesagt: Die Mordkommission ist derzeit eine Soko Nicoletta.«
»Ich finde, dass du da etwas, äh, überpsychologisierst.«
»So, findest du?« Langsam wurde Elena zornig.

»Lass ihn, Elena. Wenn es ihm guttut, soll er das machen. Dann kriegt er die Antwort, die er haben will, und danach kann er sich wieder konzentrieren.«
»Und wenn er nicht die Antwort kriegt, die er haben will?«
»Wird er aber. Frenze ist im Leben kein Dichter.«
»Da gebe ich dir recht.«
»Also wird Jan danach viel Zeit haben, um sich seiner richtigen Arbeit zu widmen.«
»Dein Wort in Gottes Ohr. Aber es ist auch lustig, oder? Die Vorstellung, dass er jetzt dasitzt und krampfhaft versucht, Frenze ans Bein zu pinkeln, um seine Ex zu beeindrucken.«
Sie sahen sich an, unterdrückten ein Grinsen.
»Männer sind solche Idioten«, sagte Elena leise.
Reimann grunzte, es klang zustimmend. »Die Männer sind nicht alle gleich. Aber es mag darunter idiotische Exemplare geben, die in Verlage fahren, um irgendwelche Lektoren nach irgendwelchen Manuskripten zu fragen.«
»Hm.«
Reimann grinste. »Ich gebe zu, das machen nur wenige Männer. Vermutlich nur solche, die mit ihrer Großmutter zusammenleben. Die meisten würden eher eine Gelegenheit suchen, dem Rivalen einen auf die Mütze zu geben, um ihr inneres Gleichgewicht wiederherzustellen. Oder rumvögeln, um sich abzulenken.«
»Und was davon würdest du machen?«
Reimann hob die breiten Schultern. »Rumvögeln vermutlich.«
Elena musste, ohne es zu wollen, lachen. »Das können wir bei Jan wohl ausschließen.«
Reimann sah sie erst strafend an, dann nickte er und grinste breit. »Ich fürchte, der weiß gar nicht, wie das geht.«

* * *

Jan hatte keine Ahnung, wie es kam, dass er plötzlich Nessis Hintern in der Hand hielt. Es musste irgendwie passiert sein, nachdem ihre Zunge vollkommen überraschend den Weg zwischen seine Lippen gefunden hatte. Jedenfalls waren da jetzt seine Hände. An ihrem Hintern.

Und so gut ihm das gefiel, er wurde den Gedanken daran nicht los, dass es streng genommen der Hintern einer potenziellen Zeugin war.

Sie waren irgendwie von der Küche in ihr Zimmer gestolpert und scheiterten jetzt an ihrem Hochbett. Die Leiter hinauf erschien Jan sehr hoch. Außerdem hätte er Nessi dafür loslassen müssen. Und dann war sie ja auch noch eine Zeugin. Das waren viele Probleme auf einmal!

»Ist was?«, murmelte sie.

»Nein.«

»Dann mach weiter.«

»Du bist streng genommen eine potenzielle Zeugin«, flüsterte er in ihr Haar.

»Stimmt genau«, sagte sie. Dann tauchte ihre Hand in seine Hose. Seit wann war die überhaupt offen?

»Du darfst mich gern verhören«, flüsterte Nessi seitlich an seinem Ohr vorbei. »Aber erst hinterher.«

* * *

»Vielleicht sollten wir uns um Jan mal kümmern. Auch privat, meine ich. Das kann ja so nicht weitergehen mit ihm.«

In diesem Moment ging die Tür auf, und das Heuschreckenmädchen stand erneut vor ihnen. Diesmal erschien Elena Reimanns Lächeln etwas gezwungen, und sie war beinahe geneigt, das für einen billigen kleinen Sieg zu halten. Wobei, dachte sie, man schlecht von billig sprechen konnte, wenn man sich überlegte,

dass ein halber Liter feinster Balsamico die töchterlichen Zotteln bedeckte.
Oder auch nicht. Die Haare des Mädchens waren zwar feucht, aber in der Hand hielt sie die Flasche.
»Alles okay?«, fragte Reimann, diesmal ohne das penetrante »Süße«, das Elena so nervte.
»Leider nicht«, sagte das Mädchen spitz.
»Was ist denn los?«, fragte Reimann.
»Dieses Zeug, hallöchen? Das geht ja wohl gar nicht!«, sagte das Mädchen und wackelte mit der Flasche.
»Es ist Essig«, sagte Reimann.
»Aber voll der falsche! Das ist so süßes, eingedicktes Zeug! Das geht zum Färben null!«
Langsam ging Elena der fordernde Meckerton gewaltig auf die Nerven. »Aber du hast doch gesagt, dass du es ausprobieren willst«, schimpfte sie.
Das Mädchen riss die Augen auf. »Was hab ich, hallöchen? Das war Sofia!«
Elena holte Luft. Ach so! Das Heuschreckenmädchen war nicht Reimanns Tochter, sondern deren Zwillingsfreundin.
Wie auf ein Zauberwort erschien diese augenblicklich im Türrahmen. »Wir brauchen echten Essig«, erklärte sie ohne Umschweife.
»Ist alle, Süße«, sagte Reimann.
»Brauch ich aber.« Bockig sah das Mädchen seinen Vater an.
Die Zwillingsheuschrecke nickte. »Essigessenz geht auch. Nimmt meine Mutter immer.«
»Haben wir Essigessenz?«, fragte Reimann Elena. Sie schüttelte den Kopf.
Das Zwillingsmädchen setzte einen grimmigen Blick auf. »Äh, manchmal steht das bei den Putzsachen. Bei meiner Mutter zumindest.«

Elena schüttelte den Kopf. »Bei mir nicht. Ich hab keine Essigessenz. Wie ich schon sagte.«
Fassungslos starrte das Zwillingsmädchen sie an. »So was Ähnliches vielleicht? Mal nachsehen?«
»So was Ähnliches wie Essigessenz und Essig? Was könnte das denn sein?«, fauchte Elena.
Reimann seufzte. »Okay, ich sehe nach.« Er warf Elena einen Blick zu, in dem das Flehen um Nachsicht lag, dann verließ er die Küche und rumpelte im Flurschrank. Elena öffnete die Balkontür und wünschte sich beinahe eine Zigarette, um einen Grund zu haben, vor den beiden Teenieheuschrecken zu fliehen. Ich wohne hier, *hallöchen?*, sagte sie sich, trat hinaus und zog entschlossen die Balkontür hinter sich zu.
In der Küche hörte sie trotzdem noch halblaut die beiden Teenager. »Die neue Alte von deinem Dad ist nicht wirklich entspannt, oder?«
»Nee.«
»Ich meine, hallöchen? Essigessenz? Hat man doch!«
Ich höre nicht hin, dachte Elena. Ich höre einfach nicht hin.
»Sie sieht voll anders aus als deine Ma.«
»Wem sagst du das! Aber so was von!«
»Deine Ma ist cool. Äh – auch wenn sie nicht mehr will, dass wir –«
Wieherndes Gelächter.
Ich höre nicht hin, dachte Elena.
In der Küche war Schweigen eingekehrt, offenbar wollten die Mädchen das Thema nicht weiter verfolgen, oder sie hatten gemerkt, dass Elena jedes Wort hören konnte. Dann sagte plötzlich das Zwillingsmädchen: »Uuuah, liest dein Dad auch das krasse Buch?«
»Welches?«
»Na, das Buch, das da liegt!«
»Nee, das ist von ihr, glaub ich.«

»Von der neuen Alten? Hmmm. Aber das Buch ist der Hammer. Total krass. Da sind Szenen drin, das glaubst du nicht! Und nachher, ich schwör's, ich hab voll geheult!«

»Gibt's davon schon den Film?«

»Nee, noch nicht. Soll bald kommen. Die wollten angeblich Kristen Stewart casten, hallöchen? Die geht ja wohl gar nicht mehr! Lies besser das Buch, echt. Da geht's um ein Mädchen, das voll durchgedreht ist, ich meine, die *frisst* ihre Haare! Und dann muss sie deswegen in eine Psychoklinik, und da lernt sie so einen Kerl kennen …«

Klinik?, dachte Elena. Haare essen? Sie öffnete die Balkontür. Der Heuschreckenzwilling war so in Fahrt, dass er ihr Eintreten gar nicht registrierte.

»Und der Typ, der liebt sie voll, aber dann erfährt er dummerweise ihre ganze Scheiße, weil er in den Therapiesitzungen mit ihr rumhängt, und das törnt ihn gar nicht so ab, dass er nicht mehr will, aber dann vögelt er mit ihrer Freundin, und sie kriegt das voll in den falschen Hals, weil sie denkt, das wär, weil er ihre ganze Scheiße kennt, verstehst du? Und darum versucht die, sich umzubringen, aber …«

Elena trat entschlossen ein. »Sprichst du gerade über *dieses* Buch?«, fragte sie.

Heuschreckenaugen, weit aufgerissen. »Na und?«

Elena nahm das Buch vom Tisch und hielt es der Zwillingsheuschrecke entgegen. »Dieses Buch hier hast du gelesen?«

Das Mädchen sah sie an, beinahe erschrocken. »Äh – ja und, warum nicht?«

Reimann kam herein. In der Hand hielt er eine gelbe Plastikflasche, auf der eine Zitrone abgebildet war.

»Ich hab leider nur …«

Elena unterbrach ihn. »Klinik«, sagte sie. »Trichotillomanie. Darum geht es in diesem blöden Bestseller, den wir nie gelesen haben. Boy meets Girl in einer Psychoklinik, Girl hat Trichotillomanie.«

Mit großen Augen starrten die Mädchen sie an.

»Äh, was redest du da?«, fragte der Heuschreckenzwilling. »Die aus dem Buch hat diese Rapunzelkrankheit, nicht Trichotäterätätää.«

Die andere Heuschrecke kicherte. »Täterätätää, was ist das?«

»Schon klar«, sagte Elena überraschend sanft.

Das Mädchen runzelte die Stirn. »Also hast du es noch gar nicht gelesen?«

»Kommt doch eh bald der Film!«, krähte die Heuschreckentochter. »Mit Kristen Stewart! Dabei geht die gar nicht!«

»Äh, hallöchen?«, protestierte ihr Zwilling. »Hab ich das vielleicht gesagt? Ich hab nur gesagt, dass sie die casten wollten!«

Elena ignorierte die beiden und sah Reimann an. »Was, wenn er seine Story da herhat?«

Reimann legte den Kopf schief. »Geht bitte mal raus, Mädels.«

»Aber der Essig ...«

»Kauft euch selber welchen.« Er wartete, bis sich die Tür hinter den beiden geschlossen hatte.

»Moment.« Elena legte die Fingerspitzen aneinander. »Er hat ihre Krankheit beschrieben, ja, offensichtlich. Aber was, wenn er die ganze Geschichte von ihr hat? Dann ergibt dieses seltsame Zusammentreffen im Turm plötzlich einen Sinn.«

»Nämlich?«

»Die beiden sind früher schon mal aufeinandergetroffen. Er hat aus nächster Nähe miterlebt, was sie da durchmacht. Und dann hat er sich gedacht: schöne Story! Hat was darüber geschrieben, und das wurde ein Bestseller. Und dann bekommt sie eines Tages das Buch in die Finger und erkennt, dass sie darin beschrieben ist. Und auch, wer der Autor ist.«

Reimann schüttelte den Kopf. »Aber das kann nicht sein – er ist schon seit Ewigkeiten in den Medien. Wenn sie ihn mal getroffen hat, dann hätte sie seinen Namen doch längst erkannt.«

Elena dachte nach. »Künstlername! Er hat doch einen Künstlernamen, also kennt sie nur einen Niklas Meier, keinen Niklas Schreck. Und vergiss die Brille nicht! Das mögen tatsächlich alles nur PR-Maßnahmen gewesen sein, aber die führten auf jeden Fall dazu, dass man ihn nicht ohne weiteres erkennt.«

Reimann nickte. »Passt. Und wo haben die beiden sich kennengelernt?«

Elena grinste, dann nahm sie das Buch zur Hand und hob es hoch. »Boy meets girl in der Psychiatrie! Er war auch da! Jetzt müssen wir nur noch rausfinden, was er da gemacht hat.«

»Ja, so kann es gewesen sein. Ich frage mich nur, was Jan in dieser verdammten Klinik gemacht hat, wenn er noch nicht mal gefragt hat, ob man dort einen Niklas Schreck-Meier kennt.«

»Jan«, sagte Elena resigniert, »der ist gerade viel zu abgelenkt.«

* * *

»Es heißt nicht Verhören«, sagte Jan.

»Hm?«, drang es aus dem Kissen neben ihm. Nessi lag auf dem Bauch, vergraben in unsommerlich viele Decken und Kissen, und sie schien nicht gewillt, an diesem Tag noch einmal aufzustehen.

»Du hast gesagt, ich darf dich verhören. Aber verhört werden nur Verdächtige. Zeugen werden vernommen.«

»Bin ich nicht verdächtig?«, fragte Nessi schläfrig. Ihre kleine Nase lugte aus einem Berg verwuschelter blonder Strähnen. Jan gefiel der Gedanke, dass er selbst Verursacher dieser Wuschelei gewesen war.

»Nein.«

Sie gähnte. »Schade. Fand ich irgendwie sexy.«

»Echt?«

Sie richtete sich auf und drapierte die Decke über ihren nackten Körper, was Jan sehr schade fand. »Hör mal, ich bin Krimiautorin! Natürlich stehe ich drauf, wenn ich verdächtigt werde.«

»War mir nicht so klar.«

»Aber ja, Herr Kommissar. Hihi, das reimt sich sogar! Oh, das auch.« Sie zog die Nase kraus.

»Wie?«

Sie streckte einen ihrer entzückenden Füße aus dem Deckenberg hervor, und ihre große Zehe tippte spielerisch gegen Jans Oberschenkel. »*Klar* – *ja* – Kommiss*ar* – sog*ar*«, zählte sie auf.

»Stimmt.« Jan zögerte. »Heißt das, du findest es auch sexy, mit einem Kommissar ins Bett zu gehen?«

»Schon, irgendwie.« Sie beugte sich vor und küsste ihn, es war ein flatterhafter Kuss, er spürte ihre Wimpern an seiner Wange deutlicher als ihre Lippen. »Verhörst du mich jetzt endlich?«

»Hey, es heißt Vernehmen! Ich dachte, du recherchierst so viel!«

Er fragte sich, warum sie zwei so dicke Decken im Bett hatte, immerhin war August. War ihr tatsächlich kalt?

Sie gähnte wieder. »Ja, aber nur über Serienkiller. Die Täterseite, nicht die Ermittlerseite. Ich kann doch nicht alles recherchieren. Das ist ja total zeitaufwendig, jede Stunde Recherche kostet mich eine Stunde Schreibzeit, auf die ich verzichten muss, verstehst du? Schließlich muss ich auch noch jeden Tag ins Callcenter. Leider.«

»Stimmt, das sagtest du.«

»Du könntest mir bei der Recherche helfen.«

»Gute Idee«, sagte Jan und zog mit einem Ruck die Decke weg.

Sie strampelte und kicherte, entriss ihm die Decke und ruhte nicht eher, bis sie wieder darin eingewickelt war wie eine Mumie. »Stopp! Dann verrate mir doch mal was über die Polizeiarbeit.«

Jan seufzte, gab den Kampf um die Decke auf und streckte sich neben ihr aus. »Was genau willst du denn wissen?«

»Wen du so verhört hast und warum. Und was ihr bei der Leiche gefunden habt.«

»Wäre nicht sehr professionell, wenn ich dir das verraten würde. Das ist nicht für die Öffentlichkeit bestimmt.«

»Ach so. Da wüsste ich was.« Sie zog die Decke über sie beide. Jetzt war es dunkel, und er konnte ihren warmen kleinen Körper dicht an seinem spüren. Das war schlecht für seine Professionalität, ganz schlecht. »Sieht das hier nach Öffentlichkeit aus, Herr Kommissar? Also, erzähl schon!«

Tag 6

Jan wachte auf, weil ein Handy klingelte, und zuerst wusste er nicht, wo er war. Dann sah er einen Haufen blonder Haare neben sich und musste lächeln. Außerdem spürte er ein warmes Bein über seinem. Das war schön. »Hi«, sagte er.

Sie grunzte. Dann griff sie nach ihrem Handy. »Muss rangehen«, nuschelte sie, nahm es und schwang sich wie ein Äffchen die Leiter hinunter aus dem Hochbett. Während sie aus dem Zimmer stolperte, murmelte sie »Hallo?« in den Apparat.

Beim Blick auf die Uhr über der Zimmertür musste er stöhnen. Es war halb neun. Er sah sich um. Er lag hoch oben wie in einem Baumhaus, für einen Moment fühlte er sich wie ein kleiner Junge. Eigentlich war so ein Hochbett nicht wirklich altersgerecht, aber … Er spähte hinunter. Ihm gefiel ihr Zimmer. Nicht nur, weil es so ordentlich war. Sondern, weil es irgendwie gemütlich war.

Nur die vielen Bücherregale irritierten ihn. Ob sie all diese Bücher gelesen hatte? Edith würde das sicher gefallen. Was Nessi wohl zu seinem Zimmer sagen würde? Ob sie es komisch fand, dass er gar keine Bücher besaß?

Er horchte. Nessi sprach immer noch halblaut, zwischendurch hörte er sie kichern. Es klang sehr mädchenhaft. Möglicherweise berichtete sie gerade einer Freundin, was da eben zwischen ihnen vorgefallen war.

Jan setzte sich auf und überlegte, ob er sich wieder anziehen sollte. Dummerweise hatte er keinen Zugriff auf seine Klamotten. Die waren jetzt verstreut in der Küche und unter ihm im Zimmer. Ach herrje – war vielleicht Strickmützen-Timo beim Nachhausekommen darüber gestolpert? Nackt erhob er sich und kletterte die Leiter hinunter. Er könnte nachsehen, was sie gerne las, und Edith bitten, ihm etwas darüber zu erzählen. Das war eine gute Idee. So konnte er Interesse signalisieren.

Er trat ans Regal.

Knochen für Elise. Und *Knochen für Elise.* Und noch mal *Knochen für Elise.* Offenbar waren die meisten Bücher ihre eigenen, und davon hatte sie jeweils mehrere Regalreihen. Deswegen sah es in den Regalen so ordentlich aus – weil es immer dieselben Bücher waren!

Was sich wohl hinter dem Paravent verbarg? Es war absolut nicht gentlemanlike, einfach nachzusehen. Allerdings war die Gelegenheit gerade günstig.

Jan zögerte, dann erhob er sich, ging nackt durchs Zimmer und sah nach. Und erschrak.

Hinter dem Paravent befand sich ein zweiter Schreibtisch, und hier herrschte heilloses Durcheinander. Aufgeschlagene Bücher, Papiere und schmutzige Kaffeetassen stapelten sich, es war kein freies Fleckchen von der Tischplatte zu erkennen. Ganz hinten lag ein Totenschädel. In seinen Augenhöhlen steckten Bleistifte und Kugelschreiber. Pfui! An der Wand hingen Fotos von Leichen unterschiedlicher Verwesungsstadien und Zeitungsartikel. Nun ja, Recherche. Woran sie wohl gerade arbeitete?

Neugierig trat er näher.

Und dann sah er es. Auf einem der Bücherstapel lag eine Pistole. Es war eine Walther. Für einen Schreckmoment dachte er, es sei seine eigene, aber dann fiel ihm ein, dass sie wohlverwahrt im Präsidium ruhte. Seit dem Zwischenfall mit dem Nibelungenmord war er extrem vorsichtig, was seine Dienstwaffe anbelangte. Wie, verdammt, kam Nessi an eine Schusswaffe? Das war verboten!

Er würde sie fragen müssen. Aber dann wusste sie, dass er geschnüffelt hatte. Und irgendwie wollte er nicht, dass gerade jetzt eine Missstimmung zwischen ihnen entstand. Andererseits war er Polizist. Er musste der Sache auf den Grund gehen. Er sah an sich hinunter und wäre beinahe errötet. Er war ein Polizist, der splitternackt in der Wohnung einer Zeugin stand. Und der ihr Details über die Ermittlungen verraten hatte, die er niemals hätte verraten dürfen. Scheiße. Alles war kompliziert. Nein. Nicht kompliziert. Er war einfach nur ein Idiot. Ein Idiot, der sich dringend etwas überziehen sollte. Obwohl er lieber Nessi suchen, küssen und zurück ins Bett ziehen wollte.

Als er gerade zur Tür wollte, um wenigstens seine Unterhose zu holen, blieb sein Blick an einem der Bilder an der Wand hängen. Es war ein Schmetterling. Ein zartblauer Schmetterling mit einem filigranen tintenschwarzen Muster, das an gebrochene Spitze erinnerte.

Es war der Schmetterling. Der Schmetterling, den das Opfer in der Hand gehalten hatte. Er hatte die ganze Zeit geahnt, dass er etwas zu bedeuten hatte.

Jan hörte nicht, wie die Zimmertür geöffnet wurde. Als warme Mädchenarme ihn plötzlich von hinten umschlangen, zuckte er zusammen. Es fühlte sich an, als würde er festgenommen.

»Aha«, sagte Nessi. Es klang nicht erfreut.

»Was hat das zu bedeuten?«, fragte Jan tonlos und befreite sich aus der Umarmung. Sie zu küssen und zurück ins Bett zu schleifen, war jetzt keine Option mehr, das wusste er.

Sie sah ihn an, das entzückende Lächeln war aus ihrem Gesicht verschwunden. Auch die Wölkchen fehlten nun in ihren Augen.

»Mir scheint, jetzt ist mein Geheimnis gelüftet«, sagte sie.

Ihre Stimme klang hart.

* * *

Sie waren früh aufgestanden, um gegen neun Uhr in der Klinik zu sein. Das allein war schlimm genug, aber noch dazu hatten sie vor dem Schlafengehen gestritten und nach dem Aufstehen damit weitergemacht.

»Dank Sofia wissen wir jetzt mehr als vorher«, sagte Reimann. Offenbar hatte er beschlossen, über Erfreuliches zu sprechen. »Kinder erweitern den Horizont also tatsächlich. Das sagt man ja immer, aber mir war nie klar, dass es stimmt.«

»Ja, ich habe auch davon gehört«, sagte Elena, innerlich seufzend. Dann beschloss sie, auf seinen ungeschickten Themenwechsel einzugehen. »Ich wusste nicht, dass das bedeutet, dass sie Zwillingsfreundinnen anschleppen, die die Bücher unserer Verdächtigen gelesen haben. Aber wenn das so ist, nehme ich es dankend an.«

»Ich werde Sofia deinen Dank ausrichten.«

»So war das nicht gemeint, aber von mir aus, tu es. Wir hätten das Buch lesen sollen. Es ist peinlich, dass wir es nicht schon am ersten Tag gelesen haben. Eigentlich darf so was nicht passieren.«

»Wir hatten eben wenig Zeit.«

»Was auch an Sofia lag«, sagte Elena und warf Reimann einen vorsichtigen Blick zu. Durfte sie das sagen? Offenbar. »Überhaupt haben wir momentan wenig Zeit zusammen.«

»Wir sind doch die ganze Zeit zusammen. Jetzt schon wieder.«

»Davon rede ich nicht. Ich meine solche Zeit, in der wir all die netten Dinge machen, die wir gemacht haben, ehe deine Tochter bei uns eingezogen ist.«

»Fängst du schon wieder damit an? Dies hier ist unsere Arbeitszeit, da lass unser Privatleben bitte außen vor.«

»Dies ist eine Autofahrt. Da kann man ruhig mal das eine oder andere behutsam ansprechen.«

»Behutsam ansprechen? Ich höre gar nichts anderes mehr von dir!«

»Ich bin ein bisschen unausgelastet, möglicherweise«, sagte Elena spitz.

»Und dafür bin ich verantwortlich? Hör mal, möglicherweise hat dir das noch nie jemand erklärt, aber wenn man Kinder hat …«

»Ich habe aber keine Kinder.«

»Aber ich! Und nur weil Sofia mal für drei Nächte bei uns schläft, brauchst du nicht so zu tun, als wären wir jetzt nie mehr alleine.«

»Vier.«

»Meinetwegen vier. Das …«

»Wir sind da«, sagte Elena. »Sei jetzt still.«

»Ach, jetzt soll ich still sein?«

»Ja«, sagte Elena. »Arbeitszeit und so.«

Sie schwiegen, während sie durch den Park schritten, der die Klinik umschloss. Während Elena zur Anmeldung trat und sich nach dem richtigen Zimmer durchfragte, rauchte Reimann vor der Tür verbissen eine Zigarette. Erst als sie vor dem Zimmer der Psychiaterin warteten, griff er Elenas Arm. »Tut mir leid wegen heute Morgen«, sagte er. »Dass wir keine Zeit mehr haben. Und so.«

»Tja«, sagte Elena. Sie wollte noch mehr sagen, aber irgendwie wusste sie nicht so recht, was.

»Es ist für mich eine neue Situation, dass Sofia jetzt bei uns lebt. Das ist für unsere, äh, Paarbeziehung erst mal eine Umstellung.«

Bei *uns* lebt?, dachte Elena alarmiert. Das klang bedrohlich, so, als handle es sich um eine dauerhafte Änderung statt der ausgemachten vorübergehenden Regelung. Dann sagte sie: »Für mich ist das auch eine Umstellung. Umso wichtiger finde ich …«

In diesem Moment näherte sich ein Stakkato schneller Schritte der Tür, dann wurde sie aufgerissen, und eine Frau kam auf sie zu. Graue Haare, blaue Brille, ungeduldiger Gesichtsausdruck. Reimann zog seine Hand zurück.

»Frau Dr. Wiehl? Vogt, Kriminalpolizei«, sagte Elena. »Und das ist mein Kollege Reimann.«
Der Händedruck der Frau war leicht, aber entschlossen. »Freut mich«, sagte sie wie beiläufig, nahm hinter ihrem Tisch Platz und lächelte mit schmalen Lippen vor sich hin, statt ihnen die Besucherstühle anzubieten.
War das eine effektive Methode zur Verunsicherung? Elena setzte sich so schnell auf den Stuhl, als spiele sie »Reise nach Jerusalem«.
»Sie wissen, warum wir hier sind?«
»Offen gestanden: nein.«
»Sie haben bereits mit unserem Kollegen Jan Seidel gesprochen.«
»Ja, und? Meines Wissens habe ich ihm alles gesagt, was nötig ist.«
»Ach ja?« Elena beugte sich vor. »Dann will ich Ihnen mal auf die Sprünge helfen. Eine frühere Patientin von Ihnen, Liane Riefers, ist vor einigen Tagen ermordet worden. Wir ermitteln in ihrem gesamten Umfeld.«
Die Psychiaterin hob die Augenbrauen und lächelte dünn. »Das sehe ich. Ich sehe aber nicht, wie ich Ihnen weiterhelfen kann.«
»Ich möchte von Ihnen Näheres über Liane Riefers' Klinikaufenthalt wissen. Die Akte, genauer gesagt. Und dasselbe hätten wir gern von Niklas Schreck. Ich meine, Niklas Meier. Der war etwa zur gleichen Zeit hier.«
Die Psychiaterin runzelte die Stirn. »Wie Sie ja wissen, war Ihr Kollege bereits hier. Und ihm habe ich dasselbe gesagt wie jetzt Ihnen: ärztliche Schweigepflicht.«
»Dann will ich Ihnen jetzt auch mal etwas sagen: Es geht um Mord. Und es gibt deutliche Hinweise darauf, dass bestimmte Geschehnisse in Ihrer feinen Klinik hier mit dem Tod der Frau in Zusammenhang stehen. Deshalb hätte ich gern, wenn wir schon dabei sind, eine Liste der jeweiligen Therapiesitzungen, vor allem

interessiert uns, ob und wann Liane Riefers und Niklas Schreck gemeinsam eine Gruppentherapie besucht haben. Niklas Meier, meine ich natürlich.«

Wiehl lächelte erneut auf ihre schmallippige Art, langsam kam der Gesichtsausdruck Elena vor wie eine offene Provokation. »Ich wiederhole mich gern, das macht mir nichts aus. Bei meinen Patienten erlebe ich oft, dass simple Wahrheiten nicht einfach so verstanden werden. Also: ärztliche Schweigepflicht!«

Elena erhob sich. »Ich bin nicht hier, um mit Ihnen herumzustreiten. Sie können von mir aus auf Zeit spielen. Dann beschaffe ich mir einen entsprechenden Beschluss. Und Sie können Gift darauf nehmen, dass ich meinen nächsten Besuch hier mit einem kleinen Hinweis an die Presse einleiten werde, die sich immer sehr dafür interessiert, wie in Kliniken wie dieser hier mit vertraulichen Akten umgegangen wird. Dass man sie der Polizei nicht gibt, die Inhalte aber dafür auf der Bestsellerliste auftauchen.«

»Sie sind aggressiv«, sagte die Psychiaterin. Es klang beinahe erstaunt. »Sie sollten lernen, Ihre Affekte besser zu regulieren. Sind Sie nur im Berufsleben so oder auch privat? Falls Letzteres der Fall ist, stelle ich mir Ihr Privatleben ausgesprochen schwierig vor.«

Elena sog die Luft ein, überschlug, was diese Frage implizieren mochte, und entschied, dass das nichts zur Sache tat. »Ich will diese Akten«, sagte sie knapp. »Und zwar beide. Und Sie werden sie mir geben.«

Frau Dr. Wiehl lächelte breit. »Sie sind sehr aggressiv darin, Ihre Bedürfnisse zu artikulieren«, sagte die Frau, als habe sie nichts gehört. »Das ist für Ihren Partner ganz gewiss nicht einfach.« Die winzige Pause vor dem Wort »Partner« und der angedeutete Seitenblick zu Reimann verrieten, dass ihr die Verhältnisse allzu bewusst waren.

In diesem Moment klingelte das Telefon auf dem Tisch, und die Frau ging mit einem entschuldigenden Lächeln, das vor dem Hintergrund des Dialogs geradezu grotesk wirkte, dran. Sie horchte einen Moment und sagte dann: »Einen Augenblick noch. Ich sage, wann Sie sie reinschicken können.«

Sie legte auf, erhob sich und trat um den Tisch herum auf Elena und Reimann zu. »Sie müssen entschuldigen, ich habe jetzt den nächsten Termin.« Dabei riss sie die Tür auf.

Elena ignorierte die ausgestreckte Hand. »Wir sehen uns«, sagte sie. Dann drehte sie sich um und verließ den Raum.

* * *

Jan war fluchtartig aus dem Zimmer gestürmt und hatte seine verstreuten Klamotten aufgelesen. Erst als er den Hosenknopf schloss, fühlte er sich wohler.

»So schlimm?«, fragte Nessi, die ihm gefolgt war.

»Sag du es mir.« Er wusste nicht, wie er es ausdrücken sollte. »Ich finde, du hast mir allerlei zu erklären.«

»Zu erklären?« Jetzt sah sie geradezu entrüstet aus. »Komm mal runter, Herr Kommissar! Ich hab dich nicht gebeten, in meinen dunklen Ecken herumzuschnüffeln!«

Er knöpfte sein Hemd zu und merkte, wie er mit jedem einzelnen Knopf ruhiger und klarer wurde. »Hab ich aber gemacht. Und jetzt wüsste ich gern, was das zu bedeuten hat.«

»Wie meinst du das? Ich bin einfach nur unordentlich. Also beim Schreiben. Kreatives Chaos.«

»Dein Geheimnis gelüftet«, gab er ihr ein Stichwort. »Das waren deine Worte.«

Sie ließ ein Wölkchen-Lächeln aufblitzen. »Das Geheimnis meiner Unordnung. Ich bin ein Papier-Messie. Normalerweise verberge ich das geschickt.«

Langsam schüttelte er den Kopf. »Ich rede nicht von deiner Unordnung, sondern davon, dass du eine Walther auf dem Schreibtisch hast! Und keinen Waffenschein, schätze ich.«
Ihre Augen wurden groß, und dann begann sie zu lachen. »Ach so, das meinst du! Mein Gott, ich bin Krimiautorin! Natürlich habe ich eine Walther. Aus Recherchegründen.« Mit wenigen Schritten war sie hinter dem Paravent, dann erschien sie mit der Waffe in der Hand. Die Mündung zeigte direkt auf ihn. »Hast du jetzt Angst um dein Leben, Herr Kommissar?«
»Pack das Ding weg«, sagte er, heftiger, als er wollte.
Mit schnellem Griff entsicherte sie die Waffe, er war erstaunt, wie leicht ihr das gelang, schließlich wusste er, wie schwer das Magazin hochzuziehen war. Sein Atem stockte. »Nessi«, sagte er mit heiserer Stimme.
»Ab zurück ins Bett, Herr Kommissar!«, befahl sie.
Er blieb starr stehen.
»Jan?« Ihre Stimme klang jetzt verunsichert. »Jan?« Ihre Augen wurden groß. »Du hast jetzt nicht echt Schiss vor mir, oder?« Sie hob die Hand einige Zentimeter und drückte ab.
Es schnappte. Die Waffe war nicht geladen gewesen.
»Du hast nicht im Ernst gedacht, dass ich eine scharfe Waffe auf dem Schreibtisch liegen habe, oder?«
Er setzte sich auf den Boden, seine Beine zitterten. »Ehrlich gesagt, habe ich nicht gedacht, dass du überhaupt eine Waffe auf dem Schreibtisch liegen hast. Wie zum Teufel kommst du da ran? Und was denkst du dir dabei?«
Sie zuckte die Achseln. »Recherche, sag ich doch. Immerhin schreibe ich Krimis. Hey, ich hab sogar einen Totenkopf!«
»Der ist auch echt?«
Sie nickte stolz. »Sagte zumindest der Typ, der ihn mir verkauft hat. Ich hab ihn auf dem Rheinauenflohmarkt entdeckt. Vielleicht ist er auch eine besonders gute Fälschung.« Sie kicherte. Es

war ein Kichern, das ihn einladen sollte, ihr zu folgen, die Option mit dem Ins-Bett-Schleifen zu erwägen, auf jeden Fall aber die unangenehmen Themen ruhen zu lassen.

»Die Walther«, sagte er stattdessen. »Woher hast du die?«

»Am Bonner Loch gekauft. Also, bestellt.«

Jan räusperte sich. »Ich werde sie mitnehmen. Ich kann die nicht hierlassen. Du hast schließlich keinen Waffenschein, oder?«

»Natürlich nicht!« Sie starrte ihn beinahe entrüstet an. »Ich hab noch nicht einmal Munition dafür. Kann es sein, dass du mir null vertraust? Wir waren eben noch zusammen im Bett, und jetzt nimmst du mir meine Waffe ab?«

Das war der Punkt. Vertraute er ihr? Jan dachte an den Schmetterling, die Walther.

Dann sah er sie an. In ihren Augen waren diese Wölkchen jetzt wieder deutlich zu erkennen. Es schien beinahe, als ob sie sich bewegten, langsam fortzogen vielleicht. Der Punkt war nicht, ob er ihr vertraute. Sondern dass er ihr gern vertrauen wollte.

Sie redete weiter. »Ich wette, du hast schlechte Erfahrungen gemacht. So ein Typ bist du. Deine Ex hat dich angelogen und betrogen, und jetzt denkst du, alle Frauen sind Lügnerinnen. Und weil es dein Beruf ist, machst du sie gleich zu Verbrecherinnen.« Ihre Stimme klang enttäuscht.

»Hat sie nicht.«

»Was?«

»Mich betrogen.« Ich sie, dachte er.

»Und warum vertraust du mir nicht?«

Weil es keinen Grund dafür gibt, dachte er. Weil wir uns kein bisschen kennen, streng genommen. Und weil hier einiges ganz und gar seltsam ist.

Aber ihre blauen Augen sahen ihn an, und er dachte daran, wie warm und weich es eben noch gewesen war, alles. »Natürlich vertraue ich dir«, hörte er sich sagen.

»Warum machst du dann so einen Stress? Warum willst du mir meine Walther wegnehmen?« Es klang beinahe, als spräche sie von einem Kuscheltier.
Er runzelte die Stirn und versuchte, sich zu konzentrieren. Einmal, um eine plausible Antwort zu geben. Aber auch, um der Situation gerecht zu werden.
»Jan?« Sie war jetzt ganz nah.
Er spürte ihre nackten Zehen auf seinen, dann ihre Lippen am Kinn, es waren ganz flatterige Küsse. Schmetterlingsküsse, dachte er.
»Und was ist das für ein Schmetterling?«
»Schmetterling?« Sie ließ von seinem Kinn ab und legte den Kopf schräg. »Was denn für ein Schmetterling?«
»Der da an deiner Wand hängt.«
Ihr Blick folgte seinem, sie schaute auf das gerahmte Bild, nickte.
»Ach so! Recherche. Ich recherchiere ja lokale Themen.«
»Und dieser Schmetterling ist ein lokales Thema?«
»Genau.«
»Moment«, sagte er.
»Was?«
»Du hast mich eben gefragt, ob etwas bei der Leiche gefunden wurde.«
»Eben?« Sie legte den Kopf schräg, in ihren Augen funkelte der Schalk.
Er zwang sich zur Sachlichkeit, er würde ihr keine Gelegenheit geben, die intime Situation wieder heraufzubeschwören und ihn damit zu verunsichern.
»Eben unter der Decke, ja. Und ich hab dir von dem Schmetterling erzählt. Da hast du kein Wort darüber verloren, dass du dich mit Schmetterlingen auskennst.«
»Tu ich ja auch nicht.«
»Es wirkt aber so.«

»Ey, Jan, ich bin Schriftstellerin! Das ist ein total allgemeinbildender Beruf. Ich weiß über viele Sachen genau drei Stichworte. Was ich halt brauche für meine Story. Recherche.«
»Recherche.«
»Genau. Und wo wir schon dabei sind – warum interessiert dich plötzlich der Schmetterling über meinem Schreibtisch so sehr?«
Etwas flüsterte und tobte in seinem Kopf. Er hatte ohnehin schon zu viel verraten, viel zu viel. Und er war mit ihr ins Bett gegangen, was vielleicht noch schlimmer war. Vielleicht auch nicht.
Scheiße, dachte Jan. Scheiße, scheiße, scheiße. Er trat an die Wand und betrachtete den zarten Falter. »Er ist wunderschön.«
»Ja, nicht wahr?« Sie trat hinter ihn und umschlang seine Hüften, ihre nackten Brüste tippten an seien Rücken. »Er heißt Moorbläuling. Ist das nicht ein wunderschöner Name?« Ihr Zeigefinger wies unter die Abbildung, und tatsächlich, da stand der Name.
»Als er seine Flatterzeit hatte, stand irgendwas über ihn im General-Anzeiger.«
»Flatterzeit?«
Sie zuckte die Achseln. »Ich weiß nicht, wie man das nennt. Die Zeit, in der er keine Raupe mehr ist und noch nicht tot. Schmetterlinge haben ja eine kurze Verweildauer auf Erden. Höchstens einen halben Sommer lang dürfen sie das sein, was sie schließlich sind, aber davor sind sie ewig lang nur Ei und Raupe und Puppe und so. Dann kommt die kurze Flatterzeit, er legt ein paar Eier und stirbt. So viel Aufwand für ein, zwei Monate Leben! Das ist ja so schön morbid daran.«
»Ja«, sagte Jan nachdenklich. »Das ist wirklich morbid, irgendwie.« Aber war es auch schön? Er war erstaunt, worüber sie sich Gedanken machte, und auch ein wenig beeindruckt.
Ihr Zeigefinger berührte ihn hinter dem Ohr. »Und du, Herr Kommissar?«

»Was?«
»Hast du Flatterzeit, oder bist du noch Raupe?«
»Wie meinst du das?«
Sie starrte ihn an, etwas geschah in ihrem Gesicht. »Nichts«, sagte sie. »Gar nichts.«
Er räusperte sich, irgendetwas machte ihn befangen. »Und warum hast du darüber recherchiert?«
Sie zuckte die Achseln, und es schien beinahe, als ob sie mit diesem Achselzucken auch die Schwere des vorigen Moments abschüttelte. »Der Regio-Faktor ist ja bei mir total zentral für die Vermarktung. Und Schmetterlinge im Thriller, *Das Schweigen der Lämmer* und so, du weißt schon. Ich hätte so was machen können mit einem regionalen Schmetterling. Mir ist eine richtig gute Story dazu eingefallen, mit einem Serienkiller, der bei seinen Opfern Moorbläulinge hinterlässt. Hab sogar ein Exposé geschrieben. Aber keiner wollte es.«
Jetzt griff sie nach seinem Kinn, aber sehr vorsichtig, so, als sei sie nicht sicher, ob das eine gute Idee war.
»Und was für ein Schmetterling war das jetzt, den ihr bei der Leiche gefunden habt? Eben wolltest du es mir nicht sagen.« Sie trat so nah an ihn heran, dass ihre Zehen seine berührten, er erhaschte noch einen Blick auf die Wölkchenaugen, dann schlossen sie sich, als sie ihn wieder küsste.
Eine Stimme in seinem Kopf erhob sich und fauchte. Es war die von Elena.
»Ein schöner«, sagte er.
Täterwissen!, brüllte die Stimme.
Ihre Hand fuhr langsam seinen Oberschenkel hinauf. »So schön wie der hier?«, flüsterte sie.
Täterwissen!, brüllte die Stimme in seinem Kopf wieder, diesmal noch lauter.
»Nein«, sagte er.

Ihre Hand stoppte. Das wollte er nicht. »Mach ruhig weiter«, flüsterte er, er hörte sich etwas rauh an.
Leider tat sie es nicht. »Wie sah er denn genau aus?«
Ihre Hand war etwa zwei Fingerbreit von der Stelle entfernt, wo sie sein sollte.
Er atmete aus, dann legte er ihr die Hände auf die Schulter, schloss ergeben die Augen und vergrub seine Nase in ihrem Haar.
»So wie der an deiner Wand. Ganz genau so.«

* * *

»Was war das?«, fragte Elena entgeistert.
Reimann zuckte die Achseln.
»Du warst dabei!«, sagte Elena. »Sag mir, ob die uns eben rausgeschmissen hat.«
»Sie hat uns rausgeschmissen«, sagte Reimann seelenruhig. Er zog eine Schachtel aus der Jackentasche und warf einen zweifelnden Blick auf das »Bitte nicht rauchen!«-Schild.
Elena folgte seinem Blick und nickte grimmig. »Soll ich dir Feuer geben?«, fragte sie.
»Hab ich selber.«
»Gib mir auch eine.«
Reimann hob die Augenbrauen. »Du willst eine rauchen?«
»Ich rauche so viele, bis Frau Doktor rauskommt.« Demonstrativ lehnte Elena sich an das Schild, ließ sich Feuer geben und sog den Rauch an. Dann hielt sie den Atem an.
»Wow, auf Lunge«, grinste Reimann.
Elena pustete den Rauch aus und aschte auf den Boden. »Die Alte wird nichts sagen. Wir müssen die Herausgabe der Patientenakten verlangen. Beider Akten, der von Schreck und der von Liane Riefers. Wir brauchen eine richterliche Verfügung.«
»Auf welcher Basis?«

»Ich hab keinen blassen Schimmer. Aber ich will das verdammte Ding haben. Die Alte kommt mit der Nummer nicht durch, darauf kannst du Gift nehmen! Wir müssen uns was ausdenken, was den Staatsanwalt überzeugt.«
»So viel zu seriöser Ermittlungsarbeit«, sagte Reimann. »Auch Kommissare haben Feinde! Frau Doktor ist der neue Georg Frenze. Wehe dem, der ermittelnde Kommissare gegen sich aufbringt!«
In diesem Augenblick klopfte jemand hart gegen das Fenster. Elena riss die Hand hoch und winkte fröhlich.
Das Fenster wurde geöffnet. »Hier ist Rauchen verboten! Sehen Sie denn das Schild nicht?«
»Doch, doch«, sagte Elena. »Aber wir sind von der Polizei.«
»Sie dürfen hier trotzdem nicht rauchen!«
Elena legte den Kopf schief und lächelte nett. »Dann müssen Sie wohl Ihre Chefin rufen. Vielleicht hat sie Zeit für Raucher? Für die Polizei hatte sie leider keine.«
»Aber …« Verwirrt sah die Frau sie an. »Ich darf Sie hier trotzdem nicht rauchen lassen.«
»Was wollen Sie machen?«, fragte Elena, griff in Reimanns Jackentasche und holte erneut die Schachtel hervor.
Die Frau schüttelte den Kopf, entschied dann offenbar, dass Widerstand zwecklos sei, und schloss kopfschüttelnd das Fenster.
Elena lächelte zufrieden, betrachtete ihre Zigarette und beschloss, sie lieber in der Hand abbrennen zu lassen. »Wo waren wir stehengeblieben?«, fragte sie.
Reimann rieb sich die Stoppeln. »Ich sag's mal in meinen Worten. Du hast dich auf diese Frau eingeschossen und bist deswegen wild entschlossen, ihr den Arsch aufzureißen. Weil sie dich beleidigt hat. Ich weise an dieser Stelle einmal ganz vorsichtig in Richtung Jan, dem du genau das vorgeworfen hast. So viel zum Thema seriöse Ermittlungsarbeit.«

Für einen Moment war Elena sprachlos, dann hustete sie. Sie hörte gar nicht mehr auf zu husten.

Reimann klopfte ihr auf den Rücken. »Atmen, mein Herz. Rauchen ist nix für kleine Mädchen.«

Endlich bekam Elena wieder Luft. »Haha«, sagte sie, überlegte, ob sie darauf eingehen sollte, entschied dann aber, dass der andere Angriff schwerer wog. »Das mit Jan ist was total anderes! Ihm geht es um seine Ex-Freundin. Weil er es nicht ertragen kann, dass sie was mit Frenze hat.«

»Und worum geht's bei dir?«

»Ich …« Sie sah ihn an, schaute dann ihre Kippe an und warf sie auf den Boden.

Reimann grinste. »Du bist beleidigt, weil die Alte dich hat abblitzen lassen, und deswegen willst du ihr eine reinwürgen. Kann ich verstehen. Aber trotzdem sollten wir die Kirche im Dorf lassen. Wir besorgen uns einen entsprechenden Beschluss, und dann sehen wir weiter.«

»Wir werden sie kriegen«, sagte Elena grimmig.

»Jaja«, sagte er und griff in ihren Nacken. »Ganz bestimmt.«

* * *

In Jans Kopf brummte es. Nicht vom Alkohol, sondern von den vielen Gesprächsfetzen, die ungeordnet darin herumkurvten.

Er hatte Bockmist gebaut. Er war ganz und gar unprofessionell gewesen, fahrlässig sogar. Aber dennoch fühlte er sich gut, wenn er an Nessi dachte, die eben noch neben ihm gelegen hatte. Er hatte sie nicht richtig wach bekommen und schließlich seine Klamotten, die diesmal ringsum in ihrem Zimmer verstreut gewesen waren, aufgesammelt, sich angezogen und nach einem letzten Blick auf ihr Schreibrefugium hinter dem Paravent, auf den Schmetterling, die Wohnung verlassen. Glücklicherweise war ihm niemand begegnet. Wie hätte er erklären sollen, dass er am Morgen das Haus einer Zeugin verließ, vermutlich noch dazu mit dem verräterischen bis idiotischen Grinsen eines Mannes, der gerade zum ersten Mal seit einer Ewigkeit Sex gehabt hatte? Richtig guten Sex noch dazu. Mehrmals hintereinander, darüber hinaus. Mit einer absolut entzückenden, wunderschönen Frau, die Satzenden reimte, als läse sie ihm Überschriften aus der Tageszeitung vor.

Mit einer Frau, die eine Walther auf dem Schreibtisch aufbewahrte. Er erstarrte in der Bewegung. Das waren die Probleme. Die Tatsache, dass er das nicht hätte tun dürfen. Die Walther. Und zudem ein ganz diffuses Gefühl des Unbehagens. Aber das lag vermutlich nur an seinem schlechten Gewissen.

Nach kurzem Suchen fand er sein Auto auf dem Parkplatz des Schwimmbads. Doch statt den Wagen zu starten, blieb er, die Hände am Lenkrad, sitzen und starrte aus dem Fenster.

Weg mit Nessi, dachte er. Er würde sie heute Abend anrufen, und bis dahin würde er sich zwingen, seine Konzentration auf den Fall zu richten. Wenn überhaupt, konnte er nur so wiedergutmachen, was er angestellt hatte.

Der Fall also. Dieser Fall war merkwürdig, es gab keine wirklichen Verdächtigen, keine brauchbaren Hinweise, ja, nicht einmal einen Tatort. Die Perücke, die Rapunzelgeschichte, all das hatte etwas seltsam Unwirkliches, Künstliches. Und dann all diese Literaturmenschen! Sie redeten unfassbar viel, und es war schwer, in diesem Dickicht aus wilden Geschichten, verzehrendem Ehrgeiz und enttäuschten Hoffnungen die Fakten zu sehen.

Die Fakten sehen, das Handfeste, das Reale. War nicht genau das geschehen? Er hatte einen azurblauen Schmetterling an Nessis Wand hängen sehen. Etwas ganz Konkretes, das sich wohltuend abhob von all den Worthülsen. Etwas Handfestes, was noch dazu wunderschön war.

Jan atmete tief durch und startete den Wagen. Es gab absolut keinen Grund, auf sich einzuprügeln, das würden schon die anderen übernehmen, wenn herauskam, was er getan hatte.
Vielleicht aber war er jetzt einen Schritt weiter. Und wenn es so war, wenn dieser Schmetterling ihn weiterbrachte, dann war es genau richtig gewesen, dass er mit Nessi im Bett gelandet war.
Jan lächelte.
Dann war es vielleicht sogar Schicksal.

* * *

Die Tür ging auf. Vor ihnen stand Frau Dr. Kneifzange und neben ihr jemand, den Elena kannte, eine etwas zu braungebrannte Frau mit vielfach gesträhntem Haar und enger Jeans. Ruth Grosche.
»Was ist denn hier los?«, fragte die Psychiaterin mit einem ungläubigen Blick. »Sie wissen doch, dass hier Rauchverbot herrscht?«
Elena lächelte. »Ich habe es mir beinahe gedacht. Aber wissen Sie, ich hab meine Affekte so schlecht im Griff.«
»Ganz offensichtlich«, sagte die Psychiaterin kühl. »Und zudem, wenn ich das so sagen darf, korrespondiert das bei Ihnen mit einem ausgesprochen kindlichen Bedürfnis, sich Aufmerksamkeit zu verschaffen. Was Ihnen hiermit gelungen ist.«
»Zum Glück«, sagte Elena. »Dann kann ich ja gehen, jetzt, wo wir das geregelt haben.«
»Das würde ich wirklich begrüßen«, sagte die Psychiaterin. »Ich werde Sie nicht bitten, Ihre Kippen selber aufzuheben. Mir ist klar, dass eine derart erwachsene Handlung sich schlecht mit Ihrem inneren Kind vereinbaren lässt. Darum: Lassen wir Ihnen Ihre Sandkastenspiele. Ich vertraue einfach darauf, dass Sie gleich verschwunden sind.«

»Ich kann es kaum erwarten«, sagte Elena süß.
»Und dann werde ich hier fegen. Hinter Kindern herzufegen macht mir nämlich nichts aus.«
»Sie müssen immer das letzte Wort haben«, bemerkte Elena. »Das finde ich auch irgendwie, hm, kindisch.«
Von Ruth kam ein Laut, der unschwer als Prusten zu erkennen war.
Die Psychiaterin verzog die Lippen zu so etwas wie einem Lächeln, als wolle sie den Punkt an Elena geben. Ehe sie die Tür schloss, warf sie einen winzigen Blick zu Ruth. »Und Sie«, sagte sie, »konzentrieren sich jetzt am besten darauf, Ihre Tabletten zu nehmen. In Ihrem eigenen Interesse.« Dann schloss sich die Tür. Für einen Moment herrschte Schweigen.
»Wow«, sagte Elena. »Das war unfein! So viel zum Thema ärztliche Schweigepflicht, von der sie doch angeblich so viel hält.«
Ruth sah aus wie vom Donner gerührt, eine feine Röte war ihr ins hagere Gesicht gestiegen, was Elena interessiert beobachtete. Offenbar hatte die Psychiaterin da einen Schuss abgefeuert, der genau plaziert gewesen war. War Ruth bei ihr in Behandlung? Oder war sie es gewesen? Es sah ganz danach aus.
»Oh Mann! Was für ein Gorilla«, sagte Elena. »Offenbar raucht sie uns allesamt in der Pfeife.« Sie schenkte Ruth ein kumpelhaftes Lächeln, das diese zögernd zurückgab. Sie wirkte viel unsicherer als in ihrer roten Küche, fand Elena.
»Rauchen ist ein gutes Stichwort. Das war witzig, dass Sie hier geraucht haben. Ich bin sicher, das hat sie geärgert, auch wenn sie es sich nicht hat anmerken lassen.«
»Das will ich hoffen! Trotzdem hätte diese Bemerkung über die Tabletten nicht sein müssen. Aber jetzt ist es raus. Sieht ganz so aus, als seien Sie ebenfalls Patientin hier gewesen. Liegt natürlich nahe, dass Sie Liane daher kennen und nicht, wie Sie sagten, aus dem Literaturzirkel.«

Ruth öffnete den Mund und schloss ihn wieder. Dann sagte sie: »Ich habe nicht gelogen. Wir sind uns zufällig wiederbegegnet im Zirkel. Aber wir waren uns eben schon mal begegnet. Hier.«

Elena wartete, ob sie noch etwas sagen würde, und fuhr dann fort: »Sie können sich ja ohnehin denken, weswegen wir hier sind. Es geht um den gemeinsamen Hintergrund von Liane Riefers und Niklas Schreck, nämlich den gemeinsamen Klinikaufenthalt hier.«

»Meier«, sagte Ruth leise. »Damals hieß er Meier.«

»Und Sie waren alle gleichzeitig hier?«

Ruth Grosche schüttelte den Kopf. »Er zuerst. Dann kam Liane, und nach seinen acht Wochen ging er, und dann kam ich und lernte Liane kennen. Sie hat mir dann von ihm erzählt.«

»Weil?«

»Sie war total verliebt in ihn. Darum hat sie viel von ihm geredet.«

Ruth schwieg, und es sah nicht so aus, als ob noch etwas von ihr kommen würde.

»Erzählen Sie«, sagte Elena.

Ruth schüttelte den Kopf. »Das wäre nicht richtig, glauben Sie mir.«

»Was kann daran nicht richtig sein?«, fragte Elena verständnislos. »Ihre Freundin ist tot, und Sie sollten Interesse daran haben, bei der Aufklärung zu helfen, meinen Sie nicht?«

Ruth sah zur Seite, wich Elenas Blick aus. »Sie verstehen das nicht. Sie haben nie so eine Therapie gemacht.«

»Was für eine Therapie?«

»Gruppentherapie. Sie sind mit vielen völlig fremden Menschen in einem Raum, und nach einer Stunde wissen Sie alle mehr voneinander als je ein Mensch zuvor.«

Elena hörte zu, aber sie begriff nicht, worauf Ruth hinauswollte. »Und ist das jetzt gut oder schlecht?«

Ruth zog die Nase hoch. »Darum geht es nicht.«
»Sondern worum?«
»Es ist vertraulich. Ganz und gar vertraulich. Nicht nur, weil wir das alle unterschrieben haben.«
»Was unterschrieben?«, warf Reimann ein.
»Dass nichts, was in der Gruppe gesprochen oder gezeigt wird, den Raum verlässt, niemals.« Ruth nahm ihren Beutel und erhob sich. »Ich gehe jetzt. Bitte, fragen Sie nicht weiter.«
»Okay«, sagte Elena. »Nur eine Minute noch, ja? Und Sie müssen nicht antworten.«
Ruth blieb stehen, schien zu zögern.
»Frau Doktor Schreckschraube hier hat eben die Grenzen der Vertraulichkeit ganz massiv verletzt, oder irre ich mich da?«, fragte Elena.
Ruth zögerte, dann nickte sie entschieden, ihre vielfarbigen Haare flogen.
Elena fuhr fort: »Bisher ist dieser Aufenthalt hier die einzige offensichtliche Verbindung zwischen Schreck und Riefers. Aber leider war Frau Doktor absolut nicht kooperativ. Sie hält ganz feste den Deckel auf alles und will die Patientenakten nicht rausrücken. Welchen Grund kann sie dafür haben, so ganz theoretisch? Sie müssen nichts über Ihre Freundin sagen, sprechen Sie nur über Frau Doktor.«
Ruth unterdrückte ein Lächeln und befeuchtete die Lippen. »Die hat dazu auch allen Grund.«
»Ach ja?«, sagte Elena und bemühte sich, nicht zu grinsen. »Das habe ich mir irgendwie gedacht.«
Ruth nickte. »Die hatten was.«
»Liane und Niklas? Das sagten Sie schon«, sagte Elena.
»Die auch.«
»Moment! Unsere Frau Doktor hatte was mit einem Patienten? Ist das nicht verboten?«

»Aber hallo.«
»Danke.«
»Ich geh jetzt«, sagte Ruth. »Okay? Ich kann nicht mit Ihnen reden, wirklich nicht.«
Sie verließ den Raum, die Tür klappte hinter ihr zu, und Elena prustete los.
Belustigt sah Reimann sie an. »Jetzt hast du wieder Spaß, was?«
»Du nicht?«
»Es ist schon lustig.«
»Das ist der Brüller! Diese knochentrockene Schreckschraube lässt sich mit einem Patienten ein, der etwa zwanzig Jahre jünger ist als sie!«
»Tja, ich würde es umgekehrt sagen. Aber egal, ich bin gespannt, wie du das, was ich gerade denke, feministisch korrekt formulierst.«
Elena schüttelte den Kopf. »Das schaffe ich nicht. Mach du es.«
Reimann grinste. »Unser Schriftsteller sieht objektiv ziemlich gut aus. Unsere Frau Doktor eher nicht. Dazu kommt der Altersunterschied. Frage: Warum nimmt er freiwillig diese Schreckschraube, wenn ihm die Damenwelt zu Füßen liegt? Liebe können wir wohl ausschließen.«
»Es geht bei Männern und Frauen nicht immer nur um das Aussehen«, sagte Elena, aber sie sagte es dieses Mal ohne den üblichen Nachdruck.
Reimann seufzte. »Überspringen wir den standardisierten Gesprächsteil einfach mal, okay?«
Erleichtert nickte sie. »Okay. Die Frage lautet also: Warum hat er das gemacht?«
Reimann warf einen Blick zur Tür. »Vielleicht weil er etwas von ihr haben wollte. Wenn sie die Klinikleitung hat, kann es viele Sachen geben, die er von ihr kriegen kann. Mehr Ausgang. Besseres Essen. Günstigere Gutachten.«

»Besseres Essen?«
»Ich spekuliere nur so rum. Wir wissen ja auch nicht, ob er freiwillig hier war.«
»Das hier ist keine geschlossene forensische Einrichtung für Straftäter oder so. Die sind alle freiwillig hier.«
»Aber solange wir nicht wissen, weswegen er in Behandlung war …«
Sie sahen sich an.
»Jetzt wird es richtig spannend«, sagte Elena.

* * *

Jan war lange nicht im Museum Koenig gewesen. Schon von weitem kam ihm das ehrwürdige Gebäude mit den mächtigen Löwen vor wie ein alter Freund, und als er das angenehm kühle Innere betrat, bestürmten ihn die Erinnerungen. An die Savannenlandschaft. An den Kakao der Cafeteria, den seine energische Großmutter so oft hatte zurückgehen lassen, bis sie begriff, dass er genauso fies schmecken sollte, wie er schmeckte.
Für einen Moment stand er wie verloren im Raum, sah den Leoparden, der eine Antilope auf den Baum zerrte, während ihre Artgenossen panisch Reißaus nahmen. Es war eine blutige, brutale Szene. Obwohl – durfte man das so bewerten, wenn ein Tier nach seiner Natur handelte?
Ein Nahrungskreislauf, dachte er. Fressen und gefressen werden. Autoren, die sich um Kopf und Kragen schrieben, Verlage, die nach den dicksten Brocken fischten. Tiere, die eben noch fette Beute erlegt hatten, um die sie alle anderen beneideten, und die sich eine Saison später verwundet, ja, verendend neben einem Wasserloch wiederfanden, während jene, die vorher Verlierer gewesen waren, sie jetzt keines Blickes mehr würdigten, sondern nur auf die nächste große Chance, den nächsten großen Fang

gierten, bereit, Zähne und Klauen in jeden Artgenossen zu schlagen, der dem vermeintlich großen Erfolg im Weg stand. War es das, worum es in diesem Fall ging? Um den erbarmungslosen Überlebenskampf in der Savanne von Büchern und Groschenheften, Autoren, Verlagen und Agenten?

Ihm kam Schreck in den Sinn, der Löwe der letzten Saison, dann Nessi, die schon lange ganz unten in der Nahrungskette stand, und eine resignierte Traurigkeit ergriff ihn.

»Herr Seidel?« Ein kleiner kahler Mann trat auf ihn zu. »Hasslach ist mein Name. Sie hatten nach jemandem aus der Sektion Lepidoptera gefragt.«

»Sektion?« Für einen Moment fühlte Jan sich von Rechtsmedizinern verfolgt.

Hasslach lächelte. »Sie wollen unsere Schmetterlingssammlungen sehen?«

»Ach so!« Jan schüttelte den Kopf. »Nein, aber ich wäre Ihnen dankbar, wenn Sie mir etwas zu dem hier sagen könnten.«

Hasslach nahm den Beutel mit dem Schmetterling entgegen und betrachtete ihn genau. »Das ist ein Moorbläuling«, sagte er dann. »Genauer gesagt, ein schwarzblauer Moorbläuling. *Maculinea nausithous*. Kommen Sie, wir gehen in mein Büro.«

Jan folgte dem Zoologen durch die breiten Gänge des Museums und ließ bewundernd seinen Blick über die prächtig verzierte Decke wandern. An die konnte er sich nicht erinnern, nur an den Kakao. »Das können Sie so leicht sagen?«

»Er hat eine ganz charakteristische Zeichnung, sehen Sie.« Hasslach setzte sich an seinen Schreibtisch, nahm seine Brille ab und pikste mit der Bleistiftspitze in den Plastikbeutel. »Sehen Sie hier diese Punkte auf der Unterseite der Flügel? Sie bilden eine Reihe, ein ganz charakteristisches Muster. Man kann den Moorbläuling leicht mit dem Ochsenauge verwechseln, aber der hat nur einen einzigen großen hellen Fleck, daher der Name.«

»Ochsenauge?«, fragte Jan. Für ihn war das ein süßer Teigring mit Marmeladenfüllung.
»Ein anderer Tagfalter. Aber wie gesagt – ganz anderes Punktemuster. Ein ähnliches Muster wie der Moorbläuling hat nur der Ameisenwiesenbläuling, aber der ist heller als der hier, eher hellblau als dunkelblau.«
»Ah«, sagte Jan.
»Und unser Moorbläuling ist also Zeuge eines Mordes geworden?«, fragte Hasslach. Er lehnte sich zurück und musterte Jan interessiert, so, als nähme er ihn jetzt erst wahr.
»Das kann man so sagen. Er wurde am Tatort gefunden.«
»Ich verstehe«, sagte Hasslach knapp. Er nickte vor sich hin, als bestätige Jan ihm etwas, was er ohnehin vermutet hatte. »Das ist dann in der Tat spannend. Der Moorbläuling hat nämlich nur ein sehr begrenztes Territorium.«
Jan richtete sich auf. »Ach ja?« Er spürte, wie sein Puls in die Höhe jagte. Das war es, was er die ganze Zeit vermutet hatte!
»Im Rhein-Sieg-Kreis kommt er nur an bestimmten Stellen vor. Da haben wir erst einmal die Feuchtwiese bei Pützchen. Dann die Tomburgwiese in Rheinbach. Und –«
Jan unterbrach ihn. »Das muss es sein! Er wurde am Rheinbacher Hexenturm gefunden.« Er hörte selbst die Enttäuschung in seiner Stimme. Wenn der Schmetterling in Rheinbach lebte, war es keineswegs ungewöhnlich, dass er dort gefunden worden war.
»Am Hexenturm wurde er gefunden? Das ist so gut wie ausgeschlossen!«, rief Hasslach.
»Warum das?«
»Die Tomburgwiesen sind mehrere Kilometer von dort entfernt. Und unser Schmetterling hat einen Bewegungsradius von etwa fünfzig Metern. Nie im Leben fliegt er bis zum Hexenturm.«
»Und wenn besondere Umstände herrschen? Oder er ein extrem neugieriger Schmetterling ist?«

»Neugierig?« Hasslach schmunzelte. »Schauen Sie, unsere Schmetterlinge wollen nur eins, Eier ablegen und Nektar trinken. Für mehr interessieren sie sich nicht. Und der Moorbläuling ist dabei auch noch besonders anspruchsvoll, denn er ist monophag. Seine Raupen ernähren sich ausschließlich vom Großen Wiesenknopf und den Larven bestimmter Ameisen. Er ist Feinschmecker.« Hasslach sah beinahe stolz aus, ganz so, als sei der feine Gaumen dieses Schmetterlings eine Auszeichnung. »Das Problem ist: Die Wiesen müssen regelmäßig gemäht werden, sonst setzen sich die konkurrierenden Pflanzen durch. Dadurch schrumpft natürlich auch der Lebensraum des Moorbläulings, wenn wir uns nicht aktiv für diese Wiesen einsetzen.«

Jan musste an den Geparden denken und die Antilope, dann an Nessi und den bösen Buchmarkt. Es schien überall dasselbe zu sein, nur wer die anderen fraß, überlebte. Oder wer geschützt wurde. Von Menschen wie Herrn Hasslach. Mit ganz neuer Sympathie musterte er den Biologen.

»Und Sie halten es für ausgeschlossen, dass ein einzelner Moorbläuling mal woanders hinflattert?«

»Absolut. Wenn Sie einen am Hexenturm gefunden haben, dann wurde Ihr Opfer an der Tomburg ermordet. Oder man hat den Schmetterling dort plaziert.«

»Ich danke Ihnen sehr«, sagte Jan aus tiefstem Herzen. In ihm arbeitete es. War es wirklich möglich, dass ausgerechnet der Schmetterling ihnen den gesuchten Tatort verriet? Wieder musste er an das denken, was Edith gesagt hatte. Dass der Schmetterling das einzige Element war, das nicht zur Rapunzelgeschichte gehörte, und gerade deswegen wichtig war.

Er wandte sich schon zum Gehen, als Hasslach sagte: »Die Informationen zum Moorbläuling drucke ich Ihnen noch eben aus, wenn Sie wollen. Ich hätte nicht gedacht, dass sich noch einmal jemand für unseren Moorbläuling interessiert. Wissen Sie, der

NABU unternimmt alle möglichen Anstrengungen, um Fakten und Hintergründe zu gefährdeten Arten zu verbreiten, und ich hab manchmal den Eindruck, das interessiert kein Schwein. Und dann kommen Sie daher und fragen mich all den Kram, den die sowieso in die Welt hinausbrüllen, um den Moorbläuling zu schützen.«

»So ist das eben manchmal«, sagte Jan. »Ehrlich gesagt interessiert mich auch nicht zwangsläufig das Schicksal von Insektenarten. Mich interessiert nur der Mord.«

Hasslach seufzte und trat an seinen Computer. »Das hätte ich mir denken können. Niemand interessiert sich für Schmetterlinge. Wobei, wegen dieser Moorbläulingssache hatten wir dieses Jahr schon mal Besuch.«

Jan hielt in der Bewegung inne. »Ach ja? Und wer war da?«

Hasslach tippte umständlich mit einem Finger auf der Tastatur herum, als täte er das zum ersten Mal.

»Wer war das?«, wiederholte Jan.

Hasslach nahm stolz die Blätter aus dem Drucker und überreichte sie beinahe feierlich. Dann grinste er.

»War jedenfalls hübscher als Sie, wenn ich das so sagen darf. Lange, blonde Haare.«

Jan blieb stehen, er wusste, das war es. Liane Riefers. Der geheime Zusammenhang zwischen ihr und dem Schmetterling in ihrer Hand.

»Eine junge Frau?«

Hasslach nickte. »Genau. Warten Sie, ich gucke in den Unterlagen. Angemeldete Besuchertermine haben wir natürlich archiviert.«

Quälend langsam tippte der Schmetterlingsforscher mit Adlersuchsystem auf der Tastatur herum.

»Noch mal ausdrucken?«, fragte er dann.

Jan nickte. Und zögerte. Denkfehler, dachte er. Weswegen sollte

Liane beim Museumsbesuch die Perücke getragen haben, die man bei ihrer Leiche gefunden hatte? Ihre eigentliche Perücke war doch ganz anders gewesen.

Dann nahm er das Papier entgegen. Doch der Name darauf war nicht der, den er erwartet hatte.

»Nessi«, sagte er. »Vanessa Zobel.«

Der Biologe nickte. »Genau so hieß sie! Sie sagte, sie recherchiert für ein Buch. Eine Schriftstellerin ist sie nämlich. Hat uns als Dankeschön einen ihrer Romane mitgebracht. Irgendwas mit Knochen. Ich hab sogar versucht, ihn zu lesen, aber ich bin dabei eingeschlafen.« Es klang entschuldigend.

»Und weiter?«, fragte Jan.

»Dann hab ich ihn meiner Frau gegeben. Aber ich glaube, die ist auch dabei eingeschlafen.«

»Nein, das meinte ich nicht. Wie ging es weiter? Wozu wollte die Autorin all das wissen.«

Hasslach zuckte die Achseln. »Das müssten Sie sie selbst fragen. Soll ich Ihnen ihre Nummer geben?«

»Nein danke«, sagte Jan tonlos. »Die habe ich selbst.«

* * *

Der Rhein. Die Promenade. Touristen, die Eis aßen, Plastiktüten und Hüte trugen und einander die Schiffe zeigten oder fotografierten. Sonnenschirme von oben, unter denen sich noch mehr Touristen verbargen, die vermutlich ebenfalls Eis aßen, Plastiktüten trugen und einander die Schiffe zeigten. Oder fotografierten.

Es war dasselbe Bild wie an den Tagen zuvor, das sich Schreck zeigte, wenn er aus dem Fenster seines Hotelzimmers sah. Langsam machte ihn das aggressiv. Er war es nicht mehr gewohnt, so lange an einem Ort zu sein.

Eine Veränderung wäre mehr als willkommen. Jede Veränderung. Aber sein Handy blieb stumm.
Nicht, dass ihn das überrascht hätte. Was kein Wunder war, nachdem er Walli bei der Polizei verpfiffen hatte. Der würde sich nur noch melden, um die restliche Verwertung des *Rapunzelmords* abzuwickeln. Im Wesentlichen ging es um Tantiemen, die hier oder da flossen. Nein, fließen würde nicht mehr viel, eigentlich waren die dicken Fische an Land gezogen. Bei der Höhe der Vorschüsse musste ein Wunder geschehen, wenn noch etwas nachschwappte. Eher würde es trübe rinnen. Oder tröpfeln.
Was für ein Stichwort. Er dachte an den Termin bei der Spezialistin. Es tröpfelte nur noch, alles. Er war ein einsamer Mann in einem zu teuren Hotelzimmer. Immerhin das konnte er sich leisten. Aber weder sein Agent noch seine Ex-Freundin würden Zeit mit ihm verbringen. Claudia war wieder abgereist, nach vielen mahnenden Worten. Heute Abend würde er wieder die Hotelbar aufsuchen, aber schon bei dem Gedanken ergriff ihn eine große Müdigkeit, ihn lockte nichts dort, wenn er ehrlich war. Im Grunde beschränkte sich sein Interesse gerade auf uneingeschränkten Harndrang. Seine Welt war auf die Größe einer Kloschüssel geschrumpft.
Er zog seine Schuhe und seine Hose aus und legte sich mit dem Rücken auf das breite Bett. Wortlos starrte er zur Decke, die Decke starrte wortlos zurück. Hier lag er nun, der Prototyp des einsamen Künstlers. Nur ohne Kunst.
Auch Walli hatte durch die Sache mit Liane vermutlich begriffen, warum Schrecks Kreativität so plötzlich versiegt war. Versiegt, dachte Schreck und unterdrückte erneut das Bild der Kloschüssel. Nicht einmal tröpfelnd, nein, versiegt. Wobei »versiegen« bedeutete, dass da mal etwas gewesen war. War es das? Er war im Grunde ein Gefäß gewesen für Lianes Geschichte. Nichts als ein Gefäß.

Er erinnerte sich noch gut an Liane, den Nachmittag, als es begonnen hatte. Sie hatten in der Cafeteria der Klinik gesessen und etwas teilnahmslos ihre Krankengeschichten heruntergerasselt, so, wie man das machte untereinander, Diagnose, Medikation, bisherige Aufenthaltsdauer. Er hatte ihre schmale, aber gut proportionierte Figur wahrgenommen, ihre schönen Augen, die etwas knubbelige Nase, die Perücke, hatte sie routiniert taxiert, so wie die Mitpatientinnen und Ärztinnen und Pflegeschwestern auch, und dann hatte sie zu reden begonnen, und irgendetwas hatte sich in ihm verfangen. Er konnte noch jetzt das Prickeln im Nacken spüren. Es war kein sexuelles Prickeln gewesen, nicht das Prickeln eines Jägers auf der Fährte, sondern, ja, das eines Sammlers, der unverhofft auf etwas gestoßen war. Auf ihre Worte. Die Story dahinter.

Urplötzlich hatte er sich vorgebeugt. »Erzähl mir davon«, hatte er gesagt, und etwas in ihrem Blick war gekippt, als ergebe sie sich. Typisch Frau: Sie war berauscht gewesen von seinem intensiven Zuhören. Er war berauscht gewesen von der Geschichte, die er zu hören bekam, von dem, was man daraus machen konnte. Und deswegen war die Sache mit Liane auch anders gewesen als die anderen Sachen mit anderen Frauen.

»Sucht nach Bestätigung«, hatte Frau Doktor Wiehl es genannt, »ein schwaches Selbstwertgefühl«, sie hatte gern so Sachen gesagt, nachdem sie es auf dem Sofa ihres Büros miteinander getrieben hatten, die Tatsache, dass sie dabei versonnen seine Hoden gekrault hatte, hatte ihre Worte irgendwie abgeschwächt.

In gewisser Weise hatte die Sache mit Liane ihm da rausgeholfen. Aus dem Kreislauf unbefriedigender, destruktiver sexueller Begegnungen. Weil er plötzlich etwas hatte, von dem er spürte, dass es größer war als all diese Frauengeschichten, dass das, was er daraus mitnahm, größer war als er selbst. Sein Buch. Das Schreiben hatte ihn von sich selbst erlöst.

Dann war der Erfolg gekommen und damit genau das, wonach er die ganze Zeit gegiert hatte, permanente Bestätigung seines Egos, ständige Ablenkung, eine nicht enden wollende Abfolge von beruflichen Bekanntschaften, die so kurz waren – zwei Tage Frankfurt, drei Tage Berlin, eine Lesereise durch die mittelgroßen Städte Nordrhein-Westfalens –, dass die Tatsache, dass nichts davon dauerhaft war, gar nicht auffiel.
Angefangen hatte all das mit Liane. Mit dem Prickeln im Nacken. Mit ihrer Geschichte, die er in seine Worte gekleidet und so gestrafft und arrangiert hatte, bis sie *seine* Geschichte geworden war, seine Geschichte, die gerade vielfach übersetzt und sogar verfilmt wurde.
Rein rechtlich war er auf der sicheren Seite. Er hatte keine Inhalte aus der Gruppentherapie verwendet, nein, sie hatten nicht ein einziges Mal im selben Therapieraum gesessen. Sie hatte ihm alles absolut freiwillig erzählt, erst in der Cafeteria, dann im schmalen Klinikbett. Sein schlechtes Gewissen hielt sich in Grenzen.
Sicher, er hatte ihr etwas geraubt. Aber er hatte der Welt etwas geschenkt. Er hatte viele Menschen berührt. Und jetzt, als Dank, war ihm etwas geraubt worden. Die Überzeugung, dass es seine Leistung war, die die Menschen berührt hatte. Seine Worte, von ihm gestrafft und arrangiert, ihre Geschichte gewissermaßen nur der inspirierende Funke. So hatte er gedacht. Aber: Wenn das so gewesen wäre, dann würde er jetzt nicht Tag für Tag sein Manuskript öffnen, unter Schmerzen wenige Zeilen tippen und sie nachher wieder löschen. Dann wäre auch ohne Lianes Story noch irgendetwas übrig von seinem kreativen Potenzial. Aber so war es nicht. Er war außerstande, sich selbst etwas auszudenken, es ging einfach nicht. Niemand gab außerhalb von Klinikmauern seine ungeschminkte, vollständige, ehrliche Geschichte preis. Und darum war er verloren. Er würde keine neue Geschichte finden, nie.

Genau das hatte Walli gesehen. Genau deswegen hatte er ihn verlassen. Das Vertrauen und die Sympathie so vieler Leser, auch das war weg, wenn er keine Geschichte mehr fand. Alles war weg. Und er war jetzt hier. In einem Hotelzimmer in Königswinter. Ausgerechnet.
Sein Blick irrte zum Fenster, vor dem der Rhein und die Touristen und die Promenade und die Schirme dasselbe taten wie an all den Tagen zuvor und vermutlich auch an all denen, die folgen würden. Königswinter war zum Verrücktwerden!
Als sein Handy klingelte, war das eine Erleichterung. Obwohl ihm ein Blick aufs Display verriet, dass es nicht Walli war, sondern Ruth Grosche.
Und noch ehe sie ihm ihr Anliegen schilderte und die unverhüllte Drohung aussprach, stand fest, dass er alles tun würde, was sie vorschlug.
Einfach, weil alles besser war, als mit stotterndem Urinstrahl und versiegter Schaffenskraft in diesem Hotelzimmer zu verrotten, umzingelt von Sonnenschirmen und Touristen.

* * *

Schmetterlingsmädchen, dachte Jan.
Er fuhr ins Präsidium, und er fuhr viel zu schnell. Rechts von ihm flogen die Bonner Museen vorbei. Sein Handy klingelte, aber er ging nicht dran. Ihm war übel, und das lag nicht an dem wenigen Schlaf.
Nessi hatte ihn angelogen. Und vorher hatte sie ihm Sachen aus der Nase gezogen, Sachen, die er niemandem hätte verraten dürfen. Bei dem Gedanken daran, wie sie das angestellt hatte, wurden seine Hände feucht. Sie hatte ihn mit Sex entlohnt für etwas, was sie wissen wollte. Mit Sex, den er – das musste er zugeben – unbedingt gewollt hatte. Aber warum hatte sie all das wissen

wollen? Oder eher: Was von all dem, was er verraten hatte, war die Information, auf die sie so scharf war?

»Scharf« war die falsche Vokabel in dem Zusammenhang. Jan schob sie weg.

Alles war quer. Alles war durcheinander. Er brauchte keine Vokabeln, er brauchte Fakten, und die musste er sortieren.

Der geheimnisvolle Schmetterling war ein Moorbläuling.

Moorbläulinge waren selten.

Es gab sie nur für eine kurze Zeit an einer ganz bestimmten Stelle.

Da Nessi ganz offensichtlich die Informationen aus dem Museum Koenig gehabt hatte, musste es einen Grund geben, warum sie ihm die verschwiegen hatte.

Eigentlich hatte sie ihm gar nichts erzählt. Nur den Namen. Den, immerhin.

»Er heißt Moorbläuling. Ist das nicht ein schöner Name?« Für einen Moment fühlte Jan Erleichterung. Wenn sie ihm den Namen verraten hatte, dann bedeutete das, dass sie nichts zu verbergen hatte. Wohl kaum hätte sie ihn sonst mit dieser Information versorgt. Oder?

Doch dann fiel ihm die Szene wieder ein. Und er begriff: Sie hatte den Namen nur genannt, weil er ohnehin auf dem Blatt gestanden hatte und sie nicht unglaubwürdig verschlossen erscheinen wollte.

Die wichtigen Fakten hatte sie nicht genannt. Dass dieser Schmetterling territorial begrenzt unterwegs war, also tatortrelevant war. Dass sie ausgiebig dazu recherchiert hatte. Dass es in unmittelbarer Umgebung kompetente Ansprechpartner gab, die ihm alle Informationen geben konnten, die die Polizei benötigte.

Gleichzeitig hatte er offensichtlich Informationen besessen, die sie aus irgendeinem Grund brauchte. Sie hatte ihn bezirzt, und dann hatte sie ihn reden lassen, über die Verdächtigen, den

Schmetterling, die Tatort-Frage. Sie hatte die Informationen aus ihm herausgesogen wie den Nektar aus einer Blüte. Und dabei hatte sie die ganze Zeit all das gewusst, was der Museumstyp ihm soeben offenbart hatte.

Sie wusste alles über das Tier. Schon vorher hatte sie es gewusst. Sie hatte sogar offenbar irgendetwas vorbereitet zu einem Insekt, das dann ausgerechnet in der Hand der Toten gefunden worden war. Wie war es dort hingekommen? Als Geschenk? Eine Totengabe? Oder hatte Liane ihn im Sterben gegriffen? Nein, das war zu unwahrscheinlich. Vermutlich hatte sie das schöne tote Tier betrachten wollen, als ihr jemand von hinten die Plastiktüte über den Kopf gezogen hatte. Oder den Müllbeutel.

Jan verdrängte das Bild aus seinem Kopf.

Fakten, dachte er. Er musste sich auf Nessi konzentrieren, durfte sich dabei aber nicht von allem, was zwischen ihnen gewesen war, verwirren lassen. Er musste versuchen, das Wichtige vom Unwichtigen zu trennen.

Nessi kannte den Radius des Schmetterlings. Und dann hatte sie von ihm die Info erhalten, dass die Tatortfrage nach wie vor offen war. Und exakt diese beiden Fakten waren es, die ineinandergriffen wie Zahnräder.

Der Schmetterling verriet den Tatort. Und genau das hatte Nessi ihm nicht gesagt, obwohl sie es wusste. Und damit hatte sie ihn verraten.

Die Frage blieb offen: Warum?

Es gab nur eine Antwort. Nessi musste ein Interesse daran haben, den Tatort zu verschweigen. Sie wollte nicht, dass er gefunden wurde.

Das klang nicht gut. Nein, das klang ganz und gar nicht gut.

* * *

Im »Roses« war es voll. Offenbar war es den meisten Leuten draußen unter den Sonnenschirmen zu heiß.
Dr. Frenze war merklich weniger aufgeregt als beim letzten Treffen, registrierte Walli.
Das war gut. Wenn ein Autor allzu aufgeregt war, gestaltete sich die Sache mit Lesungen und Podiumsdiskussionen schwierig. Bei einer jungen hübschen Autorin konnte man das manchmal wiederum zum Vorteil drehen, wenn ihre Nervosität das Publikum rührte, Frenze aber sollte als dichtender Rechtsmediziner gleichermaßen Fachkompetenz wie skurrilen Humor ausstrahlen, und dazu wollten hektische Flecken und offensichtliche Nervosität nicht passen.
»Setzen Sie sich«, sagte Walli und wies auf den freien Stuhl.
»Ja danke«, sagte Frenze und nahm etwas steif Platz.
Dass er ein bisschen unbeholfen wirkte, machte nichts, fand Walli. Das unterstrich sogar, dass er einen ernsthaften Beruf ausübte. Trotzdem war es wichtig, ihn ein wenig aufzulockern bei den Punkten, die sie zu besprechen hatten.
»Ich habe mir erlaubt, Champagner zu bestellen«, sagte er und wies auf den Kübel zwischen ihnen. »Damit wir anstoßen können auf unsere erfolgreiche Zusammenarbeit.«
Frenze ruckelte an seiner Brille. »Nun, eigentlich trinke ich tagsüber nichts. Vor allem nicht bei dem Wetter.«
Walli grinste. »Willkommen im Autorenleben! Dann sollten Sie das schnellstmöglich trainieren.«
Frenze nickte zögernd. »Ein Gläschen wird gehen. Zumal sich meine Patienten ja nicht mehr beschweren können, wenn ich mal danebenschneide.«
Walli lachte laut. Genau solche Sprüche brauchte ein Rechtsmediziner, der ins Fernsehen wollte! »Wir werden uns gut verstehen«, sagte er und hob sein Glas. »Meine Freunde nennen mich übrigens Walli.«

»Georg«, sagte der Rechtsmediziner. Sie stießen an.

»Gut, Georg«, sagte Walli und lächelte breit. »Da sind noch einige Kleinigkeiten, die wir besprechen müssen.«

* * *

»Ich muss mich entschuldigen wegen dieser Kliniksache«, sagte Elena. »Diese Psychiaterin hat uns praktisch vor die Tür gesetzt, ehe wir wussten, wie uns geschah. Es war reiner Zufall, dass wir Ruth Grosche getroffen haben, die uns dann – sag mal, hörst du mir überhaupt zu?«

»Nein«, sagte Jan.

»Du siehst beschissen aus«, sagte Elena.

Er ging nicht darauf ein. Er würde überhaupt nie, nie mehr auf etwas eingehen, das von einer Frau kam. Und selbst Elena war eine Frau, auch wenn sie seiner Meinung nach nicht danach aussah und sich weder so benahm noch so sprach.

Ganz kurz wehte ihm etwas durch den Kopf – schwarze Spitze, blassblaue Augen, der Flügelschlag langer Wimpern –, dann wischte er es weg. Er war wieder klar.

Elena redete einfach weiter. »Wir sind uns nicht sicher, aber es sieht so aus, als ob unser Schreck der reinste Casanova wäre. Und zwar ein Casanova unter Zwang, gewissermaßen. Promiskuitiv. Wahrscheinlich war er deswegen in der Klinik. Um dann dort von Frau Doktor Schreckschraube behandelt zu werden, die ihm nicht widerstehen konnte, das hat uns Ruth Grosche verraten, die war ebenfalls Patientin dort. Ist das nicht krass? Wir bekommen bald die Akten. Sag mal, Jan, was ist los?«

Er sagte: »Wir brauchen die Spurensicherung. Sofort. Mindestens zwanzig Leute, rund um die Tomburg. Das Areal, das wir absuchen müssen, wird uns ein Mitarbeiter vom Museum genau nennen können. Nina, bitte ruf dort an und sag, dass jemand, der sich dort auskennt, umgehend kommen soll. Frag nach Dr. Hasslach selbst. Sag, dass es wichtig ist.«

Nina nickte. »Mach ich.«

Elena neigte den Kopf. »Meinst du echt, dass wir verwertbare Spuren finden? Die Sache ist einige Tage her.«

Jan runzelte die Stirn. »Ja, aber es ist absolut trocken. Kein Regen, kein Lüftchen. Wenn da was ist, dann finden wir es.«

In diesem Moment vibrierte sein Handy.

Es war eine SMS.

Von Nessi. Sekundenlang starrte er auf das Display, fassungslos. Dachte erneut an Spitzenflügel, blassblau – dann verschwamm alles. Nein: Er ließ es verschwimmen.

»Sag mal, Jan!« Elena legte ihm die Hand auf die Schulter, und er zuckte unwillkürlich zusammen.

»Was ist denn?« Er musste sich zusammenreißen, um halbwegs freundlich zu klingen.

»Warum siehst du so beschissen aus, obwohl du den Tatort gefunden hast? Kannst du mir das sagen?«

»Nein«, sagte Jan langsam. »Das kann ich nicht.«

Dann öffnete er die SMS.

* * *

»Also, Georg«, sagte Walli. »Erst mal: Wir brauchen neue Autorenfotos. Keine Porträts. Solche, die dich in deinem gewohnten Umfeld zeigen.«

Frenze nippte an seinem Glas. Es war bereits das dritte, registrierte Walli mit Erleichterung. Ein gewisses Maß an Alkohol half bei Gesprächen wie diesem immer.

»Ich mag meine Autorenfotos. Meine Freundin findet sie auch gut«, erwiderte Frenze etwas bockig.

Beschwichtigend beugte Walli sich vor. »Die Autorenfotos sind großartig! Wir werden sie auch auf jeden Fall verwenden. Aber der Verlag möchte das Buch bebildern, und dazu sind die Bilder etwas zu, äh, klassisch autorenmäßig. Sie brauchen Fotos von dir in der Pathologie.«

»Im Präparationssaal«, korrigierte Frenze.

Begütigend nickte Walli. »Im Präparationssaal. Genau.«

»Was genau stellen die sich denn da vor? Ich mit Skalpell in der Hand?« Er klang empört. Das war nicht gut.

Walli nickte. »Eins mit Skalpell in der Hand, eins mit Knochensäge, eins mit Hirn, eins mit Totenkopf. So ungefähr.«

Frenze sah empört auf. »Aber was hat das mit meinen Gedichten zu tun?«

Walli machte eine Handbewegung, als wolle er sagen: Alles Pillepalle! »Ach, das gehört einfach zum Konzept des Buches. Die im Marketing haben was Tolles ausgetüftelt. Sie haben sich ganz besondere Maßnahmen überlegt, das Buch bekommt eine wirklich edle Ausstattung, durchgehend vierfarbig. Das ist sehr gut, du wirst sehen!«

Frenze schüttelte nachdrücklich den Kopf. »Aber es sind Gedichte! Was soll daran überhaupt vierfarbig sein? Ich finde, sie kommen am besten in Schwarz-Weiß zur Geltung. Alles kleingeschrieben. Das sieht moderner aus. Auf gutem Papier, vielleicht Bütten. Und dazu so ein rauher Umschlag, Leinen. Und ein Lesebändchen. Qualität sollte man schon von außen erkennen. Sag das dem Verlag!«

Walli nahm die Champagnerflasche und schenkte nach. Er würde schnell nachbestellen müssen. »Mach dir keine Gedanken. Du wirst sehen, es wird ein wunderbares Buch. Die Leute werden deine Gedichte lieben! So, wie ich sie liebe! Und der Verlag auch!«

Frenze nickte nach kurzem Zögern, nahm dann sein Glas und trank. »Das denke ich auch!«, gestand er.

Walli beugte sich vor und schlug ihm auf die Schulter. »Siehst du? Da sind wir uns einig! Es gibt halt ein paar ganz kleine Änderungen. Wirklich nichts Besonderes. Du musst sie im Prinzip nur freigeben.«
Georg Frenze legte den Kopf schief. »Nun, dafür muss ich sie zuerst einmal lesen, nicht wahr?«
»Sicher, sicher. Es sind aber wirklich nur Kleinigkeiten.«
»Im Grunde möchte ich nicht, dass meine Gedichte verändert werden. Ich habe sie genau so geschrieben, wie sie sein sollen. Jede Änderung wäre ein großer künstlerischer Eingriff.«
»Hey, Georg!« Walli hob die Hände. »Ich verstehe dich, glaub mir. Ich versteh dich wirklich. Manchmal wollen Verlage so etwas, damit sie es leichter haben mit dem Marketing. Da muss man dann einfach die Achseln zucken und sie gewähren lassen.«
»Ich bin Wissenschaftler«, sagte Frenze kühl. »Und als Wissenschaftler bin ich es gewohnt, keine Kompromisse zu machen. Das zeichnet mich und meine Arbeit aus, dafür bin ich bekannt.«
»Das glaube ich sofort!«
»Darum möchte ich auch als Lyriker nicht damit anfangen. Mit den Kompromissen. Meine Gedichte sprechen ja für sich. Ich denke nicht, dass da viel Getue vom Verlag nötig ist.«
»Ich stehe da voll hinter dir, Georg«, sagte Walli beruhigend.
Frenze nickte zufrieden. »Ich denke, der Verlag wird es einsehen. Sie können sich ja denken, dass ich sonst zur Konkurrenz gehe. Die werden mich nicht ärgern wollen, nicht schon am Anfang.«
»Nun«, sagte Walli vorsichtig. »Wir haben dort unterschrieben, das lässt sich jetzt nicht mehr ändern. Und wir haben einen tollen Vertrag gemacht, jetzt können wir dem Verlag ruhig auch etwas entgegenkommen.«
»Das sehe ich umgekehrt«, sagte Frenze. »Die sind heilfroh, dass sie mich bekommen haben, richtig?«
Für einen Moment war Walli sprachlos. Zum Glück war eine

frische Flasche gebracht und ihre Gläser waren neu gefüllt worden. »Es sind wirklich winzige Änderungen, wenn dir das zu stressig ist, kann ich die auch für dich durchgehen. Das Einzige, was du vielleicht etwas blöd finden wirst, ist der Titel des Buches. Den wollen sie ändern.«

»Pathologen-Poesie war ohnehin verkehrt«, sagte Frenze und nickte eifrig. »Ich bin Rechtsmediziner, das habe ich dieser Frau vom Verlag schon mitgeteilt. Deswegen passte der Titel nicht.«

»Na also!«, rief Walli. »Gut, dass du denen das gesagt hast! Und du hast sie überzeugt. Wir haben jetzt einen anderen, viel besseren Titel.«

»Nämlich?«, fragte Frenze gespannt. Er nahm die neue Flasche und schenkte sich selbst nach.

Er lernt schnell, dachte Walli zufrieden. Dann kramte er sein MacBook hervor und suchte das Dokument. »Der neue Titel wird auf dem Cover viel besser aussehen als der alte. Außerdem rückt er dich noch mehr ins Zentrum als die Gedichte.« Er fing Frenzes Blick auf und beeilte sich zu sagen: »Was sehr gut ist, denn du bist ja der Autor der Gedichte.«

»Wie lautet denn jetzt der neue Titel?«, wollte Frenze wissen. Er sah misstrauisch aus.

Walli zögerte, während sich das Cover des Buches vor ihnen aufbaute. In riesigen Lettern stand darauf der neue Titel: Der Aufschneider.

* * *

Nach einem verwickelten Telefonat mit dem Museumsleiter hatte Hasslach sich bereit erklärt, den Einsatz auf der Tomburgwiese zu begleiten. Ohne ihn, dachte Jan, würde es sehr schwer sein, das Areal genau auf das Territorium des Moorbläulings einzugrenzen. Zum gefühlt hundertsten Mal an diesem Tag warf er

einen Blick auf das Bild des Schmetterlings an der Wand. Blassblau, schwarze Spitze, flügelzart. Auf eine verwirrende Weise hatte das Insekt seine Bedeutung verschoben, es schien ihn jetzt mit jedem einzelnen Merkmal beinahe gewaltsam an Nessi und die vergangene Nacht erinnern zu wollen.
Er riss sich vom Anblick des Bildes los, als Elena hereinkam, in der Hand ein Butterbrot. »Sie haben jetzt das Team zusammen«, sagte sie.
»Schön«, sagte Jan knapp.
»Sag mal, Jan, du bist echt komisch. Ist was mit deinem Handy? Du starrst die ganze Zeit darauf.«
»Ich leite einen Einsatz«, sagte Jan ausweichend. »Da passiert es schon mal, dass ich zwischendurch Nachrichten bekomme.«
»Okay, okay!« Sie hob abwehrend die Hände. »Können wir dann los? Das Team ist bereit. Wohin genau müssen wir?«
»Das wird uns der Typ aus dem Museum zeigen, wenn wir vor Ort sind.«
Elena lächelte. »Irgendwie gefällt mir das. Die Schmetterlinge zeigen uns den Weg. Das ist so, na ja … märchenhaft. Passt irgendwie ins Bild.«
Jan antwortete nicht, er griff seine Jacke, seine Tasche, ganz zum Schluss sein Handy. »Ich muss dich sehen!!!«, hatte Nessi geschrieben. »Sofort!!!«
Unter normalen Umständen hätte er darüber nachgedacht, was es zu bedeuten hatte, wenn Schriftsteller so inflationär mit Ausrufezeichen umgingen.
Aber die Umstände waren nicht normal. Nessi war eine Verdächtige. Unter normalen Umständen hätte er vielleicht auch gedacht, dass diese SMS etwas mit der vergangenen Nacht zu tun hatte und dass die Ausrufezeichen Ausdruck ihrer Ungeduld waren, ihn wiederzusehen. Das wäre schön gewesen. Aber etwas stimmte nicht mit Nessi, sie war nicht ehrlich, sie war verwickelt.

Sie war es aus Gründen, die er nicht begriff, vielmehr nur ahnte. Sie verhielt sich seltsam. Und sie war auf eine merkwürdige Art nah dran an den Dingen.
»Kommst du dann?«, fragte Elena. »Oder fahren wir nicht zusammen?«
»Doch«, sagte er. »Klar.«
Während er Elena durch die Tiefgarage des Präsidiums zu ihrem Wagen folgte, überlegte er, wann er sie informieren musste über das, was geschehen war. Ihm war klar, dass er es nicht verbergen konnte. Gab es irgendeine Möglichkeit, die Fakten offenzulegen, ohne gleichzeitig das volle Ausmaß seines Fehlverhaltens auszubreiten? Das Private privat, das Intime intim zu halten?
Die Antwort gefiel ihm nicht. Sie lautete: nein.
Als der Signalton seines Handys erneut das Eintreffen einer SMS verkündete, schrak er zusammen.
Elena sah auf. »Was ist?«
»Nichts«, sagte er und öffnete die SMS. Und las: »RUF MICH AN!!!«
»Keine Zeit«, tippte er zurück. »Arbeit.«
Er würde sich jetzt auf den Einsatz konzentrieren und sich später erst fragen, was sie damit zu tun hatte.
Erst als er sich angeschnallt hatte, merkte er, dass Elena innehielt. Sie machte keinerlei Anstalten, den Wagen zu starten, sondern sah ihn an. »Bist du sauer?«
»Nein«, sagte er. »Wie kommst du darauf?«
Sie zog die Nase hoch. »Ich muss mich wohl entschuldigen. Wahrscheinlich hab ich dich wegen dieser Klinikgeschichte etwas zu doll angepampt. Ich dachte, du verrennst dich wegen Frenze. Es hat halt so ausgesehen, als ob, na ja, als ob du dich nur noch auf ihn konzentrierst und die wichtigen Sachen außer Acht lässt. Aber ich sehe ja, dass das nicht so ist. Immerhin hast du den Tatort gefunden. Das ist der Durchbruch, schätze ich.«

»Ja, vermutlich.«
Sie boxte ihn auf die Schulter. »Heute Abend wissen wir mehr. Und dann gehen wir ins Tubak und feiern das. Du, Reimann und ich. Okay?«
Er nickte. »Machen wir. Ist denn deine Ungeziefersache überstanden?«
Sie seufzte. »Das erzähle ich dir heute Abend in der Kneipe, wenn Reimann auf Klo ist.« Sie ließ den Wagen an.
In diesem Moment brummte das Handy in Jans Tasche. Als er die SMS gelesen hatte, stöhnte er auf. »Halt an«, sagte er zu Elena. »Halt sofort an!«
»Was ist los?«
Jan schloss die Augen und rammte den Hinterkopf gegen die Kopfstütze des Autositzes. Und dann noch mal. Und noch mal.
»Jan? Alles okay?«
»Nein«, sagte er und öffnete die Augen wieder. »Nichts ist okay. Ich muss kurz nachdenken.«
Wenn Elena erstaunt war, so ließ sie es sich nicht anmerken. Kurz vor der Ausfahrt aus der Tiefgarage fuhr sie auf einen freien Parkplatz und stellte den Motor aus. »Dann denk nach.«
Jan nickte. Und versuchte, sich zu konzentrieren. Die SMS hatte die Lage in beunruhigender Weise verändert.
»Komm sofort zur Tomburgwiese!!!«, hatte Nessi geschrieben. »Ich warte dort auf dich.«

* * *

Der Volksmund sagte seit Jahrhunderten, dass es den Mörder immer wieder zum Tatort zog.
Doch das war albern in diesem Zusamenhang.
Fakten, Fakten, Fakten, dachte Jan.
Fakt eins: Er war unterwegs zum Tatort.

Fakt zwei: Nessi hatte sich ausgesprochen verdächtig gemacht.
Fakt drei: Sie besaß Täterwissen.
Fakt vier: Sie war ebenfalls unterwegs zum Tatort.
Fakt fünf: Sie hatten miteinander geschlafen. Mehrmals.
Fakt sechs: Sie würden dort aufeinandertreffen, selbst wenn er ihre SMS allesamt ignorierte.
Fakt sieben: Sämtliche Kollegen würden Zeugen dieses Zusammentreffens sein.
»Wir brauchen das SEK«, sagte er. »Für alle Fälle.«
War das übertrieben?
Vielleicht. Hoffentlich sogar. Aber er hatte keinen Schimmer, was Nessi vorhatte.

* * *

Auf dem Weg erfuhr Jan, dass die Ruine der Tomburg, die der Wiese den Namen gab, auch die Verpackung des in Meckenheim hergestellten Zuckerrübensirups zierte. Die geschützte Schmetterlingswiese lag allerdings in einiger Entfernung zu der malerischen Ruine.
Jan sah Nessi schon von weitem. Sie saß inmitten der Wiese auf einer blaukarierten Picknickdecke neben einem Korb. Ihr Kleid war sommerlich geblümt, ihre Füße nackt. Sie sah aus wie eine junge Frau aus einer Reklame für Margarine oder Kräuterfrischkäse.
Sie schaute auf, als er sich ihr näherte.
»Was'n los?«, fragte sie erstaunt.
Die Frage war berechtigt. Jan trug einen weißen Ganzkörperanzug. Vor allem aber waren da die Leute vom Erkennungsdienst, die ihm folgten, etwa zwei Dutzend, die genau wie er in ihren Anzügen erbärmlich schwitzten.
Er antwortete nicht.

Nessi legte den Kopf schief, ihr leuchtendes Haar war wieder zu Zöpfen gebunden. »Ist das so, wenn man einen Kommissar zum Picknick einladen will? Dann rückt er mit einer ganzen Hundertschaft an?«

»Ich bin nicht hier, um zu picknicken«, sagte Jan.

»Stimmt, das sollte ja auch eine Überraschung werden.« Nessi warf einen Blick auf die Männer, die bereits begonnen hatten, das Gebiet abzustecken. »Spurensicherung. Das bedeutet, die suchen hier nach Hinweisen auf den Tatort?« Sie klang enttäuscht. »Ich bin also zu spät, und du hast es alleine rausgekriegt. Dabei habe ich das so schön vorbereitet!« Sie wies auf den Korb und zog einen Flunsch.

Jan zögerte. Eigentlich hätte er ihr befehlen müssen, sich umgehend von Einsatzort zu entfernen. »Was hast du vorbereitet?«, fragte er widerwillig.

»Kommissar und Krimiautorin finden beim romantischen Picknick die Perücke. Weil nämlich hier« – sie breitete die Arme aus – »irgendwo der Tatort sein muss! Der Moorbläuling hat einen ganz kleinen Radius, Liane kann also nur hier gestorben sein. Das weiß ich, weil ich damals sehr viel recherchiert habe.«

»Und wann wolltest du mir das sagen?«

»Jetzt und hier«, erklärte Nessi. »Hey, bist du sauer? Ich dachte, du freust dich, wenn ich dir helfe!«

Er schüttelte ungläubig den Kopf. »Das hier ist kein Spiel und auch kein Roman! Du kannst deine Informationen nicht wie Salz und Pfeffer ganz nach Geschmack dosieren, es ist deine verdammte Pflicht, alles zu sagen, was du weißt!«

»Ach!« Jetzt klang sie richtig beleidigt. »Darum habe ich dich ja hierhin bestellt. Wegen des Schmetterlings. Aber ich dachte, wir machen das zusammen. Ich wollte dir helfen! Und natürlich wollte ich auch dabei sein, das ist für mich ja tolle Recherche – so eine Gelegenheit bekomme ich nicht noch mal.«

Heiner Gebert, der Leiter der Spurensicherung, trat auf Jan zu. In seinem weißen Anzug sah er aus wie ein Gespenst, das schwitzte.
»Wir haben den Bereich abgesperrt«, sagte er und wischte sich den Schweiß von der Stirn. »Das kann jetzt dauern. Können wir diesen Zoologen wieder zurückschicken?«
»Im Prinzip schon.« Jan warf einen Blick auf Hasslach, der gelangweilt an einem der Einsatzwagen lehnte und mit seinem Smartphone spielte.
»Gut, dann«, sagte Gebert vage und warf einen neugierigen Blick auf Nessi. Die starrte ebenso neugierig zurück.
Erst als Gebert sich entfernt hatte, sagte Jan: »Ich mache hier meinen Job. Einen Tatort zu untersuchen, ist eine Sache, die man Profis überlässt, und nicht etwas, was man sich als Programmpunkt nach einem Picknick vornimmt.«
»Ach ja?« Sie warf die Zöpfe in den Nacken. »Bisher kamst du mir nicht ganz so professionell vor, Herr Kommissar, wenn ich da mal an die letzte Nacht denke.«
Das verschlug Jan für einen Moment den Atem. Mist, dachte er. Mist, Mist, Mist.
Verstohlen sah er sich um, er war beruhigt, dass die Kollegen vom Erkennungsdienst damit beschäftigt waren, die Wiese zu durchkämmen. Die von ihm übervorsichtig bestellten bewaffneten Einsatzkräfte umstanden die Polizeiwagen und warteten auf Anweisungen.
Jan fiel ein, dass er sie informieren musste, dass sie hier keine mutmaßliche Mörderin angetroffen hatten, sondern lediglich eine unverantwortlich denkende, realitätsferne Autorin, die nur zu gern einmal in einem realen Mordfall mitmischen wollte und diesen noch dazu mit einem romantischen Picknick hatte kombinieren wollen.
Er wünschte, er könnte darüber lachen, aber irgendwo traf ihn das alles schmerzhaft – die Unschuld der karierten Decke auf der

Wiese, des gefüllten Korbs, aus dem Baguette und ein Flaschenhals lugten, daneben die Realität seiner Ermittlung. Trotzdem war er verdammt froh, dass es nicht so gewesen war, wie er befürchtet hatte.

Nessi sah jetzt beinahe zornig aus. »Und außerdem, Herr Kommissar, wenn du hier mit der Spurensicherung antanzt – was hast du denn gedacht, warum ich dich hier treffen will?«

Sekundenlanges Schweigen.

Dann warf Nessi noch einen Blick auf die bewaffneten Einsatzkräfte, und jetzt glitt Erschrecken über ihr Gesicht, als sie verstand, was es bedeutete.

»Die sind meinetwegen hier?«, fragte sie ungläubig. »Heißt das, du dachtest, dass ich …«

Jan hätte am liebsten nicht geantwortet. Es wäre schön, sich auf die Picknickdecke zu setzen, dachte er. Und den Sommer zu genießen.

»Ist nicht dein Ernst«, sagte Nessi. In ihrem Gesicht stand Fassungslosigkeit.

»Ich habe dir doch gesagt, dass du eine Verdächtige bist«, sagte Jan unbehaglich.

Sie schüttelte den Kopf, ihre Stimme war jetzt leise. »Eine Zeugin. Zeugen werden vernommen, Verdächtige werden verhört, Herr Kommissar. Den Unterschied hat mir erst kürzlich jemand erklärt.«

In diesem Augenblick – genau im richtigen, fand Jan – stieß einer der Männer einen Ruf aus.

»Wir haben etwas gefunden!«

* * *

Johannes saß am Schreibtisch und korrigierte Hefte. Dramentheorie. Aristoteles und Brecht. Keiner der Schüler begriff auch nur im Ansatz, worum es ging, es war deprimierend, er würde den Notenspiegel ein wenig heben müssen, damit es keine hysterischen Nachfragen beim nächsten Elternsprechtag gab. Bei dem Gedanken an den Elternsprechtag legte er den roten Kuli weg und seufzte. Listen voller Nachnamen, dann fremde Menschen, die im Zehnminutentakt vor ihm Platz nehmen und über ihre Kinder sprechen wollten.

»Johannes?«

Gundel kam herein und baute sich vor ihm auf. »Wie kommst du voran?«

»Gut«, sagte er.

Sie betrachtete den Schreibtisch, wie sie es immer tat, prüfend. Dann nahm sie den Trachytbrocken in die Hand, besah ihn sich, legte ihn zurück. Genau auf die Stelle, auf der er vorher gelegen hatte.

»Wollen wir einen Spaziergang machen?«, fragte sie. »Gleich, wenn du fertig bist?« Ihr Blick maß den Heftestapel, schätzte ab, wie lange er noch brauchen würde.

Er schüttelte den Kopf. »Ich fahre gleich nach Rheinbach. Ruth plant doch diese Lesung, eine Art Gedenk-Lesung für Liane.«

Sie schwieg kurz, dann nickte sie. Als sie sprach, hatte ihre Stimme einen absolut angemessen verdunkelten Klang, einen hauchdünnen schwarzen Trauerrand, gewissermaßen. »Das ist schön. Eine sehr gute Idee. Wann und wo soll das denn stattfinden? Zu der Lesung würde ich auch gern kommen.«

»Genau deswegen treffen wir uns gleich im Café Schlich. Wir wollen erst mal die Details besprechen, genaue Pläne gibt es noch nicht.«

»Klingt gut.«

»Ich glaube, das wäre in Lianes Sinne. Dass alle noch einmal hö-

ren können, was sie geschrieben hat. Was ihr wichtig war.« Seine Stimme zitterte vor Rührung, das war ungewohnt.
Gundel nickte. »Und euer Zirkel kommt dann endlich in die Zeitung, oder? Mit Foto. Das ist auch gut.« Sie dachte praktisch, wie immer.
»Ja, aber darum machen wir es nicht«, wehrte er ab.
»Natürlich nicht! Aber es ist trotzdem gut.«
»Ja, genau.«
Sie legte ihm kurz die Hand in den Nacken und wandte sich zum Gehen.
»Gundel?«
»Ja?«
Er erhob sich etwas unbeholfen, trat auf sie zu und spitzte die Lippen. Ihre Münder trafen sich nur einen kurzen Moment. Trocken, spitz, besitzanzeigend, jede wirkliche Körperlichkeit meidend.
Das war jetzt mein erster Ehemännerkuss, dachte er resigniert.

* * *

Offenbar hatte sich heute ganz Rheinbach am Kirchplatz versammelt. Die Außenterrasse des Cafés Schlich platzte aus allen Nähten, aber Ruth sah auf einen Blick, dass dort niemand aus dem Literaturkreis saß. Außerdem hatte sie extra einen Tisch im ersten Stock des kleinen Fachwerkhauses reserviert, aus Pietätsgründen schien es ihr nicht angemessen, die Lesung inmitten von Kindern und Hunden zu besprechen. Sie stieg die Treppe hinauf und versuchte, ihre Erwartungen realistisch zu halten. Vermutlich waren die anderen zu spät, so wie meistens.
Immerhin, Johannes saß schon an dem Tisch mit dem »Reserviert«-Schild und rührte in seiner Tasse. Er erhob sich und küsste sie zur Begrüßung auf die Wange.

»Tolle Idee mit der Lesung«, sagte er. »Danke, dass du die Organisation übernimmst.« Er sah etwas blass aus.
»Ich hatte bei unserem Telefonat gar nicht den Eindruck, dass du so begeistert bist«, sagte Ruth.
Er schüttelte den Kopf. »Da war ich mit meinen Gedanken woanders. Aber jetzt … Finde ich super. Und die anderen bestimmt auch.«
»Wo sind sie denn, die anderen?«
»Nessi hat mir geschrieben, dass ihr ein wichtiger Recherchetermin dazwischengekommen ist.«
»Recherche?«
Er zuckte die Achseln. »Wahrscheinlich Knochenirgendwas, du weißt schon.«
Es war ungewöhnlich, dass Johannes über Nessi lästerte. Mit Liane hatte Ruth oft darüber geredet, wie wichtig Nessi sich mit ihren Rechercheterminen machte, Johannes dagegen hatte meist den Anschein erweckt, als fände er alles, was Nessi machte, uneingeschränkt toll. Weil sie jung und hübsch und blond ist, hatte Liane gedankenverloren gesagt und an ihrer Perücke gekratzt. Der ist nämlich genau der Typ dafür.
»Was ist los?«, fragte Ruth neugierig. »Hast du Ärger mit Nessi?«
»Mit Nessi? Ach Quatsch!«
Johannes sah wirklich sehr blass aus, fand Ruth.
Jetzt fiel ihr wieder ein, worüber sie das letzte Mal gesprochen hatten. »Was sagt Gundel denn zu deinem Sabbatjahr? Hat sie Stress gemacht? Konntest du sie überzeugen?«
Johannes fuhr sich mit der Hand an den Kragen, er sah unbehaglich aus. »Sabbatjahr?«
»Na, hör mal, du willst doch das Jahr freinehmen, um dich endlich deinem Roman zu widmen.«
»Ach, das!« Johannes lachte auf. »Nee, das ist Quatsch. Ich habe ein Haus und zwei Töchter, dazu einen wichtigen Job, Familie

und so. Da geht das leider nicht. Es hat eben nicht jeder die Zeit zum Schreiben. Vielleicht wenn ich in Rente bin. Dann habe ich genug Zeit.«

Ein unbehagliches Schweigen breitete sich zwischen ihnen aus.

»Oh«, sagte Ruth etwas erstaunt. »Klar. Aber – wie schade. Für dich und den Roman.«

»Ich habe nun mal Verantwortung.« Johannes sah sich um, das Thema war ihm sichtlich unangenehm. »Wo bleibt denn Bene?«, fragte er.

»Das frage ich mich auch. Er wollte Lianes Texte mitbringen. Ohne ihre Geschichten können wir die ganze Lesungsplanung vergessen! Ich verstehe das nicht, er kommt doch normalerweise nicht zu spät.«

»Vielleicht hat er es sich anders überlegt.«

»Das glaube ich nicht. Selbst wenn er sich nicht aktiv beteiligen will, weiß er, dass wir ihn brauchen, wegen ihrer Texte.«

Johannes zupfte an seinem Kragen. »Es passt mir nicht, dass wir Bene brauchen. Er hat irgendwie nicht dieselbe Einstellung zum Schreiben wie wir.«

Ruth lachte. »Aber wir haben auch nicht dieselbe Einstellung wie wir, oder?«

»Was meinst du damit?«

»Sind wir nicht eigentlich alle total verschieden? Will nicht jeder etwas anderes? Ist das nicht das Problem?«

Unbehaglich zuckte Johannes die Schultern. »Ich weiß nicht, was du meinst.«

»Dein Roman zum Beispiel. Früher war er dir das Wichtigste überhaupt, zumindest hast du das behauptet, und plötzlich kneifst du. Ach – egal«, sagte sie, als sie Johannes' Gesichtsausdruck sah. Dann zog sie ihr Handy aus der Tasche und wählte Benes Nummer. »Er geht nicht dran.«

»Das tut er nie.«

»Aber wir hatten eine Verabredung! Ich mache mir irgendwie Sorgen.«
»Quatsch, um Bene brauchst du dir keine Sorgen zu machen. Der ist bis auf die Zähne bewaffnet mit all seinen Schwertern.«
»Ich weiß nicht. Er hat gesagt, er würde kommen. Nicht, dass ihm etwas passiert ist.«
»Bene? Was soll dem denn passieren?«
Ruth legte den Löffel neben die noch halbvolle Tasse, runzelte die Stirn. »Liane ist auch etwas passiert. Ich habe irgendwie so ein komisches Gefühl. Vielleicht sollte ich nachsehen, er wohnt ja hier um die Ecke.«
»Auf keinen Fall gehst du allein dorthin! Wenn, dann gehe ich.«
»Nein. Wir gehen zusammen.«
Beinahe überrascht von ihrer Übereinkunft, sahen sie sich an, nickten.
»Gut. Dann bezahle ich schnell meinen Kaffee.« Hastig erhoben sie sich.
In diesem Moment hörten sie eine Stimme. »Entschuldige, ich bin wohl zu spät.«
Es war nicht Bene. Es war Niklas Schreck.

* * *

Das Fundstück war eine schwarze, verspiegelte Sonnenbrille, verbogen, aber in gutem Zustand. »Die liegt noch nicht lange hier«, sagte der Beamte vom Erkennungsdienst und reichte Jan den Beutel.
Nach kurzem Zögern reichte er ihn an Nessi weiter. »Kommt die dir bekannt vor?«, fragte er.
Sie nickte, die Augen weit aufgerissen. »Die gehört Liane. Oh Mann!« Sie sah aufgeregt aus. »Hat der Mörder sie ihr von der Nase geschlagen? Sind da jetzt seine Fingerabdrücke drauf?«

Jan antwortete nicht. Hatten sie den Tatort gefunden? Er sah sich um. War Liane Riefers hier spazieren gegangen, aufgewühlt von dem Wiedersehen mit dem Mann, der ihre Krankheitsgeschichte gestohlen hatte? War sie zwischen den Resten der Burgruine herumgelaufen, während Schreck im Hexenturm gesessen und daraus vorgelesen hatte? Oder war das später gewesen?
Irgendjemand war ihr gefolgt. Aber wer?
Jan sah sich um. Das Gelände war gut einsehbar. Viel wahrscheinlicher war, dass sich jemand mit ihr verabredet oder sie hier erwartet hatte. Jemand, der eine Plastiktüte oder einen Müllsack dabeigehabt hatte, um ihn ihr über den Kopf zu ziehen, bis sie qualvoll erstickt war. Aber wer?
Jan überlegte. Die Lesung war gegen halb zehn Uhr zu Ende gewesen. Da war es längst dunkel gewesen, und hier, fernab der Stadt, hatte man vermutlich kaum die Hand vor Augen sehen können. Wie wahrscheinlich war es, dass eine junge verzweifelte Frau allein durch die Felder gelaufen war? Höchst unwahrscheinlich. Allerdings – bis zum Ende der Lesung war die Anwesenheit aller Mitglieder des Literaturzirkels im Hexenturm per Foto dokumentiert.
»Um wie viel Uhr war es dunkel an dem Abend?«, fragte er Elena.
Sie zuckte die Achseln. »Lass mal überlegen. So gegen neun Uhr, etwa. Können wir rauskriegen.«
»Es muss davor passiert sein«, sagte Jan. »In der Dunkelheit wäre sie nicht hier herumgelaufen. Und außerdem hätte sie sonst den Schmetterling nicht gefunden. Aber vor Sonnenuntergang waren alle Teilnehmer im Turm.«
Elena legte den Kopf schief. »Dann bleibt nur Benedikt Völler. Und ihre Mutter.«
»Was sagen ihre Handydaten? Mit wem hatte sie um welche Uhrzeit Telefon- oder SMS-Kontakt?«
»Moment«, sagte Elena und zog ihren Block hervor. »SMS mit

beiden. Und mit Ruth Grosche. Zu dumm, dass wir die Nachrichten nicht rekonstruieren konnten.«
Jan runzelte die Stirn. »Ruth Grosche war zu dem Zeitpunkt aber im Turm.«
»Ja, aber auf den späteren Fotos im Turmzimmer ist sie nicht zu sehen. Sie hat sich um den Büchertisch kümmern müssen.«
»Sagt wer?«
»Sagt sie.«
»Bestätigt das jemand?«
Elena zuckte die Achseln. »Wir haben nicht so konkret nachgefragt.«
»Weil wir die genaue Tatzeit nicht wussten«, sagte Jan. »Aber wenn mich nicht alles täuscht, wissen wir die jetzt. Der Tatort hat sie uns gewissermaßen verraten, wegen der Lichtverhältnisse. Sieh dich um – es ist absolut nicht plausibel, dass sie mitten in der Nacht hier herumrennt.«
»Stimmt«, gab Elena zu. »Und damit haben wir schlagartig nur noch drei Leute, die von Interesse sind.«
Danke, Schmetterling, dachte Jan. Der Schmetterling hatte den Tatort verraten. Der Tatort hatte die Tatzeit enthüllt. Und damit wiederum ließ sich der Kreis der Verdächtigen eingrenzen. Das in Kombination mit den Spuren, die der Ermittlungsdienst gerade aufnahm, war eine sichere Bank. Er hatte recht gehabt mit seiner Jagd nach dem Schmetterling.
»Ruth Grosche«, sagte er nachdenklich. »Was hattest du noch mal von ihr erzählt? Von ihr stammt die Info, dass Schreck etwas mit der Psychiaterin hatte?«
Elena nickte. »Wir müssen in den Patientenakten nachforschen, sobald wir sie haben. Sie war ebenfalls in der Klinik, dort hat sie Liane kennengelernt. Allerdings zu einem Zeitpunkt, als Niklas Schreck schon wieder entlassen war.«
»Und warum hat sie uns bisher nichts davon erzählt?«

»Keine Ahnung.«
»Und warum war sie da? Rapunzelsyndrom wie Riefers? Sexsüchtig wie Schreck?«
»Keine Ahnung.«
Jan schwieg.
»Wir müssen weitersuchen. Wenn wir riesiges Glück haben, finden wir den Müllsack oder die Plastiktüte, mit der Liane Riefers ermordet wurde. Jan? Hörst du mir zu?«
»Ruth Grosche ist die Einzige aus dem Literaturkreis, die nicht schreibt«, sagte Jan. »Eigentlich komisch. Wo doch alles in diesem Fall sich um Geschichten zu drehen scheint.«
Elena nickte nachdenklich. »Ich frage mich, ob wir ihr das überhaupt glauben können. Aber wenn nicht – was würde das eigentlich an der Sachlage ändern?«

* * *

Sie sah erstaunt aus, eine nicht mehr junge Frau, die er schon einmal gesehen hatte. Ruth Grosche, die ihn zu der Lesung eingeladen hatte. Die ihn bedroht hatte. Es kam ihm beinahe wie Ironie vor, dass er sich plötzlich an ihren Namen erinnerte.
»Hallo«, sagte er.
Sie wirkte nervös. »Es ist nett, dass Sie kommen. Aber« – Ihr Blick glitt zur Seite, folgte einem älteren Mann mit schlechter Haltung, der gerade bei der Kellnerin stand und offenbar bezahlte.
»Letztes Mal haben Sie mich nicht gesiezt, wenn ich mich recht erinnere«, sagte er.
»Stimmt. Da habe ich – ich muss mich wohl entschuldigen für meinen Auftritt.«
Wieder flog ihr Blick von ihm weg. Das war er nicht gewohnt. Nicht von Frauen.

»Kein Thema«, sagte er und betrachtete sie genauer. Sie war ausgesprochen nervös. Dabei hatte sie eben am Telefon darauf gedrungen, dass er umgehend kommen sollte, um die Lesung zu besprechen, zu deren Mitwirkung sie ihn nötigte. Doch hier sah nichts nach Lesung aus, eher, als platze er gerade in irgendein Drama. Ruth Grosche hielt ihre Jacke umklammert, dabei waren die Tassen auf dem Tisch noch halbvoll. Es schien ein plötzlicher Aufbruch zu sein. Die Situation hier begann ihn zu interessieren. Im Vergleich zu dem Gewusel vor seinem Hotelzimmer war es paradiesisch.

»Wo bleibst du, Ruth? Gehen wir!«, rief eine Stimme hinter ihm. Er drehte sich um und stellte fest, dass sie dem älteren Herrn gehörte, der ihm vage bekannt vorkam.

War er einer von denen gewesen, die ihn nach der Lesung mit Fragen bestürmt hatten?

Ruth sah ihn nun an. »Hören Sie, das ist jetzt doof«, sagte sie sichtlich unbehaglich. »Ich weiß ja, ich habe Sie hierherbestellt. Es ist so nett, dass Sie mit uns diese Lesung machen wollen, aber –«

»Ganz freiwillig nicht – aber egal. Bleiben wir doch beim Du«, sagte Schreck und lächelte das Lächeln, das er für Journalistinnen und Bloggerinnen reserviert hatte. »Das Hin und Her irritiert mich irgendwie.«

Er würde sich nicht wegschicken lassen, beschloss er. Das hier war ausgesprochen interessant. Es war besser, als von seinem Hotelzimmer aus entweder auf Touristen oder auf den Bildschirm oder die Kloschüssel zu starren.

Sie seufzte. »Okay. Also – wir vermissen einen Kollegen. Jemanden aus unserem Literaturkreis. Er wollte kommen, aber er taucht nicht auf. Und wir machen uns Sorgen. Deswegen wollten wir jetzt dorthin fahren und nach dem Rechten sehen.«

»Er ist verschwunden?«, fragte Schreck.

»Wir wissen es nicht. Er wollte hier hinkommen, aber er ist nicht erschienen. An sein Handy geht er nicht.«
»Ich komme mit«, sagte Schreck.
»Bitte, was?« Grosche wechselte einen erschreckten Blick mit ihrem Kollegen. »Nein! Das geht doch nicht!«
»Nein? Warum geht das nicht?«
»Weil ...« Sie öffnete den Mund und schloss ihn wieder.
Der ältere Herr berührte Grosches Unterarm. »Vielleicht kann er hier warten? Für den Fall, dass Bene noch kommt?«
Sie überlegte. »Das ist eine gute Idee. Würden Sie das machen?«
Schreck schüttelte den Kopf. »Ich habe diesen Bene noch nie gesehen. Wie soll ich ihn da erkennen? Und was soll ich ihm sagen?«
»Ach so«, sagte Ruth. »Dann gehe ich. Und ihr beiden bleibt hier.«
Der ältere Herr schüttelte den Kopf. »Auf keinen Fall lass ich dich allein dorthin! Ich gehe allein nach Bene sehen. Bleibt ihr hier. Wenn mir etwas komisch vorkommt, rufe ich die Polizei.«
»Aber ...«, sagte Ruth.
»Eine gute Idee«, sagte Schreck. »Dann kannst du mir auch erklären, worum es überhaupt geht, Ruth.«
Sie zögerte. »Ich gebe dir für alle Fälle den Schlüssel mit.«
»Welchen Schlüssel?«, fragte der ältere Herr.
»Den von Liane.«
»Warum hast du ihren Schlüssel?«
Ruth griff nach ihrer Handtasche und kramte darin herum. Ohne aufzusehen, sagte sie: »Ich bin ihre Freundin, Johannes. Da ist er. Der runde Schlüssel ist für die Haustür, der eckige für oben. Pack einfach alle Papiere von ihr ein, die du finden kannst. Also, falls Bene nicht da ist. Aber ... Ruf an, wenn etwas ist. Und wenn dir was komisch vorkommt ...«
»Dann erst recht«, sagte Johannes. Er nickte Schreck kurz zu und ging.

Schreck bestellte einen Kaffee und warf dabei einen unauffälligen Blick auf Ruth, die hektisch auf ihrem Handy tippte. Eigentlich sah sie gar nicht so schlecht aus. Ihre Beine waren okay.

Sie bemerkte seinen anerkennenden Blick und errötete.

Er lächelte. »Es ist schräg, hier zusammenzusitzen«, sagte er. »Du hast mich erpresst, ich hab die Geschichte deiner Freundin ausgeschlachtet. Und wir waren beide in derselben Klinik, aber nicht zusammen. Das ist, als ob man sich kennt, und doch kennt man sich nicht. Vertraut und fremd zugleich.«

Sie hob die Schultern. »Die Zeit in der Klinik ist so lange her«, sagte sie ausweichend.

»Es wäre jetzt total idiotisch nachzufragen«, sagte er und lächelte. »Das gehört sich nicht. Aber es fühlt sich ungleich verteilt an, immerhin hat Liane dir vermutlich erzählt, weswegen ich, nun ja, da war.«

Ruth schüttelte den Kopf. »Nein, das hat sie nicht. Das hätte sie niemals getan. Wir reden nicht über fremde Geheimnisse.«

»Wirklich?«

»Nein.«

»Puh, das erleichtert mich jetzt irgendwie. Aber …« Ein taktisches Zögern. »Es war eine richtig schlimme Depression. Na ja, nicht richtig schlimm, mittelschwer, hat man mir gesagt.«

Ruth nickte, ihr Gesicht zeigte einen Hauch Verständnis, aber kein Interesse. Er wusste, sie kannte Krankengeschichten zuhauf. Was anderen Menschen wie die Story einer Krise erschien, war für ehemalige Patienten kein Schulterzucken mehr wert. Depressionen, Burn-out, Essstörungen, Zwangshandlungen. Alles hatten sie in den farbig gestrichenen, hellen Therapieräumen kübelweise voreinander ausgeschüttet, bis selbst die allerschlimmsten Geschichten nur noch zu einem gleichförmigen Hintergrund verwaschen waren.

Er fragte: »Und was hattest du?« Er wartete gespannt. Das war

eine Frage, die in der Klinik absolut normal, in freier Wildbahn aber tabu war.
Sie zögerte. »Es ist lange her.«
Er nickte, lächelte nicht, sprach nicht. Sah sie nur an.
Sie griff nach dem Henkel der halbvollen Tasse, der Kaffee darin musste mittlerweise kalt sein.
Aber sie antwortete nicht. Das reizte Schreck irgendwie. »Du und Liane, ihr wart einander sehr verbunden, oder?«, fragte er.
Sie zuckte zurück, starrte ihn einen Augenblick an. Dann stieg das Wasser in ihre Augen. Sie blinzelte es weg.
Er redete weiter. »Klinikzeit verbindet. Das haben auch Liane und ich damals gemerkt. Es tut mir so leid, dass ich ihr nicht mehr erklären konnte, warum ich all das später gemacht habe. Wir hatten keinen Kontakt mehr, aber ihre Geschichte hat mich nie losgelassen. Über die Jahre hat mich das verfolgt, und als ich anfing zu schreiben, schrieb ich darüber. Ich hätte nie gedacht, dass das mal jemand lesen würde, ich habe einfach das geschrieben, was mich beschäftigt.«
Jetzt sah sie ihn anders an. Ihr Blick war wie neu. Jede Abwehr war daraus verschwunden.
Er fuhr fort: »Und dann war es fertig, und es war ein ganzer Roman. Ich hab immer noch gedacht, dass das eine ganz private Sache war. Meine Freundin hat ihn gelesen, und ich war froh, dass sie plötzlich total stolz auf mich war. Früher hab ich nicht wirklich viel hinbekommen. Nie.«
»Nie?«, fragte Ruth. Endlich zeigte sie einen Hauch Interesse.
Er schüttelte den Kopf. »Nie, bis zu diesem Roman. Und dann hat sie ihn eingeschickt. Und plötzlich war ich jemand. Und alles war gut.« Er merkte, dass er sich zu vergaloppieren begann, er musste das Thema von sich auf sie lenken, ehe er zu heulen begann. Also sagte er: »Du kennst das, oder?«
Perplex schrak sie auf. »Was?«

»Depressionen.« Es war ein Schuss ins Blaue, aber ein guter. Wer auch immer in der Klinik gewesen war, ganz gleich, ob wegen Burn-out, Bulimie oder Magersucht, wegen Borderline oder Zwangsstörungen, eine gepflegte Depression war eigentlich bei jedem mit von der Partie. Komorbidität nannten das die Therapeuten.

Sie schwieg erst, dann nickte sie. Ganz langsam. Sie würde reden, das spürte er. »Depression ist ja irgendwie auch nur ein Wort. Bei mir …« Sie räusperte sich. »Bei mir sah es anfangs ganz anders aus. Es fing mit diesen Träumen an. Nein, eigentlich mit diesem einen Traum.«

Etwas geschah mit seinem Nacken. Es prickelte. Schreck richtete sich auf. Sie hatte noch nichts angedeutet, da war kein Fetzen einer Geschichte, nichts, und doch spürte er eine Vorahnung, sein Instinkt sprang an wie ein Motor, er hörte ihn förmlich knattern.

»Erzähl mir davon«, sagte er.

Und sie begann zu reden.

* * *

Johannes war noch nie zuvor bei Liane gewesen, und dass er jetzt, wo sie tot war, ihre Wohnung aufsuchte, kam ihm irgendwie komisch vor. Außerdem mochte er Bene nicht besonders. Aber noch weniger hatte er mit Niklas Schreck allein im Café sitzen wollen, mit einem Typen, dem die Sonne aus dem Arsch schien, der reich und berühmt war, nur weil er im Gegensatz zu anderen Menschen, die hart arbeiten mussten und Verantwortung besaßen, die Muße hatte, Romane zu schreiben. Vor allem wollte er eins nicht: Für den unwahrscheinlichen Fall, dass Schreck sich an ihr kurzes Gespräch auf der Lesung erinnerte, wollte er nicht nach seinem eigenen Projekt, dem Trachyt-Roman, gefragt werden. Denn der war gestorben.

Johannes verschlug es für einen Augenblick den Atem, als er das Klingelschild sah. »Riefers/Völler« stand da. Ganz so, als ob Liane noch hier leben würde. Aber das tat sie nicht. Johannes klingelte und dachte nach. Wer würde jetzt eigentlich die Wohnung bekommen, Bene oder diese schreckliche Mutter?
Erneut drückte er den Daumen auf den Klingelknopf. Es war niemand da, eindeutig.
Umständlich probierte er mit dem Schlüsselbund herum, bis er endlich den passenden Schlüssel gefunden und die Haustür geöffnet hatte. Kaum betrat er das kühle Treppenhaus, als sich eine Wohnungstür öffnete und eine ältere Dame herausstürzte, einen Kittel über der weißen Bluse. In der Hand hielt sie einen Putzeimer.
»Sie!«, rief sie anklagend.
Johannes fühlte sich ertappt. »Ja?«
»Ziehen Sie jetzt da ein?«
»Wo?«
»Bei dem Mann, dessen Freundin ermordet wurde.«
»Nein, natürlich nicht«, sagte Johannes.
Sie betrachtete ihn mit Argusaugen und nickte dann. »So sehen Sie auch gar nicht aus. Aber – warum haben Sie dann einen Schlüssel?«
»Ich sehe nur nach dem Rechten«, sagte Johannes kühl.
Die Nachbarin nickte heftig. »Eben hat er wieder so geschrien. Jetzt ist es ruhig. Aber diese Schreie … Schlimm ist das. Und dann die Post!«
»Schreie?«, fragte Johannes alarmiert. »Was für Schreie?«
»Aus der Wohnung, eben. Die ganze Zeit waren da diese Schreie!«
»Warum haben Sie nicht die Polizei gerufen?«
Die Nachbarin zuckte gleichmütig die Achseln. »Ganz seltsame Schreie. Die Polizei? Was sollen die denn ausrichten – das macht er ständig. Ist ja nicht verboten, leider.«

Johannes lehnte sich für einen Moment an die Wand. »Was soll das bedeuten, er schreit ständig?«
Die Nachbarin stellte ihren Eimer ab. »Mitten am Tag macht er das. Oft. Wahrscheinlich wegen der ganzen Drogen. Aber es ist schon besser als früher. Da hat er ganz laut ganz entsetzliche Musik gehört, die dröhnte im ganzen Treppenhaus.«
»Vielen Dank für das interessante Gespräch«, sagte Johannes etwas schroff und drängte sich an ihr vorbei die Treppe hoch. Dieses Mal fand er auf Anhieb den richtigen Schlüssel. Eher wegen des Rumorens der Nachbarin im Treppenhaus als wegen seiner Ungeduld schloss er die Tür hastig hinter sich.
Die Wohnung schien leer. Wo steckte Bene? »Hallo?«, rief Johannes etwas unsicher und stieß eine Tür nach der anderen auf, schon fast in der Erwartung, dass jemand überraschend hervorspringen würde.
Dann griff er nach seinem Telefon. Sein Herz klopfte, als er Ruths Nummer wählte. »Hier ist keine Spur von Bene. Aber es ist ganz komisch.« Er zögerte.
»Was ist komisch?«
»Ich weiß es nicht. Die Nachbarin behauptet, er habe eben geschrien, ganz laut.«
»Geschrien?«, fragte Ruth.
»Ja. Außerdem behauptet sie, dass er Drogen nimmt und entsetzliche Musik hört.«
»Das mit der Musik stimmt«, sagte Ruth. »Pass auf. Irgendwo in ihrem Arbeitszimmer müssen die Texte von Liane sein. Sieh dich einfach um und steck ein, was du findest. Ich rufe in der Zwischenzeit die Polizei und sage, dass wir Bene vermissen und dass sie einen Streifenwagen bei dir vorbeischicken sollen. Okay?«
Johannes sah sich zweifelnd um. Offenbar befand er sich in Lianes Arbeitszimmer. Eine Schaufensterpuppe in der Ecke, ein

riesiger Schreibtisch, weiße, duftige Vorhänge. »Ich wünschte, du wärst hier, Ruth. Mir ist nicht wohl dabei, in Lianes Sachen zu wühlen.«

»Verstehe ich gut, aber das ist jetzt egal. Wir brauchen diese Texte für unsere Lesung. Hey, es geht um Lianes Andenken! Mach dir keine Sorgen. Sie hätte es so gewollt. Am besten startest du in ihrem Schreibtisch. Darunter ist doch so ein Schubladenelement, richtig?«

Johannes trat einen Schritt auf den Schreibtisch zu. »Ja, aus Metall. Stimmt.«

»Genau! Du findest die Sachen. Zur Not musst du eben auch noch im Wohnzimmer und bei Bene gucken. Kann ich mich drauf verlassen?«

»Ja«, sagte Johannes zögernd. Es erschien ihm hier sehr aufgeräumt mit der beinahe leeren Tischplatte. »Okay, dann fange ich jetzt an.«

* * *

»Ist alles in Ordnung?«, fragte Schreck neugierig.

»Ja«, sagte Ruth und lächelte ihn an. »Alles ist gut.«

»Hat dieser … Johannes euren verschwundenen Freund gefunden?«

»Nein«, sagte Ruth und lächelte noch mehr. »Aber die Papiere, die wird er gleich finden. Und die sind eigentlich noch viel wichtiger. Es geht um eine ganz bestimmte Geschichte, weißt du?«

»Erzähl«, sagte Schreck.

* * *

Mädchenhöhle, dachte Johannes. Er war unruhig, seltsam unter Anspannung, ja, Strom, vor allem aber war ihm nicht wohl bei dem Gedanken, in den Habseligkeiten der verstorbenen Liane zu wühlen. Alles hier erschien ihm seltsam intim und weiblich, in jeder Schublade, jedem Fach fand er Zettel mit ihrer runden Mädchenschrift, und aus ihren bunten Tüchern, die überall im Zimmer hingen – am Schreibtischstuhl, an den Haken an der Tür, an der Schaufensterpuppe –, stieg ihm ganz leicht ihr vertrautes Maiglöckchenparfum in die Nase, und ihm schien sogar, als höre er zwischen den raschelnden Papieren, die er zügig durchblätterte, ihre Stimme wispern. Die Schaufensterpuppe war nackt bis auf eine Federboa, er kam sich seltsamerweise vor wie ein Spanner, wenn sein Blick sie streifte.

Inzwischen hatte er einen dicken Stapel Papier zusammengesucht. Einfach einpacken, hatte Ruth gesagt, deswegen hatte er gar nicht viel Mühe darauf verwendet, etwas durchzulesen. Im Grunde war es ihm auch viel lieber, wenn er schnell hier rauskam. Er nahm den Stapel unter den Arm und trat ins Wohnzimmer. Auch hier sollte er gucken, hatte Ruth gesagt. Suchend sah Johannes sich um, dabei rutschte ihm der Stapel vom Arm und klatschte auf den Boden, die Papiere flatterten umher. Schnell begann Johannes, alles wieder einzusammeln. Er würde eine Tasche brauchen, um die Blätter unbeschadet an der neugierigen Nachbarin vorbei aus der Wohnung zu kriegen. In der Küche fand er eine saubere Tüte.

Auf dem Esstisch war zwar haufenweise Papier – Briefe, Belege, ausgedruckte Artikel, auch Manuskriptseiten –, aber nichts davon trug Lianes runde Mädchenschrift. Gerade wollte Johannes zurück zu dem Papierstapel, da blieb sein Blick an etwas hängen, und er stutzte.

* * *

Kaum wandte Ruth ihm den Rücken zu und stand auf, zog Schreck hastig sein Notizbuch hervor und ließ den Stift über die Seiten fliegen.
Er war hoch konzentriert, angespannt, aufgedreht. Die seltsame Erregung ließ nicht nach, es hatte ihn Mühe gekostet, sich vor Ruth einigermaßen entspannt zu geben. Er schrieb und schrieb, bald würde sie vom Klo zurückkommen. Wenn alles so lief wie erwartet, dann würde …, aber er konnte es nicht wissen. Was, wenn sie ihn nicht wiedersehen wollte? Dann hatte er nur dieses eine Gespräch, nur die Fragmente, die er behalten, konservieren und ausschmücken konnte. Ob das reichte?
Sie kam zurück und lächelte nicht, als sie ihn sah, das beunruhigte ihn. Er fühlte sich wie ein verliebter Schüler. Bitte, dachte er. Wir müssen uns wiedersehen.
In diesem Moment klingelte es in seiner Tasche. Erst wollte er nicht drangehen. Frankfurter Nummer, unbekannt. Es dauerte, ehe er begriff, wer ihn da sprechen wollte. »Ach«, sagte er. »Wegen des Untersuchungstermins? Das ist nett, dass Sie anrufen. Aber wissen Sie, wir können den absagen. Es geht mir wieder … Es geht mir ausgezeichnet.«
Er legte auf, starrte in Richtung der Toilettentür und verspürte plötzlich einen Druck, wie er ihn lange nicht verspürt hatte. Und er wusste, dass alles gut werden würde.

* * *

Er las einige Sätze. Dann blätterte er weiter und las noch einmal einige Sätze. Und dann noch mal. Das, was Johannes da vor sich hatte, war ein Roman. Ein begonnenes Manuskript, mindestens hundert Seiten davon. Das Erste, was Johannes spürte, war giftiger neongelber Neid. Er griff beinahe gierig nach dem Stapel und blätterte ihn ganz durch. Das Manuskript war paginiert, es ging

bis Seite 156. 156 Seiten! Und er selbst hatte gerade mal zwanzig zu Papier gebracht!
Es war das zweite Mal innerhalb weniger Tage, dass er neidisch auf eine Verstorbene, nein, Ermordete war, und er schämte sich, aber nur ein bisschen. Vor allem fragte er sich: Wie konnte es sein, dass selbst Liane, die seines Wissens keine einzige Geschichte beendet hatte, 156 Seiten von einem Roman hier herumflattern hatte? Warum schrieb jeder Mensch einen Roman, nur ihm war es nicht vergönnt, über die ersten zwanzig Seiten hinauszukommen? Nessi hatte schon drei Bücher veröffentlicht. Bene haute einen Groschenroman nach dem anderen raus. Und dieser Schreck …
Vermutlich ist Lianes Roman grottenschlecht, dachte Johannes. Verschwurbeltes Frauengeschwärme in blumiger Klischeesprache. Mehr, um sich zu beruhigen, als tatsächlich neugierig, griff er nach einem Blatt und begann gründlicher zu lesen.
Und noch während er begriff, dass das, was er da las, nicht wirklich schlecht war, eigentlich sogar kein bisschen schlecht, sickerte eine ganz andere Erkenntnis in sein Hirn, ganz so, als habe sein Denken zuvor für einige Minuten ausgesetzt.

* * *

Immer noch durchkämmte das Team das eingegrenzte Areal der Tomburgwiese. Inzwischen hatten sich Unmengen von Müll gefunden, die man in einem Naturschutzgebiet nicht erwartet hätte. Auch einige Tüten waren darunter, aber keine davon kam als die in Frage, mit der Liane Riefers erstickt worden war – sie waren allesamt zu klein, zu verrottet oder dreckverschmiert.
»Wäre auch zu schön gewesen«, murmelte Jan, der neben Elena im Einsatzwagen hockte. Das Eintreffen einer SMS ließ ihn sein Handy hervorziehen. Nessi. »Sorry, Herr Kommissar«, las er.

»Das mit dem Picknick war wohl doch keine gute Idee.« In diesem Moment klingelte das Gerät in seiner Hand, und er ging dran.
»Wer war das?«, fragte Elena, nachdem er aufgelegt hatte.
Nachdenklich ließ Jan sein Handy sinken. »Das war Ruth Grosche«, sagte er. »Sie hat mir etwas Merkwürdiges erzählt.«
»Wenn man vom Teufel spricht«, sagte Elena. »Ruth Grosche, Christine Riefers und Benedikt Völler. Wenn wir nicht davon ausgehen, dass jemand Wildfremdes mit im Spiel ist, dann muss einer von den dreien sich hier abends mit Liane getroffen haben. Und bei Ruth kommt mir einiges komisch vor. Sie hat die Lesung organisiert. Sie hatte den Kontakt zu Schreck. Und vor allem frage ich mich langsam – was ist das für ein Literaturzirkel, in dem alle schreiben, nur die Vorsitzende nicht?«
Jan schüttelte den Kopf. »Sie bittet uns um Hilfe. Johannes Schlosser ist mit ihrem Schlüssel in Lianes Wohnung, um irgendwelche Geschichten von ihr für eine Gedenklesung zu suchen. Benedikt Völler hatte die vorbeibringen wollen, ist aber nicht erschienen. Und jetzt macht sie sich Sorgen um ihn. Nein, um beide eigentlich. Die Nachbarin hat irgendetwas von seltsamen Schreien erzählt.«
Elena grinste. »Das sind mal wieder die Orang-Utan-Schreie des klingonischen Königssohns.«
Jan nickte. »Trotzdem sollten wir hinfahren. Schon, weil es nicht geht, dass die da etwas vom Schreibtisch des Mordopfers entfernen.«
»Dann los«, sagte Elena. »Mit meinem Wagen?«
Er nickte erneut. Während er ihr folgte, nahm er sein Handy und tippte eine Antwort an Nessi. »Picknick war gar keine schlechte Idee. Aber vielleicht besser erst, wenn der Fall abgeschlossen ist?«

* * *

Das war nicht Lianes Roman. Wie auch?
Liane schrieb nur mit der Hand. Weil Peter Handke das auch tat, hatte sie erklärt, und Johannes hatte das Gundel damals unter brüllendem Gelächter brühwarm weitererzählt.
Außerdem war das Manuskript in der Kopfzeile mit dem Autorennamen versehen. Mit dem von Bene. Aber Bene schrieb doch nur Weltraumabenteuer! Dies hier aber war etwas ganz anderes. Johannes hatte Germanistik studiert und über Schiller promoviert, er unterrichtete in den Sekundarstufen 1 und 2 Klassiker. Er mochte streng und bisweilen missgünstig sein, aber wenn etwas tatsächlich, na ja, halbwegs anspruchsvoll und handwerklich in Ordnung war, dann erkannte er das. So wie hier.
Johannes war so vertieft, dass er nicht merkte, wie die Tür aufging. Er las weiter.
»Wen haben wir denn da?«, rief plötzlich jemand, und da erst fuhr er zusammen, versteckte intuitiv die Papiere hinter dem Rücken und drehte sich um.
»Bene!«, sagte er erschrocken. Und dann, erleichtert: »Da bist du ja!«
Bene nickte. Er sah aus wie immer, trug ungeachtet des Sommerwetters einen Kapuzenpulli und hatte eine volle Einkaufstasche in der Hand. Dann schob er langsam mit vertrauter Geste seine langen braunen Haare hinter die Ohren, erst hinter das rechte, dann hinter das linke. »Stimmt, wir waren verabredet. Aber im Café Schlich, wenn ich mich recht erinnere. Nicht hier in meiner Wohnung.«
Johannes antwortete nicht, zu sehr beschäftigte ihn das, was er soeben entdeckt hatte. »Du schreibst an einem Roman«, sagte er. »Ich habe das … zufällig gesehen.«
Bene nickte. »Das scheint dich zu wundern.«
»Ein wenig«, gab Johannes zu.
»Irgendwie traut mir das wohl niemand zu. Alle scheinen zu

denken, dass jemand, der Groschenromane über Außerirdische schreibt, keine große Romanidee haben könnte. Was echt idiotisch ist, weil ja alle anderen Menschen auf der Welt draußen herumlaufen und behaupten, eine tolle Idee für einen Roman zu haben, nur leider nicht die Zeit, ihn aufzuschreiben.«
Johannes betrachtete Bene mit einer Sympathie, die er vorher nie für ihn verspürt hatte. »Das ist wahr!«, sagte er eifrig. »Dabei haben die Leute keine Ahnung davon, wie schwer das ist. Sie denken, man müsste sich nur hinsetzen und schreiben. Aber so ist das nicht.«
»Ach nein?«, sagte Bene. Es klang bissig. »Was muss man denn machen?«
Johannes überlegte. »Denken. Inspiriert sein. Ideen ordnen.«
Bene lachte auf. »Das ist Blödsinn, weißt du das? Das sagen nur Leute, die nicht die Eier haben, das Ding einfach hinzuschreiben. Leute wie du.«
»Ähm«, sagte Johannes. Er hatte das unangenehme Gefühl, dass hier etwas schieflief, dass ein ganz und gar dummes Missverständnis sich zwischen ihn und Bene geschoben hatte und jetzt die Regie über das Gespräch übernahm.
»Was?«, fragte Bene.
»Wie meinst du das – Was?«
»Was hindert dich daran, deinen Roman zu schreiben? Den, von dem du seit vier Jahren redest.«
Johannes dachte an das Sabbatjahr, das ihm noch vor kurzem wie ein goldenes, rosenumkränztes Tor zu Freiheit, Kunst und Glückseligkeit erschienen war. Er sagte: »Wenn ich ungebunden wäre wie du …«
»Ja, klar«, sagte Bene. Es klang bitter.
»Ich habe Frau, Kinder und ein Haus!«, verteidigte sich Johannes.
Bene seufzte. »Deine Frau verdient dazu, deine Kinder sind groß, dein Job und deine Rente sicher. Weißt du was? Ich will dich gar

nicht überzeugen. Wenn es dir gut damit geht, dass ein großer Roman in dir schlummert, den die bösen, bösen Umstände nicht herauslassen, dann bleiben wir einfach bei dieser Version, okay?«
Etwas an seiner Betonung kam Johannes merkwürdig vor. »Ist alles in Ordnung?«, fragte er. Plötzlich hatte er das dringende Bedürfnis, etwas Aufbauendes zu sagen. »Du bist der Einzige von uns, der vom Schreiben leben kann. Das ist …« Ihm gingen die Worte aus. Er dachte an die bunten Hefte mit den dreibusigen Außerirdischen, dann an das, was er eben gelesen hatte. Er sagte: »Das da, äh, ist gut.«
Bene nickte. »Ich weiß. Hättest du nicht gedacht von Sky Brandon, dem Schreibtischproletarier, was?«
»Du solltest es fertig schreiben«, sagte Johannes. Etwas kam ihm merkwürdig vor. Er wusste nicht, was.
Bene lächelte sein freundliches Spaniellächeln. »Das werde ich. Jetzt kann ich das ja.«
»Wie meinst du das?«, fragte Johannes irritiert.
Bene sah ihn an. »Jetzt, wo ich Lianes Wohnung habe. Sie wollte mich rausschmeißen. Dann wäre das wieder nichts geworden! Aber jetzt bekomme ich die Wohnung, muss Lianes Mutter nur einen Pflichtteil abgeben, und so kann ich mir einen Mitbewohner suchen, der die Nebenkosten zahlt, und muss keine Groschenromane mehr schreiben. Dann hab ich endlich, endlich genug Zeit und Geld. Das erste Mal im Leben!«
Johannes öffnete den Mund, dann schloss er ihn wieder. Das, was Bene sagte, und das, was er da eben gelesen hatte, ergaben ein verwirrend neues, ein unschönes Bild. Bene, der einen Roman schreiben wollte? Dem Lianes Tod, ihre Wohnung die Freiheit dazu gab?

* * *

»Was ist das für eine Geschichte, die du suchst?«, fragte Schreck.
Ruth lehnte den Oberkörper zurück und verschränkte die Arme davor. »Lianes Kurzgeschichte, an der sie so lange gearbeitet hat. Sie hat mir davon erzählt. Diese Geschichte hat sie wahnsinnig viel Kraft gekostet, sie hat sie niemals vollenden können.«
Sie ist plötzlich auf Abstand, dachte Schreck. Das darf sie nicht! Gerade lief es so gut! »Erzähl«, sagte er hilflos. Das war alles, was er jetzt noch tun konnte: das Gespräch in Gang halten. Solange sie sprach, würde sie ihm ihre Aufmerksamkeit nicht vollkommen entziehen.
»Es ist ein Märchen«, sagte Ruth. Ihre Stimme klang jetzt dunkel. »Das Rapunzelmärchen aus Sicht des Prinzen. Er macht alles, um sie aus dem Turm zu retten, er ist wie besessen von ihr. Aber dann, als er sieht, was sie tatsächlich tut, als er ihre Probleme sieht, stürzt er aus dem Fenster und verschwindet. Das ist schrecklich für Rapunzel! Aber noch viel schrecklicher ist, dass er danach überall im Land erzählt, was er gesehen hat.« Sie sah ihn nicht an, als sie das sagte.
Schreck räusperte sich. »Das hat sie geschrieben?«
Ruth nickte. »Ja. Und wir wissen beide, worum es dabei geht. Es geht um dich und sie. Um das, was du getan hast. Und du wirst diesen Text vorlesen. Öffentlich. Auf der Gedenklesung. Sonst zeige ich dich an wegen Diebstahl.«
Wegen Diebstahl einer Krankheit, dachte Schreck. Er wusste, dass nichts von ihren Drohungen gefährlich für ihn werden konnte, das hatte Walli ihm versichert, dafür sorgte Holger Obstler bereits.
Trotzdem spürte er das Bedürfnis, diese Sache endlich, endlich versöhnlich abzuschließen. Nicht nur, weil er Ruth wiedersehen wollte. »Okay«, sagte er einfach.
Überrascht sah Ruth ihn an. »Wirklich?«, fragte sie ungläubig.
Er nickte. »Ich glaube, das ist gut. Auch für mich. Ich werde das

machen, so, wie du willst. Und ich habe eine Bitte. Keine Bedingung, ich werde diese Geschichte sowieso vorlesen, wenn du das willst. Aber ich möchte wahnsinnig gern deine hören.«
Verwirrung breitete sich auf Ruths Gesicht aus. »Meine was?«
»Deine Klinikgeschichte. Und jede andere Geschichte, die du mir erzählen willst.«
Wenn sie errötet, sieht sie plötzlich ganz weich aus, dachte er.

* * *

Bene blickte sich um, als sähe er die Wohnung zum ersten Mal. »Ein eigenes Zimmer. Das braucht man zum Schreiben, nicht wahr? Eine Wohnung ist noch besser. Und natürlich die Freiheit, den Brotjob hinzuschmeißen, damit noch genug Zeit und Hirn übrig bleiben. Aber jetzt solltest du mir den Müllsack geben, den du da in der Hand hältst.«
»Welchen …?« Johannes streckte die Hände nach vorn. Automatisch hatte er die Papiere von Liane bei Benes Eintreten hinter dem Rücken verborgen, die Papiere, die, ja, in einer blauen Tüte steckten.
Bene lachte auf. »Du hältst mich für bescheuert, oder? Ich weiß genau, weswegen du hier eingebrochen bist. Du hast einen Beweis gesucht. Und du hast ihn gefunden, wie ich sehe. Denkst du.«
»Ich bin nicht …«, begann Johannes, dann erst verstand er, was Bene da redete. »Du«, sagte er. »Du warst es.« Es war keine Frage, sondern eine Feststellung.
»Na klar! Jetzt tu nicht so, als ob du das nicht genau wüsstest! Für so blöd kannst du mich nicht halten, du hältst das Ding ja schließlich in der Hand.«
»Hiermit hast du …«, sagte Johannes und starrte auf den Müllbeutel, in den er achtlos Lianes Papiere gestopft hatte. Der ver-

räterische Beutel, der Bene anscheinend denken ließ, Johannes sei bei ihm eingedrungen, um ihn zu überführen.

Noch nie hatte er so eine schnelle Bewegung gesehen wie die von Bene, der mit einem Satz bei der Wand war und das Schwert an sich riss. Es dauerte nicht den Bruchteil einer Sekunde, bis er fühlte, wie sich die gebogene Spitze in sein Brustbein bohrte.

»Aber schön«, sagte Bene und lächelte, »schön, dass wir uns darüber unterhalten haben. Ich musste diese Chance mit der Lesung nutzen. Niklas Schreck vor Ort, dazu ihr alle im Turm versammelt – da brauchte es nur noch die Rapunzel-Inszenierung, und niemand denkt mehr an eine stinknormale Beziehungstat. Ich musste es tun, seit langem hab ich schon daran gedacht. Und es ist mir wichtig, dass du mich verstehst. Ich glaube, du, ausgerechnet du, kannst wirklich verstehen, wofür ich das gemacht habe.«

Die Schwertspitze ließ Johannes' Gedanken verschwimmen, es fiel ihm ausgesprochen schwer, sich zu konzentrieren. Was hatten Lianes Papiere in diesem Müllbeutel mit Bene zu tun? Was glaubte der, was er mit dem Beutel wollte?

»Für deinen Roman«, stöhnte Johannes auf. Plötzlich bekam das vorige Gespräch einen tieferen Sinn, eine ganz andere, schaurige Bedeutung.

»Ich finde es erstaunlich«, sagte Bene und ließ die Schwertspitze einige Zentimeter höher bis zu Johannes' Adamsapfel wandern, »dass du zu feige zum Schreiben bist, aber mit einem fremden Schlüssel in diese Wohnung schleichst, um den Beutel zu suchen. Du hast dich übrigens getäuscht, es ist nicht der Beutel, mit dem ich sie erstickt habe, sondern einfach nur irgendeiner. Für wie dumm hältst du mich? Den richtigen habe ich selbstverständlich verbrannt. Aber ich lasse nicht zu, dass du anderen von deinem Verdacht erzählst. Nicht nach allem, was ich getan habe für das Romanschreiben bei freier Logis.«

In der Sekunde, in der das Schwert der Ehre Johannes' Haut ritzte, begriff er, dass er nicht nur zweimal neidisch auf eine Leiche gewesen war. Sondern, dass er in diesem Moment sogar brennend neidisch auf einen Mörder war.
Einen Mörder, der so sehr an seinen Roman glaubte, dass er alles dafür zu tun bereit war.

* * *

»Da sind Sie ja schon wieder«, begrüßte die Nachbarin Jan und Elena erfreut. »Ich wollte Sie gerade anrufen. Es ist nämlich schon wieder ein Paket gekommen.«
Jan schob sie an die Wand des Flurs und bedeutete ihr, ruhig zu sein, aber damit war sie offenbar nicht einverstanden. »Wollen wir es zusammen aufmachen? Und dann nehmen Sie ihn fest?«
»Gehen Sie zurück in Ihre Wohnung, Frau Schmiele«, sagte Elena knapp.
»Was haben Sie denn da?«, fragte die Frau neugierig und sah auf das Stemmeisen in Elenas Hand.
»Gar nichts«, sagte Elena. »Fertig, Jan?«
Jan nickte. Sie hasteten die Treppe hinauf, immer zwei Stufen auf einmal. Aus der Wohnung drang eine laute, erregte Stimme. »Niemand kann arbeiten mit diesen Vorgaben!«
Jan legte den Finger auf den Mund und bedeutete Elena zu warten.
»Niemand!«, schrie die Stimme. »Das ist künstlerische Freiheitsberaubung mit diesen ganzen Marktvorgaben! Meine Füße sind in Zement, und der Zement ist das, was der Verlag von mir will! Genau bemessene Seitenzahl, mindestens drei Schlachten, mindestens zwei Sexszenen, ein total lächerliches Pseudonym, dazu Weltraumkolorit und pseudophysikalisches Fachsimpeln – bleibt da Raum für eine echte Geschichte?«

»Gehen wir rein?«, fragte Elena leise und setzte das Stemmeisen an.
Jan schüttelte den Kopf. »Ich will das hören«, flüsterte er.
Die Stimme wurde jetzt schrill. »Nein, da bleibt nämlich gar kein Raum! Und dann muss ich mir von jedem Hansel sagen lassen, was für geile Ideen er hat und was er schreiben würde, wenn er nur so viel Zeit hätte wie ich. Und meine eigene Freundin imitiert irgendwelche Feuilleton-Schwachmaten und will sich noch nicht mal meine Romanidee anhören, weil sie denkt, ach, das ist doch bloß Sky Brandon, der Schreibtischproletarier, das kann ja nichts wert sein. Dabei ist dieser Roman mehr wert als all euer gesammelter Literaturkreis-Schwachsinn zusammen! Ich muss ihn nur schreiben können. Aber jetzt kann ich das, jetzt bin ich Sky Brandon endlich los! Dafür hat es sich gelohnt. Es gibt Romane, für die jemand sterben muss. Auch wenn ich weiß, dass du das nicht verstehst, Johannes. Weil du ein Schwächling bist. Weißt du was? Vielleicht bist du gar nicht zu schwach, sondern deine Idee ist es nicht wert, dass man ihr ein Sabbatjahr opfert. Hast du daran schon mal gedacht?«
Die Antwort war ein unterdrücktes Stöhnen.
»Rein!«, rief Jan.
»Meine Idee, Johannes, meine Idee …«
Es dauerte keine Sekunde, die Tür aufzustemmen. Mit einem Satz waren Jan und Elena in der Wohnung. Johannes Schlosser lag auf dem Boden und hielt sich den Hals, aus dem ein dünnes Rinnsal Blut floss.
Breitbeinig stand Benedikt über ihm, das Klingonenschwert über dem Kopf erhoben. Er drehte sich nicht um, obwohl ihm ihr Eintreten nicht entgangen sein konnte.
»Hände hoch!«, rief Elena. Und wiederholte gleich noch einmal: »Hände hoch!«
Langsam hob Völler die Hände.

»Sind Sie okay?«, rief Jan dem Deutschlehrer zu.
Dieser nickte. Seine Verletzung schien nicht allzu schlimm zu sein.
Jan entwand Völler das Klingonenschwert. Der Groschenromanautor sprach jetzt kein Wort mehr, es schien, als habe sein voriger Redeschwall ihn ausgelaugt. Erst als Elena ihn aus der Wohnung führte, drehte er sich noch einmal um. Seine Haare, die er jetzt nicht hinter die Ohren schieben konnte, baumelten links und rechts wie Spanielohren. »Ich habe eine Bitte«, sagte er leise. »Könnten Sie der Presse mein Pseudonym verschweigen? Ich möchte nicht als Sky Brandon in der Zeitung stehen, sondern als der, der ich wirklich bin.«
Jan nickte langsam. »Ja«, sagte er. »Ich denke, das können wir machen.«
Völler sah ihn dankbar an. »Ab jetzt bin ich wieder ich selbst. Ein Autor mit einer Romanidee. Und meine Romanidee, die ist einfach genial.«

Epilog

Es war einmal ein anderer Königssohn in einem anderen Land. Dieser Königssohn war nicht so wie die anderen Königssöhne. Er wollte keine Prinzessin retten und auch kein Königreich erben. Er wollte etwas anderes.
Mit diesem Königssohn war es nicht so gekommen, wie er geplant hatte. Anstelle des erträumten eigenen Schlosses umfingen ihn jetzt die dicken grauen Mauern eines Verlieses. Wenn er aus dem schmalen vergitterten Fenster schaute, erblickte er weder Wald noch Vögel, auch sah er keine schimmernde helle Leiter, die ihn in die Freiheit führen, noch hörte er lieblichen Gesang, der sein Ohr erfreuen konnte.
Doch all das war ihm lieb. Er dachte nicht an Wälder, nicht an sein Schwert, das man ihm fortgenommen hatte, an junge Mädchen dachte er nicht und auch nicht an das, was sie aßen.
Sein Essen wurde ihm dreimal täglich in die Zelle gebracht, ansonsten ließ man ihn in Ruhe, nichts musste er tun, niemand erwartete irgendetwas von ihm, das erste Mal in seinem Leben.
Noch nie war er so ganz und gar frei gewesen wie hier in diesem Verlies.
Für sich und den Roman, den er schrieb.

Er war ganz sicher: Das würde ein Bestseller werden.

Dank

Monika Hachtel von der Biologischen Station Bonn/Rhein-Erft danke ich für ihre detailreichen Informationen über den Moorbläuling und seinen Lebensraum.
Dr. med. Klaus Fließbach von der Universität Bonn danke ich für unsere Gespräche über Zwangserkrankungen und deren Ursachen und Behandlung.
Dietmar Pertz und Ute Fabian vom Stadtarchiv Rheinbach danke ich für den inspirierenden Besuch des Hexenturms.
Danke auch an meine Facebook-Freunde, die mich in meinem Schreiballtag nicht alleine lassen und mir immer mit Tipps und Aufmunterung zur Seite stehen.
Besonderer Dank an meinen Kollegen Raoul Biltgen für seine Ideen zur Pathologen-Poesie von Georg Frenze.

Judith Merchant im Mai 2015

Judith Merchant

Nibelungenmord

In einer der sagenumwobenen Höhlen des Siebengebirges, wo Siegfried einst den Drachen tötete, wird eine Frauenleiche gefunden. Noch am selben Tag wird in Königswinter die Ehefrau des Notars vermisst. Hat die Geliebte des Notars, die exzentrische Künstlerin Romina, ihre Widersacherin kaltblütig aus dem Weg geräumt? Kommissar Jan Seidel erkennt früh, dass die Lösung des Falles weitaus verzwickter ist, als es scheint …

Loreley singt nicht mehr

An einem nebligen Morgen hat ein Angler am Rheinufer einen außerordentlich schweren Fang am Haken – einen toten Mann. Doch die Identität der Wasserleiche ist schnell geklärt. Jan Seidel und seine mitermittelnde Großmutter kommen einer komplizierten und hasserfüllten Dreierbeziehung auf die Spur…

»Clever ausgetüftelte Königswinter-Krimis
mit vielen Wendungen und wunderbar lebensnah
gezeichneten Personen.«
WDR

Judith Merchant

Die Lügen jener Nacht

Roman

Als sie zur Hochzeit ihrer Studienfreundin geladen wird, ist Mimi zunächst skeptisch – hat sie doch den Kontakt lange sträflich vernachlässigt. Doch unerwartet herzlich wird sie im alten Freundinnenkreis aufgenommen, und spätestens nach der Junggesellinnenparty im nächtlichen Schwimmbad ist es, als sei sie nie fort gewesen. Am nächsten Morgen aber bringt ein entsetzlicher Vorfall alles ins Wanken, und langsam beschleicht Mimi ein furchtbarer Verdacht: Hat man sie nur zur Hochzeit eingeladen, um ihr einen Mord in die Schuhe zu schieben?